KB108777

# 정지용 전집 3 미수록 작품

# 정지용 전집

## 미수록 작품

권영민 엮음

3

민음사

# 『정지용 전집』을 다시 펴내며

정지용(1902~1950)은 시적 언어와 기법에 대한 자각을 통해 한국 현대시의 발전에 크게 기여했다. 정지용의 문학 세계는 김학동 교수가 1988년 민음사에서 펴낸『정지용 전집 1, 2』에서 그 전체적 윤곽이 드러나게 되었다. 김학동 교수는 정지용 시인의 시집이나 산문집에 수록되지 못한 일본어 시를 비롯한 여러 작품들을 발굴하여 함께 소개했다. 이 전집은 시와 산문을 발표 당시의 원문 중심으로 구성 편집하였으며 원문의 한자를 그대로 노출시켰다. 그러므로 이 전집은 일반 독자들이 쉽게 접근하기 어렵다는 불만이 제기되곤 했다. 더구나 이 전집 발간 이후 많은 연구자들이 정지용의 시와 산문을 새롭게 발굴 소개했다. 새로운 자료를 추가한 완결된 전집이 다시 만들어져야 한다는 의견도 많았다.

편자는 이러한 문제를 해결하기 위해 새로운 형태의 전집 발간 계획을 세웠다. 정지용의 모든 작품을 총망라하여 정지용 시의 '정본'을 확립하고, 전문 연구자들뿐 아니라 일반 독자들도 쉽게 접할 수 있도록 하는 새로운 전집을 꾸민다는 목표도 정했다. 일찍이 편자는 정지용의 시 작품만을 대상으로 하는『정지용 시 126편 다시 읽기』(민음사, 2004)를 펴낸 바 있는데, 이 책의 내용 구성과 그 편집 방식을 전집 작업에서도 적용했다. 특히 정지용 시의 정본을 확립하기 위해 원문의 정밀한 대조와 세밀한 주석을 붙인 것은 이 선행의 작업이 있었기 때문에 가능했다. 이러한 작업을 거쳐 정지용의 시와 산문을 전체 3권의 책으로 구성했고, 『정지용 전집 1 시』, 『정지용 전집 2 산문』, 『정지용 전집 3 미수록 작품』을 완결하게 되었다.

『정지용 전집 1 시』는 정지용이 생전에 발간했던 시집 속의 작품들로 구성했다. 널리 알려진 대로 정지용은 생전에 세 권의 시집을 펴냈다. 첫 시집은 1935년 10월 서른네 살 때 시문학사에서 간행한 『정지용 시집』이다. 이 시집에는 1920년대 후반부터 시집이 발간될 때까지 등단 초기 10년에 가까운 시작 활동을 총망라한 작품 89편이 수록되어 있다. 이 시집의 발문을 쓴 박용철은 정지용을 두고 "그는 한 군데 자안(自安)하는 시인이기보다 새로운 시경(詩境)의 개척자이려 한다. 그는 이미 사색(思索)과 감각(感覺)의 오묘한 결합을 향해 발을 내디딘 듯이 보인다. 여기 모인 89편은 말할 것 없이 그의 제1시집인 것이다."라고 말한 바 있다. 둘째 시집은 1941년 9월 마흔의 나이에 문장사에서 펴낸 『백록담』이다. 첫 시집을 간행한 후에 발표했던 33편의 작품이 실려 있다. 이 시집의 작품들은 흔히 정지용의 후반기 시로 지칭되기도 한다. 광복 직후 정지용은 1946년 6월 시선집 『지용 시선』을 펴냈다. 이 시선집에 수록한 작품은 모두 25편인데, 『정지용 시집』과 『백록담』에서 자신이 직접 가려 뽑은 것들이다. 이 세 권의 시집은 정지용이 발표했던 대부분의 작품들을 망라하고 있는 데다가 시인 자신이 직접 선별 편집한 것이기 때문에 '정본'으로서의 성격을 지니고 있다. 새 전집에서는 이 세 권의 작품들을 기본 텍스로 삼고 신문 잡지에 발표했던 원문을 찾아 함께 수록했으며, 일반 독자들의 편의를 위해 모든 작품을 현대어 표기로 바꾸어 별도로 실었다.

『정지용 전집 2 산문』은 정지용이 펴낸 산문집의 작품들로 구성했다.

정지용은 광복 직후 두 권의 산문집을 펴낸 바 있다. 하나는 1948년 2월 박문출판사에서 간행한 『문학 독본』으로 37편의 시문과 수필 및 기행문이 수록되어 있다. 다른 하나는 1949년 3월 동지사에서 펴낸 산문집 『산문』이다. 총 55편이 실려 있는바, 시문, 수필, 역시(휘트먼 시) 등으로 엮였다. 이 전집에서는 앞의 두 산문집에 수록된 작품들을 일반 독자들의 편의를 위해 모두 현대어 표기로 바꾸었다. 편자의 판단에 따라 필요한 경우 한자를 병기했고 주석을 덧붙였으며, 원문의 발표 지면을 확인하여 표기했다.

『정지용 전집 3 미수록 작품』은 세 권의 시집과 두 권의 산문집에 수록되지 못한 작품들로 구성했으며, 시와 산문으로 크게 구분해 놓았다. 정지용이 자신의 시집에 수록하지 않은 시는 그리 많지 않다. 하지만 광복 직후의 몇몇 작품들은 주목할 만하다. 미수록 시 작품의 대부분은 일본 유학 시절에 발표했던 일본어 시이다. 이 가운데 상당수는 한국어로 개작되어 국내 잡지와 신문에 다시 발표되었다. 이 전집에서는 정지용의 이중 언어적 시 창작 내용을 확인할 수 있도록 하기 위해 일본어 시의 원문을 모두 수록했고, 이와 관련되는 한국어 작품도 함께 실었으며, 편자의 초역도 붙였다. 정지용의 산문 가운데에는 광복 직후 펴낸 두 권의 산문집에 수록되지 못한 작품들이 많다. 특히 《경향신문》에 근무하면서 발표했던 신문 칼럼은 제대로 찾아내지 못한 것들이 남아 있을 것이다. 미수록 작품 가운데 시는 제1권의 편집 원칙을 따랐고, 산문은 제2권의 원칙을 따랐다. 다만 번역시, 번역 산문 등은 모두 발표 당시의 원문을 그대로 옮겼다.

편자가 정지용 전집 작업을 위해 전체 원고를 민음사 편집부로 넘긴 것은 2013년 봄이었다. 그동안 일본 와세다 대학교 호테이 토시히로(布

袋敏博) 교수가 정지용의 초기 일본어 시 원문을 모두 복사하여 전해 주었기 때문에 원문 자료의 수집 정리에 큰 보탬이 되었다. 국내에서는 젊은 학자들이 새로 발굴한 정지용의 시와 산문 등이 신문과 잡지에 소개되기도 했고 새로운 형태의 전집이 다른 출판사에서 발간되기도 했다. 민음사 편집부에서는 3년이 넘는 오랜 기간을 두고 이루어진 까다로운 교정 작업을 끝까지 철저하게 관리해 주었다.

새로 펴내는 『정지용 전집 1, 2, 3』을 정지용의 시를 아끼고 사랑하는 모든 사람들에게 바치고자 한다. 이 전집이 기존의 정지용 문학에 대한 여러 연구 서적들과 함께 널리 읽힐 수 있기를 바란다. 정지용의 미발굴 자료들을 찾아내 그 문학의 세계를 더욱 풍부하게 만들어 준 국내외의 여러 학자들에게 깊이 감사드린다. 복잡한 편집 교정 작업을 잘 마무리하여 완결된 전집을 간행할 수 있도록 해 준 민음사 편집부 여러분에게도 고마움을 전한다.

2016년 가을

권영민

# 차례

## 2 일본어 시

3 번역시

**타고르의 시**



**윌리엄 블레이크의 시**



**월트 휘트먼의 시**

신앙시

# 시

# 1

# 1장

# 한국어 시

# 파충류 동물

시꺼먼 연기와 불을 뱉으며
소리 지르며 달아나는
괴상하고 거창한 파충류 동물.

그년에게
내 동정의 결혼반지를 찾으러 갔더니만
그 큰 궁둥이로 떼밀어

…털크덕…털크덕…

나는 나는 슬퍼서 슬퍼서
심장이 되구요

옆에 앉은 소로서아 눈알 푸른 시악시
"당신은 지금 어드메로 가십나?"

…털크덕…털크덕…털크덕…

그는 슬퍼서 슬퍼서
담낭이 되구요

저 기다란 짱골라는 대장.
뒤처졌는 왜놈은 소장.
"이이! 저 다리 털 좀 보와!"

털크덕…털크덕…털크덕…털크덕…

유월달 백금 태양 내리쪼이는 밑에
부글부글 끓어오르는 소화기관의 망상이여!

자토 잡초 백골을 짓밟으며
둘둘둘둘둘둘 달아나는
굉장하게 기다란 파충류 동물.

# 爬虫類動物

원문

식거먼 연기와 불을 배트며
소리지르며 달어나는
괴상하고 거 — 창 한 爬蟲類動物.[1]

그녀ㄴ 에게
내 童貞의結婚반지 를 차지려갓더니만
그 큰 궁둥이 로 쎄밀어

…털크덕…털크덕…

나는 나는 슬퍼서 슬퍼서
心臟이 되구요

여페 안진 小露西亞 눈알푸른 시약시
「당신 은 지금 어드메로 가십나?」

…털크덕…털크덕…털크덕…

그는 슬퍼서 슬퍼서
膽囊[2]이 되구요.

저 기 — 드란 짱골라[3] 는 大膓.

1 여기에서 '파충류 동물' 은 기차를 비유적으로 표현한 말임.
2 담낭. 쓸개.
3 중국인을 지칭하는 속어.

뒤처 젓는 왜놈 은 小腸.
「이이! 저다리 털 좀 보와!」

털크덕…털크덕…털크덕…털크덕…

六月ㅅ달 白金太陽 내려쪼이는 미테
부글 부글 끄러오르는 消化器管의妄想이여!

赭土[4] 雜草 白骨 을 짓발부며
둘둘둘둘둘둘 달어나는
굉장하게 기 — 다란 爬蟲類動物.

—《학조(學潮)》1호(1926. 6), 91쪽

4 자토. 붉은 황토.

# 「마음의 일기」에서
## — 시조 아홉 수

큰 바다 앞에 두고 흰 날빛 그 밑에서
한백년 잠자다 겨우 일어나노니
지난 세월 그마만치만 긴 하품을 하야만.

×

아이들 총중에서 성나신 장님 막대
함부로 내두르다 뺏기고 말았것다
얼굴 붉은 이 친구분네 말씀하는 법이다.

×

창자에 처져 있는 기름을 씻어 내고
너절한 볼따구니 살덩이 떼어 내라
그리고 피스톨 알처럼 덤벼들라 싸우자!

×

참새의 가슴처럼 기뻐 뛰어 보자니
성내인 사자처럼 부르짖어 보자니
빙산이 풀어질 만치 손을 잡아 보자니.

시그날 기운 뒤에 갑자기 조이는 맘
그대를 실은 차가 하마 산을 돌아오리
온단다 온단단다나 온다온다 온단다.

×

「배암이 그다지도 무서우냐 내 님아」
내 님은 몸을 떨며 「뱀만은 싫어요」
꽈리같이 새빨간 해가 넘어가는 풀밭 우.

×

이지음 이슬〔露〕이란 아름다운 그 말을
글에도 써 본 적이 없는가 하노니
가슴에 이슬이 이슬이 아니 내림이어라.

×

이 밤이 깊을수록 이 마음 가늘어서
가느단 차디찬 바늘은 있으려니
실이 없어 물들인 실이 실이 없어 하노라.

×

한 백년 진흙 속에 묻혔다 나온 듯.

게(蟹)처럼 옆으로 기어가 보노니

먼 푸른 하늘 아래로 가이없는 모래밭.

# 「마음의 日記」에서
## — 시조 아홉 首

큰바다 아페두고 흰날빗[1] 그미테서
한백년 잠자다 겨우일어 나노니
지난세월 그마만치만 긴하품을 하야만.

××× 

아이들 총중[2]에서 승나신[3] 장님막대
함부로 내두루다 빼ㅅ기고 말엇것다
얼굴붉은 이친구분네 말슴하는 법이다.

××× 

창자에 처져잇는 기름을 씨서내고
너절한 볼따구니 살뎅이 쩨여내라
그리고 피스톨알처럼 덤벼들라 싸호자!

××× 

참새의 가슴처럼 깃버쒸여 보자니
승내인 사자처럼 부르지저 보자니
氷山이 푸러질만치[4] 손을잡어 보자니.

1 하얗게 빛나는 햇빛.
2 총중(叢中). 무리 속.
3 성이 나신. 화가 나신.
4 풀어지다. 단단히 얼어붙은 것이 녹아내리다.

시그날 기운뒤에 갑작이 조이는맘
그대를 시른차가 하마산을 돌아오리
온단다 온단단다나 온다온다 온단다.

×××

「배암이 그다지도 무서우냐 내님아」
내님은 몸을썰며 「배ㅁ마는 실허요」
쇄리가치 새빨간해가 넘어가는 풀밧우.

×××

이지음 이실(露)이란 아름다운 그말을
글에도 써본저이 업는가 하노니
가슴에 이실이이실이 아니나림 이여라.

×××

이밤이 기풀수락 이마음 가늘어서
가느단 차디찬 바눌은 잇스려니
실이업서 물디린실이[5] 실이업서 하노라.

5 물을 들인 실. 곱게 물을 들인 색실.

× × ×

한백년 진흑속에 뭇쳣다 나온듯.
긔(蟹)처럼 여프로 기여가 보노니
머 — ㄴ푸른 하눌아래로 가이업는 모래밧.[6]

—《학조》1호(1926. 6), 101~102쪽

6 이 마지막 시조는 《조선지광》 64호(1927. 2)에 발표한 「바다」라는 작품의 2연에 포함되었으며, 다시 『정지용 시집』(85쪽)에 「바다 2」라는 독립된 작품으로 수록되기도 했다.

# 넘어가는 해

불 까마귀.
불 까마귀.

들녘 지붕
파먹으러

내려왔다
쫓겨갔나.

서쪽 서산
불야 불야

# 넘어가는 해

원문

불 싸막이.
불 싸막이.

들녁 집웅
파 먹어러

내려 왓다
쏫겨 갓나.

서쪽 서산
불야 불야

—《신소년(新少年)》(1926. 11), 14쪽

# 겨울밤

동넷집에
강아지는
주석 방울

칠성산에
열흘 달은
백통 방울

갸웃갸웃
고양이는
무엇 찾나

## 겨울ㅅ밤

원문

동네ㅅ 집에
강아지 는
주석 방울

칠성산 에
열흘 달은
백통 방울

갸웃 갸웃
고양이 는
무엇 찻나

—《신소년》(1926. 11), 15쪽

# 내 안해·내 누이·내 나라

젊은이 한창 시절 설움이 한 시절.
한 시절 한 고비 어쩌면 못 넘기리만
끝없이 끝없이 가고만 싶어요.
해 돋는 쪽으로 해 지는 쪽으로.
끝없이 끝없이 가고만 싶어요.

제비가 남으로 천리 만리.
기러기 북으로 천리 만리.
칠월달 밤하늘에 별불이 흘러
새 깃 하나. 야자 잎 하나.
떠나가리 떠나가리.
한없이 한없이 가고만 싶어요.

철없는 사랑 오랑캐꽃 수레에 실리어 가던
황금 저녁별 오리정 벌에
비가 뿌려요 가랑비 가는 비가 와요
가기는 갑니다마는
젖고만 싶어요 맞고만 싶어요.
앞날 홍수 때.
후일 진흙 세상.
실마리 같은 시름. 실마리 같은 눈물.

울고만 싶어요. 함쑤락 젖고만 싶어요.

동산에 서신 님 산에 올라 보내십니까.
삼태봉 휘넘어오는 둥그레 둥실
달과도 같으십니다마는
다락에도 물가에도 성 우에도
살지 말옵소서 말옵소서.
해당화 수풀 집 양지 편을 쓸고 갑니다 쓸고 가요.

나그네 고달핀 혼이 순례지 별빛에 조으는 혼이
마음만 먹고도 가고 올 줄 몰라
님의 뜰에 봄풀이 우거지면
내 마음 님의 마음.
개나리 꾀꼬리 빛
아지랑이 먼 산 눈물에 어려요 어려요.

칼 메인 장사가 죽어도 길옆에 무덤.
길옆에는 묻지 말고 나랏배 오고 가는
이방 바다 모래톱에 묻혀요 묻혀요.
나도 사나이는 사나이
나라도 집도 없기는 없어요.

복사꽃처럼 피어 가는 내 안해 내 누이
동산에 숨기고 가나 길가에 두고 가나.
말 잔등이 후려 처 싣고
지평선 그늘에 사라지나.

뺨을 빌려요 손을 주어요 잘 있어요.
친구야 포근한 친구야 어깨를 빌려요.
평안한 한때 졸음이나 빌려요 빌려요.

# 내안해·내누이·내나라

원문

젊은이 한창시절 서름이 한시절.
한시절 한고피[1] 엇지면 못 넘기리만
숫업시 숫업시 가고만 십허요.
해 돗는 쪽으로 해 지는 쪽으로.
숫업시 숫업시 가고만 십허요.

제비가 南으로 千里 萬里.
기럭이 북으로 千里 萬里.
七月달 밤한울 에 별불이 흘러
새깃 하나. 椰子닙 하나.
써나가리 써나가리.
한업시 한업시 가고만 십허요.

철업는 사랑 오랑캐쏫 수레에 실니여가든
黃金저녁볏 五里亭벌 에
비가 쑤려요 가랑비 가는비가 와요
가기는 감니다 마는
짓고만 십허요 맛고만 십허요.
압날 洪水째.
후일 진흙 세상.
실마리 가튼 시름. 실마리 가튼 눈물.
울고만 십허요. 함쑤락[2] 젓고만 십허요.

1 한 고비.
2 흠뻑, 물이 쭉 내배도록 몹시 젖은 모양을 표현하는 방언.

동산 에 서신 님 산에 올라 보내십닛가.
三台峰 휘넘어오는 둥그레 둥실
달 과도 가트십니다 마는
다락[3] 에도 물ㅅ가 에도 성우 에도
살지 말옵소서 말옵소서.
해당화 수풀ㅅ집 양지편을 쓸고갑니다 쓸고가요.

나그내 고달핀 魂이 巡禮地 별비체 조으는 魂이
마음 만 먹고도 가고 올줄 몰라
님의 뜰에 봄풀이 욱어지면
내 마음 님의 마음.
개나리 쇠ㅅ소리ㅅ빗
아즈랭이 먼 산 눈물에 어려요 어려요.

칼 메인 장사가 죽어도 길녑헤 무덤.
길녑헤 는 뭇지말고 나라ㅅ배 오고 가는
異邦바다 모래톱에 무쳐요 무쳐요.
나도 사나이 는 사나이
나라도 집도 업기는 업서요.

복사꼿 처럼 피여가는 내안해 내누이
동산에 숨기고 가나 길가에 두고 가나.
말잔등이 후려처 실고

3 문루, 누각.

地平線 그늘에 살어지나.

뺨을 빌녀요 손을 주어요 잘잇서요.
친구야 폭은한 친구야 억개를 빌녀요.
평안 한 한째 조름 이나 빌녀요 빌녀요.

(一九二三 一·二八)

—《위생(衛生)과 화장(化粧)》 2호(1926. 11), 48~49쪽

# 굴뚝새

굴뚝새 굴뚝새
어머니 —
문 열어 놓아주오, 들어오게
이불 안에
식전 내 재워 주지

어머니 —
산에 가 얼어 죽으면 어쩌우
박쪽에다
숯불 피워다 주지

# 굴뚝새

원문

굴뚝새 굴뚝새
어머니 —
문 열어놓하주오, 들어오게
이불안에
식전내 — 재워주지

어머니 —
산에가 얼어죽으면 엇써우
박쪽에다
숫불 피어다주지

—《신소년》(1926. 12)

# 옛이야기 구절

집 떠나가 배운 노래를
집 찾아오는 밤
논둑길에서 불렀노라.

나가서도 고달프고
돌아와서도 고달펐노라.
열네 살부터 나가서 고달펐노라.

나가서 얻어 온 이야기를
닭이 울도록,
아버지께 이르노니—

기름불은 깜박이며 듣고
어머니는 눈에 눈물이 고이신 대로 듣고
이치대던 어린 누이 안긴 대로 잠들며 듣고
웃방 문설주에는 그 사람이 서서 듣고,

큰 독 안에 실린 슬픈 물같이
속살대는 이 시골 밤은
찾아온 동네 사람들처럼 돌아서서 듣고,

— 그러나 이것이 모두 다
그 예전부터 어떤 시원찮은 사람들이
끊이지 못하고 그대로 간 이야기어니

이 집 문고리나, 지붕이나,
늙으신 아버지의 착하디착한 수염이나,
활처럼 휘어다붙인 밤하늘이나,

이것이 모두 다
그 예전부터 전하는 이야기 구절일러라.

# 녯니약이 구절

원문

집 써나가 배운 노래를
집 차저 오는 밤
논ㅅ둑 길에서 불럿노라.

나가서도 고달피고
돌아와 서도 고달펏노라.
열네살부터 나가서 고달펏노라.

나가서 어더온 이야기를
닭이 울도락,[1]
아버지께 닐으노니 —

기름ㅅ불은 깜박이며 듯고,
어머니는 눈에 눈물이 고이신 대로 듯고
니치대든[2] 어린 누이 안긴데로 잠들며 듯고
우ㅅ방 문설쭈에는 그사람[3]이 서서 듯고,

큰 독 안에 실닌 슬픈 물 가치
속살대는 이 시고을 밤은
차저 온 동네ㅅ사람들 처럼 도라서서 듯고,

— 그러나 이것이 모도 다

1 닭이 울도록. 닭이 울 때까지. 날이 샐 때까지.
2 니치대다. 『정지용 시집』에 수록된 시 「갑판 우」에도 '니치대다'가 등장함.
3 여기에서는 시인의 '아내'를 지칭함.

그 녜전부터 엇던 시연찬은[4] 사람들이
긋닛지[5] 못하고 그대로 간 니야기어니

이 집 문ㅅ고리나, 집웅이나,
늙으신 아버지의 착하듸 착한 수염이나,
활처럼 휘여다 부친 밤한울이나,[6]

이것이 모도다
그 녜전 부터 전하는 니야기 구절 일러라.

—一九二五·四—

—《신민(新民)》21호(1927. 1)

4 시원찮다. 변변하지 못하다.
5 끝 잇다. 마치다. 끝을 내다.
6 밤하늘의 둥긋한 모습을 형용한 말.

# 우리나라 여인들은

우리나라 여인들은 오월달이로다. 기쁨이로다.
여인들은 꽃 속에서 나오도다. 짚단 속에서 나오도다.
수풀에서, 물에서, 뛰어나오도다.
여인들은 산과실처럼 붉도다.
바다에서 주운 바둑돌 향기로다.
난류처럼 따듯하도다.
여인들은 양에게 푸른 풀을 먹이는도다.
소에게 시냇물을 마시우는도다.
오리 알, 흰 알을, 기르는도다.
여인들은 원앙새 수를 놓도다.
여인들은 맨발 벗기를 좋아하도다. 부끄러워하도다.
여인들은 어머니 머리를 갈으는도다.
아버지 수염을 자랑하는도다. 놀려 대는도다.
여인들은 생율도,  호도도, 딸기도, 감자도, 잘 먹는도다.
여인들은 팔굽이가 동글도다. 이마가 희도다.
머리는 봄풀이로다. 어깨는 보름달이로다.
여인들은 성 우에 서도다. 거리로 달리도다.
공회당에 모이도다.
여인들은 소프라노로다. 바람이로다.
흙이로다. 눈이로다. 불이로다.
여인들은 까아만 눈으로 인사하는도다.

입으로 대답하는도다.

유월 별 한낮에 돌아가는 해바라기 송이처럼,

하나님께 숙이도다.

여인들은 푸르다. 사철나무로다.

여인들은 우물을 깨끗이 하도다.

점심밥을 잘 싸 주도다. 수통에 더운 물을 담아 주도다.

여인들은 시험관을 비추도다. 원을 그리도다. 선을 치도다.

기상대에 붉은 기를 달도다.

여인들은 바다를 좋아하도다. 만국지도를 좋아하도다.

나라 지도가 무슨 ×로 × 한지를 아는도다.

무슨 물감으로 물들일 줄을 아는도다.

여인들은 산을 좋아하도다. 망원경을 좋아하도다.

거리를 측정하도다. 원근을 조준하도다.

×××로 서도다. ××하도다.

여인들은 ××와 자유와 깃발 아래로 비둘기처럼 흩어지도다.

××와 ××와 깃발 아래로 참벌떼처럼 모아들도다.

우리 ××여인들은 ×××이로다. 햇빛이로다.

# 우리나라 여인들은

원문

우리 나라 여인들 은 五月ㅅ달 이로다. 깃븜 이로다.
여인들 은 꽃 속에서 나오 도다. 집단 속 에서 나오 도다.
수풀 에서, 물 에서, 뛰여 나오 도다.
여인들 은 山果實 처럼 붉 도다.
바다 에서 주슨 바독돌 향기 로다.
暖流 처럼 땃듯 하도다.
여인들 은 羊 에게 푸른 풀 을 먹이는 도다.
소 에게 시내ㅅ물 을 마시우는 도다.
오리 알, 흰 알 을, 기르는 도다.
여인들 은 鴛鴦새 수 를 노 토다.[1]
여인들 은 맨발 벗기 를 조하 하도다. 붓그러워 하도다.
여인들 은 어머니 머리 를 갈으는 도다.[2]
아버지 수염 을 자랑 하는 도다. 놀녀대는 도다.
여인들 은 生栗 도, 胡桃 도, 딸기 도, 감자 도, 잘 먹는 도다.
여인들 은 팔구비 가 동글 도다. 이마 가 희 도다.
머리 는 봄풀 이로다. 억개[3] 는 보름ㅅ달 이로다.
여인들 은 城 우에 스 도다. 거리 로 달니 도다.
公會堂 에 모히 도다.
여인들 은 소프라노우 로다. 바람 이로다.
흙 이로다. 눈 이로다. 불 이로다.
여인들 은 까아만 눈 으로 인사 하는 도다.
입 으로 대답 하는 도다.

1 원앙새 수(繡)를 놓도다. 원앙새 모양의 수를 놓다.
2 머리를 가르도다. 여인들이 머리 가르마를 하는 것을 말함.
3 어깨.

유월ㅅ볕 한나 제 돌아 가는 해바락이 송이 처럼,
하나님 게 숙이 도다.
여인들 은 푸르다. 사철나무 로다.
여인들 은 우물 을 깩그시 하도다.
즘심 밥 을 잘 싸 주 도다. 수통 에 더운 물 을 담어 주 도다.
여인들 은 試驗管 을 비추 도다. 圓 을 글이 도다. 線 을 치 도다.
氣象臺 에 붉은 旗 를 달 도다.
여인들 은 바다 를 조하 하도다. 萬國地圖 를 조하 하도다.
나라 지도 가 무슨 ××로 ×한지 를 아는 도다.
무슨 물감 으로 물 딜일[4] 줄 을 아는 도다.
여인들 은 山 을 조하 하도다. 望遠鏡 을 조하 하도다.
距離 를 測定 하도다. 遠近 을 照準 하도다.
×××로 스 도다. ××하도다.
여인들 은 ××와 자유 와 旗ㅅ발아 래로 비달기 처럼 흐터 지도다.
××와 ××와 旗ㅅ발 아래 로 참벌 쎄 처럼 모와 들 도다.
우리 ×× 여인들 은 ×××이로다. 해ㅅ비치 로다.

— 一九二八·一·一 —

—《조선지광》 78호(1928. 5), 91~92쪽

4 물들이다.

# 바다 1

바다는
푸르오,
모래는
희오, 희오,
수평선 우에
살포시 내려앉는
정오 하늘,
한 한가운데 돌아가는 태양,
내 영혼도
이제
고요히 고요히 눈물겨운 백금 팽이를 돌리오.

# 바다 1

원문

바다는
푸르오,
모래는
희오, 희오,
水平線우에
살포 — 시 나려안는
正午 한울,
한 한가온대 도라가는 太陽,
내 靈魂도
이제
고요히 고요히 눈물겨운 白金팽이[1]를 돌니오.

—《신소설(新小說)》 5호(1930. 9)

1 태양을 비유적으로 표현한 말.

# 바다 2

흰 구름
피어오르오,
내음새 좋은 바람
하나 찼소,
미역이 휙지고
소라가 살 오르고
아아, 생강즙같이
맛들은 바다,
이제
칼날 같은 상어를 본 우리는
뱃머리로 달려 나갔소,
구멍 뚫린 붉은 돛폭 퍼덕이오
힘은 모조리 팔에!
창끝은 꼭 바로!

# 바다 2

원문

흰 구름
피여 오르오,
내음새 조흔 바람
하나 찻소,[1]
미역이 훡지고[2]
소라가 살오르고
아아, 생강집[3] 가치
맛드른[4] 바다,
이제
칼날가튼 상어를 본 우리는
배ㅅ머리로 달려나갓소,
구녕[5]뚤린 붉은 돗폭 퍼덕이오
힘은 모조리 팔에!
창끗튼 쏙 바로!

—《신소설》5호(1930. 9)

1 하나 차다. 가득하다.

2 훡지다. 『백록담』에 수록된 시 「장수산 2」, 「별」에서는 '뚝고르고 이지러짐이 없다'는 뜻으로 쓰였다. 정지용이 '훡지다'와 '획지다'를 각기 사용하고 있는데, 서로 다른 말이라기보다는 '획지다'의 방언으로서 표기가 달라졌다고 본다. 여기에서는 뚝고르고 실하게 자란 미역을 뜻하는 것으로 본다.

3 생강즙.

4 맛이 들다.

5 구멍.

# 성 부활 주일

삼위 성녀 다다르니
돌문이 이미 굴렀도다
아아 은미한 중에 열린 돌문이여
너 — 또한 복되도다
천주 성신 호위함도 너 — 러니
천주 성자 부활 빙자 너 — 로다
성능(聖陵)이 비오니
림보는 폐허되고
큰 돌이 옮기오니
천당 문이 열리도다
이 새벽에 해가 이미 솟았으니
너 — 거듭 새론 태양이여!
수정처럼 개인 하늘
너 — 거듭 열린 궁창이여!
비둘기야 나르라 봉황이야 춤추라
케루빔이여 세라핌이여 찬양하소라
성인이여 성녀여 합창하소라
의인이여 기뻐하라 죄인이여 용약하라
사탄아 악령아 두리라 전율하라
아아 천주 부활하시도다 알렐루야
스스로 나오시고

몸소 죽으시고
스스로 다시 살아나신 날! 알렐루야
죽음을 이기신 날
상생을 펴신 날
천지 대 권위가 거듭 비롯한 날
죽음으로 죽은 에와의 자손이
영복으로 다시 살아날 — 앞날
만왕의 왕의 날
신약의 안식일
조성하신 많은 날 중에 새로 조성하신 한 날!
영복 중에 영복 날
알렐루야 알렐루야

# 셩부활주일[1]

원문

삼위셩녀 다다르니
돌문이 이믜 굴넛도다
아아 은미한즁에 열닌 돌문이여
너 — 쏘한 복되도다
쳔주 셩시[2] 호위함도 너 — 러니
쳔주 셩자 부활빙자 너 — 로다
셩릉(聖陵)이 부이오니
림보[3]는 폐허(廢墟)되고
큰돌이 옴기오니
쳔당문이 열니도다
이새벽에 해가 이믜 소삿스니
너 — 거듭 새론 태양이여!
수정처럼 개인 하날
너 — 거듭 열닌 궁창(穹蒼)이여!
비달기야 나르라 봉황이야 춤추라

1 이 시는 '방지거'라는 정지용의 세례명으로 작자의 이름을 표시하고 있다.

2 성신(聖神)의 오자.

3 지옥의 변방으로 지옥과 천국 사이에 있으며 그리스도교를 믿을 기회를 얻지 못했던 착한 사람 또는 세례를 받지 못한 어린이, 백치 등의 영혼이 머무는 곳.

케루핌[4]이여 세라핌[5]이여 찬양하소라
셩인이여 성녀여 합창하소라
의인이여 깃버하라 죄인이여 용약하라
사탄아 악령(惡靈)아 두리라 젼률하라
아아 텬주 부활하시도다 알넬누야[6]
스사로 나호시고
몸소 죽으시고
스사로 다시 살아나신날! 알넬누야
죽음을 이긔신날

4 케루빔(cherubim). 『구약 성서』에 등장하는 존재로, '지천사(智天使)'라고 번역된다. 아담과 하와가 추방된 후의 낙원(에덴)을 지켰다. 예언자 에스겔의 환영에는 인간, 사자, 목우, 독수리의 네 개의 얼굴과 네 장의 날개를 가지며, 황금의 눈이 박힌 자전하는 네 개의 차바퀴를 가진 모습으로 나타났다. 또한 예언자 이사야가 환영으로 본 세라핌도 여섯 장의 날개를 가지고, 그중의 두 장으로 얼굴을, 두 장으로 다리를 덮고, 나머지 2장으로 비상해서 신의 옥좌를 수호했다. 인간의 모습을 띠고 신의 사자의 직능을 가진 다른 천사들과는 다르다. 그리스도교 미술에서는 세라핌도 케루빔도 모두 이사야의 환상을 토대로 도상화되었다. 기본적으로는 다른 천사들과 마찬가지로 사람의 모습을 띠었는데, 세라핌은 여섯 장의 날개를, 케루빔은 네 장의 날개를 가지고, 그중의 두 장을 신체의 전면에서 교차시켜 두부와 발목만을 보여 주고 있다. 양자의 차이는 색채로도 나타나는데, 세라핌은 불의 색인 적, 케루빔은 천공의 색인 청으로 칠해서 구분되는 것이 원칙이다. 비잔틴 미술에서는 특히 중기 이후, 교회의 내진 주변의 천장에, 신의 옥좌 주위에 수호자로서 날아가는 두 천사가 묘사된다. 서양 중세에서도 로마네스크 미술 이후, 특히 교회 입구의 외벽화를 장식하는 조각에 가끔 나타난다.

5 세라핌(seraphim). 치품천사(熾品天使)라고 번역된다. 지천사(智天使) 케루빔, 좌천사(座天使) 오파님과 함께 세 부대로 이루어져 있으며, 중심점인 신과 가장 가까운 위치에 있는 천사들이다. 유대교, 기독교에서는 그들이 신과 직접 만날 수 있는 계급이며, 순결한 빛과 사고(思考)의 존재로서 사랑의 불꽃과 공명한다고 여겨져 왔다. 또한 '사랑과 상상력의 정령'으로 불리기도 하며, 위엄과 명예로 가득한 천사라고도 할 수 있다. 이들이 여섯 개의 날개를 가졌다고 설명한다. 두 장의 날개는 얼굴을 덮고, 두 장은 발을 숨기고, 나머지 두 장은 비상용(飛翔用) 날개라고 한다. 그리고 손에는 상투스(Sanctus: 세 번의 '거룩하시다'로 시작되는 찬미가)의 가사를 새긴 '불꽃의 단검(플러벨럼(Flabellum))' 혹은 깃발을 들고 있다.

6 할렐루야(히브리어: hallelujah). 하나님을 찬양한다는 뜻을 나타내는 말. 기독교의 찬송가에 자주 쓴다.

상싱을 펴신날
쳔지 대권위가 거듭 비롯한날
죽음으로 죽은 에와[7]의 자손이
영복으로 다시 살어날—압날
만왕의 왕의날
신약의 안식일
조셩하신 만흔날즁에 새로 조셩하신 한날!
영복즁에 영복날
알넬누야 알넬누야

—一九三一년 부활주일

—《별》[8] 46호(1931. 4. 10)

7 하와(히브리어: חַוָּה, Ḥawwāh, 라틴어: Eva, 그리스어: Εύα, 아랍어: حواء). 유대교, 기독교, 이슬람교 등의 경전에 등장하는 하느님이 두 번째로 창조한 인간이자 첫 번째로 창조한 여자이다. 아담의 아내로서 아담과 살면서 하느님과 함께 에덴동산을 거닐었다고 묘사되어 있다. 하지만 결국 뱀의 유혹에 굴복하여 하느님이 먹지 말라고 경고한 선악과를 따서 먹고 아담에게도 그 열매를 먹게 했다. 그리하여 두 사람은 결국 하느님의 진노를 사서 에덴동산에서 영원히 쫓겨나 다시는 돌아가지 못했다.

8 《별》은 1927년 7월 10일 경성교구천주교청년연합회가 창간한 월보이며 매달 1회 발간한 타블로이드판 신문이다. 1933년 5월 총 71호로 폐간되었다. 정지용은 1931년 이 월보의 발간을 돕는 '《별》보후원회'에 참여한 바 있다.

# 바다

바다는 끊임없이 안고 싶은 것이다.
하도 크고 둥글고 하기 때문에
스스로 솟는 구르는 오롯한 사랑 둘레!
한량없는 죽음을 싸고돌다.
큰 밤과 같은 무서움인가 하면
한낮에 부르는 그윽한 손짓!
아아, 죽음이여,
고요히 나려 앉는 황홀한 나비처럼!
나의 가슴에 머무르라.
물 하늘 닿은 은선 위에
외로운 돛이 날고
나의 사유는 다시 사랑의 나래를 펴다.
섬 둘레에 봄별이 푸른데
별만치 많은 굴깍지 잠착하고
나는 눈 감다.

# 바다

원문

바다는 끄님없이 안고 시픈것이다.
하도 크고 둥글고 하기때문에
스사로 솟는 구르는 오롯한 사랑둘레!
한량없는 죽엄을 싸고 돌다.
큰 밤과 가튼 무서움인가 하면
한낮에 부르는 거우한 손짓!
아아, 죽엄 이여,
고요히 나려안는 恍惚한 나비처럼!
나의 가슴에 머므르라.
물 한울 다흔 銀線[1] 우에
외로운 돗이 날고
나의 思惟는 다시 사랑의 나래를 펴다.
섬둘레에 봄볕이 푸른데
별 만치 많은 굴딱지[2] 잠착하고
나는 눈 감다.

—《부인공론(婦人公論)》 1권 4호(1932. 5), 14쪽

1 은선. 여기에서는 바다와 하늘이 맞닿는 수평선을 말함.

2 '굴 껍데기'의 방언.

# 석취

화려한 거리 —
금붕어 못인 듯
황홀한 밤거리를
지나서다.

인기척 그친
다리 몫에 다다르니
발아래선 졸졸졸 잔물결
호젓한 밤 이야기에 짙어 간다.

부칠 데 없는 여윈 볼
둘 곳을 찾은 듯이
난간에 부비며
돌을 맡다.

# 石臭[1]

원문

花麗한 거리 —
金부어 못[2] 인듯
恍惚한 밤거리를
지나스다.

인기척 그친
다리 뭇에 다다르니
발 알에선 졸졸졸 잔물결
호젓한 밤이야기에 지터간다.

부칠데 없는 여윈 볼
둘곳을 차즌 드시
欄干에 부비며
돌을 맡다.

—《부인공론》1권 4호(1932. 5), 15쪽

1 석취. 돌내음.
2 연못.

# 뉘우침

뉘우침이야 진정
거룩한 은혜로구야.
깁실 같은 봄볕이
골에 굳은 얼음을 쪼기고,
바늘같이 쓰라림에
솟아 동그는 눈물,
귀밑에 아른거리는
요염한 지옥불을 끄다.
간곡한 한숨이 뉘게로
사무치느뇨?
질식한 영혼에 다시
사랑이 이슬 나리도다
뉘우침이야 가장
행복스런 아픔이여니!

# 뉘우침[1]

원문

뉘우침이야 진정
거룩한 恩惠 로구야.
깁실 가튼 봄벼치
골에 구든 어름을 쏙이고,
바늘 가치 쓰라림에
소사 동그는 눈물,
귀미테 아른거리는
妖艶한 地獄불을 쓰다.
懇曲한 한숨이 뉘게로
사모치느뇨?
窒息한 靈魂에 다시
사랑이 이슬나리도다
뉘우침 이야 가장
幸福스런 아픔 이여니!

—《별》62호(1932. 8. 10)

1 이 시는 '지용'이라고 작자가 표시되었다. 1933년 9월《가톨닉청년》제4호에 「은혜(恩惠)」라는 제목으로 바뀌어 재수록되면서 일부 구절과 행간의 구성이 고쳐졌다.

# 승리자 김 안드레아

새남터 우거진 뽕잎 아래 서서
옛어른이 실로 보고 일러 주신 한 거룩한 이야기
앞에 돌아나간 푸른 물굽이가 이 땅과 함께 영원하다면
이는 우리 겨레와 함께 끝까지 빛날 기억이로다.

1846년 9월 16일
방포 취타하고 포장이 앞서 나가매
무수한 흰옷 입은 백성이 결진한 곳에
이미 좌깃대가 높이 살기롭게 솟았더라.

이 지겹고 흉흉하고 나는 새도 자취를 감출 위풍이 떨치는 군세는
당시 청국 바다에 뜬 법국 병선 대도독 세시리오와
그의 막하 수백을 사로잡아 문죄함이런가?

대체 무슨 사정으로 이러한 어명이 나리었스며
이러한 대국권이 발동하였던고?
혹은 사직의 안위를 범한 대역도나 다스림이었던고?

실로 군소리도 없는 앓는 소리도 없는 뿔도 없는
조찰한 피를 담은 한「양」의 목을 베이기 위함이었도다.
지극히 유순한「양」이 제대에 오르매

마귀와 그의 영화를 부수기에 백 천의 사자 떼보다도 더 영맹하였도다.

대성전 장막이 찢어진 지 천유여 년이었건만
아직도 새로운 태양의 소식을 듣지 못한 죽음 그늘에 잠긴 동방일우에
또 하나 「갈와리아 산상의 혈제」여!

오오 좌깃대에 몸을 높이 달리우고
다시 열두 칼날의 수고를 덜기 위하여 몸을 틀어다인
오오 지상의 천신 안드레아 김 신부!

일찍이 천주를 알아 사랑한 탓으로 아버지의 위태한 목숨을 뒤에 두고
그의 외로운 어머니마저 홀로 철화 사이에 숨겨 두고
처량히 국금과 국경을 벗어나아간 소년 안드레아!

오문부 이역 한등에서 오로지 천주의 말씀을 배우기에 침식을 잊은 신생 안드레아!

빙설과 주림과 설매에 몸을 부치어 요야천리를 건너며
악수와 도적의 밀림을 지나 굿이 막으며 죽이기로만 꾀하던
조국 변문을 네 번째 두드린 부제 안드레아!

황해의 거친 파도를 한짝 목선으로 넘어(오오 위태한 영적!)
불같이 사랑한 나라 땅을 밟은 조선 성직자의 장형 안드레아!

포학한 치도곤 아래 조찰한 뼈를 부술지언정
감사에게 '소인'을 바치지 아니한 오백 년 청반의 후예 안드레아 김대건!

나라와 백성의 영혼을 사랑한 값으로
극죄에 결안한 관장을 위하여
그의 승직을 기구한 관후장자 안드레아!

표양이 능히 옥졸까지도 놀래인 청년 성도 안드레아!

재식이 고금을 누르고
보람도 없이 정교한 세계지도를 그리어
군주와 관장의 눈을 연 나라의 산 보배 안드레아!

형장의 이슬로 사라질 때까지도
오히려 성교를 가르친 선목자 안드레아!

두 귀에 활살을 박아 체구 그대로 십자가를 이룬 치명자 안드레아!

성주 예수 받으신 성면 오독을 보람으로
얼굴에 물과 회를 받은 수난자 안드레아!
성주 예수 성분의 수위를 받으신 그대로 받은 복자 안드레아!

성주 예수 받으신 거짓 결안을 따라 거짓 결안으로 죽은 복자 안드레아!

오오 그들은 악한 권세로 죽인
그의 시체까지도 차지하지 못한 그날
거룩한 피가 이미 이 나라의 흙을 조찰히 씻었도다.
외교의 거친 덤풀을 밟고 자라나는
주의 포도다래가
올해에 십삼만 송이!

오오 승리자 안드레아는 이렇듯이 이기었도다.

# 勝利者 金안드레아[1]

원문

새남터 욱어진 ᄲᅩᆼ닢알에 서서
넷어른이 실로 보고 일러주신 한 거룩한 니야기 —.
압헤 돌아나간 푸른 물구비가 이땅과 함씨 영원하다면
이는 우리 겨레와 함씨 씃ᄶᅡ지 빗날 기억이로다.

一千八百四十六年九月十六日
방포[2] 취타[3]하고 포장[4]이 압서 나가매
무수한 흰옷 입은 백성이 결진한 곳에
이믜 좌긔ㅅ대가 놉히 살기롭게 소삿더라.

이 지겹고 흉흉하고 나는새도 자최를감출 위풍이 ᄯᅥᆯ치는 군세는
당시 청국 바다에 쓴 법국 병선 대도독 세시리오와
그의 막하 수백을 사로잡어 문죄함이런가?

대체 무슨 사정으로 이러한 어명이 나리엇스며
이러한 대국권이 발동하엿던고?
혹은 사직의 안위를 범한 대역도나 다사림이엇던고?

실로 군소리도 업는 알는소리도 업는 ᄲᅳᆯ도 업는
조찰한 피를 담은 한「羊」의 목을 베이기 위함이엇도다.

1 이 작품은《가톨닉청년》16호(1934. 9)에 정지용의 영세명인 방제각(方濟各)이라는 이름으로 발표되었다.
2 방포(放砲). 군중(軍中)의 호령으로 총을 놓아 소리를 냄.
3 취타(吹打). 군대에서 나발, 호적 등을 불고 징, 북 등을 침.
4 포도대장.

지극히 유순한「羊」이 제대[5]에 오르매
마귀와 그의 영화를 부수기에 백천의 사자쎄보다도 더 영맹하엿도다.

대성전 장막이 찌저진제 천유여년이엇건만
아즉도 새로운 태양의 소식을 듯지못한 죽음그늘에 잠긴 동방일우[6]에
또하나「갈와리아산상의 혈제」여!

오오 좌기ㅅ대에 몸을 놉히 달니우고
다시 열두칼날의 수고를 덜기 위하야 몸을 틀어다인
오오 지상의 천신 안드레아 김신부!

일즉이 천주를 알어 사랑한 탓으로 아버지의 위태한 목숨을 뒤에두고
그의 외로운 어머니 마자 홀로 철화사이에 숨겨두고
처량히 국금과 국경을 버서나아간 소년 안드레아!

오문부[7] 이역한등에서 오로지 천주의 말씀을 배호기에 침식을 이즌 신생 안드레아!

빙설과 주림과 설매[8]에 몸을부치어 요야천리를 건느며
악수와 도적의 밀림을 지나 구지 막으며 죽이기로만 꾀하든
조국 변문을 네번재 두다린 부제 안드레아!

5 제대(祭臺).
6 동방일우(東方一隅). 동방의 한쪽 구석.
7 오문부(澳門府). 중국 마카오.
8 설매(雪霾). 눈과 흙비.

황해의 거친 파도를 한싹 목선으로 넘어(오오 위태한 령적!)
불가티 사랑한 나라짱을 발븐 조선 성직자의 장형 안드레아!

포학한 치도곤[9] 알에 조찰한 쌔를 부슬지언정
감사[10]의게 「소인」을 바치지 아니한 오백 년 청반의 후예 안드레아 김대건!

나라와 백성의령혼을 사랑한 갑스로
극죄에 결안[11]한 관장을 위하야
그의 승직을 긔구한 관후장자 안드레아!

표양이 능히 옥졸까지도 놀래인 청년성도 안드레아!

재식[12]이 고금을누르고
보람도 없이 정교한 세계지도를 그리여
군주와 관장의 눈을열은 나라의 산 보배 안드레아!

형장의 이슬로 사라질째까지도
오히려 성교를 가라친 선목자 안드레아!

두 귀에 활살을박어 체구 그대로 십자가를 일운 치명자 안드레아!

9 곤장의 하나.
10 관찰사.
11 결안(結案). 사형을 결정한 문서.
12 재식(才識).

성주 예수 바드신 성면오독을 보람으로
얼굴에 물과 회를 바든 수난자 안드레아!
성주 예수 성분의 수위를 바드신 그대로 바든 복자 안드레아!

성주 예수 바드신 거짓결안을 쌀어 거짓결안으로 죽은 복자 안드레아!

오오 그들은 악한 권세로 죽인
그의 시체까지도 차지하지못한 그날
거룩한 피가 이믜 이나라의 흙을 조찰히 씨섯도다.
외교의 거친 덤풀을 밟고 잘아나는
주의 포도ㅅ다래가
올해에 十三萬 송이![13]

오오 승리자 안드레아는 이러타시 익이엇도다.

—《가톨닉청년》 16호(1934), 93~95쪽

13 천주교 신자가 십삼만 명에 이름을 비유적으로 표현함.

# 도굴

백일치성 끝에 산삼은 이내 나서지 않았다  자작나무 화톳불에 화끈 비추우자  도라지 더덕 취 싹 틈에서  산삼 순은 몸짓을 흔들었다  심캐기 늙은이는 엽초 순시래기 피어 문 채 돌을 베고  그날 밤에사 산삼이 담속 불거진 가슴팍이에  앙징스럽게 후춰 가마리처럼  당홍치마를 두르고 안기는 꿈을 꾸고 났다  모탯불 이운 듯 다시 살아난다  경관의 한쪽 찌그린 눈과 빠안한 먼 불 사이에 총 겨냥이 조옥 섰다  별도 없이 검은 밤에 화약불이  당홍 물감처럼 고왔다  다람쥐가 도로로 말려 달아났다.

# 盜掘

원문

百日致誠끝에 山蔘은 이내 나서지 않었다 자작나무 화투ㅅ불에 확근 비추우자 도라지 더덕 취싻 틈에서 山蔘순은 몸짓을 흔들었다 심캐기늙은이는 葉草 순쓰래기[1] 피여 물은채 돌을 벼고 그날밤에사 山蔘이 담속[2] 불거진 가슴팍이에 앙징스럽게 后娶감어리[3] 처럼 唐紅치마를 두르고 안기는 꿈을 꾸고 났다 모태ㅅ불[4] 이운[5]듯 다시 살어난다 警官의 한쪽 찌그린 눈과 빠안한 먼 불 사이에 銃견양[6]이 조옥 섰다 별도 없이 검은 밤에 火藥불이 唐紅 물감처럼 곻았다 다람쥐가 도로로 말려 달어났다.

—《문장》22호(1941. 1), 126쪽

1 엽초 순시래기. '엽초'는 잎담배 말린 것이며, '순시래기'는 무청 말린 것을 말함. 여기에서는 시래기를 잎담배로 말아 피우는 것을 의미한다고 봄.
2 담뿍. 어떤 물건이 그릇에 가득하게 담긴 모양. 여기에서는 가슴에 담뿍 가득하게 안기는 모양을 말함.
3 후취감. 후취로 삼을 만한 인물.
4 모닥불.
5 이울다. 꽃이 시들다. 여기에서는 불꽃이 사그라짐을 뜻함.
6 겨냥.

# 창

나래 붉은 새도
오지 않은
하루가 저물다

고드름 지어 언 가지
내려앉은 하늘에 찔리고

별도 잠기지 않은 옛 못 우에
연대 마른대로 바람에 울고

먼 들에
쥐불마저 일지 않고

풍경도
사치롭기로
오로지 가시인 후

나의 창
어둡이 도리어
깁과 같이 고와지라

# 窓

원문

나래 붉은 새도
오지 않은
하로가 저믈다

곧어름[1] 지여 얽 가지
나려 앉은 하늘에 찔리고

별도 잠기지 않은 옛못 우에
蓮대 마른 대로 바람에 울고

먼 들에
쥐불 마자 일지 않고

풍경도
사치롭기로
오로지 가시인 후

나의 窓
어둠이 도로혀
깁[2]과 같이 곻아[3] 지라

—《춘추(春秋)》 12호(1942. 1), 141쪽

1 고드름.
2 비단.
3 곱다.

# 이토

낳아 자란 곳 어디거니
묻힐 데를 밀어 나가자

꿈에서처럼 그립다 하랴
따로 지닌 고향이 미신이리

제비도 설산을 넘고
적도 직하에 병선이 이랑을 갈 제

피었다 꽃처럼 지고 보면
물에도 무덤은 선다

탄환 찔리고 화약 싸아 한
총성과 피로 고와진 흙에

싸움은 이겨야만 법이요
씨를 뿌림은 오랜 믿음이라

기러기 한 형제 높이 줄을 맞추고
햇살에 일곱 식구 호미날을 세우자

# 異土

원문

낳아 자란 곳 어디거니
묻힐 데를 밀어 나가쟈

꿈에서 처럼 그립다 하랴
따로 진힌 고향이 미신이리

제비도 설산을 넘고
적도 직하에 병선이 이랑을 갈제[1]

피였다 꽃처럼 지고 보면
물에도 무덤은 선다

탄환 찔리고 화약 싸아 한
총성과 피로 곻아진 흙에

싸흠은 이겨야만 법이요
씨를 뿌림은 오랜 믿음이라

기러기 한형제 높이 줄을 마추고
햇살에 일곱식구 호미날을 세우자

—《국민문학(國民文學)》4호(1942. 2), 64~65쪽

1 적도 바로 아래에서 전함이 바다 위로 물을 가르며 나아감을 말함.

# 애국의 노래

옛적 아래 옳은 도리
삼십육 년 피와 눈물
나중까지 견뎠거니
자유 이제 바로 왔네

동분서치 혁명 동지
밀림 속의 백전 의병
독립군의 총부리로
세계 탄환 쏘았노라

왕이 없이 살았건만
정의만을 모시었고
신의로서 맹방 얻어
희생으로 이기었네

적이 바로 항복하니
석기 적의 어린 신화
어촌으로 돌아가고
동과 서는 이제 형제

원수 애초 맺지 말고

남의 손짓 미리 막아
우리끼리 굳셀 뿐가
남의 은혜 잊지 마세

진흙 속에 묻혔다가
하늘에도 없어진 별
높이 솟아 나래 떨 듯
우리나라 살아났네

만국 사람 우리 보아
누가 일러 적다 하리
뚜렷하기 그지없어
온 누리가 한눈일네

# 愛國의 노래

원문

옛적 아레 옳은 道理
三十六年 피와 눈물
나종까지 견덧거니
自由 이제 바로 왔네

東奔西馳[1] 革命同志
密林속의 百戰義兵
獨立軍의 銃부리로
世界彈丸 쫓았노라

王이 없이 살았건만
正義만을 모시었고
信義로서 盟邦 얻어
犧牲으로 이기었네

敵이 바로 降伏하니
石器 적의 어린 神話
漁村으로 도라가고
東과 西는 이제 兄弟

원수 애초 맺지 말고
남의 손짓 미리 막어
우리끼리 굳셀뿐가

1 동분서치. 동서 사방으로 이리저리 바쁘게 돌아다님.

남의 恩惠 잊지 마세

진흙 속에 묻혔다가
한울에도 없어진 별
높이 솟아 나래 떨듯
우리 나라 살아 났네

萬國사람 우리보아
누가 일러 적다 하리
뚜렷하기 그지 없어
온 누리가 한눈 일네

—《대조(大潮)》1호(1946. 1), 112~113쪽

# 그대들 돌아오시니
## — 개선 환국 혁명 동지들에게

백성과 나라가
이적에 팔리우고
국사에 사신이
오연히 앉은 지
주검보다 어두운
오호 삼십육 년!

그대들 돌아오시니
피 흘리신 보람 찬란히 돌아오시니!

허울 벗기우고
외오 돌아섰던
산하! 이제 바로 돌아지라.
자취 잃었던 물
옛 자리로 새소리 흘리어라.
어제 하늘이 아니어니
새론 해가 오르라

그대들 돌아오시니
피 흘리신 보람 찬란히 돌아오시니!

밭이랑 무니우고
곡식 앗아 가고
이바지하올 가음마저 없어
금의는커니와
전진 떨리지 않은
융의…… 그대로 뵈일 밖에!

그대들 돌아오시니
피 흘리신 보람 찬란히 돌아오시니!

사오나온 말굽에
일가친척 흩어지고
늙으신 어버이, 어린 오누이
낯선 흙에 이름 없이 구르는 백골을……

상기 불현듯 기다리는 마을마다
그대 어이 꽃을 밟으시리
가시덤불, 눈물로 헤치시라.

그대들 돌아오시니
피 흘리신 보람 찬란히 돌아오시니!

# 그대들 도라오시니

원문

— 凱旋還國革命同志들에게

백성과 나라가
夷狄에 팔리우고
國祠에 邪神이
傲然히 앉은지
죽엄 보담 어둡기
嗚呼 三十六年!

그대들 도라오시니
피흘리신 보람 燦爛히 도라오시니

허울 벗기우고
외오[1] 돌아섯던
山하! 이제 바로 도라지라.
자휘[2] 잃었던 물
옛자리로 새소리 흘리어라.
어제 하늘이 아니어니
새론 해가 올으라

그대들 도라오시니
피흘리신 보람 燦爛히도라오시니!

1 이 말은 '잘못', 또는 '그릇'의 뜻과 '외따로', '멀리'의 뜻으로 쓰임. 여기에서는 뒤에 연결되는 "바로 도라지라"라는 구절로 미루어 전자의 뜻으로 풀이함.

2 자리.

밭니랑 문희우고[3]
곡식 앗 어 가고
이바지[4] 하올 가음[5] 마자 없어
錦衣는 커니와
戰塵 떨리지 않은
戎衣…[6] 그대로 뵈일 밖에!

그대들 도라오시니
피흘리신 보람 燦爛히 도라오시니!

사오나온[7] 말굽에
일가 친척 흐터지고
늙으신 어버이, 어린 오누이
낯 선 흙에 이름 없이 굴르는 白骨을…

상기 불현듯 기달리는 마을마다
그대 어이 꽃을 밟으시리
가시덤불 눈물로 헤시리

그대들 도라오시니

3 무너지게 하다.
4 음식이나 물건을 준비하여 올리는 것.
5 어떤 일을 할 때 쓸 재료.
6 융의. 싸움터에서 입는 옷. 군복.
7 사납다.

피흘리신 보람 燦爛히 도라오시니!

—《혁명》1호(1946. 1)

# 추도가

1

국토와 자유를 잃이우고
원수와 의로운 칼을 걸어
칼까지 꺾이니 몸을 던져
옥으로 부서진 순국열사

거룩하다 놀라워라
우리 겨레 자랑이라
조선이 끝까지 싸웠음으로
인류의 역사에 빛내니라

2

조국의 변문을 돌고 들어
폭탄과 육체와 함께 메고
원수의 진영에 날아들어
꽃같이 살어진 순국열사

거룩하다 놀라워라
우리 겨레 자랑이라

조선이 끝까지 싸웠음으로
인류의 역사에 빛내니라

3

조차 뼈 모다 부서지고
최후의 피 한 점 남기까지
조국의 혼령을 잘지 않은
형대 우에 성도 순국선열

거룩하다 놀라워라
우리 겨레 자랑이라
조선이 끝까지 싸웠음으로
인류의 역사에 빛내니라

4

소년과 소녀와 노인까지
자주와 독립을 부르짖어
세계를 흔들고 적탄 앞에
쓰러진 무수한 순국선열

거룩하다 놀라워라
우리 겨레 자랑이라
조선이 끝까지 싸웠음으로
인류의 역사에 빛내니라

# 追悼歌

원문

一、

國土와 自由를 잃이우고
怨讐와 義로운 칼을걸어
칼까지 꺾이니 몸을던저
玉으로 부서진 殉國烈士

(후렴)
거룩하다 놀라워라
우리 겨레 자랑이라
朝鮮이 끝가지
싸왔음으로
人類의 歷史에 빛내니라

二、

祖國의 邊門을 돌고들어
爆彈과 肉體와 함께메고
怨讐의 陣營에 날아들어
꽂같이 살어진 殉國烈士

三、

조차 뼈모다 부서지고
最後의 피한점

남끼까지
祖國의 魂靈을 잘지않은
刑臺우에 聖徒殉國烈士

四、

少年과 少女와 老人까지
自主와 獨立을 부르지저
世界를 흔들고
敵彈앞에 쓸어진
無數한 殉國烈士

—《대동신문(大東新聞)》(1946. 3. 2)

# 의자

너 앉았던 자리
다시 채워
남는 청춘

다음 다음 갈마
너와 같이 청춘

심산 들어
안아 나온
단정학
흰 알

동지 바다 위
알 보금자리
한 달 품고 도는
비취 새

봄 물살
휘감는
오리 푸른
목

석탄 파란 불 앞
상기한
홍옥

초록 전 바탕
따로 구르다
마주 멈춘
상아 옥공

향기 담긴 청춘
냄새 없는 청춘

비싼 청춘
흔한 청춘

고요한 청춘
흔들리는 청춘

포도 마시는 청춘
자연 뿜는 청춘

청춘 아름답기는
피부 한 부피 안의
호박 빛 노오란 지방이기랬는데

— 그래도
나
조금 소요하다

아까
네 뒤 따라
내 청춘은
아예 갔고
나 남았구나

## 倚子

원문

너 앉었던 자리
다시 채워
남는 青春

다음 다음 갈마
너와 같이 青春

深山들어
안아 나온
丹頂鶴
흰 알

冬至 바다 위
알 보금자리
한달 품고 도는
翡翠 새

봄 물살
휘감는
오리 푸른
목

石炭 팔은 불 앞
上氣한

紅玉

草綠 전 바탕
따로 구르다
마조 멈춘
象牙玉空

香氣 담긴 靑春
냄새 없는 靑春

비싼 靑春
흔한 靑春

고요한 靑春
흔들리는 靑春

葡萄 마시는 靑春
紫煙 뿜는 靑春

靑春 아름답기는
皮膚 한부피 안의
琥珀 빛 노오란 脂肪이기랬는데

— 그래도
나

조금 騷擾하다

아까
네 뒤 딸어
내 靑春은
아예 갔고
나 남었구나

—《혜성(彗星)》1호(1950), 32~33쪽

# 처

산초자 따러
산에 가세

돌박골 들어
산에 올라

우리 같이
산초자 따세

초자 열매
기름 내어

우리 손자 방에
불을 켜세

# 妻

원문

山椒子 따러
山에 가세

돌박골 들어
山에 올라

우리 같이
山椒子 따세

椒子 열매
기름 내어

우리 孫子 방에
불을 키세

—《새한민보》4권 1호(1950. 2), 111~113쪽

# 여제자

먹어라
어서 먹어

자분자분
사각사각
먹어라

늙고 나니
보기 좋긴

뽕잎 삭이는 누에 소리
흙덩이 치는 봄비 소리
너 먹는 소리

“별꼴 보겠네
날 보고 초콜릿 먹으래!”
할 것 아니라

어서 먹어라
말만치 커 가는 처녀야
서걱서걱 먹어라.

# 女弟子

원문

먹어라
어서 먹어

자분 자분
사각 사각
먹어라

늙고 나니
보기 좋긴

뽕닢 삭이는 누에 소리
흙뎅이 치는 봄비 소리
너 먹는 소리

「별꼴 보겠네
날 보고 초콜렡 먹으래!」
할 것 아니라

어서 먹어라
말만치 커가는 처녀야
서걱 서걱 먹어라.

—《새한민보》 4권 1호(1950. 2), 111~113쪽

# 녹번리

여보!
운전수 양반
여기다 내버리고 가면
어떡하오!

녹번리까지만
날 데려다주오

동지섣달
꽃 본 듯이…… 아니라
녹번리까지만
날 좀 데려다주소
취했달 것 없이
다리가 휘청거리누나

모자 쓴 아이
열여덟쯤 났을까?
"녹번리까지 가십니까?"
"넌두 소년감화원께까지 가니?"
"아니요"

깜깜 야밤중
너도 돌변한다면
열여덟 살도
내 마흔아홉이 벅차겠구나

헐려 뚫린 고개
상엿집처럼
하늘도 더 꺼머
쪼비잇하다

누구시기에
이 속에 불을 켜고 사십니까?
불 들여다보긴
낸데
영감 눈이 부시십니까?

탄탄대로 신작로 내기는
날 다니라는 길이겠는데
걷다 생각하니
논두렁이 휘감누나

소년감화원께까지는
내가 찾아가야겠는데

인생 한번 가고 못 오면
만수장림에 운무로다……

# 碌磻里

원문

여보!
운전수 양반
여기다 내뻐리구 가믄
어떠카오!

碌磻里까지 만
날 데레다 주오

冬至 섯달
꽃 본 듯이…… 아니라
碌磻里까지 만
날 좀 데레다 주소
취했달 것 없이
다리가 휘청거리누나

帽子 쓴 아이
열여들 쯤 났을가?
「碌磻里까지 가십니까?」
「넌두 少年感化院께 까지 가니?」
「아니요」

깜깜 야밤 중
너도 突變한다면
열여들 살도
내 마흔아홉이 벅차겠구나

헐려 뚫린 고개
상여집처럼
하늘도 더 껌어
쪼비잇 하다[1]

누구시기에
이 속에 불을 키고 사십니까?
불 디레다 보긴
낸 데
영감 눈이 부시십니까?

탄 탄 大路 신작로 내기는
날 다니라는 길이겠는데
걷다 생각하니
논두렁이 휘감누나

소년감화원께 까지는
내가 찾어 가야겠는데

인생 한번 가고 못오면
萬樹長林에 雲霧로다……

—《새한민보》 4권 1호(1950. 2), 111~113쪽

1 쭈뼛하다. 무섭거나 놀라서 머리카락이 꼿꼿하게 일어서는 듯한 느낌이 들다.

# 곡마단

소개 터
눈 우에도
춥지 않은 바람

클라리오넷이 울고
북이 울고
천막이 후두둑거리고
기가 날고
야릇이도 설고 홍청스러운 밤

말이 달리다
불테를 뚫고 넘고
말 우에
기집아이 뒤집고

물개
나팔 불고

그네 뛰는 게 아니라
까아만 공중 눈부신 땅재주!

감람 포기처럼 싱싱한
기집아이의 다리를 보았다

역기 선수  팔짱 낀 채
외발자전거 타고

탈의실에서 애기가 울었다
초록 리본 단발머리째리가 드나들었다

원숭이
담배에 성냥을 켜고

방한모 밑 외투 안에서
나는 사십 년 전 처량한 아이가 되어

내 열 살보담
어른인
열여섯 살 난 딸 옆에 섰다
열길 솟대가 기집아이 발바닥 우에 돈다
솟대 꼭두에 사내 어린아이가 거꾸로 섰다

가꾸로 선 아이 발 위에 접시가 돈다
솟대가 주춤한다
접시가 뛴다 아슬아슬

클라리오넷이 울고
북이 울고

가죽잠바 입은 단장이
이욧! 이욧! 격려한다

방한모 밑 외투 안에서
위태 천만 나의 마흔아홉 해가
접시 따라 돈다 나는 박수한다.

# 曲馬團

원문

疎開터[1]
눈 우에도
춥지 않은 바람

클라리오넽이 울고
북이 울고
천막이 후두둑거리고
旗가 날고
야릇이도 설고 홍청스러운 밤

말이 달리다
불테를 뚫고 넘고
말 우에
기집아이 뒤집고

물개
나팔 불고

그네 뛰는게 아니라
까아만 空中 눈부신 땅재주!

甘藍[2] 포기처럼 싱싱한

1 공습이나 화재의 피해를 줄이기 위해 한자리에 있던 사람이나 건조물을 분산시켜 생겨난 공터.
2 감람(甘藍). 양배추.

기집아이의 다리를 보았다

力技選手 팔장 낀채
외발 自轉車 타고

脫衣室에서 애기가 울었다
草綠 리본 斷髮머리 째리[3]가 드나들었다

원숭이
담배에 성냥을 키고

防寒帽 밑 外套 안에서
나는 四十年前 悽凉한 아이가 되어

내 열살보담
어른인
열여섯 살 난 딸 옆에 섰다
열길 솟대가 기집아이 발바닥 우에 돈다
솟대 꼭두에 사내 어린 아이가 가꾸로 섰다
가꾸로 선 아이 발 우에 접시가 돈다
솟대가 주춤 한다
접시가 뛴다 아슬 아슬

3 짜리. 어떤 옷차림을 한 것으로써 그 사람을 낮추어 보는 말. 예컨대, '양복짜리', '장옷짜리'와 같이 쓰임. 여기에서는 '단발머리짜리'라고 쓰인 것으로 봄. 사람 이름 '제리'로 보기도 함.

클라리오넽이 울고
북이 울고

가죽 잠바 입은 團長이
이욧! 이욧! 激勵한다

防寒帽 밑 外套 안에서
危殆 千萬 나의 마흔아홉 해가
접시 따러 돈다 나는 拍手한다.

—《문예(文藝)》7호(1950. 2), 111~113쪽

# 4·4조 5수

## 늙은 범

늙은 범이
내고 보니
네 앞에서
아버진 듯
앉았구나
내가 설령
아버진들
네 앞에야
범인 듯이
안 앉을까?

## 네 몸매

내가 바로
네고 보면
섣달 들어

긴긴 밤에
잠 한숨도
못 들겠다
네 몸매가
하도 고와
네가 너를
귀이노라
어찌 자노?

## 꽃분

네 방까지
오간 대청
섣달 추위
어험 섰다
네가 통통
걸어가니
꽃분만치
무겁구나

## 산 달

산 달 같은
네로구나
널로 내가
태지 못해
토끼 같은
내로구나
얼었다가
잠이 든다

## 나비

내가 인제
나비같이
죽겠기로
나비같이
날아왔다
검정 비단
네 옷 가에

앉았다가
창 훤하니
날아간다

# 四四調 五首

## 늙은 범

늙은 범이
내고[1] 보니
네 앞에서
아버진 듯
앉았구나
내가 서령
아버진 들
네 앞에야
범인 듯이
안 앉을가?

## 네 몸매

내가 바로
네고 보면
섯달 들어
긴 긴 밤에
잠 한숨도
못 들겠다

1 나이고.

네 몸매가
하도 곻아
네가 너를
귀이노라[2]
어찌 자노?

## 꽃분

네 방 까지
五間 대청
섯달 치위
어험 섰다[3]
네가 통통
거러 가니
꽃분 만치
무겁구나

## 山달

山 딜 같은
네로구나

2 귀하게 여기다.
3 짐짓 위엄스러운 모습으로 서다.

널로 내가
胎지[4] 못해
토끼 같은
내로구나
얼었다가
잠이 든다

## 나비

내가 인제
나븨 같이
죽겠기로
나븨 같이
날라 왔다
검정 비단
네 옷 가에
앉았다가
窓 훤 하니
날라 간다

—《문예》8호(1950. 6), 100~101쪽

4 태어나다.

# 2장

# 일본어 시

## 新羅の柘榴

薔薇のやう咲きゆく火爐(ばち)の炭火
立春節の夜は藻汐草燒く香りする

一冬越(ひとふゆご)しの柘榴を割り
ルピ-の實を一つびとつつまむ

あゝ透き通つた追憶の幻想を
金魚のやうな幼い觸感(さはり)よ

この實は去年の神無月
われらの小い物語りの始まつた頃熟(みの)つた

少女よいつか知らぬ間にそつと窺くやうになつた
おまへの胸に眞白い仔兎が二匹

傳說の池に泳ぐ小魚の指と指
かすかな銀線のふるへ

あゝ柘榴の實をつまみつゝ
新羅千年の空を夢みる

—《가(街)》(1925. 3)

## 柘榴

薔薇꽃 처럼 곱게 피여 가는 화로에 숫불,
立春때 밤은 마른풀 사르는 냄새가 난다.

한 겨울 지난 柘榴열매를 쪼기여
紅寶石 같은 알을 한알 두알 맛 보노니,

透明한 옛 생각, 새론 시름의 무지개여,
金붕어 처럼 어린 녀릿 녀릿한 느낌이여.

이 열매는 지난 해 시월 상ㅅ달, 우리 들의
조그마한 이야기가 비롯될 때 익은것이어니.

자근아씨야, 가녀린 동무야, 남몰래 깃들인
네 가슴에 조름 조는 옥토끼가 한쌍.

옛 못 속에 헤엄치는 힌고기의 손가락, 손가락,
외롭게 가볍게 스스로 떠는 銀실, 銀실,

아아 柘榴알을 알알히 비추어 보며
新羅千年의 푸른 하늘을 꿈꾸노니.

—『정지용 시집』, 36~37쪽

# 草の上

パンと水を飲む
菜葉服姿の若ものよ
血紅色(まつかな)林檎が慾しくないか？

頬ぺたに
ペンキのしみは
一寸綺麗ね
ちよびつと殘した
口ひげに
伊太利人のやうに微笑(わら)ふ
そうだ-そこが好きなんだ

そのラブレター-を
お副食(かず)にして食べろ
薔薇(ばら)になる。

—《가》(1925. 7)

# 풀밭 위

초역

빵과 물을 마시는
청색옷을 입은 청년이여
새빨간 사과가 아쉽지 않은가

볼에다
페인트 얼룩은
조금 이쁘네
슬쩍 남긴
콧수염
이태리인처럼 웃는다
그렇지 그게 좋다

그 러브레터를
반찬 삼아
먹어라
장미꽃이 된다.

# まひる

しんに さびしい
ひるが きたね

ちいさい おんなのこよ
まぼろしの
ふえまめを ふいてくれない？

ゆびさきに
あほーいひが ともる
そのまゝにして きえる

さびしいね

—《가》(1925. 7); 《근대풍경(近代風景)》, 2권 6호(1927. 6) 재수록

## 한낮

초역

몹시도 한적한
낮이 되었네

어린 계집아이여
허깨비의
콩피리를 불어 주지 않겠니?

손가락 끝에
파란 불이 켜진다
그대로 있다가 사라진다

한적하다

# カフツエー・フランス

(一)

異國種の棕梠の下に
斜に立てられた街燈。
カフツエー・フランスに行かう。

こいつはルバシカ。
も一人のやつはボヘミヤン・ネクタイ。
ひよろゝ痩せたやつがまつ先きに立つ。

夜雨は蛇の目のやう細い
敷石(ペイブメント)に洇び泣く燈(あかり)の散光(ひかり)
カフツエー・フランスに行かう。

こいつの頭はいびつの林檎。
も一人のやつの心臓は蟲ばんだ薔薇。
野良犬のやうに濡れたやつが飛んで行く。

(二)

『おゝ鸚鵡(パロツト)さん! グツドイヴニング!』

『グッドイヴニング!』
── 親方(おやかた) 御氣げん如何です?──

欝金香(チユリップ)孃さんは
今晩も更紗のカ-テンの下で
お休みですね。

私は子爵の息子でも何んでもない
手が餘り白すぎて哀しい。

私は國も家もない
大理石のテ-ブルにすられる頬が監視ゐ。

おゝ 異國種の仔犬よ
つま先きをなめてお呉れよ。
つま先きをなめてお呉れよ。

──《동지사대학예과학생회지(同志社大學豫科學生會誌)》 4호(1925. 11), 50~51쪽;
《근대풍경》 1권 2호(1926. 12), 「かつふぇ·ふらんす」로 2부만 수록

# 카떼·뜨란스

옴겨다 심은 棕櫚나무 밑에
빗두루 슨 장명등,
카떼·뜨란스에 가쟈.

이놈은 루바쉬카
또 한놈은 보헤미안 넥타이
뻣적 마른 놈이 압장을 섰다

밤비는 뱀눈 처럼 가는데
페이브멘트에 흐늙이는 불빛
카떼·뜨란스에 가쟈.

이 놈의 머리는 빗두른 능금
또 한놈의 心臟은 벌레 먹은 薔薇
제비처럼 젖은 놈이 뛰여 간다.

*

「오오 패롯(鸚鵡) 서방! 꾿 이브닝!」

「꾿 이브닝!」(이 친구 어떠하시오?)

鬱金香 아가씨는 이밤에도
更紗 커―틴 밑에서 조시는구려!

나는 子爵의 아들도 아모것도 아니란다.
남달리 손이 히여서 슬프구나!

나는 나라도 집도 없단다.
大理石 테이블에 닷는 내뺌이 슬프구나!

오오, 異國種강아지야
내발을 빨어다오.
내발을 빨어다오.

—『정지용 시집』, 46~47쪽

# 車窓より

おばさん 何が そんなに
かなしくて なくの?
ないて ないて
鹿兒島へ たつ。

ぼろに なりかけた
タオルに 涙が いつぱい
-そいつが 氣になつて
しようが ない

わたし だつて 齒が痛みだして
歸る ところ なんです。

するどい 機関車は
さびしい 六月の 空氣を
さし殺し さし殺して 走る。

—《동지사대학예과학생회지》4호(1925. 11), 51~52쪽

## 汽車

할머니
무엇이 그리 슬어 우십나?
울며 울며
鹿兒島로 간다.

해여진 왜포 수건에
눈물이 함촉,
영! 눈에 어른거려
기대도 기대도
내 잠못들겠소.

내도 이가 아퍼서
故鄕 찾어 가오.

배추꽃 노란 四月바람을
汽車는 간다고
악 물며 악물며 달린다.

—『정지용 시집』, 113~114쪽

# いしころ

いしころ ころころ
そは わが たましひ の
かけら なり。

やめる ピエロ の かなしみ
はつたび に つかれし
つばくらめ の
さみしき おしやべり もて。
つめつて なほ あからむ

ち に にじまれて、
あめ の いこくまち を
われ さえづり さまよふ。

いしころ ころく
そは わが たましひ の
かけら なり。

—《동지사대학예과학생회지》4호(1925. 11), 52쪽

# 조약돌

조약돌 도글 도글……
그는 나의 魂의 조각 이러뇨.

알는 피에로의 설음과
첫길에 고달픈
靑제비의 푸념 겨운 지줄댐과,
꾀집어 아즉 붉어오르는
피에 맺혀,
비날리는 異國거리를
嘆息하며 헤매노나.

조약돌 도글 도글……
그는 나의 魂의 조각 이러뇨.

—『정지용 시집』, 50쪽

# 仁川港の或る追憶

西瓜の香りする
しめつぽい初夏(はつなつ)の夕暮れ-
とうき海岸通りの
ポプラの並木路に沿える
電燈の數。數。
泳ぎ出でしがごと
瞬きかゞやくなり。

憂鬱に響き渡る
築港の汽笛。汽笛。
異国情調(エキゾティク)にはためく
税関の旗。旗。

セメント敷石の人道側に
かるがる動く雪白(まつしろ)い洋装の點景。
そは流るゝ失望の風景にして
空しくオレンヂの皮を噛る悲みなり。

あゝ愛利施(エリシ)・黄(フワン)!
彼の女は上海に行く……

—《동지사대학예과학생회지》 4호(1925. 11), 52~53쪽;
《근대풍경》 2권 3호(1927. 3), 「悲しき印象画」로 고쳐 재수록

# 슬픈 印像畵

수박냄새 품어 오는
첫녀름의 저녁 때……

먼 海岸 쪽
길옆나무에 느러 슨
電燈. 電燈.
헤엄처 나온듯이 깜박어리고 빛나노나.

沈鬱하게 울려 오는
築港의 汽笛소리…… 汽笛소리……
異國情調로 퍼덕이는
稅關의 旗ㅅ발. 旗ㅅ발.

세멘트 깐 人道側으로 사폿 사폿 옴기는
하이한 洋裝의 點景!

그는 흘러가는 失心한 風景이여니……
부즐없이 오랑쥬 껍질 씹는 시름……

아아, 愛施利·黃!
그대는 上海로 가는구려……

—『정지용 시집』, 48~49쪽

# シグナルの燈り

同志(あいつ)らは
かゝを懐(した)ふて
すゞめつこが可愛さに
みいんな行つてた。

吹雪(ふぶき)の夜。まんとにくるまつて
しよんぼりそうふて行つてた。

國境の淋しいステ-ション-

まんとの襟をしめしめて
遠いシグナルの燈を見てた。

—《자유시인(自由詩人)》 1호(1925. 12), 8쪽

## 신호등 불빛

초역

또래들은
엄마가 그리워
참새 새끼가 귀여워서
모두 돌아갔다.

눈보라 치는 밤, 망토를 뒤집어쓰고
풀이 죽은 모습으로 돌아갔다.

국경의 쓸쓸한 정거장 —

망토 깃을 여미며 여미며
먼 신호등 불빛을 바라보았다.

# はちゆう類動物
(一九二五・六月・朝鮮線汽車中にて。)

どす黒い息を吐きつゝ
すばやく走る巨大な
長々しき爬蟲類動物。

あいつに童貞の婚約指環(エンゲージリング)を
取り戻しにいつたものゝ
とても大い尻で退かれた。

……**Tul-k-duk**……**Tul-k-duk**……
……**Tul-k-duk**……

悲しくて悲しくて心臓になつちまつた。

よこに掛けてゐた
小ロシヤ流浪(さすらひ)の舞女(ダンサー)。
眼玉が そんなに碧い？

……**Tul-k-duk**……**Tul-k-duk**……
……**Tul-k-duk**……

そいつは悲しくて悲しくて膽嚢になつた。

長々しき支那人(チャンコルラ)は大腸七尺。
狼のごと眠ころんでる日本人(ウェイノム)は小腸五尺。
い-い-あの脚の毛！

……**Tul-k-duk**……**Tul-k-duk**……
……**Tul-k-duk**……

今。白金太陽直射の下
奇怪な消化器官の幻覚が沸騰する。

……**Tul-k-duk**……**Tul-k-duk**……
……**Tul-k-duk**……

どす黒い火を吐きつゝ
白骨と雑草の赭土を踏みにじつて走る
長々しき爬蟲類動物。

—《자유시인》1호(1925. 12), 9~10쪽

# 爬虫類動物

시꺼먼 연기와 불을 배트며
소리지르며 달어나는
괴상하고 거 — 창 한 爬蟲類動物

그녀ㄴ 에게
내 童貞의結婚반지 를 차지려갓더니만
그 큰 궁둥이 로 떼밀어

…털크덕…털크덕…

나는 나는 슬퍼서 슬퍼서
心臟이 되구요

여페 안진 小露西亞 눈알푸른 시약시
「당신 은 지금 어드메로 가십나?」

…털크덕…털크덕…털크덕…

그는 슬퍼서 슬퍼서
膽囊이 되구요

저 기—드란 짱골라 는 大膓
뒤처 젓는 왜놈 은 小膓.
「이이! 저다리 털 좀 보와!」

털크덕…털크덕…털크덕…털크덕…

六月ㅅ달 白金太陽 내려쪼이는 미테
부글 부글 끄러오르는 消化器管의妄想이여!

赭土 雜草 白骨 을 짓발부며
둘둘둘둘둘둘 달어나는
굉장하게 기—다란 爬蟲類動物.

—《학조(學潮)》1호(1926. 6), 91쪽

# なつぱむし

みちばたに
なつぱむしがいつぱいだ。

なつぱむしは
いやだ。
わたしも
いやなむしだ。

きんぎよを のんで
びようきに なつた
うちに かへるよ。

—《자유시인》1호(1925. 12), 10쪽

# 채소 벌레

초역

길거리에
채소 벌레가 즐비하다.

채소 벌레는
지겹다.
나도
지겨운 채소 벌레다.

깅교[1]를 먹고
탈이 났다.
집으로 돌아갈래요.

1 きんぎょくとう(金玉糖)의 준말로 보임. 무, 설탕, 향료를 섞어서 조린 여름용 과자.

## 扉(ドアー)の前

扉(ドアー)のノツクにふれた時
心臓がからりと落ちた。
後向きに背中をすりつけて
しんじつ未練をさぐつて見る。
あいつが憎いとも
今頃愛らしいとも思ひやしないよ。
おれの手が
しんそこ氷つてゐる。

—《자유시인》1호(1925. 12), 10쪽

# 문 앞

초역

문을 두드리는 소리가 날 때
심장이 덜컥 내려앉았다.
뒤를 돌아 등을 비비대며
실은 미련을 더듬는다.
그 녀석이 싫다고도
이제 와서 사랑스럽다고도 생각지 않아.
내 손이
정말로 얼어붙었다.

# 雨に濡れて

いんきな赤煉瓦づくりの下に佇んで
泥と薔薇(ばら)と破(やぶ)れ靴の詩をたくらんでゐる。

犬ころの湿(しめっ)ぽい情熱で濡れて吠えて
そこいらぢうを ころげまわつてきた後

帽子もぼろぼろのまんとも
じつさい可愛いひとりものゝ心臓も

びつしより濡れてぶるぶるふるへて
温室と戀と蝋燭の燈(ともしび)をしきりに呪つてゐる。

—《자유시인》1호(1925. 12), 10쪽

# 비에 젖어

초역

음울한 적벽돌 건물 아래 우두커니 서서
진흙과 장미와 찢어진 구두의 시를 떠올리고 있다.

강아지는 눅눅한 정열에 젖어 짖으며
이리저리 뒹굴고 나온 뒤

모자도 너털너털한 망토도
참으로 사랑스런 외톨이의 심장도

흠빽 젖어 벌벌 떨며
따스한 방과 사랑과 촛불 빛을 줄곧 빌고 있다.

# 恐ろしき落日

都會の日が暮れる。
疫 病(インフルエンザ)の如き惡寒惡熱の日が
煙突の森にかゝれり。

坂路に いつぱい むらむらと
火つくやうな赤蟻の群が見入るなり。
みすぼらしき大い口を開けつぱなした乞食が
街角に立ち狂ひて見入るなり。

膚を鋏(き)られた屋根裏の娼婦(たわれめ)が
痛々しげにふるへつゝ見入るなり。

われ隱れて針のすきまよち
恐ろしき肝臟の目を窺くなり。

—《자유시인》1호(1925. 12), 11쪽

# 무서운 낙일

초역

도시의 해가 저문다.
역병처럼 내리쬐며 이글거리던 해가
굴뚝의 숲에 걸렸다.

언덕길에 쭉 떼를 지어
불붙는 듯 불개미 무리가 지켜본다.
물로 배를 채운 거지가 큰 입을 벌리고
길모퉁이에서 날뛰며 지켜본다.

살을 베인 다락방 안의 창부가
고통스럽게 떨며 지켜본다.

우리는 숨어서 바늘 틈으로
무서운 간덩이 같은 해를 엿보고 있다.

# 暗い戸口の前

暗い戸口の前を一人通る時
氣味のわるいやうな
ふつくり肥えた猫と
ちいさい猫にふと出逢つた。
いや。それはたいへんな
しかもへい氣にやる見違ひ！
善良な母と娘なのだ
つくづく自分のこゝろがいやになる

—《자유시인》1호(1925. 12), 11~12쪽

# 어두운 출입구 앞

초역

어두운 출입구 앞을 혼자 지날 때
무언가 불길한 느낌에
통통하게 살진 고양이와
어린 고양이와 딱 마주쳤다.
아니야, 저건 아주 큰
그리고도 흔한 잘못 본 것이지!
선량한 엄마와 딸이다.
정말로 내 마음이 싫어진다.

# 遠いレール

白金の坩堝のやうな、
六月の太陽の下。
きらきら ひかつてゐる、
遠いレールを見る。
地に長々しく匍へる、
ふしぎな動物のやうな、
レールを見てゐる。
赭土一面の野つばら、
まひるのさみしさと、
食慾が ほのぼの燃えてゐる。

—《자유시인》2호(1926. 2);《근대풍경》2권 6호(1927. 6) 재수록

# 먼 레일

초역

백금의 도가니 같은,
6월의 태양 아래.
반짝반짝 빛나는,
먼 레일을 본다.
땅에 기다랗게 기어가는,
불가사의한 동물 같은,
레일을 보고 있다.
일면 붉은 흙의 들판,
한낮의 슬픔과,
식욕이 어렴풋이 불타고 있다.

# 歸り路

石ころを けつて あるく。
むしやくしやした 心で、
石ころを けつて あるく。
すさまじき 口論の のち、
腹が へつて 歸り路の、
かんしやくだまが、
氷つた つまさきで 蹶く。

—《자유시인》2호(1926. 2); 《근대풍경》2권 6호(1927. 7) 재수록

# 귀로

초역

돌멩이를 차고 있다.
짜증스러운 마음으로,
돌멩이를 차면서 걷는다.
심한 말다툼 후에,
배고픈 귀로의,
울화통이,
언 발톱에서 터진다.

# まつかな汽關車

のろ のろ あるく と
戀をおぼえやすいから
子供よ。驅けてゆかう。
頬つぺたの 可愛い火が
とくに消えると どうする?

いつさんに はしつてゆかう。
風は ひゆう ひゆう と吹きすさみ

小魚の口を 誘ふ 餌(えさ)のやうだ。
子供よ。なんにも 知らない
まつかな 汽關車のやう走つてゆかう。

—《자유시인》 2호(1926. 2);
《동지사대학예과학생회지》 7호(1926. 11), 「眞紅な汽關車」로 재수록;
《근대풍경》 2권 11호(1927. 12), 「眞紅な汽關車」로 재수록

## 새빩안 機關車

느으릿 느으릿 한눈 파는 겨를에
사랑이 수히 알어질가도 싶구나.
어린아이야, 달려가쟈,
두뺨에 피여오른 어여쁜 불이
일즉 꺼저버리면 어찌 하쟈니?
줄 다름질 처 가쟈.
바람은 휘잉. 휘잉.
만틀 자락에 몸이 떠오를 듯.
눈보라는 풀. 풀.
붕어새끼 꾀여내는 모이 같다.
어린아이야, 아무것도 모르는
새빩안 기관차 처럼 달려 가쟈!

—『정지용 시집』, 66쪽

# 橋の上

はなやかな 街
金魚池のやう きらびやかな
夜の街を 通りぬけた。

ひとけ さみしき
橋べに かゝつた 時
あしの 下では
ちよろ ちよろ せゝらぎ
しとやかな 夜話しに ふけてゐる。

たよりない 頬ぺたの
おきばを さがしたさに
欄干(らんかん)に すらして
石を 嗅いでゐる。

―《자유시인》2호(1926. 2);
《동지사대학예과학생회지》7호(1926. 11) 재수록;
《근대풍경》2권 11호(1927. 12) 재수록

# 다리 위

초역

화려한 거리
금붕어 연못처럼 황홀한
밤의 시가지를 빠져나왔다.

인기척이 끊어진
다리에 이르렀을 때
발아래로는
졸졸 잔물결
호젓한 저녁 이야기에 잠겨 간다.

기댈 곳 없는 뺨
둘 곳을 찾으니
난간에 부비며
돌의 내음을 맡다.

# 幌馬車

丁度いま通る場所は時計やの店の前。晝間は軒したにかけられてゐる雲雀が都會の大氣にややふすぼつてきた聲で人流れに向いてしきりに囀つてゐたのです。

その退屈さうにまぶたを閉ぢてゐる姿--可愛い眠りの一點ともいふやうなありさまが疲れた心に浮ばれてくるのです。なだめてやりたいやうな なだめられたいやうな心です。私の哀れつぽい影ぼしはあてもなく黑い喪服のやうに流れて行きます。しつとりと濡れてゐるリボンなしの浪漫的帽子(ロマンチックシャツポ)の底には金魚の奔流のやうな夜の景色が流れてゐます。公孫樹の並樹は異國の斥候兵の足どりで しづしづと流れてゐます。

悲しい眼鏡が曇る。

夜雨は斜(なな)めに虹を繪く。

まばらな夜ふけ電車の曲りぐはいの ギ- と云ふ響きに私の小さい魂はおどかされたばかりにはばたくのです。歸りたい。溫(あったか)かい鑪(いろり)のそばに歸りたい。好きな馬太傳五章を讀みながら南京豆でも食べてゐたいと言ふのです。でも私は歸られるでせうか。

辻角に突き立っているビルディングの塔では高慢な12時がいかめしく避雷針の方に片指をさし上げてゐます。今に私のくびがからりと落されさうなものです。松葉のやうな格好をして歩く私を高い所から見下してゐるのは面白いことでせう。放心してしようべんでもしたくなりました。ヘルメツトの夜警巡査がフィールムのやうにやつてくるでせう。

辻角の煉瓦の壁はしめつてゐる。淋しい都會の頬ぺたがしめつている。こころはしきりに戀の落書をしてゐます。一人しよんぼり涙ぐんでゐるのはいつもの赤い豆電燈の眼なのです。私達のその前夜はこんなに物憂い。こんなにも淋しい! ではこのへんで そなたをおとなしく待つてゐませうか? 道ばたがひどくぬかるんでゐるので蛇の眼のやうなものが ぎよろ ぎよろ ひかつています。靴があんまり大いなので歩きながら眠くなります。泥つちにくつついてしまひさうです。しみじみそなたのまるい肩が戀しい。そこに頭をすゑさへすれば何時も遠い暖かい海鳴りが聽かれたものを-

あゝ どう待つてもこられぬ人を!

待つてもこられぬ人のゆゑつかれた心は幌馬車を呼ぶ。
口笛のやうに吹いてくる幌馬車を呼ぶ。銀製の悲哀がのせられるビロード敷きのほろ馬車。丁度そなたのやうなほろ馬車。ほろ ほろろ ほろ馬車を待つ。

—《자유시인》2호(1926. 2);
《동지사대학예과학생회지》7호(1926. 11) 재수록;
《근대풍경》2권 4호(1927. 4) 재수록

# 幌馬車

이제 마악 돌아 나가는 곳은 時計집 모롱이, 낮에는 처마 끝에 달어맨 종달새란 놈이 都會바람에 나이를 먹어 조금 연기 끼인듯한 소리로 사람 흘러나려가는 쪽으로 그저 지줄 지줄거립데다.

그 고달픈 듯이 깜박 깜박 졸고 있는 모양이— 가여운 잠의 한점이랄지요— 부칠 데 없는 내맘에 떠오릅니다. 쓰다듬어 주고 싶은, 쓰다듬을 받고 싶은 마음이올시다. 가엾은 내그림자는 검은 喪服처럼 지향 없이 흘러나려 갑니다. 촉촉이 젖은 리본 떨어진 浪漫風의 帽子밑에는 金붕어의 奔流와 같은 밤경치가 흘러 나려갑니다. 길옆에 늘어슨 어린 銀杏나무들은 異國斥候兵의 걸음제로 조용 조용히 흘러 나려갑니다.

> 슬픈 銀眼鏡이 흐릿하게
> 밤비는 옆으로 무지개를 그린다.

이따금 지나가는 늦인 電車가 끼이익 돌아나가는 소리에 내 조고만 魂이 놀란듯이 파다거리나이다. 가고 싶어 따듯한 화로갛를 찾어가고싶어. 좋아하는 코— 란經을 읽으면서 南京콩이나 까먹고 싶어, 그러나 나는 찾어 돌아갈데가 있을라구요?

네거리 모퉁이에 씩 씩 뽑아 올라간 붉은 벽돌집 塔에서는 거만스런 XII時가 避雷針에게 위엄있는 손까락을 치여 들었소. 이제야 내 목아지가 쭐 뻿 떨어질듯도 하구료. 솔닢새 같은 모양새를 하고 걸어가는 나를 높다란데서 굽어 보는것은 아주 재미 있을게지요. 마음 놓고 술 술 소변이라도 볼까요. 헬멧 쓴 夜警巡査가 예일림처럼 쫒아오겠지요!

네거리 모퉁이 붉은 담벼락이 흠씩 젖었오. 슬픈 都會의 뺨이 젖었소. 마음은 열

없이 사랑의 落書를 하고있소. 홀로 글성 글성 눈물짓고 있는 것은 가엾은 소—니야의 신세를 비추는 빩안 電燈의 눈알이외다. 우리들의 그전날 밤은 이다지도 슬픈지요. 이다지도 외로운지요. 그러면 여기서 두손을 가슴에 념이고 당신을 기다리고 있으릿가?

길이 아조 질어 터져서 뱀눈알 같은 것이 반쟉 반쟉 어리고 있오. 구두가 어찌나 크던동 거러가면서 졸님이 오십니다. 진흙에 챡 붙어 버릴듯 하오. 철없이 그리워 동그스레한 당신의 어깨가 그리워. 거기에 내머리를 대이면 언제든지 머언 따듯한 바다울음이 들려 오더니……

……아아, 아모리 기다려도 못 오실니를……

기다려도 못 오실 니 때문에 졸리운 마음은 幌馬車를 부르노니, 회파람처럼 불려오는 幌馬車를 부르노니, 銀으로 만들은 슬픔을 실은 鴛鴦새 털 깔은 幌馬車, 꼬옥 당신처럼 참한 幌馬車, 찰 찰찰 幌馬車를 기다리노니.

—『정지용 시집』, 63~65쪽

# 山(もりの) 娘(むすめ) 野(さとの) 男(おとこ)

山(もり)の鳥は もりに。
野(さと)の鳥は さとに。

もりの乙女 狩りに
もりに、行かうよ。

丘(こやま)一ツ 越えて
峰(おおやま) 高く 登り

「ホーイ」
「ホーイ」

もりの 乙女
脚の はやい こと。
雌鹿(めじか)の ごと。

かけ走る もりの乙女
弓を 引つぱつて捕まへたのか?
いいえ
さとの男の握つた手こそ
ふりに ふりかねたぞよ。

もりの 乙女。
さとの米を 喰(くら)はせば
もりの 語(ことば)を 忘れてた。

さとの 庭(やしき)。夜に入り
えんえんと 燃える
たき火を 見とほし居れば

さとの男の
たからかな 笑ひ。
もりの 乙女の
頬が ぱつと 赤らんでた。

—《동지사대학예과학생회지》5호(1926. 2), 38~39쪽

# 산엣 색씨 들녁 사내

산엣 새는 산으로,
들녁 새는 들로.
산엣 색씨 잡으러
산에 가세.

작은 재를 넘어 서서,
큰 봉엘 올라 서서,

「호―이」
「호―이」

산엣 색씨 날래기가
표범 같다.

치달려 다러나는
산엣 색씨,
활을 쏘아 잡었읍나?

아아니다,
들녁 사내 잡은 손은
참아 못 놓더라.

산엣 색씨,
들녁 쌀을 먹였더니
산엣 말을 잊었읍데.

들녘 마당에
밤이 들어,

활 활 타오르는 화투불 넘어로
넘어다 보면—

들녘 사내 선우슴 소리,
산엣 색씨
얼골 와락 붉었더라.

—『정지용 시집』, 117~119쪽

# 公孫樹

—庭に公孫樹の大木立つ。これ雌樹(めす)なり。丘ひとつ越えて彼方(かなた)風向きの場に雄樹(おす)あり。これら不思議な植物の戀を見る—

樹は いかにして 立ちをれりや。
ごうぜんと しかも古き傳説(つたへ)のごとき
公孫樹は いかにして立ちおれりや。

東方の人は思ひに悩む ならわしあり。
われ この 謎を 解くに
額に微かなる しわの よらんとするなり。
そは 不思議な女性の ごとく
はたまた かなた見しらぬ離れ孤島より
暴風雨(あらし)の火を つき襲ひ きたりし
銀灰色の 巨人の すがた なり。

いかにして 風と雨とに潤ひ
石と 土とを 吸ひとり
そが とこしへの饗宴に 供へりや。

藍色(あいいろ) 濃き たか空に のびのび
黄金の日光に泳ぎ 戦き(おのゝ) ふるひつゝ
小魚のごと 無數の唇を そろひあげ
はてなき 緑の郷愁(みどりのすたるじや)を うたふなり。

われ そなたが おごそかなる幹(からだ)に身をよせ
空しき なやみの喪(も)を 脫ぎすてん。
ありし日の もの憂き 夜(よな)。夜(よな)を 忘れ
きたらんとする曉(あかつき)の 窓。窓を 數へん。

酬はれざりし 戀の弓を 掛け
のろひの語り 悲しき口笛を 止め
あゝ。そなたが 白日の夢に
眼を つぶらんと するなり。

—《동지사대학예과학생회지》5호(1926. 2), 39~40쪽

## 은행나무

초역

— 뜰에 커다란 은행나무가 서 있다. 이는 암나무다. 언덕 너머 저쪽 바람 불어오는 곳에 수나무가 있다. 이 불가사의한 식물의 사랑을 보다 —

나무는 어떻게 서 있는가.
호연하게 더구나 오랜 전설 같은
은행나무는 어떻게 서 있는가.

동방의 사람은 생각을 깊이 하는 습속이 있으니
나 이 수수께끼를 풀기 위해
이마에 작은 주름이 생기려 한다.

그것은 불가사의한 여성처럼
혹은 저쪽 본 적이 없는 외딴섬에서
폭풍우 치던 날 몰려온
은회색의 거인의 모습이니.

어찌하여 비바람을 맞고
돌과 흙을 빨아들여
그대 영원의 향연에 바쳤는가.

쪽빛 짙은 높은 하늘에 쭉쭉 벋고
황금빛 햇살에 헤엄치면서 떨고 또 떨며
작은 물고기처럼 무수한 입술을 모두고
끝없는 초록의 향수를 노래하노니.

나 그대의 엄숙한 줄기에 몸을 기대서서
헛된 고뇌의 아픔을 벗어 버려.
지난날의 울적한 밤. 밤을 잊어

다가오는 새벽의 창. 창을 헤아리네.

이루지 못한 사랑의 화살을 겨누어
저주의 말, 슬픈 휘파람을 멈추고
아아 그대의 백일몽에
눈을 감으려고 하노니.

## 夜半

ものは みな しづしづと、
おほきな 夜と ともに 流れゆく。

屋根の上の 月も 西へ西へと 流れる。

のきさきに 枝ぶりをはつてゐる
蜜柑の樹も 流れる。

海に向ふ さびしい顔の やうに
あかりも こゝろも 川原に
水鶏(くひな)の巣も みなみな 流れゆく。

私も 眠りながら 流されながら
このガラス窓のへやで 船の夢を 見る。

—《동지사대학예과학생회지》 5호(1926. 2), 40~41쪽;
《근대풍경》 2권 6호(1927. 7) 재수록

# 밤[1]

눈 머금은 구름 새로
흰달이 흐르고,

처마에 서린 탱자나무가 흐르고,

외로운 촉불이, 물새의 보금자리가 흐르고……

표범 껍질에 호젓하이 쌓이여
나는 이밤, 「적막한 홍수」를 누어 건늬다.

—『정지용 시집』, 67쪽

1 《신생(新生)》 37호(1932. 1)에 발표됨. 일본어 원문의 내용과 약간의 차이가 있음.

# 雪

○

雪の上に しりを すゑてゐる。
蝋のやうな 淋しい男だ。
黑(くろ)まんとの えり より
靑(あほう)い 顔が 咲いて ゐる。

○

雪の なかを かきちらして
紅い 木の實が でてきた。
ゆびが 幸福さうに 氷つてゐる。
口を あてゝ
ほう ほう と 息を吹く。

—《동지사대학예과학생회지》5호(1926. 2), 41쪽

# 눈

초역

○

눈밭 위에 주저앉아 있다.
밀납 같은 쓸쓸한 사내다.
검정 망토 깃에서
파아란 얼굴이 피어 있다.

○

눈 속을 헤쳐
빠알간 나무 열매가 나왔다.
손끝이 행복하게 얼어 있다.
입에 대고
호호 입김을 분다.

# 耳

だんだん びんぼうに なりはて
みみ ばかりが おうきく なつた。
あだかも むちやな ひとの
せつぷんの あとの やう。
きよねんの しもやけが
また あからみ だす。

―《동지사대학예과학생회지》5호(1926. 2), 41~42쪽;《근대풍경》2권 6호(1927. 7) 재수록

# 귀

초역

점점 가난해져서
귀만 크게 생겼다.
마치 엉뚱한 사람이
입맞춤을 한 뒤처럼
작년 얼음 박힌 곳이
또다시 빨개진다.

# チヤツプリンのまね

チヤツプリンを まねて
しりを ふつて あるく。

みなを どうつと わらわした。
じぶんも ふきだす ばかり。
じつほ つゞかぬ うち
しりが さびしく なつた。
チヤツプリンは やめ!た。
はなやかな をどりこそ
かなしき あきらめ。
チヤツプリンにも なれると おもつた。

—《동지사대학예과학생회지》5호(1926. 2), 42쪽

## 채플린 흉내 내기

초역

채플린을 흉내 내어
엉덩이를 뒤뚱거리며 걷는다.
모두를 자지러지게 웃겼다.
나도 웃음을 터뜨릴 뿐.
열 발자국도 못 뛴 사이에
엉덩이가 허전해졌다.
채플린은 그만! 집어치웠다.
화려한 춤이야말로
슬픈 체념
채플린이라도 될 수 있다고 생각했다.

# ステツキ

ステツキを振りまわすと空氣が葉つぱのやうに切れる。鷹揚な若い士官のこゝろもちだ。ステツキは太くて腕白なものを持つとふとつぴたな奴になぐりつけたくなるからこのやすものゝ竹の根の莖で遠慮する。細い私のステツキよ。今朝の水つぽい散歩の空をすがすがしく切つて行かう。

—《동지사대학예과학생회지》5호(1926. 2), 42쪽

# 지팡이

초역

지팡이를 휘두르면 공기가 나뭇잎처럼 베어진다. 어엿한 젊은 사관의 심정이다. 지팡이는 굵고 장난스러운 것을 쥐면 살찐 놈을 후려치고 싶어지니까 이 싸구려 대나무 뿌리면 충분하다. 가느다란 나의 지팡이여. 오늘 아침 산책에 습한 허공을 상쾌하게 가르며 가자.

# 笛

君は
人魚をつかまへて
嫁さんにすることができるか?

こんな月の蒼白い晩には
なま温かい海の中へ
旅行もできるね。

君は
硝子のやうな幽霊になつて
骨ばかり見せることができるか?

こんな月の蒼白い晩には
風船だまに乗り
花粉の飛ぶやうな空へ
ふはふは登ることもできるね。

だあれも居ない木蔭のなか
一人 笛と語る。

—《자유시인》 3호(1926. 3); 《근대풍경》 2권 9호(1927. 10) 재수록

## 피리

자네는 人魚를 잡아
아씨를 삼을수 있나?

달이 이리 蒼白한 밤엔
따뜻한 바다속에 旅行도 하려니.

자네는 琉璃같은 幽靈이되여
뼈만 앙사하게 보일수 있나?

달이 이리 蒼白한 밤엔
風船을 잡어타고
花粉날리는 하늘로 둥 둥 떠오르기도 하려니.

아모도 없는 나무 그늘 속에서
피리와 단둘이 이야기 하노니.

—『정지용 시집』, 51쪽

# 酒場の夕日

火のやうな酒を ぐうつと、
飲みほしても ひもじいぞ。

おとなしいグラスを
めぢやめぢや食べても ひもじかろ。

おまへの眼は 高慢な 黑ぼたん。
おまへの唇は 寒しい 秋西瓜の一きれ。

なめてなめて ひもじかろ。

酒場(バ―)の窓が、
あかあかと燃えて ひもじいぞ。

―《자유시인》 3호(1926. 3); 《근대풍경》 2권 9호(1927. 10) 재수록

# 저녁 해ㅅ살[1]

불 피여오르듯하는 술
한숨에 키여도 아아 배곺아라.

수저븐 듯 노힌 유리 컾
바작 바작 씹는대도 배곺으리.

네 눈은 高慢스런 黑단초.
네입술은 서운한 가을철 수박 한점.

빨어도 빨어도 배곺으리.

술집 창문에 붉은 저녁 해ㅅ살
연연하게 탄다, 아아 배곺아라.

—『정지용 시집』, 55쪽

1 《시문학》2호(1930. 5)에 발표됨. 일본어 원문의 제목은 "술집의 저녁"임.

# 窓に曇る息

ふと 眼がさめた よなか-
ぱつと いつぱいになる 電燈(あかり)。

自分は 金魚のやうに 淋しくなつた。
へやは からんと しづんでゐる。
窓べの 青い星も のみこんだ。
まつくらい くらやみが
波かしらのごとく とゞろいてくる。
ふいて見ても やつぱり 怖(こわ)さうな夜(よる)だ。

○

しづみきつた 秋の夜更けの
さみしくも こうこつたる おもひ。
電燈の下で ひかる いんきが
碧い血でも あるやうに 美しい。
熱帯地方の ふしぎな樹液の香りがする。
こゝに いろいろの 話(はなし)の種(たね)や
郷愁(のすたるじあ)が ひつそり と
涙でも あるやうに 潤(うる)んで光る。

―《자유시인》4호(1926. 4), 4~5쪽

## 창에 서리는 입김

초역

퍼뜩 눈이 떠졌다. 한밤중 —
단숨에 가득 차는 전등불빛.
나는 금붕어처럼 쓸쓸해졌다.
방 안은 휑하니 가라앉아 있다.
창변의 파아란 별도 삼켰다.
새까만 어둠이
물결이 일렁이듯 밀려온다.
유리가 뽀얗게 흐리운다.
닦아 보아도 역시 무서운 밤이다.

○

폭 가라앉은 이윽한 가을밤에
외롭고 황홀한 생각.
전등불빛 아래서 빛나는 잉크가
푸른 피처럼 아름답다.
열대 지방의 이상한 수액 냄새가 난다.
여기에 이런저런 이야깃거리와
향수가 가만히
눈물처럼 글썽이며 빛난다.

# 散彈のやうな卓上演說

―亡国・頽廃・激情のスケッチ―

断髪の露西亞娘がしきりに
『バグダード酋長』を奏でゐる。

窓より流れ込む夜空はコバルトインキの洪水
星。星。あへん中毒で興奮してゐる。

『來た。來た。アブサン!アブサン!』
『オイ どうした。セルロイドつちやん?』
『すこし ちんばぢやないか。』
『變だね。』

むちやな頭蓋(あたま)などか
未來派の舞臺装置にいそがしく
火のやうなものがまわつて來た。
空氣がシガレツトの煙で凝固してゐる。

『オイ 女をつめるない!』
『なあに-しりかほしいんだ。』

いきなり逆立して
犬の聲を吠え出したかと思へば

散彈のやうな卓上演説(テーブルスピーチ)が破裂し出した。

『諸君!同胞すべて一千七百萬である。』
『なるほど三百萬減つた。』
『労働者虐殺 自殺統計 飢饉救済報告-。』

『アイルランドはどうだ!』
『ポーランド チエツク·スロバキアはどうだ!』
『チクセウ!密輸入者のくせに!』

突然ソ-シヤリストの膽嚢が爆發した。
怒りの火花が曲線に走る。
白銅貨の眼がみごとに的中した。

『犬め くたばれ!』

やがてこの場末酒場に
すばらしい遊吟詩人が入つて來る。
彼の旗のネツクタイに向かつて
一斉に感嘆の聲をあびせかけた。
『戀の正体が知れた。

赤い電燈玉。

精蟲か虐殺された。

さめざめ泣いてた。』

『チクセウ!月経と涙と混同したんだな』

『貴婦人のしりと太鼓と間違つたんだな』

『打てや。歌へや。』

『お-ど-れ-か-し。』

『諸君!女はまるいものである。』

『なあるほど 女はまるい!』

—《자유시인》4호(1926. 4), 5~6쪽

## 산탄 같은 탁상연설

초역

— 망국·퇴폐·격정의 스케치 —

단발의 러시아 여성이 계속하여
'바그다드의 추장'을 연주하고 있다.

창으로 흘러드는 밤하늘은 코발트 잉크의 홍수
별. 별. 아편 중독에 흥분해 있다.

『왔다. 왔다. 압생트! 압생트!』
『어이, 무슨 일. 셀룰로이드 양?』
『조금 절름발이 아닌가?』
『이상하네』

엉망인 머리들이
미래파의 무대장치에 수런스럽게
불 같은 것이 돌아온다.
공기가 시가렛 연기에 응고된다.

『어이, 여자를 몰아붙이지 마!』
『그까짓! 엉덩이가 갖고 싶은 거지』

느닷없이 물구나무서서
개 짖는 소리를 냈다고 생각하자
산탄 같은 탁상연설이 터지기 시작했다.

『여러분! 동포는 모두 천칠백만 명이다』
『그래, 삼백만이 줄었네』
『노동자 학살, 자살 통계, 기아 구제 보고 — 』

『아일랜드는 어때!』
『폴란드 체코슬로바키아는 어떻지!』
『쳇! 밀수입자 주제로!』

돌연 사회주의자의 담낭이 터졌다.
분노의 불꽃이 곡선을 달렸다.
백동화의 눈이 그대로 적중했다.

『개새끼, 죽어!』

이윽고 이 변두리 술집에
근사한 음유시인이 들어온다.
그의 깃발 같은 넥타이를 향해
모두가 탄성을 지른다.
『사랑의 정체가 밝혀졌다
빠알간 전등알
정충이 학살당했다.
하염없이 울었다』

『얼씨구, 월경과 눈물을 혼동했네』
『귀부인 엉덩이와 북을 착각했네』
『두드려라, 노래 불러라』
『춤을 — 춰 — 라』

『여러분! 여자는 둥근 것이다』

『그렇고말고. 여자란 둥글다!』

# 初春の朝

珍しい小鳥の鳴くねがもれてくる。
しなやかな時計に打たれたやうだ。
心が こまごまの豫感に分かれた。
水銀玉のごとく ころがつてゐる。

僕は寝床より起きようとはしない。

•

小鳥とも ものが言へさうだ。
鋭敏でおだやかな心持がはばたく。
小鳥と僕との國際語は口笛である。
小鳥よ。日ねもすそこらで鳴いてくれよ。
今朝は若げな象のやうにさびしい。

•

山の むこうのへんの 横顔(プロフィ-ル)
石竹花色(ぴんくいろ)にあからんでゐる。
くつきりとそびえ立つ
神神しき石英層の大柱(おほはしら)だ。
肝臟色の太陽が うららにゆれる。

朝の空を いつきに支へてゐる。

春が帶のごとく ひとめぐりめぐつて

そよ そよと 吹いてくる。

小鳥も ひよろ ひよろと吹かれて來た。

—《자유시인》 5호(1926. 5); 《근대풍경》 2권 4호(1927. 4) 재수록

# 이른 봄 아침[1]

귀에 설은 새소리가 새여 들어와
참한 은시계로 자근자근 얻어맞은듯,
마음이 이일 저일 보살필 일로 갈러저,
수은방울처럼 동글 동글 나동그라저,
춥기는 하고 진정 일어나기 싫어라.

*

쥐나 한마리 훔켜 잡을 듯이
미다지를 살포 — 시 열고 보노니
사루마다 바람 으론 오호! 치워라.

마른 새삼넝쿨 새이 새이로
빠알간 산새새끼가 물레ㅅ북 드나들듯.

*

새새끼와도 언어수작을 능히 할가 싶어라.
날카롭고도 보드라운 마음씨가 파다거리여.
새새끼와 내가 하는 에스페란토는 휘파람이라.
새새끼야, 한종일 날어가지 말고 울어나 다오,
오늘 아침에는 나이 어린 코끼리처럼 외로워라.

1 일본어 원문에는 국문 시 제2연이 빠져 있음.

*

산봉오리 — 저쪽으로 돌린 푸로우메일 —
페랑이꽃 빛으로 볼그레하다,
씩 씩 뽑아 올라간, 밋밋 하게
깎어 세운 대리석 기둥 인듯,
간ㅅ뎅이 같은 해가 익을거리는
아침 하늘을 일심으로 떠바치고 섰다,
봄ㅅ바람이 허리띄처럼 휘이 감돌아서서
사알랑 사알랑 날러 오노니,
새새끼도 포르르 포르르 불려 왔구나.

—『정지용 시집』, 32~33쪽

# 雨蛙

そうっと さわつて見る。
逃げやうともしない。
いきなり躍ねあがつて ぢつとしてゐる。
僕の掌(てのひら)は 坐禅の場(ば)となつた。

'おおい これみい! 雨蛙'

子供(こ)らは 雛のやうに
可愛い眼をして よつて來る。

○

野原の風に さらされて
この子は黑くなつてゐる。
この子は紅くなつてゐる。
この子は白くなつてゐる。

—《동지사대학예과학생회지》6호(1926. 6), 27쪽

# 청개구리

초역

가만히 만져 본다.
도망가려고 하지 않는다.
갑자기 뛰어올라 꼼짝 않고 있다.
내 손바닥이 좌선의 자리가 되었다.

'어이 이거 봐라, 청개구리'

아이들은 병아리같이
귀여운 눈빛으로 다가온다.

○

들판의 바람에 바래어
이 아이는 검어졌다.
이 아이는 붉어졌다.
이 아이는 하얘졌다.

# 海邊

こちらをむいてくるひとは
なんとなくなつかしさうなひと。
わかりさうなすがたのひと。
だんだんまちかくなると
まるつきりみもしらぬひと。
ぼくはよそつぽをむいてすなをまく。

○

なにか忘れられぬものもあるだらうか。
忘れられぬやうなことはほんの少しもない。
ほんにつめたい砂のやうなこゝろだよ。
はまかぜしほかぜにさらされて
とんぢまつたよ。とんぢまつたよ。
ほかに少しの砂つぶのこゝろも。

○

しめつぽい浪のねをせおつて一人で歸る。
どこかで何物かゞ泣きくづれるやうなけはひ。

ふりむけば遠い燈臺が ぱち ぱちと瞬く。
鷗が ぎい ぎい 雨を呼んで斜(すぢちがひ)に跳ぶ。

泣きくづれてゐるものは燈臺でも鷗でもない。
どこかに落された小い悲しいものゝ一つ。

—《동지사대학예과학생회지》 6호(1926. 6), 27~28쪽

## 해변

초역

이쪽을 향해 오는 사람은
왠지 낯이 익은 사람.
알 것 같은 모습의 사람.
점점 가까워지니
전혀 보지 못한 사람.
나는 딴 데를 보고 모래를 뿌린다.

○

무엇인가 잊혀지지 않는 것도 있는지.
잊혀지지 않는 일 같은 것은 전혀 없다.
실로 차가운 모래와 같은 마음이라네.
갯바람 바닷바람에 씻겨
날아가 버렸네. 날아가 버렸네.
아주 작은 모래알의 마음도.

○

후주근한 물결소리 등에 지고 홀로 돌아가노니
어데선지 그누구 씨러져 울음 우는듯한 기척,
돌아 서서 보니 먼 燈臺가 반짝 반짝 깜박이고
갈메기떼 끼루룩 끼루룩 비를 부르며 날어간다.

울음 우는 이는 燈臺도 아니고 갈메기도 아니고

어덴지 홀로 떠러진 이름 모를 스러움이 하나.

— 이 작품의 제1연은 《근대풍경》 2권 2호(1927. 2), 「海 2」로 재수록, 제3연은 같은 책에 「海 3」으로 재수록, 『정지용 시집』, 87쪽의 「바다 4」에 해당함.

# 眞紅な汽關車

のろ のろ あるく と
戀をおぼえやすいから
子供よ。驅けてゆかう。
頰つぺたの 可愛い火が
とくに消えると どうする?

いつさんに はしつてゆかう。
風は ひゆう ひゆう と吹きすさみ
小魚の口を 誘ふ 餌(えさ)のやうだ。
子供よ。なんにも 知らない
まつかな 汽關車のやう走つてゆかう。

—《동지사대학예과학생회지》 7호(1926. 11), 328쪽;
《근대풍경》 2권 11호(1927. 12), 「眞紅な汽關車」로 재수록;
《자유시인》 2호(1926. 2), 「まつかな汽關車」의 제목 고침

# 새빩안 機關車

원문

느으릿 느으릿 한눈 파는 겨를에
사랑이 수히 알어질가도 싶구나.
어린아이야, 달려가쟈,
두뺨에 피여오른 어여쁜 불이
일즉 꺼저버리면 어찌 하쟈니?
줄 다름질 처 가쟈.
바람은 휘잉. 휘잉.
만틀 자락에 몸이 떠오를 듯.
눈보라는 풀. 풀.
붕어새끼 꾀여내는 모이 같다.
어린아이야, 아무것도 모르는
새빩안 기관차 처럼 달려 가쟈!

―『정지용 시집』, 66쪽

# かっふぇ·ふらんす

『おお 鸚鵡(ぱろつと)さん! グツド·イヴニング!』
『グツド·イヴニング!』
── 親方(おやかた)御氣げん如何です? ──
鬱金香(ちゆうりつぷ)孃さんは
今晩も更紗のかあてんの下で
お休みですね。

私は子爵の息子でも何でもない。
手があんまり白すぎて哀しい。

私は國も家もない。
大理石のていぶるにすられる頬が悲しい。

おお異國種の仔犬よ
つまさきをなめてお呉れよ。
つまさきをなめてお呉れよ。

—《근대풍경》1권 2호(1926. 12)

# 카떼·뜨랑스

옮겨다 심은 棕櫚나무 밑에
빗두루 슨 장명등,
카떼·뜨랑스에 가쟈.

이놈은 루바쉬카
또 한 놈은 보헤미안 넥타이
뻿적 마른 놈이 압장을 섰다

밤비는 뱀눈 처럼 가는데
페이브멘트에 흐늙이는 불빛
카떼·뜨랑스에 가쟈.

이놈의 머리는 빗두른 능금
또 한놈의 心臟은 벌레 먹은 薔薇
제비처럼 젖은 놈이 뛰여 간다.

*

「오오 패롯(鸚鵡) 서방! 꾿 이브닝!」

「꾿 이브닝!」(이 친구 어셔하시오?)

鬱金香 아가씨는 이밤에도
更紗 커 — 튼 밑에서 조시는구려!

나는 子爵의 아들도 아모것도 아니란다.
남달리 손이 히여서 슬프구나!

나는 나라도 집도 없단다.
大理石 테이블에 닷는 내뺌이 슬프구나!

오오, 異國種강아지야
내발을 빨어다오.
내발을 빨어다오.

—『정지용 시집』, 46~47쪽

# 海

O(お)—o—o—o—o といつてかかると
O(お)—o—o —o—o とよつてくる。

ゆうべ微睡(まどろみ)のうち初雷(はつかみなり)を聴いた。
けさは海が葡萄いろにふくらんでゐる。

ざぶ ざぶ ざぶ ざぶ ざぶ
浪の間に間に僕は燕のやうに踊る。

*

蟹をまねてよこさまに匍ひ歩く。

はてしなき青空の下
いちめんに砂が晴れてゐる。

—《근대풍경》2권 1호(1927. 1)

# 바다

오●오●오●오●오●소리치며 달려 가니
오●오●오●오●오●연달어서 몰아 온다.

간밤에 잠 살포시
머언 뇌성이 울더니,

오늘 아침 바다는
포도빛으로 부풀어졌다.

철석, 처얼석, 철석, 처얼석, 철석,
제비 날어 들듯 물결 새이새이로 춤을추어.

—『정지용 시집』, 84쪽

# みなし子の夢

橋の下をくぐると、乞食でもありさうなみじめさになるものを ── 何んで私は橋の下が好きなんだらう。

蜘蛛たちがアンテナをはつてすましこんでゐる下で私ばかりが好きなことばかりを考へこんでゐるのが楽しい。

五拾錢銀貨を、ひとつひろつた。嬉しいこと! ここはまつたく好きになつた。神さま は今でも有りがたいな。

蜜柑の皮をむいて食べたり夢にもならないことばかり考へたり 綺れいな流れに足を ざんぶりこ と入れる。ちろろ ちろろ 木琴(ザイロフォ-レン)を鳴らすばかりにこころもちが涼しい。

夜はこういふ所に いつそう こんもりと より蒲(た)まつている。私のこころは蝙蝠でもつかまふとするのか。

がつたん·がつたん·がつたん…… ほ- 誰れだ? 私がここに ゐるよ。

のそり のそり と橋の影をぬけでる。

大きい空よ。星よ。むらがつてゐる夜の群れよ。魔の圓舞(ロンド)を踊るビロ-ドの夜よ。

こんな大きい夜とともに遊ばう。私が躍ねる。蛙が いつぴき 躍ねる。私が躍ねる。蛭が いつぴき 躍ねる。

流れる水をさかのぼつてゆくのは びつこを引く野鶴ばかりでもない。砂に埋められる私の足ゆびが白い魚たちのやうにかしこくなる。

このままでだんだんさかのぼつてゆく。どこまでもいかう。

山の奥、岩のかげま、しづくのしたたる邊り。蟹たちが逢ひびきしてゐた。そこに古しのお母さんが蠟を明かしてゐりやつさる。

このままでだんだんさかのぼつてゆく。どこまでもいかう。

山の奥、岩のかげま、しづくのしたたる邊り。蟹たちが逢ひびきしてゐた。そこに古しのお母さんが蠟を明かしてゐりやつさる。

このままでだんだん下つてゆく。どこまでもいかう。椰子の葉がひとつ漂流(なが)れてきた。

溺れじにした惡い人がひとり漂流れてきた。眼が生きてゐた。

小婦(エミナイ)たちは みいんな 小指さきを鳳仙花で紅く染めてゐた。水かめを頂いた列が黃い夕暮れの中を歸つてゆく。

小供(オリナイ)たちは みいんな 人さしゆびを口にくはへてゐた。遠く霞んだ島島をほれぼれと見とれてゐる。ふくよかにふくらんでゐる帆かけ船が獨樂のやうにすべつてゆく。

生れ故郷の海邊は秋西瓜のやうに淋しい。

風が少し吹いてきた。しめつたるい風だ。

螢が草むらに逃げまどつてゐる。

星が菖蒲のお湯から出たばかりに びつしより濡れてふるへてゐる。雨模様だ。

私は又橋の下にひき蛙のやうにひきこまねばならない。濡れやすい心はブランケツトを欲しがる。あそこに暖い火が咲いてゐる-

-十年立つても戀でもない みなし子の夢がつづく。

窓がらすがあわただしうわななく。風。どこかで水鷄が ぷん! ぷん!

—《근대풍경》2권 2호(1927. 2)

## 고아의 꿈

초역

다리 밑을 지나가니 거지가 된 것 같은 비참함을 느끼는 것을 — 왜 나는 다리 밑을 좋아하는 것일까.

거미들이 안테나를 쳐서 멋 부리고 있는 밑에서 나만이 멋대로 즐거운 생각에 잠겨 있는 것이 재미있구나.

50전 은화를 하나 주웠다. 기쁜 일! 여기를 정말로 좋아하게 되었다. 하느님에게 지금도 감사하구나.

밀감 껍질을 벗겨서 먹거나 꿈에조차 이루어지지 않는 일을 생각하거나 예쁜 흐름에 발을 첨벙 넣는다. 졸졸 목금(木琴)을 울리는 것처럼 기분이 시원하다.

밤에는 이런 곳에 한층 더 빽빽하게 머물고 있다. 내 마음은 박쥐라도 잡으려고 하는 것인가.

쾅 · 쾅 · 쾅……호 — 누구야? 내가 여기에 있어.

어슬렁어슬렁 다리의 그림자를 벗어난다.

큰 하늘이여. 별이여. 우르르 모여든 밤의 군집이여. 마(魔)의 원무(圓舞)를 추는 비로드의 밤이여.

이런 큰 밤과 함께 놀자. 내가 뛴다. 개구리가 한 마리 뛴다. 내가 뛴다. 거머리가 한 마리 뛴다.

흐르는 물을 거슬러 올라가는 것은 절뚝거리는 학뿐만이 아니다. 모래에 묻히는 나의 발가락이 흰 물고기들처럼 비친다.

그대로 점점 거슬러 올라간다. 어디까지나 가자.

깊은 산속, 바위의 그늘, 물방울이 떨어지는 곳, 게들이 모여 있었다. 거기에 옛날의 어머니가 촛불을 밝혀 주고 계신다.

이대로 점점 내려간다. 어디까지나 가자. 야자 잎이 하나 흘러왔다.

익사한 나쁜 사람이 한 명 흘러왔다. 눈이 살아 있었다.

계집아이들은 모두 새끼손가락을 봉선화로 붉게 물들였다. 물동이를 받든 줄이 노란 해 질 녘 속을 돌아간다.

어린아이들은 모두 집게손가락을 입에 물고 있었다. 아득히 흐릿한 섬들을 황홀한 듯이 넋을 잃고 보고 있다. 부드럽게 부푼 범선이 팽이처럼 매끄럽게 움직여 간다.

태어난 고장의 바닷가는 가을수박처럼 쓸쓸하다.

바람이 조금 불어왔다. 습기 찬 바람이다.

반딧불이가 풀숲에서 이리저리 날고 있다.

별이 창포탕(菖蒲湯)에서 나온 듯 흠뻑 젖어 떨고 있다. 비가 오는 것 같다.

나는 다시 다리 밑으로 두꺼비처럼 틀어박혀야 한다. 젖기 쉬운 마음에는 블랭킷이 필요하다. 저기에 따뜻한 불이 피어 있다 —

— 10년이 지나도 사랑도 아닌 고아의 꿈이 계속된다.

유리창이 어수선하게 떨린다. 바람. 어딘가에서 비오리가 붕! 붕!

# 海·2

こちらをむいてくるひとは
なんとなくなつかしさうなひと。
わかりさうなすがたのひと。
だんだんまぢかくなると
まるつきりみもしらぬひと。
ぼくはそつぽをむいてすなをまく。

—《근대풍경》2권 2호(1927. 2), 16쪽

# 바다 2

초역

이쪽을 향해 오는 사람은
왠지 낯이 익은 사람.
알 것 같은 모습의 사람.
점점 가까워지니
전혀 보지 못한 사람.
나는 딴 데를 보고 모래를 뿌린다.

# 海·3

しめつぽい浪のねをせおつて一人で帰る。
どこかで何物かが泣きくづれるやうなけはひ。

ふりむけば遠い燈台が ぱち ぱち と瞬く。
鷗が ぎい ぎい 雨を呼んで斜(すちか)ひに飛ぶ。

泣きくづれてゐるものは燈台でも鷗でもない。
どこかに落された小さい悲しいもののひとつ。

—《근대풍경》2권 2호(1927. 2)

## 바다 4

후주근한 물결소리 등에 지고 홀로 돌아가노니
어데선지 그누구 씨러져 울음 우는듯한 기척,

돌아 서서 보니 먼 燈臺가 반짝 반짝 깜박이고
갈메기떼 끼루룩 끼루룩 비를 부르며 날어간다.

울음 우는 이는 燈臺도 아니고 갈메기도 아니고
어딘지 홀로 떨어진 이름 모를 스러움이 하나.

—『정지용 시집』, 87쪽

# 悲しき印像画

西瓜の香りする
しめつぽい初夏(はつなつ)の夕暮れ-

とほき海岸通りの
ぽぷらの並樹路に沿へる
電燈の數。數。
泳ぎ出でしがごと
瞬きかがやくなり。

憂鬱にひびき渡る
築港の汽笛。汽笛。
異國情調(エキゾティック)にはためく
稅關の旗。旗。
せめんと敷石の人道側に
かるがる動くま白き洋裝の點景。
そは流るる失望の風景にして
空しくおらんぢゆの皮を噛る悲しみなり。

ああ 愛利施(エリシ)·黄(フワン)!
彼の女は上海に行く……

—《근대풍경》2권 3호(1927. 3)

## 슬픈 印像畵

수박냄새 품어오는
첫녀름의 저녁 때……

먼 海岸 쪽
길옆나무에 느러 슨
電燈. 電燈.
헤엄처 나온듯이 깜박어리고 빛나노나.

沈鬱하게 울려 오는
築港의 汽笛소리…… 汽笛소리……
異國情調로 퍼덕이는
稅關의 旗ㅅ발. 旗ㅅ발.

세멘트 깐 人道側으로 사폿 사폿 옮기는
하이한 洋裝의 點景!

그는 흘러가는 失心한 風景이여니……
부즐없이 오랑쥬 껍질 씹는 시름……

아아, 愛施利 · 黃!
그대는 上海로 가는구려……

—『정지용 시집』, 48~49쪽

# 金ぼたんの哀唱

船欄干によりかかり口笛を飛ばしてゐる。
黒い背なかに八月の太陽がしみこむ。

金ぼたんいつつのほこらしさ、はてはやるせなさ、
アリラランの唄でも憶ひうたはう、そのかみの。

アリラランの唄も忘れかけている、いまはまた、
金ぼたんいつつをまきちらして歸らう、青い海原に。

煙草もすへない、雄鷄(をんどり)のやうな、遠い戀を
ひとり薫らしてゐる、ほろ醉ひゆれゆれて。

(アリラランの唄＝朝鮮の民謡)

—《근대풍경》2권 3호(1927. 3)

## 船醉

배난간에 기대 서서 휘파람을 날리나니
새까만 등솔기에 八月달 해ㅅ살이 따가워라.

金단초 다섯개 달은 자랑스러움, 내처 시달품.
아리랑 쪼라도 찾어 볼가, 그 전날 불으던,

아리랑 쪼 그도 저도 다 닛었습네, 인제는 버얼서,
금단초 다섯개를 삐우고 가쟈, 파아란 바다 우에.

담배도 못 피우는, 숳닭같은 머언 사랑을
홀로 피우며 가노니, 늬긋 늬긋 흔들 흔들리면서.

—『정지용 시집』, 58쪽

# 湖面

たなごころを うつ 音
晴れやかに 渡りゆく。

そのあとを白鳥がすべる。

—《근대풍경》, 2권 3호(1927. 3)

## 湖面

손 바닥을 울리는 소리
곱드랗게 건너 간다.

그 뒤로 흰게우가 미끄러진다.

—『정지용 시집』, 70쪽

# 雪

雪の中をかきちらして
紅い木の實がでてきた。
指さきが幸福さうに氷つてゐる。
口にあてて、
ほうほうと息を吹く。

—《근대풍경》2권 3호(1927. 3);
《동지사대학예과학생회지》5호(1926. 2)에 수록된 「雪」의 제2연임.

# 눈

초역

눈 속을 헤쳐
빠알간 나무 열매가 나왔다.
손끝이 행복하게 얼어 있다.
입에 대고,
호호 입김을 분다.

# 甲板の上

垂れさがつてゐる空は白金色(ぷらちな)にかがやき
波は玻璃板のやうにくだけつつ　ふつとうする。
まるまると滑りこむ潮風に頬頬は充血し
船ははでやかな家畜のやうに吠えて走る。
ふいとあらはれた黒い海賊(かいれいと)の島が
飛びさからふ鷗の羽影にゆらゆらとしりぞく。
どちらを見まはしても白い大きい腕ぐみに囲(かこ)まれ
地球がまんまるいといふことが楽しまれる嬉しさ!
私達はネツクタイを飛ばしながら
小学生のやうにこころを躍らせ寄りそひ立つ。
私達の甲板の上の眺望は水平線の彼方へと旗をふる。

潮風がそなたの髪にたはむれる。
そなたのかみは悲しみ甘える。

潮風がそなたのすかあとにたはむれる。
そなたのすかあとは羞ぢらひふくらむ。

そなたは 風 を叱る。

—《근대풍경》2권 5호(1927. 5)

# 甲板 우

나지익 한 하늘은 白金빛으로 빛나고
물결은 유리판 처럼 부서지며 끓어오른다.
동글동글 굴러오는 짠바람에 뺨마다 고흔피가 고이고
배는 華麗한 김승처럼 짓으며 달려나간다.
문득 앞을 가리는 검은 海賊같은 외딴섬이
흩어저 날으는 갈메기떼 날개 뒤로 문짓 문짓 물러나가고,
어디로 돌아다보든지 하이한 큰 팔구비에 안기여
地球덩이가 동그랐타는것이 길겁구나.
넥타이는 시언스럽게 날리고 서로 기대슨 어깨에 六月볕이 시며들고
한없이 나가는 눈ㅅ길은 水平線 저쪽까지 旗폭처럼 퍼덕인다.

*

바다 바람이 그대 머리에 아른대는구료,
그대 머리는 슬픈듯 하늘거리고.

바다 바람이 그대 치마폭에 니치대는구료,
그대 치마는 부끄러운듯 나붓기고.

그대는 바람 보고 꾸짖는구료.

*

별안간 뛰여들삼어도 설마 죽을라구요.
빠나나 껍질로 바다를 놀려대노니,

젊은 마음 꼬이는 구비도는 물 구비
두리 함끠 굽어보며 가비얍게 웃노니.

—『정지용 시집』, 42~43쪽

# 郷愁の青馬車

痩せこけた川原のせせらぎが砂利のうへをころがる。
これでもすこやな勢ひで ちよろ ちよろところがつてゆく。
私は ぎようさんな 白い小魚がほしい。
小魚がすばやく指の間をすべりぬける。

銀いろ!

十月初旬の空気が ちらつと ひかる。
私の近眼もずいぶん きつうなつたな。
近眼がまぶしい 川原はうねうねして近眼が悲しい。
小魚をつかまへるのが楽みではない。
なかなかつかまへられぬこの手がわるい。
この手は小魚 銀貨 恋のやうなものが どうもつかみにくい。
つかまへられたものすら離してしまふ。
知らんふりをして離すと尾をひからして逃げる。
私の籠はいつも からつぽだ。
からつぽな籠をさげて日は暮れる。
おらんぢゆ色の日が暮れる。
ひろびろとしていちめんに すすきが白い。
風は郷愁(のすたるぢや)の青馬車 秋の鈴をふりふりまわる。

—《근대풍경》 2권 9호(1927. 9)

# 향수의 청마차

초역

수척한 시냇물이 자갈 위를 굴린다.
그래도 힘 좋은 기세로 졸졸 굴려 간다.
나는 흰 물고기를 많이 잡고 싶다.
작은 물고기가 재빨리 손가락 사이로 빠진다.

은빛!

10월 초순의 공기가 살짝 빛난다.
나의 근시안도 꽤 심해졌구나.
근시안이 눈부시다 시냇물은 꾸불꾸불해서 근시안이 슬프다.
작은 물고기 잡기가 즐길 거리가 아니다.
좀처럼 잡을 수 없는 이 손이 나쁘다.
이 손은 작은 물고기 은화 사랑 같은 것을 왠지 집기 힘들다.
잡을 수 있던 것조차 놓쳐 버린다.
모르는 척하고 떼면 꼬리를 번쩍 하며 도망간다.
나의 바구니는 항상 텅 비었다.
텅 빈 바구니를 메고 날은 저문다.
오렌지색의 날이 저문다.
넓디넓은 일대에 수숫대가 하얗다.
바람은 향수의 청마차 가을의 방울을 흔들며 돈다.

# 旅の朝

水が つめたい。

秋より 冬にかけ

手にしみて しみじみ つめたい。

ほとばしり いづる 炎のごとき しづく……

喉ぶえの ほがらかさよ

百舌の鳴きまねも できる。

ほんのりと はりつまる あか膚こころ

あざやかな 野菊の哀愁に ただよふ。

遙か とうき 山脈(やまなふ)

うすむらさきに そめられ

わが あし いと

かるやかさを おぼえる。

—《근대풍경》3권 2호(1928. 2)

# 나그넷길의 아침

초역

물이 차갑다.
가을에서 겨울에 거쳐
손이 얼어붙는 듯 차갑다.
세차게 내뿜는 불같은 물방울……
목구멍의 상쾌함이여,
때까치 울음 흉내도 낼 수 있다.
희미하게 긴장된 붉어진 마음,
선명한 들국화의 애수에 젖는다.
아득히 먼 산맥
연보라색으로 물들여
내 다리 매우
경쾌함을 느낀다.

# 馬·1

梧桐の葉のそよぐ　蔭ゆれる所
馬は戀しさうで眠い。
今朝の愛は　馬に向ふ。

“兄弟よ。いい天氣だ”
馬の眼(まなこ)に　夕べの新月が　微かに迴る。
“兄弟よ。頬(ほほ)をお向けよ。よしよし”

ま白い齒なみに　海が冷い。
綠り滴る岸べに朝日が貝細工を輝かしてゐる。
“兄弟よ。空はよく晴れた。戀はいらない”

海のすかあとが襞(ひだ)をよせてくる。
“兄弟よ。私は恥しい所を隱してきた。
鼻を鳴らせよ。鼻を”

雲が大理石いろに擴がつてゆく。
鞭は　蛇を　繪く。
“おほつほつほつほつ！おほつほつほつ!”
“兄弟よ。もう　悲しくはないか？”

鷗が飛ぶ。海が吠える。

"兄弟よ。快活は悲しい。快活は走る"

南風は笛吹く。八月は旗めく。

—《동지사문학(同志社文學)》3호(1928. 10)

# 말[1]

청대나무 뿌리를 우여어차! 잡아 뽑다가 궁둥이를 찌였네.

짠 조수물에 흠뻑 불리워 휙 휙 내둘으니 보라ㅅ빛으로 피여오른 하늘이 만만하게 비여진다.

채축에서 바다가 운다.

바다 우에 갈메기가 흩어진다.

오동나무 그늘에서 그리운 양 졸리운 양한 내 형제 말님을 찾어 갔지.

「형제여, 좋은 아침이오.」

말님 눈동자에 엇저녁 초사흘달이 하릿하게 돌아간다.

「형제여 뺨을 돌려 대소. 왕왕.」

말님의 하이한 이빨에 바다가 시리다.

푸른 물 들뜻한 어덕에 해ㅅ살이 자개처럼 반쟈거린다.

「형제여, 날세가 이리 휘양창 개인날은 사랑이 부질없오라.」

바다가 치마폭 잔주름을 잡어 온다.

「형제여, 내가 부끄러운데를 싸매였으니

그대는 코를 불으라.」

구름이 대리석빛으로 퍼져 나간다.

채축이 번뜻 배암을 그린다.

「오호! 호! 호! 호! 호! 호! 호!」

1 《조선지광》 71호(1927. 9)에 "말"이라는 제목으로 발표했다. 일본어 원문에는 제1연이 빠져 있고, 본문 중간 부분도 표현이 다르다.

말님의 앞발이 뒤ㅅ발이오 뒤ㅅ발이 앞발이라.
바다가 네귀로 돈다.
쉿! 쉿! 쉿!
말님의 발이 여덜이오 열여섯이라.
바다가 이리떼처럼 짓으며 온다.
쉿! 쉿! 쉿!
어깨우로 넘어닷는 마파람이 휘파람을 불고
물에서 뭍에서 팔월이 퍼덕인다.

「형제여, 오오, 이 꼬리 긴 英雄이야!
날세가 이리 휘양청 개인날은 곱슬머리가 자랑스럽소라!」

—『정지용 시집』, 79~81쪽

## 馬·2

鵲(かささぎ)は飛ぶ。

馬は隨いて行く。

風そよそよ。空は圓(まど)か。

ここは私らの國だ。

馬よ。

誰が産んだ?

水はさらさら　お前は知らない。

馬よ。

里でお前は人らしい息をする。

町で私は馬らしい息を凝らしてゐた。

町で里で母は見あたらない。

誰が産んだ?

野原はひろびろ　私は知らない。

馬よ。

鼻に靑豆の花がそよぐ。

日は中天(まなか)。向日葵(ひまわり)は廻る。

ここは私らの國だ。

古代のやうな旅にでやう。

馬は行く。

鵲は隨いて來る。

— ことしかいた —

—《동지사문학》3호(1928. 10)

# 말 2

까치가 앞서 날고,
말이 따러 가고,
바람 소올 소올, 물소리 쫄 쫄 쫄,
六月하늘이 동그라하다, 앞에는 퍼언한 벌,
아아, 四方이 우리 나라 라구나.
아아, 우통 벗기 좋다, 회파람 불기 좋다. 채칙이 돈다, 돈다, 돈다, 돈다.
말아,
누가 났나? 늬를. 늬는 몰라.
말아,
누가 났나? 나를. 내도 몰라.
늬는 시골 듬에서
사람스런 숨소리를 숨기고 살고
내사 대처 한복판에서
말스런 숨소리를 숨기고 다 자랐다.
시골로나 대처로나 가나 오나
량친 몬보아 스럽더라.
말아,
멩아리 소리 쩌르렁! 하게 울어라,
슬픈 놋방울소리 마춰 내 한마디 할라니.
해는 하늘 한복판, 금빛 해바라기가 돌아가고,
파랑콩 꽃타리 하늘대는 두둑 위로
머언 흰 바다가 치여드네.
말아,
가자, 가자니. 古代와 같은 나그내ㅅ길 떠나가자.
말은 간다.
까치가 따라온다.

—『정지용 시집』, 82~83쪽

# ふるさど

ふるさとに かへり來て
ふるさとの あくがれ侘(わび)し。

雛(ひな)いだく野雉(のきじ)はあれど
ホトトギス すゞろに啼けど。

ふるさとは こゝろに失(の)せて
はるかなる港に雲ぞ流るゝ。

けふまた 山の端(は)に ひとり佇(たゝず)めば
花一つ あえかに笑(ゑ)まひ

かのころの草笛(くさぶえ) いまは鳴らず
うらぶれしくちびるに あぢきなや。

ふるさとにかへり來たれど
ふるさとの空のみ蒼(あを), 空のみ蒼(あを)し。

—《휘문(徽文)》17호(1939. 12)

# 故鄕

고향에 고향에 돌아와도
그리던 고향은 아니러뇨.

산꽁이 알을 품고
뻐꾹이 제철에 울건만,

마음은 제고향 진히지 않고
머언 港口로 떠도는 구름.

오늘도 메끝에 홀로 오르니
힌점 꽃이 인정스레 웃고,

어린 시절에 불던 풀피리 소리 아니나고
메마른 입술에 쓰디 쓰다.

고향에 고향에 돌아와도
그리던 하늘만이 높푸르구나.

—『정지용 시집』, 115~116쪽

3장

# 번역시

# ᄭᅵ탠잴리[1]

**타고르의 시**

(一)

님이여, 당신은이몸으로永遠하게하섯스니이리하심이당신의깃븜이로소이다.

弱한이그릇을당신은비이게ᄯᅩ비이게몃번이라도비이게하시고永遠한새生命으로채우시옵니다.

적은갈대피리를당신은언덕과굴엉을건너가저오사永遠한새 멜로듸로부르시옵니다.

적은이맘은당신의손不死의接觸을밧자와깃븜은限界를일어버리고입으로열수업는목숨을주섯사옵니다.

당신의無限한선물은 다만제적은손우를지나이몸에오나이다 代와代가지나도오히려보여주십니다 그래도채울餘地가남어이다.

(二)

당신은이러케 사나운밤에당신의사랑의길을ᄯᅥ나십니ᄭᅡ나의친구시여?

한울은失心한이처럼呻吟하옵니다.

나는오날밤에잠한숨이루지못하옵니다.

1 정지용은 휘문고보 재학 당시 학예부 부원으로 잡지 《휘문》의 창간에 적극 참여해 1923년 1월 창간호에 타고르의 시 「기탄잘리」의 일부를 번역 소개했고, 그리스 신화 「여명(黎明)의 여신(女神) 오로라」, 「퍼스포니와 수선화(水仙花)」 등을 번역 소개했다.

자주~문을열고어두운져속을기웃거리나이다.

나의친구시여!

압헤는아무것도보이지안습니다, 당신이오실길은어데열넛사오리까!

어느잉크빗가치검은江으식한언덕을지나십니까.

어느히우룩한수풀긴둘레를지나십니까.

어느暗黑한道路를지나시며당신의발길을나에게돌니시나잇가나의친구시여?

(三)

그대여, 그의, 고요한, 발자최를듯지, 못하나?

瞬間마다, 時代마다, 날마다, 밤마다그는오시네 —

나는만흔노래를나의모든情緖로불넛스나그러나그것은恒常가튼音譜이엇스니, 「그는오시네, 그는오시네 永遠히오시네」

해빗바른四月달香氣러운날에森影의小路를지나그는오시네, 오시네 永遠히오시네.

슯흔중에도슯흔때나의맘우에것는이 는그의발자최러라.

나의깃븜을빗나게하는이도그의발의 쏘—ㄹ든터취(golden touch)러라.

(四)

죽음이그대의門을두드릴때그대여무엇으로그에게갑흐랴하나?

오 —, 나는그손님에게내生命의가득찬그릇을바치랴하노라 — 그를 비인손으로는보내지안어.

가을날이나여름밤에모든단葡萄의收穫을.

나의밧븐生의秋收와落穗를모다거두어.

죽음이나의문을두드릴때나의生이다칠때.

그손님의압헤바치랴하노라.

(五)

이날에, 일즉이.

다만당신과내가적은배에돗촐달고 世上에서는

한사람도定處업시긋업시떠나가는우리의巡禮길을알이가업스리라고 그것은귀속말로이름이외다가업는大洋에서당신의고요이귀를기울이시는微笑를쌀어저의노래는물결가치自由롭게모든言語의羈絆을벗고旋律을지여膨脹하옵나이다.

그때는아즉몰럿사오리까?아즉해야할일이잇사오리까?

보소서, 저녁은海岸에나대옵니다. 엷어저가는빗헤는바다새들이보금자리를차저날으나이다.

어느때쇠사실을써나그대가점으러가는날最后의榮光처럼어두운밤에 사라질지를누가알니오리까?

(六)

나는부즈럽시한울로써도는가을구름의한조작이여라

오 — 太陽, 永遠한光榮이여!

당신은아즉도나의水氣를녹이여당신의빗속에놋치안헛사외다.이리하야당신에게서벗어나온, 달과해를세이나이다.

만일, 이것이 당신의, 願하시는바이며당신의遊戲시면, 날녀떠도는비인이몸에彩色으로그리고黃金으로물이들여러가지이상한모양을. 몰려다니는바람에씌워지이다.

다시밤들어, 이 遊戲를마추는것이당신의願하시는바이면나는어두운저속에녹아사라지이다.

或은힌아츰微笑가운데, 透明하고淸淨한冷靜한속에살아지이다.

(七)

오 — 죽음이여그대는生의마금일음이러라죽음이여나의죽음이여오라그리고나의게속살거리라!

날마다~나는그대가오실가고이기달니노라고모든生의괴롬과깃

븜을참어왓노라.

나의모든存在와所有와希望과모든나의사랑은永遠히秘密의底巷에서 그대에게로向하야흘너드노라.

꼿송이는역기어新郞을爲하는花冠이豫備되고.

婚禮를마춘뒤에新婦는집을써나고요한밤을타홀로그님을만남이로다.

(八)

내가써나갈이때에바라노니내친구여 —

잘가라이르소서.

날샐무릅에한울빗츤술취한듯이붉고써나갈내압길은고읍게도열녓사외다.

날다려그고데무엇가지고가느냐고뭇지말으소서.

비인손과고이기달니는이밤을가지고이길을써나갈뿐이외다.

나는얼마아니잇서結婚花冠을쓸이오리다.

나의衣服은旅人의, 栜色衣服이아니오이다.

가다가危險이올지라삼어도이맘에무섭지안어이다.

이航路가마추면밤에明星이보이고黃昏哀曲의구슯흔소리는王宮門길에서일어나오리다.

(九)

맘이恐怖를써나머리가놉히들니는고데.

智識이自由로잇슬고데,

世界가좁다란人家의墻壁으로斷片이나지는고데言語가眞理의아래층에서나오는고데.

疲勞업는努力이完成으로손을쌔들고데.

理性의맑은시내물이죽은習慣의寂寞한沙漠길에길을일치안을고데.

마음이당신을쌀어永遠히넓어지는思想과行爲안으로引導될고데.

自由의한울로아버지여저의나라를깨우쳐주옵소서.

—《휘문》1호(1923. 1), 52~54쪽

# 小曲 1

**윌리엄 블레이크의 시**

니치잔는[1] 생각이야 이리로 오라
네 아릿다운 줄을 골르라.
바람우에 네 음악이 떠돌 동안 —
탄식하는 님들 꿈에 어리는
시내ㅅ물을 내 익익히[2] 굽어보며
흘으는 거울 속
시쳐가는 부즐없은 심사를 낙그리.

새맑은 물 마시며
리니트(紅雀)의 노래를 들으리.
그곳에 누어 한종일 꿈에 잠기다,
밤이 오면
슬허하기에[3] 안윽한 곳 찾어가리.
고요한 시름 따러
검은 골작사이를 걸으면서.

—《대조(大潮)》 1호(1930. 3)

1 잊히지 않는.
2 말없이.
3 서러워하다.

# 小曲 2

사랑과 하아모니는 서로 서리여
우리들 령혼을 감어 누비느니
그대 가지는 내 가지에 얼키고
뿌리는 뿌리끼리 잇무노나.[1]

깃븜이 가지마다 앉어
놉히 지줄거리고 나지 노래불으고
발미테 구르는 졸졸물 처럼
無心과 美德은 合하노나.

그대는 황금열매를 맺고
나는 고흔 꽃을 달고
아릿다운 가지에 하눌이 향기롭어
아롱비달기가 깃드리노나.

새끼 품고 앉은 아롱비달기
근심스런 우름도 보드랍게 울리고
푸르른 잎새 욱어진 속
그곳에, 사랑은 잇다, 그목소리 들리노나.

1 잇물다. 서로 맞대고 얽히다.

그곳에, 참한 보금자리가 있다,
그곳에 사랑은 한밤 잠자 새이고
한종일 희살대며[2]
가지 사이 사이로 넘나드노나.

—《대조》1호(1930. 3)

2 희설하다. 희롱하며 놀다.

# 봄[1]

피리 불어라!
인제 소리 아니나노나.
새들 좋아하고
나지나 밤이나
꾀꼬리
산ㅅ골에서,
종달새 한울에서
길겁게,
길겁게, 길겁게, 해를 맞누나.

어린 사내아이
깃버 넘치고,
어린 기집아이
귀엽고 참하고,
닭이 운다
늬도 따러서,
길거운 소리
갓난이 재롱피기
길겁게, 길겁게, 해를 맞누나.

1 원문 시「Spring」.

어린 羊아

이리로 오렴,

할터라[2]

내 하이얀 목을,

뽑자

네 보드라운 털,

입 마추쟈

네 뺨에,

길겁게, 길겁게, 해를 맞누나.

—《대조》 1호(1930. 3)

2 핥다.

# 봄에게[1]

오오, 이실매진 머리딴 듸리우고
새맑은 아츰창으로 내여다보는 그대,
그대 각가히 옴을 마지랴 합창소리 우렁차게 이러나는
우리 서쪽섬나라로,
그대 天神스런 눈초리를 돌니라, 오오, 봄이여!

언덕과 언덕은 서로마조 불으고
골작과 골작은 귀살포시 듯노나,
그리움에 겨운 우리 눈들은
그대 해ㅅ빗발은 天幕을 우러러 보노니, 나오라 아프로,
그대 거룩한 발로 우리나라를 밟으라.

동쪽 산마루마다 올나오라, 바람들
그대 향기롭은 옷자락에 입맛추게 굴고, 우리들
그대 아츰 저녁 가벼운 입김을 맛게 하라, 그대 그립어
사랑알는 따우에 진주를 흐트라.

오오, 그대 고흔 손으로 그를 호사롭게 꾸미라,
그대 보드라운 입마침을 그의 가슴에 부으라,

1 원문 시 「To Spring」.

그대 黃金寶冠을 고달핀 그의 머리에 이우라,
숫시런[2] 그의머리는 그대 때문에 언처저 잇는것을.

—《시문학(詩文學)》2호(1930. 5)

2 숫스럽다. 생긴 그대로 더럽혀지지 않다.

# 초밤별에게[1]

그대, 고흔머리 듸린[2] 초밤天神이여
이제는 해가 山脈우에 잠긴때, 혀들어라
빗나는 사랑의 홰ㅅ불을, 찰난한 寶冠을
이고, 우리 일은 잠ㅅ자리에 가벼운 우슴을 굴니라!
우리들 사랑우에 가벼운 우슴을 굴니라,
그대, 한울의 푸른 장막을 거들때
때마처 오는 졸님에 아실한 눈을 다든 가지가지 꽃우에
銀이슬을 흐트라, 하늬바람은
湖水우에 잠재여 두고, 깜박이는 눈초리로 고요함을 속살대라,
黃昏을 銀으로 씨스라, 하마 얼마안잇다
그대가 숨은후, 이리가 나돌고
검은 수풀속에 獅子눈알이 탄다,
우리 羊들 털은 더피나니
그대 거룩한 이실에,[3] 그들을 직히라 그대 힘으로.

—《시문학》 2호(1930. 5)

1 원문 시 「To The Evening Star」.
2 드리다. 여러 가닥의 머리나 실을 하나로 꼬거나 땋다.
3 이슬.

# 水戰 이야기[1]

**월트 휘트먼의 시**

1

그대는 옛날식 水戰 이야기를 듣고싶어하는가
달과 별빛 알에서 어닌편이 勝戰하였는지 알고싶어하는가
水兵이시었던 우리 진외曾祖父께서 들려주셨던 이야기 사연 —

우리들의 敵軍이야말로 배에서는 여간내기들이 아니였더란다. (그어른이 말슴하시기를)
그들이야말로 틀림없는 英國종내기 —
— 더할라위 없이 악세고 꼬장꼬장하기란 전무 후무한 패들이
어둑어둑하여오는 초저녁을 타서 무시무시하게도 正面총질을 하며 오던 것이였다
우리들은 그들한틔 밧작 닥아대었다.
— 帆桁[2]이 서로 엇결리고 — 大砲가 서로 닷고,
우리들의 船長은 손을 재발리 놀리여 指揮하였다

우리들은 열여들 파운드나 되는 砲彈을 물알에 받었다.
우리들의 알에銃甲板에서 大砲二門이 第一彈으로 조각이 났고 둘레에 섰던 사람들이 모조리 죽어넘어지고

1 원문 시 「Song Of Myself」 중 35, 36절.
2 범항(帆桁). 돛에 건너지른 가름대 나무.

우로 치달아 炸烈하였다

해진뒤의 싸홈, 어두운후의 싸움,
밤열시 보름달이 훨석 올라온때
물이 점점 새여들던것이 마침내 다섯 ㅍ  — 트로 報告되였다.
一等警査는 後船艙에 監禁하였던 捕虜들을 풀어 제몸 처치를 저희가 하도록 機會를 주었다
火藥庫까지의 往復通路는 哨兵으로 遮斷되었고,
그들은 낫몰을 얼골이 하도 많이 나오기에 대체 누구를 믿어야할지를 몰랐다

우리들의 巡羅船은 火災를 이르켰다.
목숨이나 살려달나고 降伏을 請하는 것이 어떠냐고 하는 자도 있었다.
우리들의 兵船旗가 꺾여넘어지지나 아니할가,
그러면 싸홈은 끝나는 것이 아니냐고

그러나 나는 배ㅅ좋게 우섰다,
우리들의 땅딸보 船長의 소리를 들었던 까닭이다
그는 태연히 부르짓기를
『우리가 敗한것이 아니다, 싸홈의
한부분이 겨우 시작된것뿐이다』

砲三門으로 겨우 行使하였으니,
一門은 船長이 몸소 指揮하야 敵船의 大檣을 바로 쏘게하고
二門은 葡萄彈 霰彈을 잔뜩 재여
敵은 小銃隊를 沈黙시키고 그들의 甲板을 모조리 쓸어버렸다
檣樓만이 더욱이 大檣樓만이 이 小砲臺의 砲火를 도왔을 뿐이였으니
그들은 싸흐는 동안 내처 勇敢스럽게도 버틔였던것이다

눈코 뜰 새 없이
浸水가 펌프 우까지 올라왔다 — 火災는 火藥庫까지 먹어들어갔다

펌프 한대가 砲擊에 부서졌다 —
우리들은 물속으로 이내 잠겨 들어가는것이라고 그렇게 요량들 하였던것이다

깜작 아니하고 땅딸보 船長은 섰다

조금도 焦燥히 구지않었으니 — 목소리는 높지도 낮지도 않고
그의 두눈알은 水戰燈火보담도 더 굳센빛을 우리들에게 주었다
밤 열두시 가까히 달빛 알에서 그들은 우리들 한테 降伏하고 말었다

2

한밤이 펼쳐 고요히 누어있었다.

두개 거창한 船體가 어둠에 안기여 옴짓아니하였고

백공 천창이 난 우리들의 배는 차츰 갈어 앉는대 — 우리들이 征服한 배로 옴길 準備를 하였다

後甲板에 선 船長은 베폭같이 핼슥한 얼골을 들어 冷靜히 命令을 나렸다

바로 옆에, 船長室에서 받들던 使童의 死體,

긴 흰머리털에 정성들여 길른 곱슬수염을 드리운 老鍊한 水兵의 죽은 얼골,

火焰은, 할수있는데 까지는 힘을 다하였음에도, 우로 알로 나붓기고

아즉도 義務에 설만한 두셋 士官들의 목쉰 소리,

형체도 없이 으스러진 無數한 死體,

자기네 끼리 한데 몰려 쓰러진 死體 — 돛대며 기둥에 익여 붙여진 살덩이,

닻줄 끊어진것, 바ㅅ줄 얼켜 뭉친것,

물결에 어르만지워 가벼히 흔들리는船體,

검은 無感動한 砲身, 火藥包의 混亂, 强烈한 냄새,

海風의 보드라운 냄새, 海岸편 갈대풀이며 벌판 냄새, 살어있는 사람들에게 부치는 遺言의 가지가지,

外科醫 手術刀의 실큿한 소리,

手術톱이 갈리는 소리,

헐떠거리는소리, 꽁꽁 쏫는 소리,

내품는 피ㅅ줄기, 외마듸 험한 부르지즘,

길게, 둔하게, 가늘어저 가는 소리,

이러이러하였던것이다 — 도리킬수없이 저질러진 노릇

—『해외서정시집(海外抒情詩集)』(1938. 6); 『산문(散文)』(1949. 1)

# 눈물[1]

눈물! 눈물! 눈물!

한밤중, 외로운 속에, 눈물

흰 물가에 점점히 떠러저 모래ㅅ 속에 심여[2]드는

눈물 — 빛나는 별하나없이 — 캄캄하고 적막한,

가리운 이마알로[3] 눈에서 흐르는 젖은 눈물

— 오오 저 亡靈은 누구냐? — 어둠속에서 눈물 흘리는 저 등치는?

저기 모래우에 쪼그리고 웅숭그린[4] 형용도 없는 덩이는 대체 무엇이냐?

물 쏘듯하는 눈물 — 흐늑기는 눈물 — 목놓은 우름에 숨이 끈힐듯한 괴롬

여울을 딸어 빨은 거름으로 몰리고 일어스고 내달리는 오오 暴風

오오 사납고 무서운 밤 비바람! 오오 뿜는 듯 絶望한듯!

오오 그림자, 낮에는 잠자코 참하니 고요한 얼골에

—『해외서정시집』(1938. 6); 『산문』(1949. 1)

1 원문 시 「Tears」.

2 스미다.

3 아래로.

4 웅숭그리다.

# 神嚴한 죽엄의 속살거림[1]

神嚴한 죽엄의 속살거림이 속살댐을 내가듣다
밤의 입술이약이 — 소근소근거리는 合唱,
가벼히 올라오는 발자최 — 神秘로운 微風, 연하게 나직히 풍기다
보이지 안는 강의 잔물결 — 흐르는 湖水 — 넘쳐 흐르는, 永遠히 넘쳐 흐르는,
(혹은 눈물의 출렁거림이냐? 人間눈물의 無限量한 바다물이냐?)

나는 보다, 바로 보다, 하늘로 우러러 크낙한 구름덩이 덩이를
근심스러히, 착은히,[2] 그들은 굴르다, 묵묵히 부풀어 오르고 섞이고,
때때로, 반은 흐리운 슬퍼진, 멀리 떠러진 별,
나타났다가, 가리웠다가,

(차라리 어떤 分娩 — 어떤 莊嚴한 不滅의 誕生, 눈에 트이어 들어올수 없는 邊疆우에 한 靈魂이 이제 넘어가다.)

—『해외서정시집』(1938. 6); 『산문』(1949. 1)

1 원문 시 「Whispers Of Heavenly Death」.
2 차근히.

# 靑春과 老年[1]

나는 天性的 人民들이 興期하기를 披露하노라.

正義가 意氣揚揚하기를 披露하노라.

讓步할수 없는 自由와 平等을 披露하노라.

率直의 肯定을 自尊心의 正當化를 披露하노라.

나는 우리 聯合政体의 一體만이 唯一한 一體임을 披露하노라.

大結合이 더욱 緊密하며 分解될 수 없음을 披露하노라.

光輝와 尊嚴이 모든 過去世界의 政策을 無意味케 할줄을 披露하노라.

粘着力을 披露하노라 — 그것이 制御될 수 解弛할 수 없으리라 말하노라.

그대가 探索하여온 同志를 發見할것을 말하노라.

나는 當來할 男性과 女性을 披露하노라 — 아마 그대가 그의 하나일가하노라. 大自然과 함께 流動性이며 純粹하며 慈愛로우며 情誼的이며 充分히 武裝한 偉大한 個性을 披露하노라.

나는 豊富한 激烈한 大膽한 生命을 披露하노라.

肉體的 結末이 虛心坦懷로 永生의 大轉變에 連續됨을 披露하노라.

美麗한 巨大한 純潔한 血統의 無數한 靑春을 披露하노라.

1 원문 시 「So Long」 부분.

壯嚴한 素朴한 老年의 族屬을 披露하노라.

—《경향신문》(1947. 3. 2); 『산문』(1949. 1)

# 關心과 差異

市場과 政廳 그리고 勤勞者의 賃金 — 그들은 晝夜로 어떠한 關心을 갖는지를 생각하라!

모든 勤勞層 사람들은 一如히 重大한 關心을 가즘을 생각하라 — 그러나 우리는 別로 關心치 아니한다!

蒙昧한 사람이나 또는 洗練된 人士나 — 그대들은 무엇을 善이라 무엇을 惡이라 稱하느냐 — 얼마나 넓은 差異가 있는 지를 생각하라.

이 差異가 다른 사람들에게는 아직도 繼續된다. 그러나 우리는 이 差異에서 超越하여 悠悠하다.

얼마나 많은 기별이 있는지를 생각하라.

靑空을 울어러 보기를 기뻐하느냐? 詩의 기별을 갖느냐?

市民生活을 享樂하느냐? 商業에 從事하느냐? 推薦과 選擧에 熱中하느냐? 或은 아내와 家族에 團欒하느냐?

或은 母親과 姉妹에? 主婦의 살림살이에? 母性的 細心에 汨沒하느냐?

이러한 諸船事情은 다른 사람들에게도 흘러 나간다 — 그대와 나도 推進한다.

그러나 適當한 때가 오면 그대와 내가 그다지 興味를 느끼지 않을 것이다.

그대의 農場 利益 秋收 — 그대는 어떻게 沒頭하고 있는지를 생각하라!

아직 더 많은 農場과 利益과 秋收가 있을 것을 생각하라 — 그러나
그대를 爲하여 무슨 有益한 것이 되랴?

—《경향신문》(1947. 4. 3); 『산문』(1949. 1)

# 大路의 노래[1]

徒步로 心氣 輕快하게 내가 大路로 나섰다.
健康한 自由스런 世界가 내 앞에.
긴 褐色 坦路가 내 앞에, 내가 擇하는 어디로던지 引導한다.

이로부터 나는 幸運을 追求치 않는다 — 내 自身이 幸運인 까닭에
이로부터 더 噫啜치[2] 아니하며 더 躊躇치 아니하며 아무것도 必要치 않다.
強壯하고 滿足하여 나는 大路를 旅行한다.

大地 — 그는 充足하다.
나는 뭇 星座가 더 가까워지기를 願치 않는다.
나는 그들이 있는 位置에서 그들이 옳게 있는 줄을 안다.
그들이 그들에게 屬하여 있는 모든 것에 滿足한 줄을 안다.

(더욱이 나는 나의 옛 愉快한 負擔을 저 옮긴다. 男子들과 女子들을 — 나는 어디로 가던지 그들을 지고 옮긴다. 盟誓코 이르노니 나는 그들로부터 離脫하기 不可能하다.
나는 그들 때문에 飽滿되었다. 그 代償으로 내가 그들에게 飽滿하리라)

—《경향신문》(1947. 4. 17); 『산문』(1949. 1)

1 원문 시 「Song Of The Open Road」.
2 희철하다. 흐느껴 울다.

# 自由와 祝福

이제 이 時間으로 부터 自由!

이 時間으로부터 내 自身이 모든 制限에서 모든 想像的 界線에서 解放되기를 내가 命令한다.

어디로 내가 擇하여 가던지 내가 내 自身의 主人이다. 全體的으로 또한 絶對的으로.

다른 사람들에게 귀를 기울이며 그들의 말하는 바를 잘 考慮하여

躊躇하며 探求하며 受容하며 熟思하며 溫柔하게 그러나 拒否할수 없는 意志로 써 나를 抑壓하려는 모든 桎梏에서 내 自身을 奪還한다.

나는 空間의 大外風을 吸入한다.

東과 西가 나의 所有, 北과 南이 나의 所有.

나는 내가 생각한이 보다는 더 크다 더 좋다.

내가 좋은 것을 이다지도 많이 保有하였던 것을 깨닫지 못하였던 것이다.

모든것이 내게 아름다워 보인다.

나는 모든 男性과 女性에게 말하여 되풀이 할수 있는 것이 있다. 그대들이 내게 이러한 좋은 일을 하였으니 나도 그대들에게 같은 일을 하고싶다 고.

나는 걸으면서 내 自身과 그대들을 爲하여 元氣를 補充하겠다.

나는 걸으면서 모든 男性과 女性사이에 내 自身을 撒布하겠다.

나는 그들 사이에 새로운 즐거움과 거친 野性을 뒤흔들겠다.

누구던지 나를 拒否한댓자 나를 괴롭히지 못하느니라.

누구던지 나를 容納하면 그 男子이던 그 女子이던 祝福받을 것이요 그리하여 나를 祝福하리라.

—《경향신문》(1947. 5. 1); 『산문』(1949. 1)

# 弟子에게[1]

改革이 必要되는 것이냐? 그대를 通하여?

改革의 必要가 더 絶大할쑤록 그것을 完遂하기에 그대의 個性이 더 絶大하게 必要되는 것이다.

그대! 그대는 兩眼과 血液과 淨潔하고 甘美한 血艶이 얼마 만치 奉仕 하는지를 생각지 아니 하느냐?

그대는 그대가 大群衆속으로 進入할때 渴望과 指揮의 雰圍氣가 그대와 함께 進入하며 사람마다 그대의 個性에 印象받는 그러한 肉體와 靈魂을 가짐이 얼마만치 奉仕 하는지를 생각지 아니 하느냐?

오오 磁力休! 되풀이 하여 結局 肉休!

가라, 사랑하는 벗, 만일 一切를 抛棄할것이 要求 되거던 오늘로 즉시 그대自身으로 하여금 膽力 眞實 自敬 決斷 氣象을 鍛鍊하라.

그대가 그대自身의 個性에 對하여 그대 自身을 堅持하고 披露할때까지 쉬지 말라.

—《경향신문》(1947. 5. 8); 『산문』(1949. 1)

1 원문 시 「To A Pupil」.

# 나는 앉아서 바라본다[1]

나는 앉아서 世界의 모든 悲哀를 모든 壓迫과 恥辱을 바라본다.

나는 自己들에 對한 煩悶과 저질러 놓은 行動에 良心의 苛責을 當하는 젊은 사람들의 남몰래 痙攣 하듯이 우는 것을 듣는다.

나는 底層生活에서 子息한테 虐待 當하는 어미가 돌보아 주는이 없이 憔悴하여 絶望하여 죽어 가는 것을 본다.

나는 남편한테 虐待 當하는 아낙네를 본다 — 나는 젊은 女子들의 表裏不同한 誘惑者를 본다.

나는 嫉妬와 應酬없는 사랑의 心痛을 감추기로 애쓰는 것을 觀察한다 — 나는 이러한 光景을 地上에서 본다.

나는 戰爭 惡疾 虐政의 所業을 본다 — 나는 殉敎者와 囚人을 본다.

나는 海上의 饑餓를 觀察 한다 — 나는 남은 사람들의 生命을 잇기 爲하여 누구를 죽여야 할까 제비를 뽑는 船夫들을 觀察 한다.

나는 勞動者와 貧寒한 사람들과 黑奴와 또는 그러한 類의 사람들에게 던지는 傲慢한 者들의 賤待와 輕視를 觀察한다.

모든 이러한 일 — 限이 없는 陋劣과 苦悶을 나는 앉아서 바라본다.

보고 듣고 그리고 沈潛한다.

—《경향신문》(1947. 5. 8); 『산문』(1949. 1)

1 원문 시 「I Sit And Look Out」.

# 平等無終의 行進[1]

充分하다! 充分하다! 充分하다!

어찌된 셈인지 내가 昏睡狀態에 있었던 것이다. 물러 서라!

주먹으로 얻어 맞은 나의 머리를, 잠을, 꿈을, 벌린 입을, 넘어서 잠간 時間을 달라.

나는 늘 犯하는 誤謬의 지음 위에 내 自身을 發見하노라.

나는 嘲笑하는 者나 侮辱하는 者를 잊을 수 있었으면!

줄줄 흐르는 눈물을 棍棒과 망치의 打擊을 잊을 수 있었으면!

내 自身의 磔刑[2]과 피묻은 冠을 나를 떠나서 볼 수 있었으면!

나는 이제 記憶한다.

오래 停滯된 斷片을 收拾한다.

岩窟의 墳墓가 그안에 或은 어떤 무덤들 속에던지 幽閉된 것이 增加된다.

屍體가 일어서고 深傷處가 낫고 잡아 맨 것이 내게서 굴러 나간다.

나는 至上의 힘에 充滿되어 隊伍를 지어 前進한다. 平等 無終의 行列의 하나가 되어.

國內로 海岸으로 우리는 간다. 그리하여 모든 國境線을 넘는다.

우리들의 迅速한 布告는 나가는 길에 全 地球를 넘는다.

우리들의 帽子위에 꽂힌 꽃들은 몇 千年 生成한 것이다.

揀選者들이어 그대들에게 인사하노라! 앞으로 나오라.

1 원문 시 「Song Of Myself」 중 38절.

2 책형. 사지를 찢어 죽이는 혹형.

그대들의 註釋을 繼續하라. 그대들의 質疑를 繼續하라.

—『산문』(1949. 1)

# 目的과 鬪爭

가자! 努力과 鬪爭을 通하여!
指向된 目的이 取消될 수 있느냐.

지난달의 努力은 成功된것이냐?
무엇이 成功한것이냐? 너 自身이?
너의 國民이? 自然이?
이제 나를 잘 理解하여 달라 — 무릇 成功의 奏効로 부터 그것이 무엇이던지간에 보다 더 큰 奮鬪를 必要로하는 다른 어떤 事態가 發生된다는 것은 事物의 本質에 갖추어진 것이다.

내가 부르짖음은 鬪爭의 부르짖음이다 — 나는 能動的 抗爭을 激勵한다. 나와 갈 그사람은 十分 武裝하고 가야만한다.
나와 함께 가는 그사람은 모자라는 食糧과 貧困과 怒發한 敵과 내버림을 가끔 당하며 간다.

—『산문』(1949. 1)

# 軍隊의 幻影[1]

나는 모든 軍隊의 幻影을 보았다.

소리 없는 꿈속에서 처럼 數百의 戰旗가 戰火를 뚫어 옮기고 彈丸에 뚫린 것을 보았다.

硝煙에 껄어[2] 이리 저리 달리고 찢어지고 피 묻은 것을 보았다.

나종에는 旗 대에 남아 있는 갈갈이 찢어진 두어줄 旗폭 (고요히 날리지도 않고)

旗 대마자 쪼기어지고 꺾이어지고

나는 數々萬人의 戰團을

青春의 白骨을 — 보았다.

죽은 兵士의 으슬어진 살덩이를 보았다.

그러나 우리가 생각하듯 그렇지 않은 것을 보았다.

그들 自身을 充分히 休息하는 것이었다 — 그들은 괴롭지 않았다.

살아 있는 사람들이 남아서 괴로웠다 — 어머니가 괴로웠다.

아내와 아이들이 沈思하는 僚友들이 괴로웠다.

남아 있는 모든 軍隊가 괴로웠다.

—『산문』(1949. 1)

1 원문 시「When Lilacs Last in the Dooryard Bloom'd」 부분.

2 그을다.

# 주여

신앙시

포울 피이링스

주여 연약한 내올시다!

뷔인 두손이 무겁도락!

구버살피시압 이와갓치 이리하야 '당신'을 피하면서 '당신'을 찾는 이 눈모습

이 고식 돌기동에 내가 겨우 부터 셧사온대 聖堂천장 쏙지가 귀임밧는 김승처럼 쐽니다

그림자와 쳔신의게 걸니여 領聖體臺까지

시체나 붋을쓰시 서마서마 나는 걸어나감니다

職工이 주인아페 나온 모양으로 나는 셧습니다

사포는 손아귀에 주물니이면서

「당신」은 혹이나 니르시오릿가 「숫적은 사나이」라고

「당신」은 혹이나 니르시오릿가 「그래 괜치안타」라고

가슴안에서 움작이면서 안으로브터 사람을 못견대게 구분 이 心臟을 혼을 내오릿가

懷中時計안에잇는 김승을 보고시픈 少年은 태엽장치에병을내여 金剛石에 흠집을냇슴니다

그 少年의 誕生禮物로 「당신」씌서 주신 아조갑진時計이옵니다

…… 가엽슨 사나이야 도라가라 다시 罪를범치마르라

—《별》49호(1931. 7. 10), 정지용 역

# 성모
— 愛蘭古詩

가장 놉흐오신 너를 마지하나이다
고난즁에 우리가 잡히일때 큰 위험에서 우리를 구하소서
예수의 사랑하오신 어머니

새별이여 가난한이의 방패여
령혼의 친한벗 우리의 열닌문이시여

에와의 타락으로 인간에
ᄭᅩ치 이울엇스매
너 — 다시 ᄯᅡ우에 가저오심이여

너는 인류를 구하신 적은양을 기르섯스매
「죽엄」과 얼골을 마조할때
우리와 함ᄭᅴ 잇서지이다

하날의 어머니 오오! 베프러지이다 이밤에
가난한이에게 량식을
눈먼이에게 너의 빗츨

—《별》 50호(1931. 8. 10), 방지거 역

# 가장나즌자리

크리스티나 로우쎄티

가장 나즌자리를 내게 주시옵기를,
감히 가장 나즌자리 를바람도 아니오나,
다만 너 — 죽으심이로소이다,
나 — 너의기슬에 살어 너의영광을
나누기 위하사.

가장 나즌자리를 내게 주시옵기를,
만일 가장 나즌자리가 내게 너무
놉다하오면,
보다 더나즌자리를 지으시옵기를,
나 — 그곳에안저 나의 주를 보며
사랑하올것이오매.

—《별》50호(1931. 8. 10), 방지거 역

# 불으심

마리아가다 修女

들어 오라! 나의 心臟에 노크 하느냐?
창에 찢긴 傷處 넓이 안에
愛德 溫情 平和가 간직 되었거니
네가 居할 곳이 있다

浮薄한 世界가 알리 있으랴
永遠히 불붙는 사랑을 —
나의 마음은 眞實하고 變할수 없다
들어 오라! 나의 안에 머므르라!

너의 憂愁에 慰勞를 찾으라
온갖 苦惱를 그치라
내게 너의 悲慘을 가저 오라
네게 平和를 주리로다

사랑하는 자야, 나의 聖心을 보라
사랑이 차고 또한 몹시 그립다!
이에 가플지라, 와서 居하라,
너를 위하야 피흘린 心臟 안에!

—《가톨닉청년》(1947. 4), 73~74쪽

# 是認

프란세스 데레사 修女

하욤 없는 기쁨
늙어 굽은 언덕을 넘어
뛰어 돌아온 발자최 소리,

가슴에 지니기를
잠잠한 슬픔, 얼골 흐리울 때 까지

그제사, 촉 날카로운 펜을 잡어
달리 署名 하기를
"그리 되어지이다 아멘"

—《가톨닉청년》(1947. 4), 74~75쪽

# 聖名

마아가스 E·쇼오버얼링

彷徨하는 洋 되어
어둡고 찬 비바람 속에
나 길을 잃었을 적,
어린 羊 한머리를 찾어
울에 인도 하신
나의 친절하신 "善牧者"를 사랑하나이다

너의 이름 "스승"을
나 길앞잡이로 서야할 때,
너의 尊稱 "救世主"를
나 迷妄에 빠젓을 적에 사랑하나이다

불 같은 괴롬에 잡혀
상긔 참어 견데야 하겠기에,
온 靈魂을 떨어 너의 이름
"못 박히신 그리스도 예수"를 사랑하나이다

—《가톨닉청년》(1947. 4), 75~76쪽

# 나무

조이쓰 킬머

나무 보다 귀여운 詩를
만나 보기 여려울가 하여라.

단 汁이 흐르는 흙 가슴에
주린 입을 잠근 나무,
한 종일 天主께 우러러
祈禱 딴문, 잎새 욱은 팔을 치들은 나무,

여름 들어,지경새 보금자리
머리에 얹이울 나무,

가슴에 눈을 앉치우고
비와 의초 좋게 살다.

詩야 날과 같이 어리석은 자 짓고
天主 만이 나무를 만드시다.

—《가톨닉청년》(1947. 4), 76~77쪽

# 感謝

미카엘 레르몬토프

가지 가지로, 오오 主여
네게 感謝하옵기는 —
受難의 남모를 아픔을 위하야
毒을 품고 사랑을 베프는 입술을 위하야
눈물의 쓴 맛을 위하야
원수의 報復을 위하야
친구의 中傷을 위하야
砂漠에서 보람없이 타는 靈魂의 濫費를위 하야
이 따에서 속임 받은 온갖 曲折을 위하야 —

그러나 비읍건대, 오오 主여
이제 부터는 이러한 법으로 按配하시되
— 이 이상 感謝하올 일 나지 않도록 —
하옵시기를.

—《가톨닉청년》(1947. 4), 77~78쪽

# 宗徒 聖바오로에 對한 小敍事詩

E·M·D

다마스코 城門에서 神現이 燦爛할 때, 이제 — 되어가는 — 聖人을 싸우기위해 보내시었다.

視力의 밝음과 함께 그의 자랑을 아시우고

『주여, 무엇을 내게 원하시나있가?』 부르짖었다.

이리하야 사오로가 다마스코 城門에서 바오로로 변하였다.

그러나 그는 훨석 후에까지는 「聖바오로」가 아니었다.

鬪爭을 위한 裝備, 衝突을 위한武裝,

바오로가 새로운 魔鬼들을 무찔르기 위한 使命을 다하기에

笞刑에 破船에, 飢餓에, 渴症에, 投獄에, 拷問에, 그以上 最惡의것에도 두림없이

天主의 遜謙한 그렇고도 猛烈한 宗徒는

바르나바도 다투었다 人間的인 聖바오로!

不可思議的 第三天國에 올리웠을 때

神秘롭게로 살에 가시를 받었다.

그것을 免해지이다 — 세차레 祈求하였으나

아직도 사오로 — 변한 — 바오로는 羞恥를 口實로 하였다.

第三天國에서 나려오기가 危險한 墜落이었다.

그리하야 이에 平凡한 바오로는 그대로 바오로 이었다.

사오로가 神現이 燦爛할때 바오로로 변하기는 하였으나
그가 優越한 싸움을 싸우기까지는 聖바오로가 아니었다.
祈禱中에 脫魂狀態까지 恍惚한 이들은 記憶하라, 聖바오로는 瞻禮表에 올은 한 聖人만이 아님을!
바오로에게 씨우어진 燦爛한 榮光의 寶冠은
王 그리스도가 사랑하신, 依然히 — 사오로의 머리우에 놓인것을!.

—《가톨닉청년》(1947. 5), 72~73쪽

# 告發

메리 페이드 修女

기집종이 숨소리 나추어 이르기를「이사나이도 또한『나사렡 사람』과함께 있었노라」
그러나 베드루는 絶望하며 주검이 두려워 부르짖기를
『거짓말이다! 네가 하는 소리를 모르겠노라』

그 여자 冷笑하야 대답하기를
『그대가 이사람을 모르노라고?厚顔無恥한 거짓말!
그대의 말씨가 갈릴레아 胎生임을 숨기지 못하는도다
저들이 十字架에 달 이 예수가 그러하듯이!』

사랑하온 그리스도, 다만 이 한恩惠를 네게 구하옵나니
일생을 통하야 죽기까지
진정 진실로, 모든 사람이 나를 보고
『바로 너의 말씨가 그의 벗임을 숨기지 못한다!』이르기를.

—《가톨닉청년》(1947. 5), 73~74쪽

# 天主의 어리석은 자

허어벌 파아켜

어리석은자 있어 자기 속으로 이르기를
『天主 있지 않다』고, 그러나, 오오, 있으시다!
 날과 함께 거르시며 말하시는 天主, 나를 일러 그의것이라 하시다.

어리석은자 있어 끝까지 冷笑하고 嘲弄하다
  물결을 거르신 그리스도에 대하야.
  일생을 살르사 그의  힘을 다하시기는 남을 구하시기 위하야.

어리석은자 있어 이르기를, 사람은 사는 동안 뿐이라고,
우리가 죽으면 단순히 자는것이라고, 우리가 세상 떠난때 우리의 깊은 잠을 깨울
나팔이 있을리 없다고.

어리석은자 있어 자기 속으로 이르기를
『天主 있지 않다』고, 그가 볼수없었음이라.
내가 바로 그 어리석은자 이로라, 오오, 그처럼 눈이 멀은 —
그러나 이제, 고마울손 天主를, 내가 보노라.

—《가톨닉청년》(1947. 5), 74~75쪽

# 바드리시아

로이즈 스넬링

바드리시아, 나의 黎明,
　밤그늘을 비웃기 위해
안개, 속 헻어 우슴 웃는
　두 입술, 薔薇빛 활모양.
이 아이, 한해 중에도 四月달
　맑은 봄하늘의 靑玉빛.
罪없는 바이올렡 꽃 얼굴.
　흠없는 두눈에 거울처럼 비친다.

바드리시아, 나의 黎明, 봄,
　사람 일생의 아침,
나의 바람, 믿음……의 象徵
　바드리시아, 올에 겨우 세살!

—《가톨닉청년》(1947. 5), 75~76쪽

# 感謝

어넷클라 악도오슨

하치않은 것들로 감사 드리옵기는 —
 꽃 한송이 노래 한절,
한낮 부산한 群衆 틈에서
 정다히 부르는 소리,
날과 함께 떡을 나눈 이웃사람,
 참새의 얌치,
울을 넘어 팔 구브레 누은 사과나무,
 여름비에 쓸린 밀밭,
그리고 푸른 하늘 헤치는 새들 —
 세상에 하치않은 것들로
한개 꿈이 참이 되었음으로!

—《가톨닉청년》(1947. 5), 76~77쪽

# 悔恨

알프렏 R·오르드

나의 罪가, 오 주여, 너를 못박었나이다.
유데아 하눌 밑 갈바리아 骸骨塚 우에,
거긔 버러진 傷處, 붉은 피가 나의 不忠 때문에 마르나이다.
烏合의 무리의 嘲弄이
나의 瀆神罪를 위한 悔恨을
오랜 年月의 距離를 넘어 재촉하나이다.
"나 — 목마르다" — 너의 悲嘆의부르짖으심이
내가 拒逆한 忠誠을 아 찾게시고,
이제 다만 찌르는 苛責을 되돌릴 뿐이니다.

그러나 痛悔의 罪服과 哀傷의 挽歌는
뉘우침의 淺俗한 美裝의 羅列 일뿐.
창에 찔리신 너의 聖心이,
悲哀는 보람 없음이 아니며,
地獄의 아전들에 對한 鬪爭에 한 督勵인,
神秘를 나타내이심이요,
너의, 이제 나의 안에 굳세진, 사랑에 忠誠을 發揮함이니다.

—《가톨닉청년》(1947. 6), 70~71쪽

# 적은 산들

마르크 제닝스

天主 마르재신 모든 山들이 높기만 한것 아니라
그는 적은 산들을 또한 만들으시였다.
나 처럼 머리 히고 늙은 사람들을 위하사,
너이들 같이 젊을 이들을 위하사.

때를 따라 진흙까지에 얕은
平地를 우리는 떠난다.
老年은, 괴롬 멈출 길 찾기 위하야,
靑春은, 더 높은 길을 위하야.

그러나 바로 우리는 적은 산들을 찾게된다.
부들업게 올라간 斜面을 따라.
거기 老年은 그들의 不幸을 좋이 감추기,
靑春은 저들의 希望을 세우기 위하야.

—《가톨닉청년》(1947. 6), 71~72쪽

# 祈願

알프렌 다글라스

자조 내게 西風이 들려주는 노래,
내와 湖水에도 여러 소리가 있어왔나이다.
가엾은 나무들 까지 일르기는,
天主여, 네개 對한 이야기 뿐.
그래도 나는 듣지 않었나이다. 오! 너는 나의 귀를 열으소서.

내가 지날 때 나직이 수또리는 갈대
"굳세어 지라, 오 벗이여, 굳세어지라, 부즐없는 두림을 버리라,
너의 靈魂을 疑惑으로 거치르지 말라, 天主는 거짓 할수 없으시니라
그래도 나는 듣지 않었나이다. 오! 너는 나의 귀를 열으소서.

저기 나의 발을 引導할 많은 별이 있어왔나이다.
자조 곻은 달이, 나의 歎息을 들으며,
구름을 쪼기고 銀빛 큰길을 보혔건만,
그래도 나는 보지 않었나이다. 오! 너는 나의 눈을 열으소서.

天使들이 끈임 없이 나를 말 없이 일깨우며,
날과 함께 걷고, 아득한 하눌로서
사랑하온 그리스도 스사로 내게 손을 벋으시었건만,
그래도, 나는 보지 않었나이다. 오! 너는 나의 눈을 열으소서.

—《가톨닉청년》(1947. 6), 72~73쪽

# 어머니

마리 아가다 修女

天主, 세계를 아름다운것으로 채우시고,
그의 생각성깊으심, 마음 쓰심이,
이 따를 이렇게 곱게 꾸민
온갖 생물에 나타나시니다.
그러나 그는 그다지 더 사랑하신 적
그다지 더 진실히 사랑하신 적 없으시오니 —
그가 이 우리들의 세계를
사랑하온, 바로 당신과 같으신,
모든 어머니들로 써 祝福하신 때 처럼은!

—《가톨닉청년》(1947. 6), 74쪽

# 現存

이사벨 M · 움

나 의 온存在, 네게 매어지기를
소금이 한 바다에 번지듯이.

그리스도 가지신 한가지 것 이라도 나로 하여금 드러나옵기를
香氣가 한송이 薔薇에서 품기듯이.

내가 도아 기운 차려야할 저들이
너의 낫우시는 손 닿으심을 느끼기를.

고요한 나의 말 속에도
너의 眞理의 되아리 소리 울리옵기를.

—《가톨닉청년》(1947. 6), 75쪽

# 산문

# 2

# 1장

## 산문·기타

# 삼인(三人)

짜른 여름밤 어느 틈에 지나가고 녹일 듯이 쪼이는 태양 혁혁한 그 빛을 다시 보내일 제 온 세계는 그의 힘에 묻히고 그의 품에 싸이었다 푸른 물들 듯한 숲속으로 솔솔 새어나오는 아침 바람 차차 힘없어지며 은빛 찬란한 풀끝에 맺힌 이슬 부지중에 사라지고 거리에 왕래하는 사람들 부채로 낮을 가리었다 다시 활활 흔들었다 한다. 재동 병문으로 나와 관현(觀峴)으로 빨리 닫는 소년 세 사람 손목 맞잡았다. 하얀 일복(日覆)으로 싼 모자 이마까지 덮어쓰고 약간 때 묻은 듯한 회색의 교복(校服)을 입었다. 통통한 두 볼 햇빛에 그을러 검붉은 빛 띄었고 꼭 다문 입 고운 두 눈 광채 있다. 키도 같고 얼굴도 거진 같은 15,6세의 소년들이다. 에리[1]에 3자(字) 붙인 ××고보 생도이다. 왁살스런 구쓰[2] 코에 부딪쳐 달아나는 잔돌 핑 소리친다. 오늘은 제1학기 성적 발표하는 날이라 하기휴가도 오늘로 시작이다. 너무 이른 듯하던 종소리 오늘은 더디어 한(恨)이다. 그늘진 곳마다 삼삼오오 모여앉아 마른 땅을 죽죽 그으며 숫자도 쓰고 영어 스펠도 긋는다. 이것은 맞았느니 틀리었느

1 양복의 칼라. 일본어.
2 구두.

니 의논이 분분하다. 시험 ── 시험이란 이 어린 가슴들을 꽤 졸이는 것이다.

고대하던 종소리 나자 사무실 앞 게시판에 한 발씩이나 되는 성적표를 붙이었다. 수백의 어린 사람 앞을 다투어 모여들어 원형으로 에워싼다. 방글방글 웃는 득의의 안(顏), 낙망의 태도, 헤어질 때 여러 사람의 모양이다.

재(齊)골서 온 세 사람 모두 웃는 얼굴이다. 운동장으로 내달으며 라켓을 잡았다…….

재골 막바지 산 밑 조그만 초가집 처소이다. 램프불 비쳐 있고 책상 세 개 귀 맞추어 있는 우에 교과서 잡기장(雜記帳) 정제하게 끼어 있다. 페이지 많은 양장책(洋裝冊)도 있다. 빛깔 좋은 초화(草花) 한 묶음 필통 옆에 꽂혀 있다. 모여드는 날벌레 불가를 에워싸며 풍뎅이 한 마리 이 구석 저 구석으로 횡 ─ 횡 ─ 하며 날고 벽에 걸린 팔각목종(八角木鐘) '제꺽제꺽' 쉴 사이 없다.

"여보게 최 군(崔君), 장원례(壯元禮) 아니할 터인가? 이 사람 번번이 우등하고 시치미 떼나? 이번에는 그냥 두지 않겠다."

잡지 보던 이(李) 별안간 엄중한 명령을 내리니

"오 ─ 옳은 말일세. 이번에는 시행해야 하지."

조(趙)는 이(李)의 말에 찬성하듯 하며 최를 본다.

"이 사람들, 자네들이야말로 장원례 해야 하네. 나는 무슨 턱으로 장원례? 하……."

조, 이는 최의 두 팔을 힘껏 잡아당기며 한번 주무르며,

"무슨 잔말 !어서 하여라. ……하하……."

무서운 시위에

"할 터이야. 할 터이야. 놓아주게. 참말 시행일세."

할 수 없이 굴복이다.

조, 이는 나오는 웃음을 참지 못하여 잡았던 손을 놓으며

"하……."

"이 사람들 위력으로 장원례! 우습다."

방글방글 웃으며 안방을 향하여 주인 노파를 부른다.

"무엇 좀 사다 주시욧. 과실이든지 과자든지."

밖에 나갔던 노파(老婆) 신문지 봉지에 담은 것을 세 사람 앞에 놓는다. 간략한 장원례이다. 재미있는 '이야기'에 웃음소리도 섞이고 '바작바작' 소리도 들린다.

따뜻한 부모의 사랑에 떠나 쓸쓸한 객지 생활(客地生活)을 맛보는 삼인 질펀한 앞길의 희망(希望)의 염열(炎熱) 고운 피에 섞이어 왼몸을 데울 것이다. 눈 쌓이고 바람 찬 겨울이나 푹푹 찌는 성열(盛熱)이나 학교 가는 것이 세 사람의 일이요 펜 두르는 데 맞부딪치고 책에서 위안(慰安)을 얻는 것이다.

일요일이면 일지(日誌)나 스케치북을 가지고 남산(南山)에도 오르고 한강(漢江) 바람도 쏘인다. 반공(半空)에 우뚝 솟은 잠두(蠶豆)에 앉아 먼지 있고 연기(煙氣) 끼인 장안(長安)을 굽어볼 때라든지 퇴락(頹落)한 고색창연(古色蒼然)의 성지(城址) 천고(千古)의 역사를 말하듯이 솨— 하는 솔바람 굼실굼실하는 한강 물 모든 보임 모든 들림에 취미(趣味)를 붙이고 감정(感情)을 자아내어 즐거워도 하고 슬픔도 있고 눈물도 있다. 그 즐거움 슬픔 눈물이 시도 되고 문(文)도 되고 그림도 된다. 다정한 사이다. 사랑스러운 세 사람이다…….

"그만 일어들 나오. 기차 시간(汽車時間) 늦어 가오."

노파는 미닫이를 반쯤 열고 곤히 자는 세 사람을 깨운다. 한 학

기 동안 무거웁던 머리를 편히 쉬는 잠이다.

사루마다만 입고 모두 벗은 알몸 홑이불 밖으로 튀어나와 방심(放心)하고 벌린 사지(四肢) 대자형(大字形)으로 윈방을 차지하였다. 창틈으로 엿보는 아침볕 웃는 듯이 나려본다.

아들 없는 주인 노파 부러운 듯이 자는 모양을 보고 주름 잡힌 얼굴에 미소(微笑)를 띄었다.

놀래어 벌떡 일어나는 세 사람 노파를 보더니 홑이불로 가리며

"몇 시나 되었어요?"

"여덟 시나 되었소. 오늘은 마음 놓고 자는구려. 어서 세수들 하오."

눈도 비비며 하품도 하며 옷을 갈아입고 잇솔 들고 우물가로 나간다. 아침에는 노파가 전에 없던 솜씨를 다 내어 반찬을 장만하였다. 찌개에 꾸미도 많고 생선 구운 것도 놓였다. 노파 장죽(長竹)에 담배를 피어 물고 옆에 앉으며

여름 동안은 집안이 모두 비인 것 같겠는걸…… 모두 시골들 가시면."

"무얼이요. 곧들 올 터인데요. 얼마 걸리지 않아요."

노파는 실없는 말로 조롱하듯 웃으면서

"최(崔) 학도는 아씨 뵈러 처가댁(妻家宅)에 갈 터이지? 아씨도 퍽 잘났을걸. 또 나이가 위라니까 키도 크고……."

조, 이는 수저 든 채로 소리쳐 웃으며

"크기만 해요, 곱절이나 된답니다. 최 군은 꼭꼭 문안 길은 거르지 않지요."

최는 얼굴을 붉히며 말없시 머리 수그린다…….

힘껏 지르는 기적 소리 나자 '덜그럭' 소리조차 나며 기차는 복잡하고 시끄러운 남대문(南大門) 정거장(停車場)을 떠나 순식간에 용산(龍山)을 지나 파랗게 맑은 한강(漢江)을 어느덧 뒤에 두고 더운 바람 헤치면서 남쪽으로 달린다. 검은 연기 쉴 사이 없이 토한다. 최, 이, 조 삼인도 삼등실의 한자리를 차지하였다. 차 안은 입김 담배 연기 떠드는 소리로 찼다.

한 손에는 긴 대 들고 한 손에는 방립(方笠) 들고 품 넓은 중단[3] 자락으로 휩쓸며 자리 찾기에 분주한 상주(喪主)도 있고 한 길이나 되는 지팡이에 바가지 허리에 찬 할머니도 있다. 성글성글 털 난 두 다리를 창밖으로 내어놓고 기탄없이 코 고는 일본 사람도 있고 아마 차멀미가 몹시 나는가 보다. '히사시' 머리[4] 두어 가닥 귀밑까지 내리고 이맛살을 폈다 주름지었다 하며 충혈한 눈을 괴로운 듯이 뜬다. 탕기(湯器) 같은 배〔梨〕에 칼을 대는 학생 같은 여자도 있다. 세 사람은 이 사람 저 사람 두루두루 보다가 다시 눈을 창외(窓外)로 향하였다. 넓은 들 끝으로 끝까지 깎은 듯 판판한 벼 모, 검은빛 띠어 가며 몰아오는 바람에 흔들리는 상립[5] 파도같이 보인다. 흰옷 입은 농부들 곳곳에 모여 있고 한편에는 술병 밥그릇 함부로 벌려 있다. 도롱이 자리에 삿갓 덮고 낮잠 자는 농부도 있다. 줄줄 늘어진 버들가지 그늘로 덮어 준다.

발가벗은 어린 아해(兒孩)들 살빛은 숯 같고 가슴은 앙상하게 뼈만 보인다. 두 팔을 번쩍 들더니 분명치 못한 소리로 '어 —' 하

3 중단(中單). 남자의 상복(喪服) 속에 입는 소매 넓은 두루마기.

4 일본어 '히사시 가미'. 앞머리를 모자 차양처럼 내밀게 한 머리. 일본 식민지 초기인 1910~1920년대에 여성들 사이에 유행했던 헤어스타일을 말함.

5 상립(喪笠). 방갓. 상제(喪制)가 밖에 나갈 때 쓰던 갓.

며 뛰어온다.

최는 혼자 본 듯이 "저것 보와!"

모두 '허 — '라는 코웃음을 웃는다. 기쁜 웃음은 아니다.

해는 서편을 향하여 기울어지고 농록(濃綠)의 야원(野原)에 산그늘 덮일 때 기차는 피곤한 듯이 아카시아 우거진 속으로 서서히 굴러가다가 조그만 정거장에 쉬니 역부(驛夫)는 "요 — ㄱ셍" "옥천(沃川)이요"를 부르며 승객들 내리기를 재촉한다. 세 사람은 반가운 낯으로 여러 사람들과 섞이어 정거장 출구를 나섰다.

언니! 오빠! 하며 매어달리는 귀여운 동생들도 나오고 "인제 오나냐?" 하는 점잖고도 자애(慈愛) 있는 형님도 나오고 "새서방님" "도령님" 하며 허리 구부리는 하인들도 나와 상자(箱子) 가방을 제각기 나누어 든다. 그러나 조(趙)에게는 아무도 나온 사람 없다. 괴이(怪異)치는 않은 일이라 간난(艱難)한 집 자제(子弟)로 하인도 없을 것이요 어머니는 내외(內外)[6]하시는 부인(婦人)이요, 동생이라고는 십사세(十四歲)된 규수(閨秀)이다. 섭섭하지만은 짐을 손수 들고 가는 수밖에는 없다. 그립던 가족들과 손목 잡고 가는 틈에 섞인 조 초연히 말없이 가다가 한 걸음 두 걸음 떨어진다. 두 눈가에는 확실한 신경질(神經質)을 나타내인다. 드문드문 떨어져 있는 촌집에는 저녁 연기 일어나고 떼 지어 나는 참새 무리 깃을 찾아들 때이라…….

앞에 가는 일행 어서 오라고 몇 번 하더니 그도 차차 숲에 가리여 보이지 않는다.

보고 싶은 오빠! 그리운 오빠! 서울 갔다 오는 오빠! 오시는 날

6 내외하다. 외간 남녀 간에 얼굴을 바로 대하지 않고 피하다.

마중 나갈 사람도 없고 몸소 나가자니 처녀의 몸이라 활발하게 큰 길에 나갈 수 없는 양반(兩班)의 딸이라. 이날은 종일 혼자 속을 태우다가 기차 올 시간이 되니 더욱 걷잡을 수 없어서 어머니 이르는 말도 듣지 않고 집을 나서 행인 적은 논길 밭길로 오 리(五里)나 되는 정거장으로 나갔다. 그도 직접 정거장으로 들어가지 못하고 가까운 큰길 옆 나무 틈에 은신하고 오빠를 기다리나 최, 이만 여러 사람 틈에 지나가고 오빠는 보이지 않는다……. 검정 모시 치마에 흰 적삼, 곱게 땋아 내린 머리채야말로 시골 처녀의 순박한 미점(美點)을 보이며 어여쁨보다도 참스러운 자태이다……. 기다리던 오빠는 보이지 않고 금빛 같은 석양 숲속으로 소리없이 들어올 제 그만 나무 옆 풀자리에 주저앉아 줄줄이 나오는 눈물을 막지 못하여 푹 엎디어 있을 때 자박자박 하는 발소리 큰길에 난다. 놀라 내어다보니 이는 혼자 떨어져 오는 오빠라. 반가움 깃거움 가슴에 가득 차 심장의 고동 이상히도 소리친다.

오빠! 번개같이 뛰어나와 오빠에게 매달려 나오던 울음 더욱 쏟아진다. 이것 자연의 발로(發露)가 아닌가!

"에! 경희(慶姬) 너 어찌 여기 나와 있니, 혼자."

"오빠 뵈이러 나왔지. 나는 오빠 아니 오시는가 하고 이때까지 울었어요."

"웨 울기는 울었단 말이냐? 길가에서? 어머님도 안녕하시고 아버님 집에 계시냐?"

"아버님은 당초에 집에 오시지도 않아요! 어마님은 두통(頭痛)이 나셨어요."

"두통! 편치 않으시단 말이냐? 어서 들어가기나 하자."

"오빠. 오빠 가진 것 내가 들고 가게? 이리 주세요."

"네가 이것을 들어? 약질(弱質)이 무거운 것을?"

"에그 그걸 못 들어요? 이리 주세요."

"그러면 들어라. 어디 보자."

들고 두어 걸음 가다가 땅에 털썩 놓으며

"에그 무거워!"

둘은 모두 웃는다.

"보와라, 그것을 네가 들면 무던하게……."

경희는 부끄러운 듯이 낯이 붉어지며

"그러면 오빠 우리 맞들고 갈까요."

"그만두어라. 혼자 들고 갈 터이야."

자랑하는 것같이 한손으로 번쩍 들어 어깨에 얹으니 경희는 이상히 여기는 얼굴이다.

"경희야, 너 들고 갈 것 한 가지 있다. 네게는 꼭 적당하다."

"무엇이야요?"

상자를 열고 신문지에 싼 것 한 뭉치를 내어주며

"이것은 그다지 무겁지 않지?"

"에그 오빠는 나를 퍽도 업수히 여겨…… 나도 무거운 것 많이 들어 보았다오."

손가락에 걸어야 건 듯 만 듯할 태극선(太極扇), 색(色)실, 분, 신소설(新小說) 등 여자에게 소용되는 물건이다.

업수히 여기는 듯한 웃음말에 불평한 듯한 웃음 대답이라.

"이것이 무엇이야요?"

"너 가질 것이다."

"내 것이오! 무엇이 이렇게 여러 가지야요?"

그만 만족의 웃음을 참지 못하며 좋아하는 모양이야말로 천진

(天眞)이다.

두 사람은 자기 집 문에 이르니 경희는 나는 듯이 뛰어 들어가며

"어머니…… 오라버니 왔습니다……."

어머니는 급히 마당으로 내려와 조의 목을 끌어안으며 아들의 볼에 입을 맞춘다…….

최의 집은 유수(有數)한 재산가(財産家)로 모두 최부자집 최부자집이라고 부른다. 오늘은 최부자의 큰아들 창식(昌植)의 생일이다 창식은 삼십가량 된 청년으로 군서기(郡書記) 근무를 한다. 말도 잘하고 법률도 잘 안다 하여 최 주사는 똑똑한 사람이라고도 하고 혹은 '신언서판(身言書判)'이 다 구비(具備)하다 칭찬 듣는 이다. 오후 4시부터는 창식의 친구들만 모이는 잔치를 연다. 손님의 대부분은 동관친구(同官親舊)들이다.

머리는 모두 보기 좋게 가르고 '직구'를 많이 발랐다. 곱게 다린 세저(細苧) 두루마기에 창공색(蒼空色) 조끼 얼른얼른 비추어 보인다. 이만하면 신사(?) 유지(?)의 외면은 되었다. 신문 볼 힘도 있는 고로 서양 소식도 조금 알고 학교 교육도 다소 받음으로 조(祖), 부(父), 형(兄)들은 모두 완고(頑固)라 눈에 차지 아니한다.

너른 대청(大廳)에 화문석(花紋席) 깔아 놓고 산해진미(山海珍味) 가득한 교자상 놓여 있다. 십여 인 되는 젊은 신사들은 다 점잖은 태도이다. 그러나 꾀꼬리 같은 기생(妓生)의 하얀 손으로 술잔이 올 때에는 그 점잖음이 세력(勢力) 잃기를 시작한다.

한 잔 먹어 정신 나고 두 잔에 시름 잊고 석 잔에 혈색 좋고 다음 잔에 호변객(好辯客)이요 그다음엔 호걸(豪傑)이요 다음에는 기생에게 손이 가고 다음에는 '에여라 노와라'가 나온다. 장고(長鼓)

소리가 요란히 나며 가무(歌舞)가 벌어졌다.

최부자는 젊은 사람 놀음에 집에 있으면 불편하다 하여 일찍 동네 집으로 가고 홍식은 할머니 앞에 앉아 공부하게 되었다. 할머니는 홍식이가 사랑에 나가면 여러 사람들 본뜰까 하여 어디 가지도 못하게 하고 억제로 글을 읽힌다. 처음에는 잘 읽더니 염증(厭症)이 나는지 몹시 싫은 모양이요 내종에 노래 소리 장고 소리에 정신이 산란함인지 책상 앞에 앉은 자세 단정하지 못하다. 무릎을 굽혔다 폈다 하며 두 손을 머리 뒤에 붙이고 무단히 몸을 흔들기도 하고 일어설 듯 설 듯한 모양이나 할머니는

"더우냐. 부채질하여 주지. 어서 글 읽어라. 너 부디 형 본뜨지 말아라."(여러 가지로 홍식을 나가지 못하게 한다.)

그러나 오늘은 이 말 저 말 귀에 들어오지도 않고 음악에 취미가 있는지(?) 노랫소리 장고 소리야말로 분명히 들어온다. 참다 못하여

"할머니, 나 뒷간에 갔다 오겠습니다."

하고 안방으로서 사랑(舍廊)으로 한숨에 뛰어나갔다. 홍식은 거짓말하며 어른 속이면 죄된다는 말도 많이 들었고 또한 자기 생각에도 잘못하는 일인 줄 안다. 그러나 욕심이 불같이 일어날 때라든지 마음에 부끄러운 일이 있으면 거짓말이 조금씩 나온다.

과연 이목(耳目)이 황홀하여진다. 꽃같이 꾸민 기생들이 있는 애교(愛嬌)를 다 피워 생긋생긋 웃는 것이라든지 아릿다운 소리에 좋다 좋다 하는 것이며 홍당목(紅唐木) 같은 취한 얼굴 불같은 눈알을 돌리며 기생의 팔목을 서로 잡아당기는 모양이야 장관에도 기관(奇觀)이다.

창식은 몸을 겨누지도 못하면서 홍식을 보더니 흘눌(吃訥)한

소리로

"이놈…… 어른들 계시는데 네가 왜 나왔어? 어서 들어가 공부하여라." 위엄 있는 호령인 명정(酩酊)한 그의 체면이야말로 홍식에게 아모 감동을 주지 못한다.

그날 밤에 홍식은 제반 헛생각에 끌리어 가슴이 울렁울렁하고 얼굴도 화끈화끈하여지며 신고(辛苦)하여 든 잠 꿈이 되어 어여쁜 여자가 웃기도 하고 부드러운 손이 몸에 닿기도 한다…….

"경호(慶鎬)야, 나는 너의 남매가 없으면 무삼 재미로 살아 있겠니? 너의 아버지는 돌아보지도 않을뿐더러 집안에 계시지도 아니하시는구나. 이 다 쓰러져 가는 거지 움 같은 집에 있으시기가 싫으셔서 그러시는지는 모르겠으나 쓰러져 가는 집에 굶주리고 입지 못하고 억지로 살아가는 내야 무슨 죄이란 말이냐? 경호야 경호야, 나는 너의 남매를 위하여 이 집을 지키고 있다. 쓸쓸한 이 세상에 붙어 있는 것이다. 그도저도 인제는 집터까지 팔리었다는구나. 그 독사(毒蛇) 같은 터 주인이 이 집을 떼어 내라고 성화같이 조르는구나."

조(趙)는 아무 말 없이 그의 모친의 비창(悲悵)한 말씀을 들을 때 그의 신경에 어떠한 자극이 일어났을까? 침묵의 비애야말로 고통 되는 것이다. 경희(慶姬)는 어머니 옆에 가까이 앉아서 어릴 때 젖 먹으려고 어머니 가슴에 안기일 때 하듯이 바짝 어머님 앞으로 다가앉는다. 눈에는 눈물이 고여 희미한 등잔불빛 처량히 비치었다. 어머니는 말을 계속하여

"경호야, 나는 지금 죽어도 여한이 없겠다만은 한갓 너 잘 되는 것만 한 줄기 여망(餘望)이다. 너 부디부디 착실한 사람 되어라. 이 어미의 고생을 만에 하나이라도 알아주면 너는 가문을 빛내리

라. 너는 성공하리라. 경호야 경호 — 아느냐?"

조는 어머니 말씀에 가슴이 미어지는 것같이 그만 엎드려 울고 싶다. 꼿꼿이 그의 앉은 자세야말로 힘 있는 표징이다.

밤은 깊어 간다. 우주가 모다 안식에 들었다. 간간이 소리 없이 일어나는 미풍 잠자는 숨소리인 듯…… 어머니와 경희는 아랫방에 자리를 펴고 조는 웃방에 누웠으나 모든 불안에 끌리어 불안의 꿈을 이루니 그 불안의 꿈이 어떠할까.

조는 도모지 잘 수 없다. "아아 — 어찌할까? 이 몸이 십오 세 되도록 어머님 사랑 속에 온전 자라 세상 신산(辛酸)을 모른 이 몸이 아닌가? 오! 오! 어머님, 사랑하시는 어머님! 어머님으로서 전에 없던 비창한 말씀을 하실 적에는 집안이 어떠한가. 어머님 마음이 어떠하실까!? 아아 인제는 물거품이 되었고나. 3년 동안 경성(京城) 유학도…… 다만 어머님 고생으로 어머님으로 얻은 학자금도 인제는 날 도리가 없구나. 어머님이 부치신 우편위체(郵便爲替)에 일금(一金) ○원(圓)이라고 쓴 것을 나는 손에 들 때 기쁘냐…… 아니아니 그것이 어머님의 땀 피이었던 것이다. 아! 저 무서운 얼굴이 뵈이는구나. 저 터주인의 험상이…… 눈을 부릅뜨고 소리 지르는구나!"

조의 부친은 부랑한 편에 가까운 사람이라. 수년 전에 어떤 여자를 얻어 딴살림을 경영하여 그날의 재미있는 생활에 취하여 그의 본처자는 돌아보지 않는 박정한 사람이라.

조의 모친은 남편의 소박(疏薄)에 얼마 동안은 남 모르는 비운에 울었으나 슬하에 차차 자라나는 남매에게 마음을 붙이며 '미래의 평화'가 큰 '바람'이라. 걷은 소매 느펼 사이 없고 행주치마 벗지 못함은 부인의 분투생활을 증명함이라. 넉넉지 못한 살림에 대담히 애자(愛子)를 유학길로 보냄은 어떠한 용기인가! 튼튼치 못한 팔다리는 이 집을 고이고 아들을 고이고 딸을 고이고 또는 자기를 고이는 것이다. 그의 팔다리야말로 자랑거리가 아닌가.

그러나 거칠게 돌아오는 생활난의 마(魔)는 손을 함부로 휘둘러 온갖 작간(作姦)을 부리는 것이다. 그나마 있는 집이 넘어가는 것이다. 좇아서 조의 유학도 중도 폐지할 사정이다.

조는 이리저리 번민의 번민을 포개다가 정신이 아득하여 벌떡 일어나 뜰로 내려갔다. 밝은 보름달은 검은 구름 뭉치 틈으로 보이었다 가리었다 할 제 세상은 '암흑' '광명'의 두 큰 막(幕)이 번갈라 덮인다. 조는 또 이러한 공상에 들었다. 그 공상은 조의 현재 처지를 초월하였다.

뒤에는 산림 앞에는 광야 모두 나의 소유 그 중간에 높이 솟은 나의 집 산림 좋은 살림이다. 아버님은 나의 머리 만저 주시고 어머니는 나를 안아 주시며 사랑의 눈으로 나를 보신다. 나는 경희의 손목 잡고 학교로부터 돌아와 과원(果園)으로 간다. 과원에 복사 임금(林檎)이 많이 열려 모다 붉어졌다. 경희와 많이 따가지고 어머니 앞으로…… 아아! 저 무서운 터주인이 또 보이네!

어머님은 왜 근심의 얼굴로 보시나? 수건으로 머리를 동이시었다. 아아 왜 보지 않으시나? 아아! 나는 이 쓰러지는 집 뜰에 섰구나.

조는 꿈같은 공상으로 다시 세었다. 달은 다시 구름에 들었다. 아아 암흑, 공포, 불안.

조는 왼몸에 힘을 내어 주먹을 꼭 쥐었다.

자정이 지나 조는 자리에 누워 겨우 눈을 붙였다.

검은 구름은 모이고 모여 왼하늘을 덮고 바람이 일기 시작하더니 소나기가 내려친다. 다만 '솨솨' '쉬쉬' 하는 소리만 컴컴한 속에서 부르짖을 뿐 썩어 헐어진 천정으로 빗물이 줄줄 새어 방 안에 물이 고인다. 조는 깜짝 놀라 일어나니 물이 떨어지고 벽이 모두 젖어 무너질 지경이요 방 안에는 앉을 틈이 없다. 어머니도 일어나 책상이며 궤짝 등속을 치우고 대야로 물을 받고 걸레로 닦아내나 퍼붓는 비에는 당할 수 없다. 벽에 흙은 털석털석 떨어진다. 이 세 식구는 넋을 잃은 것같이 한편 구석에 쪼그리고 괴로운 밤을 새웠다.

이튿날 아침에는 어젯밤 풍우 간 곳 모르게 없어지고 다만 지붕이 무너지고 담이 넘어졌을 뿐이라 황량하기 그지없다. 우물가에 선 무궁화는 고운 빛 자랑하듯이 쓸쓸한 이 집에 홀로 웃고 있다.

조는 무궁화 앞에 나와 꽃가지를 입에 대고 사람에게 말하듯이 이와 같이 말한다.

무궁화 무궁화
좋은 이름이다
영롱(玲瓏)한 아침볕
너에게 비쳤다
사랑하는 나는
너 앞에 나왔다
좋은내 고운빛
한만년 가지렴
무궁화 무궁화
좋은 이름이다

"오빠? 무얼 그러서요?" 하며 경희는 이상히 여기는 얼굴로 조의 옆으로 온다.

"나 — 이야기하였지."

"이야기 누구한테요?"

"무궁화보고."

"무궁화요? 무궁화도 말할 줄 아나요?"

"암 말할 줄 알지……."

최와 이는 대패밥 모자에 식물 채집통(採集筒)을 둘러메고 조에게 찾아와 같이 가기를 청한다.

이, "여보게 조 군? 식물채집이나 하러 가세."

조, "그래 — 좋아 이. 어데로?"

이, "아모데나 발 가는 대로 가세. 가다가 최의 과목(果木) 밭에 가서 복사나 따 가지고 가세그려."

조, "그것이야 물론 최 군이……."

세 사람은 과목 밭에 이르러 발갛게 익은 복사를 따서 수건에 싸 들고 산협길로 올라갈 제 쪼이는 일광 채집상에 반사되어 번쩍번쩍 한다.

—《서광(曙光)》1호(1919. 12)

# 시조촌감(時調寸感)

새것이 승하여지는 한편으로 고전(古典)을 사랑하는 마음도 심하여지겠지요. 어느 곳 어느 때 할 것 없이.

우리나라도 마찬가지 경향을 밟아 가는 것이 참이겠지요.

일본으로 치면 명치단가사(明治短歌史)에 한 에포크를 남긴 학자로는 사사목신강(佐佐木信綱), 작가로는 여사야정자(與謝野晶子), 한층 더 혁명적인 석천탁목(石川啄木)이 난 듯이, 우리나라 특수한 시형(詩形)을 갖춘 시조(時調)에도 큰 학자와 천재적 작가가 반드시 날 줄 믿습니다.

작가로서는 봉건시대(封建時代)에 즐겨하던 정서(情緖)와 마음대로 붙들고 늘어질 맛은 없고 아무쪼록 보다 새롭게 해야 하겠지요.

헌 독에 물은 날로 갈고

예전에 피리로 새 곡조를 불어 내십시오.

어떤 민족주의자들처럼 시조(時調)를 국보화(國寶化)할 수 없습니다.

시조를 반동화(反動化)한 허수아비로 만들지는 말으십시오.

—《신민(新民)》(1927. 3), 「특집: 시조는 부흥할 것이냐」

# 내가 감명 깊게 읽은 작품과 조선 문단과 문인에 대하여

(설문)

귀하께서는 과거 일 년에 있어서 조선 작가의 작품 중 감명 깊게 읽으신 작품이 있었습니까? 있었다면 그것은 어느 작가의 어느 작품이었습니까? 및 그 이유.

그리고 외국 작가의 작품 중에서는 감명 깊게 읽으신 것이 있었다면 그 작가의 작품 이름과 및 그 이유.

신년의 조선 문단은 여하한 방향으로 나아가겠습니까?

조선 문인에게 권고하고 싶은 말씀.

(답)

작가로서 문장이 황(荒)함은 화가로서 뎃상 실력 없음과 같은 말이니 이러한 점에 주의와 장래성을 보이는 이는 이태준 하나뿐 — 그의 단편 다눈은 그가 가진 Poesie의 습작이다. 시인으로는 김윤식, 허보, 김현구, 김기림, 신석정, 장서언, 임학수, 박재륜, 장정심 — 들추고 보니 좀 많지나 않을까? 그러나 이 발 고이고 선해오라비 같은 무리가 문단 전초의 신경이요 양심인 줄을 아는 이는 안다.

역시 토마스 하디(Thomas Hardy)의 단편. '보는 극'보다도 '읽는 극'으로 James Barrie와 기시다 구니오(岸田國士)의 극작집. 내가 이러이러한 이유로 감명하였소 하면 총명한 우소시인(愚笑詩人) Barrie는…… 가볍게 흘려 버리리.

순정 문학의 유구한 길을 걷는 무리가 있을지니 총명한 이론가도 나옴직하다. 이들은 불초하나마 천생여질(天生麗質)의 풍격을 갖춘지라 간열핀 행장으로나마 각기 순행천리(順行千里)하리라. 자침(磁針)의 방향은 태고로부터 일정하다. 때 없이 발발거림도 이 일정한 방향에 향하는 초조한 연모(戀慕)이다. 순수하게! 보다더 순수하게! 이방이이여 부질없이 관여치 말지어다.

권고로 될 바 아니니 철이 나기까지 그대로 두기로 — 그만.

—《중앙일보(中央日報)》(1933. 1. 1)

# 직히는 밤 이야기

"선생님 직이십니까?"

"직이라니? 학질 앓는 차례 말인가."

계획 없이 나온 나의 해학(諧謔)은 느적지근한 오후 4시쯤 오피스 안 공기를 익살스레 흐늬여 놓았다.

"위, 선생님 편찮으세요?"

이 공기를 효과대로 남기기 위하여 또아로 막아 버리고 빠져나왔다.

조심스런 물새가 깃을 쓰다듬듯이 나의 말과 표정을 하루에 몇 차례씩 간조롱케 해야 하는지!

나의 밤 보금자리에 찾아오는 고달픈 나그네들은 대개 '입으로 피로한 나그네'들일러라.

*

집에 갔다 올까…… 말까…… 하다가 헤엄쳐 나온 오리새끼들처럼 전등들이 깜박인다.

우울한 회색 제복의 대군단(大軍團)이 떠나간 뒤 이 큰 마당에는 감미(甘味)한 밤이 마음대로 벋어나가 포도순처럼 서리고 있다. 그 실상 언덕 우에 있는 포도순도 눈에 보이게 기어나가는 때는 오후에 한줄금 비 뿌리고 난 이 초밤 이때일까 한다.

유월달 녹음 우에 별 많은 하늘은 커다란 수박을 통으로 쪼기어 놓았다.

홀로 지키는 밤은 높은 망대(望臺)에 오른 승병(僧兵)처럼 신선한 정적을 호흡하자.

*

이러한 기회를 가리어 그 걱정스러운 일이 쉽게 해결되었으면 한다. 다음 날 보금자리로 돌아가자 간밤에 제일 적고도 빛나던 별만한 새 손을 "이요! 이 친구 평안하시오?" 인사만 치르게 되었으면 — 한다.

웨 그런고 하면 이는 앓는 표범 앞에서 밤을 새우기만치 조이고 무서운 경험인 까닭이다.

이번까지 세 차례 —

이러기에 곰과 같이 앨쓰고 참을성 세고 세심하여야 하는 것이 수염을 자랑하는 남성의 일과가 된 것이다.

이제 다시 한 3년이나 5년쯤 라마(羅馬)나 파리(巴里)에 유학하여 보았으면 하는 스스로 취소되는 공상을 제외하듯이 욕망도 공상은 조소(嘲笑)하는 줄 스스로 짐작한다.

이제 새삼스레 오롯이 사색하기 위하여 끝까지 예술하기 위하여 이 인간적 우울을 벗어 버릴 용기도 없다.

하숙 2층에서 홀로 올빼미처럼 눈을 뜨고 자기에 몰두할 수도 없는 까닭이다.

날으기 시작한 제비ㄹ진대 물어오고 얼이하고 길르고 해야 하려니 —.

식탁에 눈물을 느끼고 잠자리에서 먼저 회한을 맞이하기를 인제는 시(詩)로 탐미하자는 너무나 사나운 채칙이다.

가장 살 힘이 부족한 자에게.

가톨릭교는 사랑을 연료로 공급하여 준다. 끊임없는 불에 생활은 만들어 나간다.

타조(駝鳥)와 함께 사막을 걷기는 걷는다. 감히 지상에서 일촌(一寸) 우에라도 비행하지 않으려 한다. 현실 유혹 교도(敎徒)들 틈에서 학처럼 산보할 수 있게 하는 것이 '가톨릭'적 예지뿐이다.

*

원고지를 펴놓고 들여다보고 보아도 이는 헤엄치기 어려운 하이한 호수다. 스물다섯 페이지를 무엇으로 채우랴. 집안일이나마 솔직하게 소개하자.

가톨릭적 입장에서 가두에 내어보낼 잡지를 만든다면 어찌한 태도를 세워야 하겠느냐는 것이 우리는 문제 삼아 오던 바이다.

Y, "너무 종교 종교 종교 하는 것도 효과가 적다."

C, "너무 사회 사회 사회 하는 것 같아서."

C, "취미 본위로 하는 것이 어떨까."

R, "그 취미가 문제다. 현대는 이 취미 때문에 만성적 신음을 하지 아니하는가! 에로 취미(趣味), 그로 취미, 붉은 취미……."

S, "에로 간접 탐색으로 조제된 모—던 취미."

P, "결론으로 취미론 불찬성!"

C, "가톨릭적이면 벌써 결정되어 있다."

Y, "교회월보식이 꼭 가톨릭적은 아니다."

C, "누가 보기나 하나."

Y, "비판과 문예를 중심으로 할 수밖에."

P, "문예는 대체 뉘 글을 얻어다 실리나."

S, "글쎄 우리 자체가 검열하여야 하겠고 당국에게 받아야 하겠고."

Y, "수순한 가톨릭적 작가가 나올 때까지 터전으로 곱게 기대리고 꾸준히 나갈 수밖에."

월간잡지《가톨닉청년》이 오는 유월십일(六月十日) 전후하여 가두에 나가게 된 것을 먼저 알리는 것도 의의 없는 일이 아니다.

팔리고 안 팔리는 것은 족음도 염려 없다는 여유가 우리에게 있다는 자신에서 끝까지 '우리의 잡지'로 진출하겠다는 결심에서 통쾌를 느낄 뿐이다. (六月五日)

—《매일신보》(1933. 6. 8). 원제는 '六月의 隨筆'

# 소묘(素描) 1

검은 옷이 길대로 길구나, 머리꼭뒤[1]에 위태하게 붙은 검은 동그란 헝겊은 무엇이라 이름하느뇨? 얼마나 큰 몸이며 굵은 목 얼마나 두꺼운 손이랴. 그러나 그가 목련화(木蓮花) 나무 아래로 고전스러운 책을 들고 보며 이리저리 걷는다니보담 돌고 도는 것이 코끼리같이 상가롭고도 발소리 없이 가비여웠다.

나는 프랑스 사람과 말해 본 적이 없었다. 아직 말해 보지 못한 푸른 눈을 가진 이는 아직 탐험하지 못한 섬과 같아서 나의 이상스런 사모와 호기심이 흰 돛폭을 폈다. 걸음은 부르지 않는 그이에게로 스스로 옮기여지는 것이었다. 그의 관심이 내게로 향해 오지 않는 것이 도로혀 그의 초월(超越)한 일과(日課)를 신비롭게 보이게 하는 것이었다. 아침에 이마를 든 해바라기꽃은 오로지 태양을 향해 들거니와 이이는 뉘를 향해 보이지 않는 백금원주(白金圓周)[2]를 고요히 걷느뇨?

회의증(懷疑症)스런 발은 다시 멈칫하였다. 호기심은 역시 거

1 머리 꼭대기.

2 태양의 둘레를 비유적으로 표현한 말.

리(距離)를 두고 수접게[3] 펴고 있었다. 그의 큰 몸은 무슨 말없는 큰 교훈과 같아서 가까이 범하기는 좀 위엄성스러운 까닭이었던지—. 보기 좋게 갈라지는 밤빛 수염은 바람을 맞이한 무성한 풀의 사면(斜面)과 같이 황홀하였다. 그날의 나는 금단추 다섯 개 단 제복의 햄리트이었다. 한낮에 만난 흑장의(黑長衣)들은 왕(王) 앞으로 더 가까이 가자 얼굴이 마주 비추자! 눈이 하나 없다.

외눈박이 프랑스 신부(神父)는 우울한 환멸의 존재로 섰을 뿐이었다.

약간 머리를 숙여 건조한 예의를 표하고 그의 앞을 바람을 헤치며 지나갔다.

날 듯한 고딕 성당(聖堂)은 오늘도 높구나! 기폭을 떼인 마스트 같은 첨탑! 어루만질 수 없고 폭 안기일 수도 없는 거대(巨大)한 향수여! 뒤로 돌아 깎아올라간 둥근 돌기둥 그늘진 구석으로 들어가 앞길에 비를 내어다보는 나그네처럼 화강암(花崗巖) 차디찬 피부에 뺨을 부비고 있었다.

며칠 뒤—

미스 R은 제비집과 함께 붙이고 있는 나의 이층을 찾아왔었다.

"「킹 오브 킹스」 초대권 가지고 왔습니다."

감사한 인사를 하기보담 성급한 나의 자랑은

"당신네 교회 가 봤지요. 그 프랑스 신부 눈이 하나 없습디다 그려."

"눈이 하나 없다니요!"

"외눈이야요. 외눈!"

3 수줍게.

"잘못 보셨지요."

수선스런 나의 쾌활은 겸손한 냉정에 그날도 스스로 시들어지고 말았다.

"초대권이야요? 고맙습니다."

나의 시각은 정오(正午) 가까이 한창 지줄대는 도시 우에 떠오른 기구(氣球)의 글자를 읽었다.

다음 주일 아침 미사로부터 풀려나와 비둘기같이 설레는 신자들 틈에 나도 섞이었다. 길들지 않는 외톨 산(山)비둘기의 날개는 조화롭지 않았다.

미스 R과 아침 인사를 바꾸자 가벼운 긴장을 느끼었다. 나의 시각은 틀림없음을 요행히 기대하며 성당 입구를 바라보고 있었다. 조그만 산(山)처럼 옮기어 오는 프랑스 신부가 보이자 나의 자중(自重)은 제재를 잃어 용감한 권투선수처럼 앞으로 다가나갔다. 이는 틀림없는 눈이 둘이다!

수풀 속으로 내어다보는 죄고만 호수(湖水) 같은 눈이 둘이 온다. 천국이 바로 비취는 순수한 렌즈에 나의 몸새[4]는 한낱 헤매는 나부이더뇨?[5]

미스 R은 얼굴이 함폭 미소로 피었다. 나의 이른 아침 부끄럼은 가벼이 상혈(上血)[6]하였다.

"신부님, 저하고 한 나라에서 온 분이십니다."

"신자시요?"

4 몸가짐새.

5 나비이더뇨.

6 피가 위로 솟구침. 여기에서는 부끄러워 얼굴이 붉어짐을 말함.

"아직은…… 아니세요."

말 모르는 포로처럼 나는 가슴에 달린 단추를 돌리고 있었다.

―《가톨닉청년》 1호(1933. 6), 66~67쪽

# 소묘 2

"오빠 청산학원이십니까?"

"네 청산학원입니다."

"집에 오빠는 효성중학이예요."

그 아이는 만또 자락으로 감추다시피 한 P의 단추를 벌써 눈여겨두고 어린아이답게 첫인사를 붙이는 것이었다.

"오빠는 대학부시군요."

P는 "네." 하는 응답은 생략하여 버렸다.

우월감이 아주 압복된 대화(對話)에는 솟아나오는 웃음이 아닌 웃음으로 말 뒤를 흐리어 버리는 것이 예(例)이다.

대학부가 무슨 수치가 되랴. 그러나 K시(市) 가톨릭 교회에 발을 디디기 비롯하여 인사도 없이 얼굴을 익혀 가는 그들 틈에서 P의 프로테스탄트는 잘 벗어지지 아니하는 모양새 다른 적은 신발이었다. 남의 눈에 주눅이 들리고 차차 색다른 부끄럼을 배워 가던 까닭이다.

그 아이의 오빠 부름은 조금도 번접스럽지 속되지 않았다. 이나라 그리스당 소녀의 미덕을 보았음이다.

조고마한 손으로 찻반을 옮기고 따르고 하는 것이 그 아이에게는 힘에 하나 차는 큰 잔치일이라 어른의 귀염성 없는 작법(作法)에서 나온 것도 아니요 아주 자연스런 유희(遊戱)이었다.

따라 주는 이른 아침 차는 겨우 쓴맛에 지나지 않았다. 아직까지도 도모지 절차를 이해할 수 없던 미사 의식의 신엄(神嚴)한 압박에서 벗어나온 P는 가벼운 구갈(口渴)과 같은 것을 느끼었다. 쓰디쓴 맛을 씹는 것은 어린아이에서 쫓기어나고 어른의 경험에 들어서기 전 P의 초조가 어떠한 반성(反省)을 반추하는 동작이었다.

찾아내야 할 일과(日課)를 아조 잃어버린 그에게는 그날 아침 한창 찬거리를 얻어왔으니 — 그 아이는 '가톨릭 교회 비둘기'라고 돌아와서 이야기하였다.

'가톨릭 교회 비둘기'란 칭찬이 어찌하여 S의 옆으로 보는 빰에 가벼운 질투를 반영하였더뇨?

질투란 것은 얼굴에 내리는 궂은 날세라, 웃어도 바로 태양이 되지 않았다.

"참 비둘기 같지요 깜찍도 하게."

S의 귓밥에는 귀고리 하였던 바늘귀만 한 흔적이 — 국경 압록강 근처에서 어린아이 적에 하는 풍속이라고 S는 말하였다 — 그날 아침에는 두 빰을 모두 차지하여 허무한 큰 소라 속 만하게 보이었다.

"교회는 모두 매한가지지. 자기 신앙(信仰)만 가지고 있으면 그만이지요."

"인젠 그 자기 신앙에 몹시 고달폈소."

"가톨릭만 신앙이예요?"

"……."

"개성(個性) 없는 신앙이 무엇하오? 자유 없는!"

그는 왜 침묵하였더뇨? 일절에 피로한 그에게는 자유도 주체할 수 없이 구기어진 옷자락이었다. 우울은 일종 오해로 해석할랴하였다. S와의 사이도 단순한 우정으로 해석하자, 가장 가까이 마주 대한 두 언덕 우에 서자. 다만 그 사이에 시퍼런 뛰어넘지 못할 심연을 닉닉히 들여다보자. — 가장 자유로운 그리스도교의 해석을 그는 취해진 것이다.

그리스도가 그어 놓으신 심연(深淵)을 신앙하였다. 그러나 몇 번이나 그는 언덕에서 현훈(眩暈)[1]을 느끼었을까? 뛰어넘으면 넘는다. 넘고 아니 넘은 것은 하여간 27세 적 P는 가엾은 양심을 길렀다. 그것은 안으로 안으로 기어드는 적은 새로서 길 위에 떨어트려 없이할까 하면 안으로 안으로 깃드는 것이었다.

"하여간 오늘은 좀 돌아다닙시다."

"가만히 드럽드리고[2] 있으면 쓸데없이 회의만 생겨요."

아무것도 그리지 못한 그들의 일과 페이지는 결국 그날 오후 6월 해를 함폭 빨아들인 큰거리로 펴졌다.

때리면 대리석 소리 날 듯한 푸른 하늘이었다.

두르는 단장에 적막한 희랍적 쾌활이 가다가 일어서고 가다가 멈추고 하면서…….

작자(作者)는 더 적고 싶어 싫어하는 버릇이 있다.

성당 안 제대(祭臺) 앞에는 성체들이 걸려 있다.

켠 불이 — 고요히 기도하는 중에 보이는 것이니 — 한낮에도 신비롭게 켜졌다 적어졌다 할 때 거리에는 무수한 희랍적 쾌활이

1 정신이 어뜩어뜩하여 어지러움.

2 들어 엎드리고.

일어섰다 수그러졌다 하는 것이다. 그것은 기적이 아님으로 커졌다 적어졌다 보아도 좋고 안 보아도 무방하다. 이는 성체들도 철저한 책임은 사양할 것이니, 다만 지성(至聖)한 옥좌를 비추는 영원한 붉은 별임으로.

—《가톨닉청년》2호(1933. 7), 54~55쪽

# 소묘 3

…… 원(圓)탁[1]을 줏는다[2]…… 산뜻하고도 쾌활한 유행어를 고대로 직역(直譯)하듯이 우리는 올라탔다.

이 중에는 말타기 노새타기를 욕심하는 이는 하나도 없다.

붉은 우체통 옆에서 비 맞고 전차 기다리기란 무슨 초라한 꼴이랴!

서울 태생은 모름지기 원탁을 타라.

손쉽게 들어온 쉐볼레 한 대로 우리는 왕자연(王子然)하게 그날 오후의 행복을 꽃다발 묶어 들듯 하였다.

"타는 맛이 다르지?"

"포드는 더 낫지!"

"무슨? 쉐볼레가 제일이야!"

젖은 아스팔트 우로 달리는 기체(機體)는 가볍기가 흰 고무 볼한 개였다.

"순사만 세워 두고 싶지?"

1 1930년대 초반 경제공황 시대에 일본에서 유행했던 말로, '1엔짜리로 탈 수 있는 택시'(엔타쿠)를 말함.

2 '잡아타다'의 뜻을 '줍는다'라고 표현함.

"다른 사람은 모두 빗겨나게 하구!"

"하하……."

붉은 벽돌 빌딩들이 후르륵 떨고 일어서고 일어서고 한다.

"남대문통을 지나는 시민(市民) 제씨 탈모(脫帽)!"

청제비 한 쌍이 커브를 돌아 슬치고 간다.

유리 쪽에 날벌레처럼 모아드는 빗낱이 다시 방울을 맺어 미끄러진다.

우리들의 쉐볼레[3]는 아조 눈물겹게 일심으로 달린다.

C 인쇄 공장 정문에 들어서면서 박쥐우산 날개를 채곡 접어들고 교정실 문을 열 때는 모자를 벗고 테이블에 돌아앉아선 유리잔에 찬물을 마셨다. 이리하여 우리들의 다만 십 분간의 사치[4]는 활주(滑走)하여 버리고 결국 남대문 큰 거리를 지나온 한 시민이었다.

얼마 안 있어 교정 거리가 들어왔다.

활자 냄새가 이상스런 흥분을 일으키도록 향기롭다. 우리들의 시(詩)가 까만 눈을 깜박이며 소근거리고 있다. 시는 활자화한 뒤에 훨석 효과적이다. 시의 명예는 활자 직공에게 반분하라. 우리들의 시는 별보다 알뜰한 활자를 운율보다 존중한다. 윤전기를 지나기 전 시는 생각하기에도 촌스럽다. 이리하여 시는 기차로 항로로 항공우편으로 신호와 함께 흩어져 나르는 군용구(軍用鳩)[5]처럼 날아간다.

"시(詩)의 라디오 방송(放送)은 어떨까?"

3 우중에 타고 있는 시보레 택시.

4 "십 분간의 사치"는 택시를 타고 달려온 시간 동안의 사치스러움을 의미함.

5 군사용 신호를 나르는 비둘기.

"저속한 성악과 혼동되기 쉽다."

"시의 전신 발송은 어떨까?"

"전보시(電報詩)!"

"유쾌한 시학이나 전보시!"

돌아올 때는 B정(町) 네거리에서 회색 버스를 탔다.

얼마나 허울한 내부인지 확실히 벼룩이 하나 크게 뛰었다. 사나운 말 갈퀴를 훔켜잡듯이 하고 심한 요동에 견디었다.

우리는 약속한 듯이 침묵하였다. 표정 없는 눈은 아무 곳도 아닌 곳 한가운데로 모이어 지난 엿새 동안에 제각기 맡은 영혼의 얼굴을 살펴보는 것이다.

토요일 오후 다음 날은 주일, 일곱 시 반 저녁 삼종(三鐘)이 울기 전까지는 이 영혼의 얼굴의 개이고 흐리고 하였던 윤곽을 또렷하게 암기하여 두었다가 풀 데 가서 풀어야 한다. 그럼으로 이 홀벗은 버스 안에 남은 짧은 시간을 이용하기에 골몰하였다.

저쪽으로부터 떠들썩하게 정답게 인사하는 친구여, 흔히 이 검소한 버스 안에서 우리가 새초롬하게 보일 때가 있거든, 우리 얼굴 안에 또 있는 얼굴에 우리 얼굴이 파묻힐 때가 있어서 정다운 그대 얼굴이 들어온 줄을 혹 깨닫지 못함이니 깊이 용서하오.

대성당에 들어설 때는 더욱 엄숙하게도 냉정하여진다.

몇 시간 동안 우리들의 쾌활한 우정도 신 벗듯 하고 일절의 언어도 희생하여 버린다. 성수반(聖水盤)으로 옮겨 가서 거룩한 표를 이마로부터 가슴 아래로 다시 두어 개까지 그은 뒤에 호흡이 계속한다면 그것은 오로지 육체를 망각한 영혼의 숨소리뿐이다.

성체등(聖體燈)의 붉은 별만 한 불은 잠잘 때가 없다. 성체합(聖體盒) 안에 숨으신 예수는 휴식이 없으시다는 상징으로 —.

성당 안에 들어오면 어찌하여 우리는 죽기까지 부끄러운 죄인이면서 또한 가장 영광스런 기사적 무릎을 꿇느뇨?

누구든지 우리들이 된 후에는 스스로 깨달으리라.

다시 고해소(告解所)로 옮길 때에는 이 큰 고딕 건물이 한편으로 옴처오는[6] 듯이 우리의 동작으로는 더할 수 없는 조심성과 겸손과 뉘우침을 다하여 걷는다.

옷이 오래되면 때묻음도 할 수 없는 사정이오 따라서 깨끗이 빨음도 자연한 순서임으로 고해소에서 일어나올 때는 결코 신경적이 아닌 순수한 이성의 눈물과 함께 투명한 해저를 여행하고 나온 듯이 신비로운 평화의 산호 가지를 한아름 안고 나온다.

들어갈 때와 마찬가지로 역시 성수(聖水)를 통하여 성당에서 나왔다.

비가 다시 쏟아진다.

완전히 초자연적 목욕을 마치고 난 뒤라 언덕에 오른 물새처럼 돌기둥 옆에 숨어 서서 곱게 씻긴 날개를 아끼듯 쓰다듬듯 하였다.

우리들의 하나인 C도 성당에서 나와선 옆에 나란히 선다.

"비가 그친 것 같지 않군!"

"글쎄."

종잇장만치 투명한 곳이 군데군데 있는가 하면 검은 구름이 파도쳐 옮겨 오는 것이 쳐다보인다.

우리는 박쥐우산을 폈다.

우산 하나로는 둘의 몸을 오롯이 가릴 수 없다. 그러나 이만만

6 옮겨져 오다.

해도 그리스도적 우정만은 젖지 않게 할 수 있게 한 그늘 안에서 걸어나섰다.

거리에는 불이 켜졌다.

서로 밤의 평화를 축복하며 우산그늘 안에서 헤어졌다.

이리하여 오늘 하루는 하루대로 마치고 다음 날 창에 구름 위 푸른 하늘과 함께 밝아 올 주일을 맞이하기 위한 그리스도적 신부(新婦)의 조심스런 보금자리에도 불이 각각 기다리고 있다.

—《가톨닉청년》3호(1933. 8), 61~64쪽

# 한 개의 반박(反駁)

가톨닉처럼 이해 받음도 없거니와 가톨닉처럼 오해받음도 없다. 이제《가톨닉청년》지가 이 이해와 오해의 선풍을 조선 논단에 유도하였다면 문화인의 관심을 집중할 일개 사회적 현상이다. 조선일보가 이에 솔선 착안한 점은 그 신문적 기민(機敏)을 찬(讚)할 바이다. 우리는 더욱 일종의 긴장을 느낄 뿐이다.

그러나 불초(不肖) 정지용 개인으로서 일언의 석명(釋明)을 은익치 못할 사실은《가톨닉청년》이 문예 전문지가 아니오 개인 중심의 잡지가 아니다. 다만 건전한 문예의 적극적 옹호자인 가톨닉 교회는 — 문학인의 좋은 요람이 되어 줄 뿐이오 그리스도와 그리스도 교회 애(愛)에 — 가톨닉 인(人)으로서 여력을 봉사할 뿐이다.

미지의 인(人) 임화(林和)는 결국 루나차르스키, 플레하 — 노프, 장원유인(藏原惟人) 등의 지령적(指令的) 문학론을 오리고 붙이고 함에 종사하는 사람임을 스스로 폭로(暴露)하였으니 이것은 박영희(朴英熙), 김기진(金基鎭) 씨 등이 수년 전에 졸업한 것이오, 또한 낙제한 것이다. '영광스런 20년대'를 넘어선 그들 30년대적 심경을 임화(林和) 20 청년에게 교육할 호의는 없느뇨?

수년 전《신조(新潮)》지에 평림초지보(平林初之輔)가「프로문학의 정치적 가치와 예술적 가치」라는 논문을 발표하였다. '프로작가 진영'에 동요 균열이 연속되어 왔다. 현재는 그 기초까지 해소될 참경이다.

임화는 어떠한 경지에서 방황하는 존재인지 알 수 있다. '조선 부르죠아 문학의 최량(最良)한 부분의 계승자'의 명예를 임화와 같은 부대로 돌리기에 주저치 아니하나 이 무슨 우열한 전리품이뇨!

가톨닉 2천 년간 교양의 원천에서 출발하였노라. 일개 소(小) 반달족의 모험을 일소(一笑)로 묵살할 뿐이오, 역시 가톨닉 작가적 표일성(飄逸性)을 초연히 '실력발동'할 것이다.

'가톨니시즘'과 문화에 대한 정녕한 계몽은 호교적(護敎的) 권위 윤형중(尹亨重) 신부께 탁(托)한다.

—《조선일보》(1933. 8. 26)

# 이러한 신부(神父)가 되어 다오

농민 전도는 춘추가 많으신 신부님께 맡기시고 이 앞으로 우리들의 신부이길 여러분은 장래 지식계급의 외교인을 획득하시도록 준비하시어 주시압소서. 그들을 교화시킴으로 성교회에 얼마나 유리하겠으며 그대로 버려둠으로 얼마나 유해하겠습니까? 신앙 없는 지식인은 '지식적 야만인'이라 하겠습니다. 이 위험한 무리들을 거룩한 울안으로 몰아넣기에는 위험치 아니한 양 떼를 불러들이었던 아름다운 목적보다 새로운 방법이 절실히 필요합니다. 대내외로 유능한 신부를!

—《신우(神友)》(1935. 6)

# 여상사제(女像四題)

발(勃)[1]의 크로키[2] — 에 지용(芝溶)의 단문(短文)쯤을 굳이 사양할 배도 없겠으나 남의 그림에 글을 짓붙이기란 딴 획을 긋대듯 꺼릴 것이 아닐까 보냐. 싫어한 지령(指令)을 내리기를 아무렇듯 여기지 않는《여성(女性)》은 그렇듯 높으시니오닛까! 발이 몹씨 싫어하는 것을 내가 안다. 석상휘호(席上揮毫), 문인화적(文人畵的) 여기(餘技), 쓱쓱 한 장 그려 내는 버릇을 아주 업수히 여긴다.

어떤 사람이 무슨 재주를 품었다면 그의 사람됨을 먼저 알 만한 일이기에 그의 싫어하고 좋아하는 것을 미루어 그의 성품(性品)과 예술(藝術)을 짐작할 수 있으리라.

이상(李箱)의 말마따나 앉음앉음만 보아도 그 사람이 얼마마한 화가(畵家)인 줄 안다고도 하는데 연필을 고느는[3] 꼴로 화가의 격(格)을 엿볼 수 있다는 억설(臆說)쯤은 무난히 통할 수 있지 아니한가.

대체 연필로 짓문질러야 할 것이며 싸뭉개는 것이 연필화의

1 서양화가 장발(張勃)을 말함. 이 글은 화가 장발의 삽화와 함께 수록되어 있음.
2 croquis. 프랑스어로 스케치. 밑그림. 또는 빠르게 그린 그림.
3 곧추세우다.

본령이냐?

자꾸 덧문대어[4] 근사하게만 만들기란 나뒹굴어지며 흉내 내기가 위주인 칙칙한 재주가 아니냐?

동양화적 '획(劃)'이나 서양화적 '선(線)'이나 그 원리에 있어서는 한껏 숙련(熟練)한 나머지에 얻는 한껏 비약이 아니냐.

일기가성(一氣呵成)이면서 완곡자재(緩曲自在). 중단하면서 연락(連絡)되고 평활(平滑)하고도 약동하며 방산(放散)에서 제약(制約)에 그치고, 냉정한 법열(法悅)에서 확호(確乎)한 의지의 단정(斷定), 조심조심스런 걸음걸이에 표일(飄逸)한 몸짓 등등은 선(線)이 갖추어야 할 미덕이리라.

발은 이러한 맥락을 잘 아는 화가이다.

발의 크로키에 지용의 단문이 잔수작이라면 지용의 단문에 발의 크로키가 딴 수작이 아니면 다행하리라.

—《여성》1호(1936. 4), 12~13쪽

4 덧문질러 대다. 문지른 곳을 거듭 문질러 대다.

# 시화(詩畫) 순례(巡禮)

화실에 틈입할 때 적어도 채플에서 나온 뒤만 한 경건을 준비하기로 했다.

화실 주인의 말이 그림을 그리는 순간은 기도와 방불하다고 하기에 대체 왜 이리 장엄하게 계시요 하는 반감이 없지도 않았으나 화실의 예의를 유린할 만한 반달리스트가 될 수도 없었다. 화실에서 화가대로의 화가 주인은 비린내가 몹시 났다. 모초라기 비둘기 될 수 있는 대로 간열픈 무리를 쭉쭉 찢고 째고 저미고 나오는 포정(庖丁)과 소허(少許) 다를 리 없었다. 통경(通景)과 전망을 차단한 뒤에는 인체 구조에 정통할 수 있는 한산한 외과의(外科醫)이기도 하다.

미켈란젤로 따위도 이런 지저분한 종족이었던가.

기름덩이를 이겨다 붙이는 것은 척척 이겨다 붙이는 데 있어서는 미장이도 그러하다. 미장이는 어찌하여 애초부터 우월한 긍지를 사양하기로 하였던가. 외벽을 바르고 돌아가는 미장이의 하루는 사막과 같이 음영도 없고 희고 단단하다.

오호, 백주(白晝)에 당목(瞠目)할 만한 일을 보았다. 격렬한 치욕을 견디는 여호아의 후예가 떨고 있다. 화실의 경건이란 긴급한 정신 방위(防衛)이기도 하다. 한 개의 뮤즈가 탄생되려면, 여인! 그대는 영구히 희랍적 노예에 지나지 아니한가. 가장 아름다운 것이 제작되는 동안에 가장 아름다워야 할 자여! 그대는 산에서 잡혀 온 소조(小鳥)같이 부끄리고 떨고 함루(含淚)한다.

—《중앙(中央)》(1936. 6), 7~8쪽

# 시인 정지용 씨와의 만담집(漫談集)

아름다운 시와 영롱한 시를 쓰는 조선 시단의 기린아(麒麟兒) — 그를 원동(苑洞) 휘문학교로 찾게 되었다. 작은 키에 가므스름한 얼굴 그러나 쾌활하고 재미있는 씨는,

"어떻게 이렇게 오십니까?"

하고 선수를 친다.

"와야 뵙지요."

문답은 이렇게 개시.

"늘 분주하시지요."

"이 노릇이 늘 그렇지요."

"그런데 뭐 좀 물어볼 말씀이 있는데."

"그런 것 다 그만두서요."

"아니 그 좋은 말씀을 좀 아끼지 마세요."

"뭐, 있나요."

"그런데 언제부터 시 쓰기를 시작했습니까."

"중학 4, 5년 때부터 좀 써 보기 시작했지요."

"처음 쓰신 시는요?"

"이번 시집에 있는, 민요체의 시들이 그때 쓴 것입니다."

"그것두 참 좋은데요. 시재(詩才)가 놀랄 만하군요. 초기에 그런 걸작을 쓰시고."

"뭐 그렇지요."

"그런데 누구의 시를 좋아합니까?"

"윌리엄 블레이크의 시는 전공학과니까 할 수 없이 많이 읽었고 그 외에 키타하라 하쿠슈(北原白秋), 하기와라 사쿠타로(萩原朔太郎) 등의 시를 좋아하지요."

"조선인의 시로는요?"

"글쎄요."

"김기림 씨 시를 좋아하시지요?"

"그렇습니다."

"시작하시는 태도를 좀 말씀해 주시지요."

"나는 시 하나 지키기 퍽 어려워요."

"상(想)은 어떤 때 얻으십니까."

"일정치 않지요. 다니다가도 얻고 혹 방에서도 얻고. 그러나 상을 얻은 후에 곧 쓰지는 않습니다."

"충분히 마음에 내포된 뒤에 쓰시는군요."

"두고 두었다가 쓰고 싶을 때 씁니다."

"쓰시는 태도를 말씀해 주시지요."

"힘껏 썼다 지웠다 하며 고심합니다. 나중 잘 되었구나 생각될 때에도 관연 이것이 시가 되었는지 안 되었는지 나 자신으로는 알 수가 없어요. 그래서 친구를 찾아다니며 좀 주책없는 듯하나 일일이 뵈지요. 4, 5인의 친구가 다 좋다고 하여야 안심하고 발표합니다."

"참 좋으신 말씀인데."

"난 언제나 문학청년인가 봐요."

"시작에 대하여 그만한 고심과 진실이 있어야지요."

"그렇기 때문에 일 년에 몇 개를 못 씁니다."

"그런데 시인 되신 것을 기쁘게 생각하십니까?"

"글쎄요."

씨는 보기 좋은 웃음을 웃으며

"시인이란 본시 명함없는 직업이니까 좋은 것 언짢은 것을 구별할 무엇이 없으니 그리 불행하게 생각도 않습니다."

"그러면 팬에게서 오는 편지 많습니까?"

"더러 있지요."

"대개 어떤 편지입니까."

"대개는 시를 써 보내고 평해 달라는 것입니다."

"일일이 회답하십니까."

"어데 분주해서 모두 회답하지 못하지요."

"그래, 시를 써서 원고료를 많이 받아 보셨습니까?"

"어데요, 한 푼도 받아 본 적이 없어요."

"그럴 리가 있을라구요."

"워낙 신문사에서 써 달라는 때는 시가 안 나와서 못쓰고 지금까지 잡지에 발표된 시는 모두 개인 잡지로서 강청(强請) 간청(懇請)에 의해 쓴 것이기 때문에 고료는 일푼도 못받았습니다."

"참, 문인으로는 희귀하신데."

"원, 시를 써서 어떻게 돈을 만져 봅니까."

씨는 또 시원하게 쾌활한 웃음을 웃고,

"귀송(貴松) 씨는 양복을 해 줄 사람이 없느냐 했습디다그려."

이렇게 농담을 하시고,

"나는 산문 쓰는 사람들을 재주 좋은 양반들로 생각하지요. 나는 몇 줄 시를 쓰기도 그렇게 어려운데 참 하루에 30매, 40매 쓰는 친구들을 보면 재주덩이라고 생각합니다."

"참시인이 보면 그럴걸요."

"암 글쎄 어떻게 하루에 3,40매를 씁니까. 이야 하늘에서 뚝 떨어진 사람이지!"

"그래서 조선서도 시를 써 가지고는 돈 만져 보기 더 어려울 것이지요."

"시와 돈은 절연했지요."

"그런데 세상에 시인만 산다면 어떨까요."

"글쎄 이건 큰 문젠데요."

씨는 한바탕 웃고 말을 계속하여,

"세상에 시인만 산다면 이 세상은 더 평화로울 것입니다. 경관두 일이 없을지 모르지요."

"그 반대로 시인이 없다면."

"별 큰일은 없겠지만 인생의 높고 깊은 맛이 적을걸요."

"그러면 시인 된 것을 기쁨으로 생각하십니까."

"별로 자랑으로 생각하지 않지마는 불행하게 생각지 않습니다."

"이후 쓰시려는 시가 있습니까."

"그런 것은 예정할 것이 못되지요."

"시는 대개 언제 쓰십니까."

"일정치 않습니다."

"이후 시를 좀 많이 쓸 수 없습니까."

"원체 분주해서 못 쓰지요. 좀 조용한 시간을 가지려면 더 쓰게 될지는 모릅니다."

"너무 오래 말씀드려 미안합니다."

"천만에."

"성북동으로 좀 놀러 오십시요."

"이태준, 김용준 등 친구가 있어서 자주 성북동을 갑니다. 가면 찾아가지요. 신인문학사에서 회합을 좀 여십시요."

"네. 요다음 열겠습니다."

"교외에서 한번 유쾌한 회합을 하게 하시지요."

"좋습니다. 절에서 한번 하지요."

"호호!"

—《신인문학(新人文學)》(1936. 8), 88~90쪽

# 설문답(說問答)
## — 조선 여성(朝鮮女性)

(설문)

1. 조선 여성의 특유한 미점(美點) 두 가지만 말씀해 주십시오.
2. 조선 여성의 특유한 결점 두 가지만 말씀해 주십시오.
3. 조선 여성에게 읽히고 싶은 서적 두엇을 말씀해 주십시오.
4. 조선 여성의 이상형은 어떠한 것이겠습니까.

(답)

1.

(1) 대체로 볼 때 점잖하여서 뺏뺏하고 만만치 않은 점 설령 그 여자가 기녀일지라도 다소 논개(論介), 춘향의 기개가 남아 있는 점.

(2) 빈한에 능히 견디며 시부모님과 남편과 ᄌ녀 이외에 자기를 오롯이 잊어버리는 점.

2.

(1) 결혼 이외에 자기를 버텨 나갈 아무 능력이 없고 고독과 정

진에 자신이 없는 점.

(2) 여전(女專)을 마치고 가정에 들면 고무신짝에 비녀에 구식화하는 점.

3.

동경시 千代田區 下六番町 38번지 カトリック 中央書院 賣捌

(1)『眞理之本源』

(2)『信仰生活 入門』

(3) 聖女少テレンナテ自敍傳『少き花』

(4)『カステイュンヌモイ』

이유 — 읽은 뒤에 스스로 알아질 일

4.

눈 — 눈망울이 이리저리 굴러 돌아다니는 것은 그것은 조선 눈이 아니니 죽을지라도 염려 마시오 내가 여기 있으니.

코 — 금강산 봉오리들같이 높지도 얕지도 마시오.

머리 — 검고 보드랍고 숱이 많아야만.

혈색 — 지금 형편보담 더 좋아야 할 일.

키, 체격, 빛깔 — 동양 여자 중에서 선천적으로 우수한 편이요.

걸음걸이 — 지자(之字) 걸음이 가끔 보이나 초조하지 않고 아종거리지도 총총거리지도 껑충거리지도 아니하니 그만하면 그대로 불평이 있을 수 없고,

표정 — 제일 빈약한 편이나 이제 별안간 성림식을 직수입해서야 조선 남성이 견딜 수 없고,

화장 — 조선 여자의 화장은 뒤에다 바르는 것에 지나지 아니

하니 좀 더 참고할 일이오.

옷 — 천하제일이니 반회장저고리에 긴 치마 꽃신으로 양행(洋行)이라도 할 일이오.

마음째 — 좀 더 산산하게 인자하게 밝고 다습고 깔깔하고 바지런하여 매어 달려서 사는 것보담 다스리는 사람.

이데올로기 — 문호(門戶) 비개방, 쇄국주의, 열녀불경이부(烈女不更二夫).

—《여성(女性)》(1937. 5), 54쪽

# 시(詩)가 멸망(滅亡)을 하다니 그게 누구의 말이요

"허 수염이 점점 동경식(東京式)을 닮어 갑니다그려."
하는 기자의 첫 농담을 정지용(鄭芝溶) 씨는 十二, 三세 소년처럼 나글나글한 웃음으로 받아준다.

"너무 막연합니다마는 언어와 문학과의 관계 — 특히 시와 언어에 대해서 좀 말씀해 주시면 — ."

**정(鄭):** "문학이 다 그렇지만 특히 시에 잇어는 말과 떼어서 생각할 수 없는 것이니까 길게 말할 필요도 없지요. 그저 시인이란 말을 캐내야 한다는 것밖에 — . 이 경우에는 이 말 한마디밖에는 다시없다는 정도까지는 가야 할 겁니다."

"참 시문학은 멸망되리라는 말을 동경서 발행하는 잡지에서도 보았고 조선에서도 김문집(金文輯) 씨가 그런 말을 했는데."
하고 미처 말을 마치기도 전에 정지용 씨는 펄쩍 뛴다.

"허 말두 못해요? 말도 분외(分外)에 많이 하자면 실수를 하는데 항차 글을 많이 쓰자면 실수할 일도 많겠지요."

**기(記):** "순수예술이란?"

**정:** "자꾸 대답하기 어려운 문제만 꺼내는군. 예술이란 원래 과학이라든가 법학과 같은 다른 학문과는 달라서 무슨 문제고 간

에 한 말로 규정짓기가 어렵습니다. 그저 개념으로밖에 구분할 수가 없지요."

기: "한동안 몇몇 시인들을 가리켜 편견이니 너무 고답적이니 도피니 하고 떠들었는데 정 선생께서도 아마 그 부류 중의 하나라 했는가 봅니다."

기: "그럼 정 선생은 철하고 수염하고 한꺼번에 나섰군요."
하고 노하기나 하면 큰일이라고 눈치를 살피는 기자를 씨는 귀여운 듯이 바라본다.

정: "그러나 그것은 일부의 악덕 평론가가 그렇게 꾸민 것인지 아무리 고답적 시인이라 하기로소니 문학의 소재가 되는 생활이라든가 환경, 경제 같은데 관심이 안 갈 리가 있나요. 아무리 시인이 직업이라기로소니 제 입에 당장 밥이 안 들어가는 데야 어찌해."

기: "만일 문학이 어떤 일부문, 일례를 들면 정치 같은 데 종속적 의미로서만 존재를?"

정: "그것은 물론 배격해야지요."

기: "요새 이야기되는 인간 탐구는?"

정: "그런 것은 원고 쓰고 싶어하는 몇몇 평론가에게나 물어보시지요. 참 말을 하란다면 안되겠군. 원고를 씌우시죠. 나는 이렇게 모진 말을 잘한답니다."

기: "평론가의 필요 여부는?"

정: "진정한 의미의 평론가는 물론 있어야 하지요. 허지만 조선에는 평론이라기보다 월평가밖에는 없으니까."

기: "이상(李箱) 씨를 처음 떠메고 나오신 것이 정 선생이죠?"

정: "그랬죠."

기: "동기는?"

정: "그저 진기했으니까 그랬죠."

기: "시로서는?"

정: "글쎄."

기: "우리의 문학 중에서 시단과 소설단 어느 것이 더 높이 평가되어야 할까요?"

정: "난 시단과 문단을 구별하려고 애쓰는 생각을 모르겠습니다. 시와 산문 문학은 서로 돕고 자극을 받는 데서 성장하는 것인데 무엇하러 그렇게 구별할 필요가 있을까요. 그런찮습니다."

기: "김기림(金起林), 이상, 박팔양(朴八陽) 몇 분이 시인으로 소설을 썼는데 어떻습니까."

정: "시 냄새 나는 소설은 결국 못 쓰겠습니다. 소설은 끝까지 산문이래야지."

기: "어떻습니까. 소설을 한번 써 볼 생각은 없으신가요?"

정: "최근 읽으신 시 중에 이만하면 하는 정도의 시가 없었습니까."

정: "있었습니다. 그런데 참 임화(林和) 씨는 한동안 진보적(進步的)이란 말을 써서 예술파의 사람들을 공격하더니 요새 와서는 '진보적'을 버리고 예술파 사람들의 뒤를 또 따라와 자주 애를 씁디다. 온—."

기: "괜히 임화 씨한테 고할겝니다."

정: "암 그래두 좋아요. 나는 원래 모진 소리를 잘하는 사람이니까."

—《동아일보(東亞日報)》(1937. 6. 6)

# 시문학(詩文學)에 대(對)하야
## — 대담: 박용철, 정지용

박: 현재 조선시를 대체로 어떻게 보십니까?

정: 어떻게라니요? 현상을 말씀입니까?

박: 아니 다른 소설이나 평론에 비해서…….

정: 그렇게 되면 우월 문제가 생기는데 시나 소설이란 그렇게 갑자기 쑥 올라서는 것이 아니라 결국은 일반적 문화 수준에 비추어서 말할 것이니까 우열 문제로 보는 것보담은 그러한 일반적으로 보는 것이 좋지 않을까요?

박: 그래도 비교를 해야 재미가 있지.

정: 대체로 동경(東京) 문단에는 신체시(新體詩)의 시기가 있고, 그다음에 자유시가 생겨서 나중에는 민중시(民衆詩)의 무엇이니 하는 일종의 혼돈 시대(混沌時代)를 나타내었지마는 우리는 신체시의 시대가 없었습니다. 있다면 육당(六堂)이 시를 쓰는 시기랄까. 하여간 우리는 신체시의 시대를 겪지 못했으므로 조선서는 시(詩)로 들어가는 것이 너무 빨랐고 또한 시가 서는 것이 너무 일찍이었습니다. 그러나 우리 시가 이렇게 일찍이 섰으면서도 본질적으로 우수한 점이 있는데 그것은 우리말이 우수하다는 것인데, 첫째 성향(聲響)이 풍부하고 문자(文字)가 풍부해서, 우리말이란 시

에는 선천적으로 훌륭한 말입니다. 가령 우리 운문에서 3 · 4조가 기본조(基本調)인지 4 · 4조가 기본조인지 몰라도 원원이 성향(聲響)이 좋으니까 그러한 글자 제한을 받지 않고도 훌륭한 시가 될 수 있습니다. 그럼으로 우리는 신체시의 훈련을 받지 않고도 빨리 시로 들어갈 수 있었다고 생각합니다.

박: 그러나 일반적으로 시 쓰는 사람들이 어휘의 부족을 말하는데.

정: 그것은 되지 않은 말입니다. 만날 외국어를 먼저 알고서 그것을 번역하려니까 그렇지 다시 말하면 조선말을 번역적 위치에 두니 그렇지, 그럴 리가 있나요. 그리고 또 한 가지는 배우지 못한 탓일 것입니다.

박: 현재 우리 시의 단점은 무엇일까요? 일반적으로.

정: 그런데 나는 일반 시인의 작품보담 시인의 태도에 대해서 불만이 있습니다. 하다못해 퉁소도 10년을 불어야 소리가 터진다는데 대체 시를 10년 계속한 사람이 누구입니까? 물론 시를 짓는다는 것은 괴롭고 간난(艱難)하고 졸(拙)한 일이지마는 거기에 기쁨을 느껴야 할 것입니다. 그러나 좀 가다가는 돈에 팔리고 지위에 팔리고 해서 시를 버리게 되니 결국은 시작(詩作)에 대한 긍지가 없는 때문입니다. 그리고 이것이 제일 큰 결점입니다.

박: 출발에 있어서 전통이 없는 때문에 방향을 잡지 못하는 것이 아닙니까요?

정: 물론 외국에 비하면 우리도 고대가요나 시조(時調)가 있다고 하더라도 그것이 줄기차게 전통이 되지를 못한 것은 사실이지요. 그러나 우리가 전통이 없다는 것은 시를 구상하는 데 도리어 좋은 수가 있습니다. 남보다 더 자유스러우니까 그럼으로 우리는 전통 없는 슬픈 시대에 났다고도 할 수 있지마는 본래 시라는 것

은 슬픈 사람이 짓는 것이니까.

박: 시가 앞으로 동양 취미를 취할 것인가? 서양 취미를 취할 것인가? 거기 대해서…….

정: 우리는 그렇게 깊이 생각할 것이 없다고 생각합니다. 시란 본래 그렇게 무슨 이상이나 계획을 세워 가지고 짓는 것이 아니니까. 그저 단판 씨름으로 해 놓고 보면 나중에 그것을 분류하고 비판하는 사람은 무엇이라고 하든지. 그러나 물론 여러 가지로 영향을 받는 것은 사실이겠지요.

박: 그러면 장래에 우리 시가 원칙적으로는 정형시의 길을 걸을 것입니까? 비정형시(非定型詩)의 길을 걸을 것입니까?

정: 원칙적으로 비정형이 본래 원형이니까.

박: 전통 없는 데서 새로 시가 서자니까 시론(詩論)이 중요하겠는데 요새 우리 시론이 어떠한 역할을 합니까?

정: 시론가가 어디 몇 되어야 말이지. 그런데 시가 일반적 상식이 아닌 것과 마찬가지로 시론이란 역시 문학에 있어서 상식이 아닙니다. 말하자면 시학(詩學)도 아니고 시화(詩話)도 아닌 만큼 이것은 특수한 신경 취미(神經趣味), 교양이 필요한데, 시와 관계야 물론 지대하지요. 그러니 시인과 시론가는 신경(神經)으로 밀접한 관계가 있어 할 겁니다.

박: 시작(詩作)은 인스피레슌에서 시작된다는 말이 옳은가요?

정: 글쎄요, 이 말은 하도 남용(濫用)을 하니까.

박: 아니 반드시 인스피레슌이 아니라 하여간 감흥이라고 하든지 뭐라고 하든지.

정: 글쎄요. 시에 있어서 인스피레슌을 기독교적으로 해석하는 것은 모르겠습니다마는 만약 감흥의 정도로 해석한다면 인스

피레슌은 중시해야지요, 그러나 시는 육체적 자극(刺戟)이라든지 정신적 방탕(放蕩)으로 쓰는 수도 있는데 그것만으로는 안됩니다. 역시 순수한 감정 상태라고 할까, 그런 것이 없으면 인스피레슌은 생기지 않습니다. 그럼으로 늘 겸손하고 깨끗하고 맑은, 말하자면 시인의 상태로 있으면 마치 처녀에게 연인이 오듯이 시인에게 뮤—즈가 오는 것입니다. 이것을 나는 은혜(恩惠, grace)라고 합니다. 그럼으로 쓰기 싫을 때 의무적으로 쓰려 해서는 시가 안됩니다. 가령 계관시인(桂冠詩人)의 예를 보십시오. 그 어데 하나이나 시 된 것이 있습니까?

박: 그러면 시가 그렇게 되어서 표현까지 이르는 경로는 어떻게 됩니까?

정: 처음에 상(想)이 올 때는 마치 나무에 바람이 부는 것 같아서 떨리기도 합니다. 말하자면 시를 배는 것이지요. 그래서 붓을 드는데 그때는 정리기(整理期)입니다. 그러나 이것은 기회를 기둘러야지요. 애를 배어도 열 달을 기둘러야 사람의 본체가 생기듯이 시도 밴 뒤에 상당한 시기를 경과해야 시의 본체가 생기는데 그 시기를 기두리면서도 늘 손질은 해야 합니다. 말하자면 조각이란 대리석 속에 들어 있는데 그것을 파고 쪼아서 조상(彫像)이 되는 것과 마찬가지입니다. 그럼으로 아무리 손질을 해도 결코 인공적인 데가 없는 것이 아닙니까.

—《조선일보》(1938. 1. 1)

# 교정실(校正室)

귀또리도
흠식한 양,
옴짓 아니
뀐다.

── 의 '옴' 자(字)가 거꾸로 서고 보니까,

'옴짓'이 '뭉짓'으로 되었습데다. ──《조광(朝光)》 11월호 졸시(拙詩) 「옥류동(玉流洞)」의 말절(末節) ── 사람도 거꾸로 서면 웃으운데, '옴짓'이 '뭉짓'으로 되고 보니 귀또리 같은 귀염성스런 놈도 징하게 되었습데다. 내 「수수어(愁誰語)」에는 미스프린트 천지(天地)가 되어서 속이 상해 죽겠습데다.

──《조광》(1938. 1), 245쪽

# 분분설화(紛紛說話)

화인(畵人) Y를 가운데 앉히고 여인(女人) O, C, H 등의 별 책임을 져야 할 이야기가 아닌 이야기가 한창 벌어졌다.

외용죄용 이야기꽃이 피었다기보다는 마구 떠들어 대는 것이었다. 있음직한 일이다.

평생에 라디오 체조(體操) 한 차례도 성력(誠力)이 있을 수 없는 무리들이 이렇게 불기면회(不期面會)로 만난 터에 잔과 말을 주거니 받거니 하며 실컷 떠들어 흥분이라도 맘껏 하여 보는 것이 무엇이 떠들 게 있으랴.

마침내 화인 Y의 조선 취미론(趣味論)에 화제가 정리(整理)되었던 것이다. 삼회장저고리,[1] 긴 치마, 단속곳,[2] 각신,[3] 쪽도리[4]로 시작하여 봄새[5]로 치면 한산 세모시 진솔[6] 두루마기 겨울로 들어

1 여기에서 '회장(回裝)'은 여자의 저고리 깃, 끝동, 겨드랑이, 고름 등에 빛깔 있는 헝겊을 덧대어 꾸미는 것 또는 그 꾸밈새를 말함. '삼회장저고리'는 세 겹으로 회장을 댄 저고리를 말함.

2 여자의 속곳. 고쟁이 위에 덧입고 그 위에 치마를 입음.

3 갖신. 가죽으로 만든 신.

4 족두리. 의식 때 부녀자가 머리 위에 올려 쓰는 검은 관.

5 '볼품'의 사투리. 겉으로 드러나는 볼 만한 모습.

6 한 번도 빨지 않은 새 옷이나 새 버선.

토주(吐紬)[7] 밤다디미하여[8] 입은 맛, 혹은 평양 수목[9] 툭툭한 감에 명주 안 받쳐 입은 이야기들이다. 절절이 옳은 말씀으로 찬성치 안을 배도 없으나 나는 이러한 조선 취미론에 패두(唄頭)를 잡아 돌릴 자신이 항시 없다. 더군다나 명치정(明治町) 몇 정목(丁目) 모(某) 지하실에서랴 ── .

말머리를 한 가닥 잡아 본다는 것이 조선 두루마기 배격론을 제출하였다가 혼이 났다.

나는 두루마기는 철폐하고 저고리에 솜을 많이 두어 입고 마고자에 모양 좋은 단추를 달아 입고 맨머리로 돌아다닐 만하게 용서를 받았으면 좋겠다는 의견인데 O한테 그만 호령을 들었다.

조선 통상 의복의 멋은 그 구주레한[10] 두루마기에 있다는 것이다. 전문가의 안목에 저항할 일가견이 있는 바에야 어찌하며 또는 동저고리 맨머리 바람에 갈 데 아니 갈 데 돌아다닌다는 것은 호령을 들을 장본이 넉넉히 되는 것이니 무슨 불평이 있을 수 있으랴.

서화 취미, 도자기 취미, 화단 정원 취미 등에 아무 적극적 태도를 갖지도 않고 가질 수도 없다. 생활이 구비된 나머지 터전에 취미를 북돋울 수 있을 것인데 조금도 구비되지 못한 생활을 허리가 휘도록 잔득 지고 있는 터에 취미마저 지고서야 일어설 수 있느냐 말이다.

그러나 취미라는 것을 지니기란 실상 용이한 것이다. 웨 그런고 하니 그것은 항시 아마추어의 장식에 지나지 아니하는 것이다.

7 바탕이 두껍고 빛이 누르스름한 명주. 원문에서는 '토주(土紬)'로 잘못 표기되어 있음.

8 밤에 다듬이질을 하여.

9 낡은 솜으로 실을 켜서 짠 무명.

10 구지레하다. 지저분하게 더럽다.

혹은 전문가의 비전문 부문에 대한 다소의 지식 향수 그러한 것들이 결국 취미가 되는 것이 화인 Y를 보고 그 사람 그림 취미를 가졌다거나 문학인 C, O, 등을 보고 문학 취미를 가졌다고 하면 당장에 분노를 살 것일는지도 모른다.

그러고 하나도 정진하는 바를 갖지 아니한 사람들의 취미 혐오를 갖게 되는 것도 나는 피할 수가 없다. 단원의 그림, 추사의 글씨, 고려 이조의 도자기가 대개 이따위 계급에서 이리 돌고 저리 넘어가는 꼴이 싫다는 데야 무엇이라 책(責)하료? 비장(秘藏)과 매매에서 얻은 다소의 안식(眼識) — 이것이 그들의 취미다.

영화는 보아 알게 되기를 바라는 것이요, 뒈컷은 들어 알게 된 것이다. 다방에 모여 서로 일가연(一家然) 하도록 그렇게 전문을 요하게 된 것은 아니요, 그렇게 용이하게 향영하게 된 그러한 제작이 제작인 점에서는 취미가 무슨 취미란 말이냐. 구식 취미가들은 그들이 원래 난봉질 아니하는 대신에 하는 것이겠지만 새로운 취미에 안일한 사람들은 그것이 마침내 색채를 달리한 '번뇌(煩惱)'에 함락된 것인 줄 모른다.

머리카락 구두 코빼기마저 빤질빤질하지 아니한가!

—《조선일보》(1938. 7. 3), '문인취미전'

# 시(詩)와 감상(鑑賞)

## — 영랑(永郞)과 그의 시(詩)

— 영랑(永郞)이라면 예전에 영랑봉(永郞峰) 그늘에서 한시(漢詩)를 많이 남기고 간 한시인(漢詩人) 영랑이 아니요 김윤식(金允植) 하고 보면 운양(雲養)으로 짐작하게 되니 영랑 김윤식은 언문으로 시를 그도 숨어서 지어 온 까닭에 남의 인식에 그다지 선명하게 윤곽이 돌 수 없는 불운을 비탄함직하다. —

좋은 글이면 이삼 차 읽어도 좋고 낮은 글이면 진정 싫다. 그저 호오(好惡)로서 남의 글을 대할 수야 있으랴마는 대부분의 독자란 마호메트 교도와 같은 것이니 논가(論家)는 마호메트 교도를 일일이 붙들고 강개할 것이 아니라 마호메트적 매력과 마술에 대진할 것이 선결 문제이리라.

영랑(永郞) 시의 독자가 마호메트적 교도가 될 수 없으니 영랑이 마호메트적 교조가 아닌 소이가 있다.

영랑은 이렇게 말한 적이 있다.

"내 시 독자가 다섯이나 될까?"

적어도 셋쯤은 자신이 있었던 모양이나 남저지 둘이 자신이 없었던 모양이다.

교도 다섯에 자신이 없는 마호메트가 있을 수 없는 바이니 오오 시인 영랑으로 인하여 내가 문학적 마호메트 교도를 면한 것이 다행하다!

창랑에 잠방거리는 섬들을 길러
그대는 탈도 없이 태연스럽다
마을을 휩쓸고 목숨 아서간
간밤 풍랑도 가소롭구나

아침날빛에 돛 노피 달고
청산아 봐란 듯 떠나가는 배

바람은 차고 물결은 치고
그대는 호령도 하실 만하다

남도에도 해남 강진 하는 강진골 앞 다도해 우에 오리 새끼들처럼 잠방거리며 노니는 섬들이 보이는 듯하지 아니한가? 섬들을 길러 내기는 창랑(滄浪)이 하는 것이라. 이만만 하여도 이 시는 알기가 쉽다. 남저지는 읽어 보소.

그러나 이 시는 지극히 과작(寡作)인 영랑의 시로서는 근작에 속하는 것이니 그다지 아기자기하게도 다정다한한 애상시인 영랑은 나이가 삼십을 넘은 후에는 인생에 다소 자신이 생기었던 것이다. 야도무인주자횡(野渡無人舟自橫) 격으로 슬픔과 그늘에서 지나다가 비로소 돛을 덩그렇이 달고 호령 삼아 나선 것이 아닐까?

이야기는 훨씬 뒤로 물러선다.

만세(萬歲) 때 바로 전 해 휘문고보 교정에 정구채를 잡고 뛰노는 홍안 미소년이 하나 있었으니 밤에는 하숙에서 바이올린을 씽쌩거리는 중학생이라 학교 공부는 혹은 시원치 못했을런지도 모를 일이다. 그때 그 버릇이 지금도 남아서 바이올린 감상은 상당한 양으로 자신하는 지금 영랑이 그때 그 중학생 김윤식이었으니 화가 향린(香隣)과 한 패요 그 윗반에 월탄(月灘)이 있었고 최상급에 노작(露雀), 석영(夕影)이 있었고 맨 아랫반 일 년생에 내가 끼워 있었다. 그 후에 영랑은 한 일 년 미결감(未決監) 생활로 중학은 삼 년 진급 정도로 그치고 빼빼 말라 가지고 동경으로 달아났던 것으로 생각된다.

이십 세 전 조혼(早婚)이었으나 그댁네가 절세미인이시었던 모양이다. 이십 전에 상처하였으니 영랑은 세상에도 가엾은 소년 홀애비가 되었던 것이다.

쓸쓸한 뫼아페 후젓이 앉으면
마음은 갈앉은 양금줄가치
무덤의 잔디애 얼골을 부비면
넉시는 향맑은 구슬손가치
……
……

눈물에 실려가면 산(山)길로 칠십리(七十里)
도라보니 한바람 무덤에 몰리네
……
……

좁은 길가에 무덤이 하나
이슬에 저지우며 밤을 새인다
나는 사라저 저별이 되오리
뫼아래 누어서 희미한 별을

빰을 마음 놓고 부비어 보기는 실상 무덤 위 잔디 풀에서 그리하였는지도 모를 것이다. 엄격한 남도 사람의 가정에서 층층시하(層層侍下) 눌리워 자라나는 소년으로서 부부애를 알았을 리 없다. 소년 영랑은 상처하자 비로소 애정을 깨달았던 것이요 댓자곳자[1] 실연한 셈이 되었으니 이 인도적(印度的) 풍습으로서 온 비극으로 인하여 그는 인생에서 먼저 맞난 관문이 '무덤'이었던 것이다.

그리하여 그의 '시'가 처음 내어디딘 길가에 장미가 봉오리진 것이 아니라 후손도 없는 조찰한 무덤이 하나 이슬에 젖이우며 별빛이 숫기우며[2] 봉그시[3] 솟아 있다.

그색시 서럽다 그얼골 그동자가
가을하날가에 도는 바람슷긴 구름조각
핼슥하고 서늘라워 어대로 떠갔으랴
그색시 서럽다 옛날의 옛날의

워낙 나이가 어리어 여윈 안해고 보니깐 안해라기보담은 '그색씨'로 서럽게 그리워지는 것도 부자연한 일은 아니리라. 항차

1 다짜고짜.
2 씻기다. (또는 스치다.)
3 봉긋하다.

'그 색씨'가 바람에 슷긴 구름 조각처럼 어딘지 떠나갔음이랴. '그 색씨'는 갔다. 그러나 불행한 '뮤즈'가 되어서 다시 돌아왔다. 영랑은 따라나섰다.

숩향기 숨길을 가로막었오
발 끝에 구슬이 깨이어지고
달따라 들길을 거러다니다
하롯밤 여름을 새워버렸오

저녁때 저녁때 외로운 마음
붓잡지 못하야 거러다님을
누구라 부러주신 바람이기로
눈물을 눈물을 빼아서가오

바람에 나붓기는 깔닢
여울에 희롱하는 깔닢
알만 모을만 숨쉬고
눈물매즌 내 청춘의 어느날
서러운 손ㅅ짓이여

뻴은 가슴을 훤히 벗고
개풀 수집어 고개숙이네
한낮에 배란놈이
저가슴 만젓고나
뻴건 맨발로는 나도작고

간지럽고나

불행한 뮤즈한테 끌리워 방황한 곳은 다도해변(多島海邊) 숲속 갈밭 개흙벌 풀밭 등지이었으니 영랑은 입은 굳이 봉하고 눈과 가슴으로만 사는 경건한 신적(神的) 광인이 되어 가는 것이다.

풀우에 매저지는 이슬을 본다
눈썹에 아롱지는 눈물을 본다
풀우엔 정긔가 꿈가치 오르고
가삼은 간곡히 입을 버린다

동경으로 떠나던 전날 밤 영랑의 시 —

님두시고 가는길의 애끈한 마음이여
한숨쉬면 꺼질듯한 조매로운 꿈길이여
이밤은 캄캄한 어느뉘 시골인가
이슬가치 고힌 눈물 손끗으로 깨치나니

청산학원(青山學院)에 입학된 후 고우(故友) 용철(龍喆)과 바로 친하여 버렸다. 용철은 수재 학생의 본색을 발휘하기 시작하였다. 일 년 후에 동경외어(東京外語) 독어과(獨語科)에 보기 좋게 파스하였다. 영랑의 신적 광기가 증세되었다.

연애(戀愛). 아나키즘. 루바쉬카. 장발(長髮). 이론 투쟁. 급진파(急進派) 교제(交際). 신경쇠약(神經衰弱). 중도(中途) 퇴학(退學). 체중 11관 미만. 등등.

영랑을 한 정점(頂點)으로 한 삼각관계(三角關係) — 그런 이야기는 아니하는 것이 좋다.

그러나 그의 시는 이 사건으로 인하야 일층 진경(進境)을 보이는 것이니 어찌 불행한 뮤즈의 노염에 타지 않았는지 모를 일이다. 불쌍한 사도(師徒)로 하여금 시련의 가시길을 밟게 하기 위함이었던가.

왼몸을 갈도는 붉은 피ㅅ줄이
꼭 갈긴 눈속에 뭉치어 있네
날낸소리 한마디 날낸 칼하나
그피ㅅ줄 딱끈어 버릴수없나

사랑이란 기프기 푸른하날
맹세는 가볍기 흰구름쪽
그구름 사라진다 서럽지는 않으나
그하날 큰조화 못믿지는 않으나

미움이란 말속에 보기싫은 아픔
미움이란 말속에 하잔한 뉘침
그러나 그말삼 씹히고 씹힐때
한거풀 넘치여 흐르는 눈물

눈물의 기록이라고 남의 비판이야 아니 받을 수 있나? 영랑의 시는 단조(單調)하다고 이르는 이도 있다. 단조가 아니라 순조(純調)다. 복잡을 통과하여 나온 정금미옥(精金美玉)의 순수이다.

밤새도록 팔이 붓도록 연습하는 본의는 어디 있는 것인가? 바이올린 줄의 한 가닥에 나려와 우는 천래(天來)의 미음(美音), 최후 일선에서 생동하는 음향, 악보를 모방하므로 그치어 쓰겠는가. 악보가 다시 번역할 수 없는 '소리의 생명(生命)'을 잡아내는 데 있지 아니한가?

영랑의 시는 제1장부터 그것이 백조(白鳥)의 노래다.

그러나 영랑은 시를 주로 연습한 것은 아니다. 시인의 손이 바이올린 채가 아닌 소이다.

낭비(浪費), 자취, 실연(失戀), 모험, 흥분, 실패, 방종, 방랑(放浪)…… 그러그러한 것들이 반드시 밟아야 할 필수 과목은 아니리라. 그러나 생활과 경험의 경위선(經緯線)을 넘어가는 청춘 부대가 이러이러한 것들에게 걸리는 것도 자못 불가항력적인 것이다. 거저 거꾸러질 수는 없다. 그러한 것들을 모다 지나간다.—미묘한 음영과 신비한 음향을 흘리고 지나간 자리에서 시인은 다소 탄식과 회한이 섞인 추수(秋收)를 걷게 될지는 모르나, 여기서 시인의 자업자득(自業自得)의 연금술(鍊金術)을 볼 수 있는 것이다. 화학적이 아닌 항시 인간적인 불가사의를 눈물 겨운 결정체—그러한 것을 서정시라고 하면 아직도 속단이나 아닐까? 주저하기 전에 단언할 것이 있다.

인생에서 조준하기는 분명히 달리하였건만 실로 의외의 것이 사락(射落)되어 그것이 도리어 기적적으로 완성된 것을 그의 서정시에서 보고 그의 서정시인을 경탄하게 되는 것이다.

영랑의 다음 시로 넘어가기로 하고 이번에는 이만.

—《여성》, 1938. 8, 50~53쪽

영랑의 시를 논의하면 그만이지 그의 지난 연월(年月)과 사생활까지 적발할 것이 옳지 않을까 하나 시가 노련한 수공업적(手工業的) 직공(職工)의 제품이 아닌 바에야 영랑 시의 수사(修辭)라든지 어휘 선택이라든지 표현 기술을 들어 말함으로 그치기란 실로 견딜 수 없는 일이요 불가불 그의 생활과 내부까지 추적하여야만 시 독자로서 시인을 통째로 파악할 수 있는 것이요, 그의 생활에 그칠 것뿐이랴. 그의 생리까지 음미할 필요가 있는 것이다. 왜 그러고 하니 뉴턴의 만유인력설(萬有引力說)에서 뉴턴의 생활이나 체질에 관한 것을 찾아낼 수가 조금도 없으나 보들레르의 시에서는 그의 공정한 학리(學理)를 탐구할 편의가 없다. 다분히 얻는 것은 보들레르의 시에서 그의 생활 기질 정서 의지 등 — 보다 더 생리적인 것, 인간적인 것뿐이 아닌가.

보다 더 시의 생리적인 부면을 통하여 독자는 시의 생리적 공명을 얻는 것이니 시의 생리적인 점에서 시의 파악은 더 직접적이요, 불용간위적(不容間位的)이요, 문장의 이해보다도 체온의 전도인 것이다.

지식과 학문인 점에서 일개 문학자가 한 마루 서정시에서 문과 여학생에게 한몫 접히는 일이 없지도 않은 것은 무엇으로 설명할 것인고?

시를 순정(純正) 지식으로 취급하여 온 자의 당연한 보수(報酬)임에 틀림없다.

내가슴속에 가늘한 내음
애끈히 떠도는 내음
저녁해 고요히 지는제

머ㄴ산(山) 허리에 슬리는 보라ㅅ빛

오 ― 그 수심뜬 보라ㅅ빛
내가 일흔 마음의 그림자
한이틀 정렬에 뚝뚝 떠러진 모란의
깃든 향취가 이가슴노코 갓슬줄이야

얼결에 여흰봄 흐르는 마음
헛되이 차즈랴 허덕이는날
뻘우에 철석 개ㅅ물이 노이듯
얼컥 니 ― 는 훗근한 내음

아! 훗근한 내음 내키다마는
서어한 가슴에 그늘이 드나니
수심뜨고 애끈하고 고요하기
산(山)허리에 슬니는 저녁 보라ㅅ빛

시도 이에 이르러서는 무슨 주석(註釋)을 시험해 볼 수가 없다. 다만 시인의 오관에 자연의 광선과 색채와 방향(芳香)과 자극이 교차되어 생동하는 기묘한 슬픔과 기쁨의 음악이 오열하는 것을 체감(體感)할 수밖에 없다.

동경으로부터 귀향한 영랑은 경제와 정치 기구에 대한 자연 발생적 정열을 전환시키지 못하였던 모양이다. 청년회 소비조합 등에서 다소 불온한 지방적 유지이었던 것으로 생각된다. 관심의 대부분이 그러한 경취미(硬趣味)에 속하였음에도 불구하고 그의 시에는 그의 사상과 주의의 정치성의 편영(片影)조차도 볼 수 없는 것은 차라리 그의 시적 생리의 정직한 성분에 돌릴 수밖에 없는 일이요 그 당시에 범람하던 소위 경향파 시인의 탁랑(濁浪)에서 천부의 시적 생리를 유실치 않고, 고고히 견디어 온 영랑으로 인하여 조선 현대 서정시의 일맥(一脈) 혈로(血路)가 열리어 온 것이 아닌가 생각된다.

그러나 시인을 다만 생리적인 점에 치중하는 것은 시인에 대한 일종의 훼손이 아닐 수 없다. 축음기(蓄音機) 에보나이트판이 바늘 끝에 마찰되어 이는 음향은 순수 물리적인 것 이외에 아무것도 아니겠으나 그것이 음악인 점에 있어서는 우리가 인간적 향수(享受)에 탐닉하여 물리적인 일면은 망각하여 버리는 것이 아니런가. 시에 기록된 시적 생리의 파동은 그것이 결국 레코드의 물리적인 것 일면에 비길 만한 다만 생리적인 것에 지나지 못하고 마는 것이니 만일 시인으로서 시에서 관능 감각의 일면적인 것의 추구에만 그치고 만다면 그것은 가장 섬세한 기교적 신경 쾌락에 대한 일종의 음일(淫逸)인 것뿐이요 또한 그러한 일면적인 것의 편식적(偏食的) 시 독자야말로 에디슨적 이과(理科)에 경도하는 몰풍치(沒風致)한 시적 소학생에 불과하리라. 시의 윤리에서 용허할 수 없는 일이다. 시의 고덕(高德)은 관능 감각 이상에서 빛나는 것이니 우수한 시인은 생득적으로 염려(艶麗)한 생리를 갖추고 있는 것이나 마침내 그 생리를 밟고 일어서서 인간적 감격 내지 정신적 고양의 계단을 오르게 되는 것이 자연한 것이요 필연한 것이다. 시인은 평범하기 일개 시민의 피동적 의무에서 특수할 수 없다. 시인은 근직(謹直)하기 실천 윤리 전공가 수신(修身) 교원의 능동적인 점에서도 제외될 수 없다. 혹은 수신 교원은 실천과 지도에 자자(孜孜)함[4]으로 족한 교사일런지 모르나 시인은 운율과 희열의 제작의 불멸적 선수가 아니면 아니 된다. 시인의 운율과 희열의 제작은 그 동기적인 점에서 그의 비결을 공개치 아니하나니 시작이란 언어 문자의 구성이라기보담도 먼저 성정의 참담한 연금술이요 생명의 치열한 조각법인 까닭이다. 하물며 설교 훈화 선전 선동의 비린내를 감추지 못하는 시가 유사(類似) 문장에 이르러서는 그들 미개인의 노골성에 아연할 뿐이다. 그윽히 시의 Point d'appui(策源地)를 고도의 정신주의에 두는 시인이야말로 시적 상지(上智)에 속하는 것이다. 보들레르, 베를렌 등이 구극에 있어서 퇴당방일(頹唐放逸)한 무리의 말기(末期) 왕이 아니요 비(非)프로페쇼날의 종교인이었던 소이(所以)도 이에 있는 것이다.

이러한 견지에서 영랑(永郞)이 어떻게 시인적 생장의 과정을 밟아 왔는가를 살피기로 하자.

영랑은 소년 적에 향토에서 불행히 할미꽃처럼 시들어 다시 근대 수도의 쇠약과 격정과 불평과 과민에 중상되어 고향에 패퇴한 것이었다. 흔히 있을 수 있는 일이나 영랑에 있어서는 그것이 도에 지났던 것으로 생각된다. 그러나 그의 시에는 실상 그러한 심신의 영향이 그다지 강렬히 드러나지 아니하고 항시 은미(隱微)하고 섬세하고 염려(艶麗)하여 저창독백(低唱獨白)의 서정 삼매경(三昧境)에서 미풍이 이는 듯 꽃잎이 지는 듯 저녁달이 솟는 듯 새벽별이 옮기는 듯이 시가 자리를 옮기어 나가는 것이니 거기에는 돌연한 전향의 성명도 없고 급격한 변용의 봉목(縫目)이 보이지 아니하니 영랑 시집은 첫째 목록이 없고 시마다 제목도 없다.

4 꾸준하게 부지런하다.

불가피의 편의상 번호만 붙였을 뿐이니 한숨에 읽어 나갈 수 있는 사실로 황당한 독자는 시인의 심적 과정의 기구한 추이를 보지 못하고 지날 수 있을지 모르나 그것이 영랑 시의 시적 변용이 본격적으로 자연스런 점이요 시적 기술의 전부를 양심과 조화와 엄격과 완성에 두었던 까닭이다. 온갖 광조(狂燥)한 언어와 소란한 동작과 교격(驕激)한 도약은 볼 수 없으나 영랑 시는 감미(甘美)한 수액과 은인(隱忍)하는 연륜으로 생장하여 나가는 것이다. 누에가 푸른 뽕을 먹고 실을 토하여 그 실 안에 다시 숨어 나비가 되어 나오는 황홀한 과정은 마술의 번복이 아니라 현묘(玄妙)한 섭리의 자연한 순서이겠으며 성히 번어 나가는 포도 순은 아무리 주시하기로서니 그의 기어 나가는 동작을 볼 수가 없다. 그러나 하룻밤 동안에 결국 한 발이 넘게 자라는 것이 아니런가. 어느 동안에 잎새와 열매를 골고루 달았는지 놀라울 일이며 시의 우수하고 건강한 생장도 누에나 포도 순의 법칙에서 탈퇴할 수 없는 것이리라.

이리하야 시인 영랑은 차차 나이가 차고 생활에 젖고 지견(知見)을 얻자 회오(悔悟) 갈앙(渴仰) 체관(諦觀) 해겁(解劫) 기원(祈願)의 길을 아깃자깃 밟아 가는 것이었다. 영랑은 그러나 하루아침에 무슨 신정신(新精神)을 발견한 것도 아니요 무엇에 귀의한 것도 아니요 청춘의 오류에 가리웠던 인간 본연의 예지의 원천이 다시 물줄기를 찾은 것이다. 시와 예지의 협화(協和)는 심리와 육체를 다시 조절하게 된 것이니 고독의 철저로 육체의 초조를 극복하고 비애의 중정(中正)으로써 정신에 효력을 발생케 한 것이다.

제운밤 촛불이 찌르르 녹어버린다
못견듸게 묵어운 어느별이 떨어지는가

어둑한 골목골목에 수심은 떴다 가란젔다
제운맘 이한밤이 모질기도 하온가

히부얀 조히등불 수집은 거름거리
샘물 정히 떠붓는 안쓰러운 마음결

한해라 기리운정을 몯고싸어 힌그릇에
그대는 이밤이라 맑으라 비사이다

—「제야(除夜)」

내옛날 온꿈이 모조리 실리어간
하날갓 닷는데 깃봄이 사신가

고요히 사라지는 구름을 바래자
헛되나 마음가는 그곳뿐이라

눈물을 삼키며 깃봄을 찾노란다
허공을 저리도 한업시 푸르름을

업듸여 눈물로 따우에 색이자
하날갓 닷는데 깃봄이 사신다

그러나 역시 비애와 허무와 희망이 꽃에 꽃그림자같이 따르는 것이니 이것은 시인 평생의 영양으로 섭취하는 것이 현명한 노릇이리라.

이러구러하는 동안에 영랑은 다시 현부인(賢夫人)을 맞아들이고 큰살림의 기둥이 되고 남의 아버지가 되고 어머니를 여의고 서모를 치르고 그러고도 항시 시인이었던 것이다. 몸이 나고 살이 붙고 술이 늘고 엉뚱한 일면이 또한 있으니 이층집을 세워 세를 놓고 바다를 막아 물리치고 간석지를 개척하고 동생을 멀리 보내어 유학 뒤를 받들고 하는 것이니 그로 보면 영랑은 소위 병적 신경질이 아니요 영양형(營養型)의 일개 선량한 필부(匹夫)이다. 그러기에 그가 체중 11관의 미만의 신경쇠약 시대에 있어서도 그의 시만은 간결 청초(淸楚)할지언정 손마디가 앙상하다든지 광대뼈가 드러났다든지 모가지가 기다랗다든지 한 데가 없이 화려한 지체(肢體)와 풍염한 홍협(紅頰)[5]에 옴식옴식 자리가 패이는 것이었다.

모란이 피기까지는
나는 아즉 나의봄을 기둘리고 잇슬테요
모란이 뚝뚝 떠러져버린날
나는 비로소 봄을 여흰 서름에 잠길테요
오월(五月) 어느날 그하로 무덥든날
떠러저 누은 꽃닙마저 시드러버리고는
천지에 모란은 자최도 업서지고
뻐처오르든 내보람 서운케 문허졌느니
모란이 지고 말면 그뿐 내 한해는 다 가고말아
삼백(三百)예순날 하냥 섭섭해 우옵내다
모란이 피기까지는

5 붉은빛을 띤 뺨.

나는 아즉 기둘리고 있을테요 찬란한 슬픔의 봄을

모란을 이처럼 향수한 시가 있었던지 모르겠다. 영랑은 마침내 찬란한 비애와 황홀한 적막의 면류관을 으리으리하게 쓰고 시도(詩道)에 승당입실(昇堂入室)한 것이니 그의 조선어의 운용과 수사에 있어서는 기술적으로도 완벽임에 틀림없다. 조선어에 대한 이만한 자존과 자신을 갖는다면 아무 문제가 없을까 한다. 회우석상(會友席上)에서 흔히 놀림감이 되는 전라도 사투리가 이렇게 곡선적이요 감각적이요 정서적인 것을 영랑의 시로써 깨닫게 되는 것이 유쾌한 일이다.

흐르 흐르르 흐르르르 가을아침
취여진 청명을 마시며 거닐면
수풀이 흐르르 버레가 흐르르르
청명은 내머리속 가슴속을 저져들어
발끝 손끝으로 새여나가나니
온살결 터럭끗은 모다 눈이요 입이라
나는 수풀의 정을 알수잇고
버레의 예지를 알수잇다
그리하야 나도 이아침 청명의
가장 고읍지못한 노래ㅅ군이 된다

수풀과 버레는 자고깨인 어린애
밤새여 빨고도 이슬은 남었다
(下略)

영랑 시가 여기에 이르러서는 차라리 평필을 던지고 독자로서 시적 법열에 영육의 진경(震慶)을 견디는 외에 아무 발음이 있을 수 없다. 자연을 사랑하느니 자연에 몰입하느니 하는 범신론자적 공소(空疎)한 어구가 있기도 하나 영랑의 자연과 자연의 영랑에 있어서는 완전 일치한 협주를 들을 뿐이니 영랑은 모토(母土)의 자비하온 자연에서 새로 탄생한 갓 낳은 새 어른으로서 최초의 시를 발음한 것이다.

환경과 운명과 자업에서 영랑은 제2차로 탄생한 것이다. 결론은 간단할 수 있으니 시인은 필부로 장성하여 다시 흉터 하나 없이 옥같이 시로 탄생하는 것이다.

영랑 시를 논의할 때 그의 주위인 남방 다도해변의 자연과 기후에 감사치 않을 수 없으니 물이면 거세지 않고 산이면 험하지 않고 해가 밝고 하늘이 맑고 땅이 기름져 겨울에도 장미가 피고 양지 쪽으로 옮겨 심은 배추가 통이 앉고 젊은 사람은 솜바지가 훗훗하야 입기를 싫어하는가 하면 해양 기류 관계로 여름에 바람이 시원하야 덥지 않은 이상적 남국 풍토에, 첫 정월에도 붉은 동백꽃 같은 일대의 서정시인 영랑이 하나 남직한 것도 자못 자연한 일이로다.

—《여성》(1938. 9), 70~72쪽

# 우통을 벗었구나
## — 스승에게서 받은 말

무스랑이 뒷산은 얕은 산이 아니었다. 제철이면 진달래꽃이 성히 피어 멀리 보아도 타는 듯 붉었었다.

한번은 — 보통학교 1, 2학년 적일 것이리라. — 선생님을 따라 올라가서 진달래꽃을 한 아름 꺾어 안았다. 그때사 선생님은

"넌 커다란 아이가 우통을 벗었구나."

하시었다. 나는 와락 부끄러웠다. 한 아름 안은 진달래꽃이 절로 풀리어 버렸던 것이다. 그때 그 선생님으로 말씀하면 먼 시골에 홀로 오신 청년 교사로서 울울한 심사에 산을 찾아 오르신 것이리라. 나는 그후로 그만저만한 부끄러운 노릇을 하도 많이 하고 당하고 하였다. 이리하여 서른이 훨썩 넘었다.

그때 그 선생님은 이제 어디서 어떻게 계신지 알 길이 전혀 없다. 무스랑이 뒷산 진달래꽃이 올봄에도 한껏 붉었으련만.

—《여성》(1938. 9), 39쪽

# 뿍레뷰
## — 임학수(林學洙) 저 『팔도풍물시집(八道風物詩集)』

시가 그다지도 좋은 것인가? 시인 임학수한테 물어보고 싶고나. 시 위에 좋은 것이 없는 학수는 불행치 않았다. 우리가 알기에도 임학수가 시를 해 온 지가 10년을 넘었다. 오롯한 지향을 사흘을 갖기도 어려운 세상에서 시를 잡어 십 년을 하루같이 지나온 것이 옳은 일이 아닐 수 있으랴. 학수가 원래 편편약질이라 바람에 쓸릴 듯이 가늘고 수(瘦)하고 맑고 빳빳이 살아왔다. 이 사람한테 시를 앗아 버리기로 하자. 그리한다면 이 사람은 육체로도 쓰러졌으리라. 학수를 꾀이고 걸리고 달리고 한 것이 도무지 시의 공덕이다. 세상에 시가 문학자와 비평가한테는 그것이 대개 그의 지식과 혹은 일가견에 그칠 것이로되 시인한테는 바로 양식(糧食)이다. 세속에서 시가 소홀히 되는 것과 시인이 범용을 업수히 하고도 뛰어난 것이 대개 이러한 사실을 이유로 하는 것이니 시가 직업이 될 수 없는 현실에서 시인의 생활과 정신이 족출하는 것이다. 그 사람이 시인이고 아닌 것을 일로 선발할 것이니 우리가 보기에 시인 급제는 임학수한테 돌리고 원통할 것이 없어한다. 혹은 그의 시가 기경(奇警)하고 발랄한 데가 없을는지도 모르나 곤곤히 흐르는 시심의 물줄기가 본디 쉘리와 키이츠가 올라타지 아니치 못하였을 장강대류를 이루는 역시 한 줄기가 아닐 수 없는 것을 부인할 자 있으면 나서라. 첫 시집 『석류』를 낸 지 이태가 못되어 『팔도풍물시집』이 나온다는 것은 그의 시적 초조로 돌릴 것이 부당한 것이오, 그의 습유(拾遺) 이상의 여유를 자랑하는 것이다. 명소(名所) 고적(古蹟)에서 일거에 시조 백 수를 얽어 내는 명장이 놀라운 것이 아닌 것도 아나 애초에 시를 얻기가 지난한 처소마다 그래도 참하고 고른 것을 골라 뽑아내는 것이 귀한 노릇이 아닐 수 없다. 더욱이 조선적 아(雅)와 속(俗)을 시로 풀이하고야 말은 시인 학수를 갸륵히 여기자.

—《동아일보》(1938. 10). 28

## 월탄(月灘) 박종화(朴鍾和) 저 역사소설『금삼(錦衫)의 피』

신문에 소설을 맡아 쓰는 이의 말을 들으면 흔히는 독자를 널리 얻기가 목적이요 골독히 문학과 예술을 위한 것이 아닌 모양으로 변명한다. 은연중 자기의 일면과 여유를 자랑하는 것도 되는 것이니 그러고 볼 양이면 옳은 공부와 유익한 글을 찾는 사람들이 절로 신문소설과는 멀리 떨어질 수밖에 없지 아니한가. 구태여 그의 광범위에 널린 독자층에 휩쓸려 들어 그의 영웅적 지위를 다시 한층 올릴 맛이 없다. 소설이라는 것이 녹신히 재미가 나는 동시에 심전(心田)을 기를 만한 양식이 될 것이요 지낭(智囊)에 간직할 만한 보패(寶貝)가 무진장 쏟아져 나와야 할 것이다. 그렇지 못할 양이면 마침내 아녀자의 눈물과 웃음을 지어내기가 위주인 것이 소설일 것이니 그러고서야 이 바쁘고 비싼 세상에 소설을 돈을 주고 사 들 맛이 있느냐 말이다. 월탄의 『금삼의 피』를 삼가 읽고 나서 나는 머리가 절로 수그러지는 것을 어찌할 수 없었으니 첫째 그 착잡한 사실(史實)에 얼마나 밝히 가닥을 풀어 나갔으며 당시의 사회 각층을 통하여 용어와 풍습에 대하여 얼마나 면밀한 조사가 있었던 것이며 궁실사가(宮室私家)와 시정촌구(市井村衢)까지의 예법(禮法), 의작(儀作), 수수(授受), 거지(擧止)에 대하여 얼마나 소소(昭昭)한 견문을 보여 준 것이며 더욱이 문장과 사화(詞華)에 있어서는 한문에 취해 떨어졌거나 양학에 쏠린 자들의 손도 대어 보지 못할 그야말로 동서신구(東西新舊)의 교양에서 빛을 발한 조선글이 당연히 갈 길을 지침으로 보여 준 것이겠으며 연산조(燕山朝)를 중심으로 하여 그 전후의 무뚝뚝한 사실(史實)을 낙음낙음한 소설로 꾸미자니깐 자연히 보태고 덜고 한 것도 있겠으나 조금도 부자연함과 억지가 보이지 않을 뿐외라 도로혀 그의 예술적 수법에 안심하고 즐길 수가 있게 한 것이냐!

월탄이 과연 역사소설의 타당한 길을 열었도다. 하도 많은 소위 대중과 통속이 범람하는 시대에서 이것은 심혈을 경주한 대문자(大文字)가 아닐 수 없다. 그러나 천만 가지 깊은 조예와 빛난 재화(才華)를 보였으면 그것이 결국 무엇이랴? 『금삼의 피』의 진가는 대체 어데 있는고 하니 연산조 무대에 오르내리는 주역이나 조연이나 엑스트라로 나오는 모든 인물들이 인생 대도에서 어찌어찌 어그러져 나갔으며 어떻게까지 옳게 버티고 나간 것을 보인 데 있으니 연산조와 같은 난세에 처하였을지라도 허둥지둥하던 사람들은 결국 천추에 헛물을 켜고 말았다. 누구는 이르기를 소설은 권선징악을 위한 것이 아니라고 옳은 말이다. 그러나 명창정궤(明窓靜几)에 무릎을 꿇고 쓴 『금삼의 피』가 읽는 이로 하여금 인생에서 엄연한 비판과 새로운 의리를 배워 얻게 하는 것도 자못 불가피의 일이 아닌가. 그야 모든 동양 소설 사상의 중추가 '의리'에 있었지만 월탄의 예술이 새롭고 보니깐 의리도 새롭게 빛날 수밖에 없다.

—《조선일보》(1938. 12. 18); 《박문(博文)》(1939. 1), 24~25쪽에 재수록

# 천주당(天主堂)

원근법이 어그러지고 보면 사진이 되지 않는다니 내가 맡은 「창으로 멀리 보이는 성당」이라는 예술 작품에서 나는 아주 원근법에 서투르다.

대체 어느 구석에 서서 보아야 우리 성당을 두고 작문이 지어질 것일까?

열없이 창(窓)까지 걸어가 묵묵(默默)히 서다.
이마를 식히는 유리쪽은 차다.
무연(無聯)히 씹히는 연필(鉛筆) 꽁지는 떫다.

—《태양》(1940. 1)

# 시선후(詩選後)

1

깊숙이 숨었다가 툭 튀어나오되 호랑이처럼 무서운 시인이 혹시나 없을까? 기다리지 않었던 배도 아니었으나 이에 골라낸 세 사람이 마침내 호랑이가 아니고 말았다.

조선에 시가 어쩌면 이다지도 가난할까? 시가 이렇게 꾀죄죄하고 때묻은 것이라면 어떻게 소설을 보고 큰소리를 할고! 소설가가 당신네들처럼 말 얽기와 글월 세우기와 뜻을 밝힐 줄을 모른다면, 거기에 글씨까지 괴발개발 보잘것이 없다면, 애초에 소설도 쓸 생각을 버릴 것이겠는데 하물며 당신네들처럼 감히 문장(文章) 이상의 시를 쓸 뜻인들 먹을 리가 있으리까? 투고를 살피건대 소설은 아주 적고 시는 범람하였으니 무엇을 뜻함인지 짐작할 것이며, 일찍이 시를 심히 사랑은 하되 지을 생각은 아예 아니하는 어떤 소설가 한 분을 보고 칭찬한 적이 있었으니 그를 보고 시를 아니  쓰는 이유만으로서 시를 아는 이라고 하였다. 시를 앉히이 놓고 자리를 조금 물러나서 능히 볼 줄 아는 이를 공자(孔子)가 가여어시(可與語詩)라고 하신 것이 아니었던가 생각되기도 한다. 그렇다고 당신네들이나 우리들이 시를 짓기보다도 시와 씨름을 아니 겨루고 그칠 노릇이요? 자꾸 지어서 문장사(文章社)로 보내시오. 정성껏 보아 드리리다. 그러나 잡지에 글을 던져 보내기란 대개 가장 자신이 있어서거나, 그렇지 않으면 가장 용감한 이거나, 가장 자신이 없어서거나, 혹은 가장 무책임한 이도 한번은 하여 봄 직한 일이니 글을 보내시려거든 사자중(四者中)에 택기일(擇其一) 하여 하십시오.

백여 편 투고 중에서 선(選)에는 들고 발표까지에는 못들은 분도 몇 분 있으시니 부디 섭섭히 여기시지 마르시고 꾸준히 공부하시고 애쓰시고 줄곧 보내시오. 샘물도 끝까지 긇이면 다소 소금ㅅ적이 들어나는 것이니 시인도 참고 견디는 덕을 닦아야 시가 마침내 서슬이 설 것입니다.

내 손으로 가리어 내인 이가 이다음에 대성하신다면 내게도 일생의 광영이 될 것이요 우수한 시를 몰라보고 넘기었다면 그는 얼마나 높은 시인이시겠습니까? 그러나 빛난 것이 그대로 감초일 수는 없는 것이외다. 그러고 남의 평을 듣기에 그다지 초조할 것이 없으니 그저 읽고 생각하고 짓고 고치고 앓고 말아 보시오. 당신이 닦은 명경(明鏡)에 당신의 시가 스스로 웃고 나설 때까지.

백여 편이 넘는 투고를 어떻게 일일이 평하여 드릴 수가 있습니까. 우표는 동봉하지 말고 글만 보내시고 다음에 당선된 세 분의 시는 무슨 등급을 부치는 뜻이 아니니 그리 짐작하시압.

조지훈(趙芝薰) 군 「화비기(華悲記)」도 좋기는 하였으나 너무도 앙징스러워서 「고풍의상(古風衣裳)」을 취하였습니다. 매우 유망하시외다. 그러나 당신이 미인화(美人畵)를 그리시랴면 이당(以堂)

김은호(金殷鎬) 화백(畵伯)을 당하시겠습니까. 당신의 시에서 앞으로 생활과 호흡과 연치(年齒)와 생략이 보고 싶습니다.

김종한(金鍾漢) 군 당신이 발표하신 시를 한두 번 본 것이 아니오나 번번이 좋았고 번번히 놀랍지는 않습데다. 이 경쾌한 '코댁'[1] 취미가 마침내 시의 미술적 소부분에 지나지 않습니다. 그러나 하도 텁텁하고 구즈레한 시만 보다가 이렇게 명암이 적확한 회화를 만나 보아 마음이 밝지 않을 수 없습니다. 어서 학교를 마치시고 깊고 슬프십시오.

황민(黃民) 군 월광(月光)과 같이 치밀하고 엽록소같이 선선하고 꿈과 같이 미끄러운 시를 혹은 당신한테 기대해야 할 것인지도 모르겠습니다. 기이한 수사에 팔리지 마시요. 단 한 편 가지고 당선이 되었다면 그것은 당신의 우연한 행복이외다. 다음에는 대담 명쾌하게 실력을 보이십시오.

—《문장》1권 3호(1939. 4), 132~133쪽

2

향(香)을 살에 붙일 수 있을 량이면 머리털낱부터 발끝까지 이 귀한 냄새를 지니기가 어려운 노릇이 아닐 것이로되 무슨 놀라울 만한 외과수술이 발견되기 전에야 표피(表皮) 한 겹 안에다

1 고딕(Gothic).

가 향을 간직할 도리가 있으랴. 시를 향에 견주어 말하기란 반드시 옳은 비유가 아니나 향처럼 시를 몸에 장식할 수 있다고 하면 대체 신체 어느 부분에 붙어 있을 것인가. 미친놈이 되어 몸에 부적처럼 붙이고 다닐 것인가. 소격란(蘇格蘭)[2] 사람의 두뇌에 잉글리쉬 휴머를 집어넣기를 억지로 해서 아니될 것도 없을 것이나 우리가 소격란적 벽창호가 아닐 바에야 시를 어찌 외과수술을 베풀어 두개골 속에 집어넣어 줄 수가 있느냐 말이다. 시는 마침내 선현이 밝히신 바를 그대로 좇아 오인(吾人)의 성정(性情)에 돌릴 수밖에 없다. 성정이란 본시 타고난 것이니 시를 가질 수 있는 혹은 시를 읽어 맛들일 수 있는 은혜가 도시 성정의 타고난 복으로 칠 수밖에 없다. 시를 향처럼 사용하야 장식하려거든 성정을 가다듬어 꾸미되 모름지기 자자근근(孶孶勤勤)[3]히 할 일이다. 그러나 성정이 수성(水性)과 같아서 돌과 같이 믿을 수는 없는 노릇이니 담기는 그릇을 따라 모양을 달리하며 물감대로 빛깔이 변하는 바가 온전히 성정이 물을 닮았다고 할 것이다. 그뿐이랴. 잘못 담기여 정체(停滯)하고 보면 물도 썩어 독을 품을 수가 있는 것이 또한 물이 성정을 바로 닮았다고 해야 할 것이다. 성정이 썩어서 독을 발하되 바로 사람을 상할 것인데도 시라는 이름을 뒤집어쓰고 나오는 것이 세상에 범람하니 지혜를 갖춘 청년 사녀(士女)들은 시를 감시하기를 맹금류(猛禽類)의 안정(眼睛)처럼 빠르고 사나웁게 하되 형형한 안광(眼光)이 능히 지배(紙背)를 투(透)할 만한 감식력을 가져야 할 것이다. 오호 시라고 그대로 바로 맞아들일 수 있을 것인가. 도적과 요녀(妖女)는 완력(腕力)과 정색(正色)으로써

2 스코틀랜드(Scotland).

3 부지런히 힘을 쓰며 근실하다.

일거에 물리칠 수 있을 것이나 지각과 분별이 서기 전엔 시를 무엇으로 방어할 것인가. 시와 청춘은 사욕(邪慾)에 몸을 맡기기가 쉬운 까닭이다. 하물며 열정(劣情) 치정(痴情) 악정(惡情)이 요염한 미문(美文)으로 기록되어 나오는 데야 쓴 사람이나 읽는 이가 함께 홍홍 속아 넘어가는 것이 차라리 자연한 노릇이라고 그대로 버려둘 것인가! 목불식정(目不識丁)의 농부가 되었던들 시(詩) 하다가 성정(性情)을 상(傷)치 않았을 것이니 누구는 이르기를 시를 짓는 이보담 밭을 갈라고 하였고 공자(孔子) 가라사대 시삼백(詩三百)에 일언이폐지왈사무사(一言以蔽之曰思無邪)[4]라고 하시었다.

투고수는 먼저보다도 곱절이 많아 수백 편이 되나 질이 좋은 것이 아조 적다. 지면이 넉넉할 것이면 소위 독자시단이라는 것처럼 하여 너그럽게 취급함직도 하나《문장》의 태도로서는 일 년에 잘해야 한두 사람 우수한 시인을 얻기가 목적이요 무정견(無定見)한 포용책을 갖지 않는 바에야 선자(選者)로서 그대로 좇기가 불평스럽지도 않다. 이번에도 역시 세 사람을 뽑았다. 한번 뽑고서는 그대로 아모 책임을 지지 않는 것이 아니니 설령 호(號)마다 발표되지는 아니할지라도 원고를 다달이 보내 주어야 되겠다. 삼차당선으로 대시인(大詩人)이 되는 것일 줄은 마침 모르겠으나《문장》이 있기까지는 객(客)이 아니라 가족이 되는 것만은 사실이니 투고하는 이는 먼저《문장》의 결벽과 성의만은 이해하여야 할 것이다. 제1회로 당선하였던 세 분은 이번 호에는 쉬기로 하였다. 황민 군은 원고가 없으니 그만이고 조지훈 군은 이번 시는 지저분하

4 한마디로 말한다면 생각에 간특함이 없다.

니 기구(器具)만 많았지 전 것만 못하고 김종한 군은 낙선(落選) 가마리는 보내는 적이 아직까지는 없었으나 요새 청년을 꼭 믿을 수야 있나 김 군의 이번 시도 좋았으나 다른 사람을 위하여 좀 더 참아 기다리고 더 나은 시를 보내기 바라며 박남수(朴南秀) 군의 시의 수사는 차라리 당선급(當選級)보다 나은 데도 있으나 시혼(詩魂)의 치열한 점이 부족한 듯하여 연2차 할애(割愛)하였으니 다음에는 더 나은 시를 보여 주기 바랍니다.

이한직(李漢稷) 군 시가 노성(老成)하여 좋을 수도 있으나 젊을수록 좋기도 하지 아니한가. 패기도 있고 꿈도 슬픔도 넘치는 청춘 이십이라야 쓸 수 있는 시다. 선이 활달하기는 하나 치밀치 못한 것이 흠이다. 의와 에를 틀리지 마시오. 외국 단어가 그렇게 쓰고 싶을 것일까?

조정순(趙貞順) 군 남자는 원래 전장에 광산에 갈 것이요 서정시는 여자한테 맡길 것인 줄로 내가 주창하여 오는 터인데 당신이 바로 그것을 맡으실 분입니까? 어쩌면 여학생 태를 이때껏 못 벗으셨습니까. 눈을 맞고도 붉은 동백꽃 같은 시심(詩心)이 흐르기에 선(選)하였을 뿐이니 다음에는 비약하십시오.

김수돈(金洙敦) 군 경상도에서 오는 시고(詩稿)가 흔히 조사와 철자에 정신없이 틀린다. 원고지도 좋은 것을 쓰시고 첫째 글씨를 잘 쓰셔야 합니다. 활자 직공의 은공 때문에 시인의 필적이 예술 노릇을 아니하여도 좋게 넘어가는 것이 유감입니다. 당신의 소박하고 고운 시심이 아슬아슬하게 당선된 것이니 다음에는 분발망식(發憤忘食)하여 두각을 드러내십시오.

—《문장》1권 4호(1939. 5), 152~154쪽

3

김종한 군 「고원(古園)의 시(詩)」와 「그늘」은 서로 고향이 달라서 앉기를 낯설어 할지 모르나 「고원의 시」를 「가족회의(家族會議)」와 앉히기는 선자(選者)가 싫습니다. 꿰맨 자취가 보이는 것은 천의무봉(天衣無縫)이 아닙니다. 「가족회의」에는 군색한 딴 헝겊쪽이 붙었기에 할애하였으니, 혼자만 알고 계시오. 당신이 구태여 추천의 수속을 밟는 태도는 당당하시외다. 유유연(悠悠然)히 최종 코오스로 돌입하시오.

박두진(朴斗鎭) 군 당신의 시를 시우(詩友) 소운(素雲)[5]한테 자랑삼아 보이었더니 소운이 경론하는 중에 있던 산(山)의 시를 포기하노라고 합디다. 시를 무서워할 줄 아는 시인을 다시 무서워할 것입니다. 유유히 펴고 앉은 당신의 시의 자세는 매우 편하여 보입니다.

이한직 군 다소 영웅적인 청신한 당신의 시적 페이소스는 사랑스럽습니다. 일거에 2회 당선. 선자(選者)는 인제부터 당신을 감시하오리다.

—《문장》1권 5호(1939. 6), 127쪽

5 시인 김소운(金素雲)을 말함.

4

김종한 군  달리는 말이 준마고 보면 궁둥이에 감기는 채찍이 도로혀 유쾌할 것이요. 김 군! 더욱 빨리 달아나시요. 경쾌하고 상량(爽凉)한 당신 포에지에서 결코 시적 스노버리(snobbery)를 볼 수 없는 것이 깃겁고 믿음즉하외다. 위선이란 흔히 장중한 허구를 유지하기에 힘들이는 것인데 당신의 시는 솔직하고 명쾌하고 단순하기 때문에 절로 쉬운 말과 직절(直截)한 센텐스와 표일(飄逸)한 스타일을 가지게 되는 것입니다. 비애를 기지(機智)로 포장하는 기술도 좋습니다. 좀처럼 남의 훼예(毁譽)와 비평에 초조하지 않을 만한 일여(一如)한 개성을 볼 수 있는 것도 좋습니다. 이리하여 당신은 추천 제3회를 보기 좋게 돌파하였습니다.

이한직 군 호랑이랄지는 모르겠으나 표범처럼 숨었다가 뛰어나온 시인이 당신이외다. 당신을 제3회를 처리하고 났으니 이제 다시 꽃처럼 숨은 시인을 찾으러 나서야 하겠소. 저윽이 방자(放姿)에 가깝도록 불기(不羈)의 시를 가진 당신의 앞날이란 가외(可畏)하외다. 분방 청신한 점으로서 시단의 주목을 끌 것이요. 시는 실력이람보다도 먼저 재분(才分)이 빛나야 하는 것인데 당신한테서 그것을 보았습니다. 젊고 슬프고 어리고도 미소할 만한 기지(機智)를 가춘 당신의 시가 바로 현대시의 매력일까 합니다.

—《문장》1권 7호(1939. 8), 205쪽

5

한번 추천한 후에 실없이 염려되는 것이 이 사람이 뒤를 잘 대일가 하는 것이다. 어떤 이는 실수 없이 척척 대다시피 하나 어떤 이는 둘째 번에 허둥지둥하는 꼴이 원 이럴 수가 있나 하는 기대에 아조 어그러지는 이도 있다.

그럴 까닭이 어디 있을까? 다소의 시적 정열 — 보다도 초조로 시를 대하는 데 있을까 한다. 격검(擊劍) 채를 들고 나서듯 팽창한 자신과 무서운 놈이 누구냐 하는 개성이 서지 못한 까닭이다. 이십 전후에 서정시로 쨍쨍 울리는 소리가 아니 나서야 가망이 적다. 소설이나 논설이나 학문과는 달라서 서정시는 청춘과 천재의 소작이 아닐 수 없으니 꾀꼬리처럼 교사(驕奢)한 젊은 시인들이야 쩔쩔맬 맛이 없는 것이다.

선자(選者)의 성벽(性癖)을 맞추어 시조(詩調)를 바꾸는 꼴은 볼 수가 없다. 일고할 여지없이 물리치노니 해를 입지 말기 바란다. 오신혜(吳信惠) 군. 시를 줄이면 시조가 되고 시조를 늘이어 시가 되는 법입니까. 시가 골수에 스미어 들도록 맹성(猛省)하시오. 김수돈(金洙敦) 군. 제1회 당선 시는 전에 써서 아껴 두었던 것이요 요새 보내는 것은 임시임시 자꾸 써서 보내시는 것이나 아닙니까? 자가(自家)의 좋은 본색을 자각치 못하고 시류와 상투에 급급하시는 당신을 어떻게 책임지겠습니까. 조지훈 군. 당신의 시적 방황은 매우 참담하시외다. 당분간 명경지수(明鏡止水)에 일말백운(一抹白雲)이 거닐듯이 휴아(閑雅)한 휴양이 필요할까 합니다. 김두찬(金斗燦) 군. 몇 편 더 보내 보시오. 경성전기학교(京城電氣學校) 김 군. 「차창(車窓)」이 어디에 발표되었던 것이나 아닙니까. 의 아스러워 그리하니 그렇지 않다는 것을 알려 주시고 다시 수편을 보내 보시오.

박목월(朴木月) 군 등을 서로 대고 돌아앉아 눈물 없이 울고 싶은 리리스트를 처음 만나뵈입니다그려. 어쩌자고 이 험악한 세상에 애련측측(哀憐惻惻)한 리리시즘을 타고나셨습니까! 모름지기 시인은 강하야 합니다. 조롱(鳥籠) 안에서도 쪼그리고 견딜 만한 그러한 사자처럼 약해야 하지요. 다음에는 내가 당신을 몽둥이로 후려갈기리라. 당신이 얼마나 강한지를 보기 위하야 얼마나 약한지를 추대(推戴)하기 위하야!

박두진 군 제1회적 시는 완전히 조탁(彫琢)을 지난 것이었으나 이번 것은 그렇지 못하시외다. 당분간 답보(踏步)를 계속하시렵니까. 시상(詩想)도 좀 낡은 것이 아닐 수 없습니다. 고루청풍(高樓淸風)에 유려(流麗)한 변설(辨說) — 당신의 장점을 오래 고집하지 마시오. 이래도 선뜻 째이고 저래도 째이는 시적 재화(才華)가 easy going으로 낙향(落鄉)하기 쉬운 일이니 최종 코 — 스를 위하야 맹렬히 저항하시오!

—《문장》 1권 8호(1939. 9), 128쪽

6

화가(畵家)도 능히 글을 쓴다. 그림 이외에, 설령 서툴러도 남이 책할 리 없을 글을 써서 행문(行文)이 반듯하고 얌전할 뿐 아니라, 의상(意想)을 바로 표하기람보다도 정취(情趣)가 무르녹은 글을 쓸 줄 안다. 내가 사귀는 몇몇 화가는 화론(畵論)이며 화평이며 수필 사생문 소품문(小品文)을 써서 배울 만한 데가 있고, 관조(觀照)와 감수(感受)에 있어서, '문(文)' 이상의 미술적인 것을 문으로 표현하는 수가 있다. 자기가 본시 이에 정진하였던 바도 아니요, 그것으로 조금도 문인의 자랑을 갖지도 않건만, 언문에 한자를 섞어 그적거리는 것이 유일의 장기가 되는 문단인보다도 빛난 소질을 볼 수가 있다. 술을 끝까지 마시고 주정을 하여도 굵고 질기기가 압도적이요 아침에 툭툭 털어 입는 양복 어울림새며 수수하게 매달린 넥타이 모양새까지라도 아무리 마구 뒤궁굴렸다가 일어 세울지라도 소위 문인보다는 격(格)과 멋을 잃지 않는다. 문학인이 추구할 바는 정신미와 사상성에 있는 배니, 복장이나 외형미로 논난하기란 예(禮)답지 못한 노릇이라고 하라. 그러나 지향하고 수련하는 바가 순수하고 열렬한 것이고 보면 몸짓까지도 절로 표일(飄逸)하게 되는 것이니, 베토벤을 사로잡아 군문(軍門)이나 법정에 세울지라도 그의 풍모는 역시 일개 숭고한 자연이 아닐 수 없으리라. 편벽된 관찰이 아닐지 모르겠으나, 같은 레코드 음악을 듣는데도 문인이 화가보담 둔재바리가 많다. 이유가 어디 있을까? 화가는 입문 당초부터 미의 모방이었고 미의 연습이었고 미의 추구요 제작인 것이 원인일 것이니 따라서 생활이 불행히 미 중심에서 어그러질지라도 미에 가까워지려는 초조한 행자(行者)이었던 것이요 순수한 제작에 손이 익은 것이다. 한 가지에 능한 사람은 다른 부문에 들어서도 비교적 수월한 것이니, 화(畵)에 문을 겸한다는 것이 심히 자연스런 여력이 아닐 수 없다. 운동의 요체를 파악한 선수는 보통 야구 축구 농구쯤은 겸할 수 있음과 다를 게 없다. 문인인 자 반드시 반성할 만한 것이 그대들은 미적(美的) 연금(鍊金)에 있어서 화가에 미치지 못하고 지적 참모에 있어서 장교를 따르지 못하는 어중간에 쩔쩔매는 촌놈이 대다수다. 하물며 주량에 인색하고 책을 펴매 줄이 올바로 나리지 못하고 붓을 들어 지당 글씨도 되지 못하고도 하필 만만한 해방된 언문 한자가 그대들을 얻어걸린 것인가. 시니 소설이니 평론이니 하는 그대들의 '현실'과 '역사적 필연'의 사업에 애초부터 '미술'이 결핍되었던 것이니, 온갖 문학적 기구를 짊어지고도 오즉 한 개의 '미술'을 은혜 받지 못한 불행한 처지에서 문학은 그대들이 까맣게 치어다볼 상급의 것이 아닐 수 없다. 문학은 '미술'을 발등상으로 밟고도 그 위에 다시 우월한 까닭에!

김수돈(金洙敦) 군 시의 태반(胎盤)은 아무리 생각하여도 쾌활보다도 비애인 것 같습니다. 당신의 시를 읽을 때마다 어쩐지 슬픔에 염색되지 않을 수 없읍디다. 비애에서도 항시 미술을 계획하는 그것은 이러한 의미에서 시인은 비애의 장인(匠人)이기도 합니다. 경상도 사람들은 곡(哭)할 때 갖은 사설을 늘어놓는데 당신의 슬픔에는 다행히 사설은 없으나, 흉악한 사투리가 통째로 나오는 일이 있으니, 이러한 점에 주의하시오. 안심하시고 최종 코스를 위하여 정진하시오.

박남수(朴南秀) 군 듣자하니 당신은 체구가 당당하기 씨름꾼과 같으시다 하는데, 시는 어찌 그리 섬섬약질에 속하시는 것입니까. 금박이 설령 24금(金)에 속하는 것에 틀림없을지라도 입김에도 해어지는 것이요, 백금선이 가늘지라도 왕수(王水)를 만나기 전에는 여하한 약품에도 작용되지 않습니다. 당신의 시가 금박일지는 모르겠으나, 백금선이 아닌 모양인데 하물며 왕수(王水)를 만나면 어찌하시려오.

—《문장》 1권 9호(1939. 10), 178~179쪽

7

박남수 군 시를 쫓아 잡는데도 법이 있을 것이요. 노루사냥처럼 지나는 목을 지켰다가 총을 놓아 잡듯이 토끼를 우로우로 몰이하여 그물에 걸리면 귀를 잡아치어 들듯이, 그러나 나는 새를 손으로 훔켜잡는 그러한 기적에 가까운 법을 기대할 수야 있습니까. 혹은 영리한 아이들처럼 발자취 소리를 숨기여 가며 나비를 뒤로 잡듯이 함도 역시 타당한 법일진댄 박군의 포시법(捕詩法)은 아마도 나비를 잡는 법일까 합니다. 나비를 잡던 법으로 다음에는 표범을 한 마리 잡아 오면 천상금(千金賞)을 드리리다.

신진순(申辰淳) 군 특별히 규수시인이랄 것이 없는 규수시인들의 시는 다분히 남성적이었다. 실로 여성적인 시가 기대됨 즉도 할 때 혹은 신 군의 시가 감각적이요 정서적인 것보다도 여성 특유의 '심리적'인 것을 선자(選者)만이 발견한 것일까? 기술이 리파인[6]되지 못하고 위태위태 늘어세운 것이 도로혀 날카롭기까지 하

6 refine. 세련되다. 정련되다.

다. 표현 이전의 포에지의 소박한 Intensity[7]를 넘겨다볼 수 있다. 다음에는 원고 글씨까지 채점할 터이니 글씨도 공부하시오.

—《문장》 1권 10호(1939. 11), 158쪽

8

조지훈 군 언어의 남용은 결국 시의 에스프리를 해소시키고 마는 것이겠는데 언어의 긴축 절제 여하로써 시인으로서 일가를 이루고 안 이룬 것의 일단을 엿볼 수 있는 것인 줄로 압니다. 그러나 이런 시작적(詩作的) 생장 과정은 연치(年齒)와 부단한 습작으로서 자연히 발전되는 것이요 일조(一朝)의 노성연(老成然)으로 되는 것은 아닙니다. 언어의 다채다각(多彩多角) 미묘 곡절 이러한 것이야말로 청춘시인의 미질(美質)의 산화(散火)가 아닐 수 없습니다. 청년 조 군은 시의 장식적인 일면에 향하여 얼마나 찬란한 타개를 감행한 것일지! 그러나 시의 미적 근로(勤勞)는 구극에 생활과 정신에 경도(傾倒)할 것으로 압니다.

박목월 군 민요에 떨어지기 쉬울 시가 시의 지위에서 전락되지 않았습니다. 근대시가 '노래하는 정신(精神)'을 상실치 아니하면 박 군의 서정시를 얻을 것으로 생각합니다. 충분히 묘사적이고 색채적이기도 합니다. 이러한 시에서는 경상도 사투리도 보류할 필요가 있는 것이나 박 군의 서정시가 제련되기 전의 석금(石金)

7 강도. 세기.

과 같아서 돌이 금보다 많았습니다. 옥의 티와 미인의 이마에 사마귀 한낱이야 버리기 아까운 점도 있겠으나 서정시에서 말 한 개 밉게 놓이는 것을 용서할 수 없는 것이외다. 박 군의 시 수편 중에서 고르고 골라서 겨우 이 한 편이 나가게 된 것이외다.

—《문장》1권 11호(1939. 12), 147쪽

## 9

요새 어찌 나이 쌈이 그리 소란한가. '30대 작가', '20대 작가'란 누구한테서 나온 말인지, 허기야 나이가 삼십이 넘고 보면 삼십 전에 그렇게 아니꼽든 '어른'이 차차 노릇하고 싶은 것이기도 하렷다. 우리가 한 이십 적엔 어찌어찌 하였더라는 것은 오십 이상 사람들이 하는 보기에 딱한 말버릇이다. 제가 제 이야기를 하는 동안에 부지중 제가 다소 영웅이었더라는 것은 물이 우에서 알로 구르기보다도 용이한 설단(舌端)의 자연퇴세가 아닐지.

우스운 이야기가 있다. '20대 신인' 계용묵(桂鎔默) 씨와 '30대 기성' 임화(林和) 씨 사이에 연치(年齒)는 문단 규정대로 되었을지 몰라도 계용묵 씨는 슬하에 중학교에 다니는 아들이 있다. 실력과 사상력이라는 것은 '정신내과'에 축적될 만한 것이요 입술 근처에 여드름딱지 성종(成腫)으로 달고 다닐 것은 아니리라. 기회와 정실(情實)이 발표의 길을 일찍 열었기로 이십 적 '고민'과 '불행'에 새삼스럽게 장중하실 것이 우습지 아니한가. 김종한, 이한직 양 군이 나가자 냅다 한 대 갈긴 것이 효력이 너무 빨랐든지

'책임'이 돌아오는 모양인대 지라면 질 터이니 책임지는 방법을 보이라. 비단 김종한 군이랴. 《문장》을 통하야 나가는 사람이 나가서 갈기기는 갈기되 어퍼컽으로 갈기지는 말라고 '명령계통'을 분명히 하라는 말가. 사공명(死孔明)이 주생중달(走生仲達)[8]이랬는데 대을파소(對乙巴素) '권투전'에 엄파이어[9]로 서기가 괴로우니 '신세대'에 공명(孔明)이 다시 아량이 있거든 이왕이면 '20대 작가'로 나려서라. "7세 이전에는 지능이랄 것이 없었고 14세 이후에는 모초롬만의 지능도 정욕으로 인하야 어지러워진 것을 생각하면 교육의 시기라는 것은 극히 짜르다. 26세의 예술가여, 그대는 상기 아모것에 대하여서나 사색하여 본 일이 없었다고 생각하여야 하느니라." 막스 쟈콥[10]은 단기(短期)에 졸업하였던 모양이지, 대다수의 '30대 작가'가 바야흐로 정욕의 중통기(重痛期)에 들어 자꾸 도당(徒黨)을 부르지 아니하나. 도당에 대한 부단한 설계로 몸이 다시 파리하니 이에 '시대적 고민'이 가증(加症)하고 보면 고름이 정히 삼중(三重)이다.

박두진 군 박 군의 시적 체취는 무슨 삼림에서 풍기는 식물성의 것입니다. 실상 바로 다옥한 삼림이기도 하니 거기에는 김생이나 뱀이나 개미나 죽음이나 슬픔까지가 무슨 수취(獸臭)를 발산할 수 없이 백일(白日)에 서느럽고 푸근히 젖어 있습니다. 조류(鳥類)의 울음도 기괴한 외래어를 섞지 않고 인류와 친밀하여 자연어가

8 죽은 제갈량이 살아 있는 중달을 도망치게 하다. 여기에서 공명은 '제갈량(諸葛亮)'을, 중달은 당나라의 대유였던 공영달(孔穎達, 호는 중달)을 말함.

9 umpire. 심판원, 중재인.

10 막스 자코브(Max Jacob, 1876~1944). 프랑스의 시인. 상징파 시의 경향에서 벗어나 초현실주의의 등장에 영향을 미친 시인으로 시집 『중앙 실험실』이 유명함.

되고 보니 끝까지 박 군의 수림(樹林)에는 폭풍이 아니 와도 좋습니다. 항시 멀리 해조(海潮)가 울 듯이 솨— 하는 극히 섬세함 송뢰(松籟)를 가졌기에. 시단에 하나 '신자연(新自然)'을 소개하며 선자(選者)는 만열(滿悅) 이상이외다.

박남수 군 이 불가사의의 리듬은 대체 어데서 오는 것이리까. 음영과 명암도 실로 치밀히 조직되었으니 교착(膠着)된 '자수(刺繡)'가 아니라 시가 지상(紙上)에서 미묘히 동작하지 않는가. 면도날이 반지(半紙)를 먹으며 나가듯 하는가 하면 누에가 뽕잎을 색이는 소리가 납니다. 무대 우에서 허세를 피는 번개ㅅ불이 아니라 번개ㅅ불도 색실같이 고흔 자세를 잃지 않은 산번개ㅅ불인대야 어찌하오. 박 군의 시의 '인간적'인 것에서 이러한 기법이 생기었소. 시선(詩選)도 이렇게 기쁠 수 있을 양이면 이 밤에 내가 태백(太白)을 기울리어 취할까 합니다.

—《문장》 2권 1호(1940. 1), 195쪽

10

글이 좋은 이의 이름은 어쩐지 이름도 돋보인다. 이름을 보고 글을 살필려면 글씨도 다른 것에 뛰어난다. 원고지 취택(取擇)에도 그 사람의 솜씨가 드러나 글과 글씨와 종이가 그 사람의 성정과 풍모와 서로서로 어울리는 듯도 하지 않은가. 글을 보고 사람까지 보고 싶게 되는 것에는 이러한 내정(內情)이 있다. 원고에서 그 사람의 향기를 보게쯤 되야만 그 사람이 '글하는 사람'으로서 청복(淸福)을 타고난 사람이다.

'칠생보국(七生報國)'[11]이라는 말이 있다. 문약(文弱)한 사람으로서 이렇게 지독한 문구에 좀 견디기 어렵다. 그러나 일곱 번 '인도 환생'하여 나올지라도 글을 맡길 수 없는 자들을 지저분하게 만나게 된다. 게덕스럽고 억세기가 천편일률이다. 단정학(丹頂鶴)은 단정학으로 사는 법이 있고 황새는 황새대로 견디는 법이 있거나 황새가 아예 단정학을 범할 바이 없거늘 글과는 담을 쌓은 자들이 글에서 거리적거린다. 생물에는 적응성이라는 것이 있다. 게덕스럽고 억세고 누(陋)한 사람은 그대로 살아가야만 되게 된 것이니 만일 이러한 사람들을 글과 그림과 음악에서 해방한다면 놀랄 만한 성능을 발휘할 것이니 어시장 광산 취인소(取引所) 원외단(院外團) 소굴에서 바로 쾌적한 선수가 될 것이다. 어찌하여 문학에서 연연히 떠나지 못하는 것이냐! 지방에서 불운하야 앙앙(怏怏)하는 청년들은 대가 숭배벽이 있다. 그들이 만일 편집실에 모이는 원고를 검열한다면 기절하리라.

글씨를 바로 쓰고 못쓰는 것은 문제할 것이 아니다. 혹은 문장 조사도 문학에서 제일의적(第一義的)인 것은 아니다. 그러나 예술 제작에 천품이 거세되고 철학적 사변에 항력(抗力)을 상실한 문예 시장의 거간군 — 언감생심(焉敢生心)에 '비평가'냐? '작가'냐?

권력이라는 것은 화약처럼 위험한 때가 있다. 게다가 관권에 합세에 시류에 차거(借據)하는 '문학'! 문학이 혹은 여당에서 야당에서 은퇴하는 것일지도 모른다.

11 불교에서 말하는 일곱 번 다시 태어나는 일을 '칠생(七生)'이라 함. 거듭 태어나 나라에 보답한다는 뜻.

조지훈 군 작년 삼월에 누구보다도 먼저 당선하야 금년 이월 이래 열한달 만에 괴팍스런《문장》추천제를 돌파하시는구료. 미안스러워 친히 만나면 사과할 각오가 있습니다. 그러나 무릇 도의적인 것이나 예술적인 것이란 그것이 치열한 것이고 보면 불행한 기간이나 환경이란 것이 애초에 없는 것이외다. 잘 견디고 참으셨습니다. 찬자(撰者)의 못난 시어미 노릇으로 조 군을 더욱 빛나게 하였는가 하면 어쩐지 찬자도 한몫 신이 납니다. 조 군의 회고적 에스프리는 애초에 명소고적에서 날조(捏造)한 것이 아닙니다. 차라리 고유한 푸른 하늘 바랑이나 고매한 자기(磁器) 살결에 무시로 거래하는 일말 운하(一抹雲霞)와 같이 자연과 인공의 극치일까 합니다. 가다가 명경지수에 세우(細雨)와 같이 뿌리며 내려앉는 비애에 artist 조지훈은 한 마리 백로(白鷺)처럼 도사립니다. 시에서 겉과 쭉지를 고를 줄 아는 것도 천성의 기품이 아닐 수 없으니 시단에 하나 '신고전(新古典)'을 소개하며…… 쁘라보우!

—《문장》2권 2호(1940. 2), 171쪽

11

시선(詩選)도 한 1년 하고 나니 염증이 난다. 들어오는 족족 좋은 시고 보면 얼마나 즐거운 노릇이랴마는 시가 되고 아니 되기는 고사하고 한 달에 수백 통이 넘은 황당한 문자를 일일이 보아 넘기는 동안에 모처럼 만에 빨아 다리어 갖는 정신이 구긴다.

시(詩) 하기 위하야 궂은 일을 피해야 하겠다.

사무와 창작 — 좋은 이웃이 될 턱이 없다.

겉봉에 주소 성명도 쓸 만한 자신이 없는 위인이 당선에 요행(僥倖)을 바라는 심리가 사나이답지 못하다.

그러면 여자는 시를 못한다는 말까.

앞엣 말은 잘못되었다.

그러면 여자답지 못한 사람도 시를 못한다.

선(禪)이라는 것이 무엇하는 것인지 나는 모른다. 꿇어앉은 채로 무슨 정말체조(丁抹體操)[12]와 같은 효과를 얻는 것이나 아닌가고, 이렇게 엉뚱하게 생각된다. 무식한 탓이리라.

문학청년의 불건강은 순수 정말체조로 교정할 수 있다.

시를 그만두시오.

이것이 발표할 만한 것인지 아닌 것인지를 판단하는 양능(良能)을 가진 사람은 벌써 당선한다.

당선 1회 혹은 2회로 답보하고 있는 몇몇 사람한테 끝까지 무슨 책임감에서 자유로울 수가 없어 괴롭다.

이번 달에도 역시 내보낼 시가 없다.

창간 이후 1년 동안에 얻은 다섯 시인 — 희한(稀罕)하기가 별과 같이 새삼스럽게 보인다.

12 덴마크 체조. 덴마크에서 널리 유행했던 맨손 체조.

화풀이로 펜을 내동댕치며!

이만.

—《문장》2권 4호(1940. 4), 190쪽

12

용기(勇氣)와 같은 것을 상실한 지 수월(數月)이 넘었던 차 혼인 잔치에 갔다가 소설가를 만나 이 사람 시를 조르기를 빚 조르듯 한다.

"소설은 앞으로 얼마나 쓰겠느뇨."

"40년은 염려 없노라."

"40년?"

"환산하야 팔십까지 시를 쓰면 족하지 않으뇨."

"이제 태백(太白)이 없으시거니 그대가 능히 당명황(唐明皇) 노릇을 하랴는가?"

"하하."

통제가 저윽이 완화될 포서가 있을지라도 끔찍스러워라. 시를 어찌 꾀죄죄 40년을 쓰노?

여간 라디오 체조쯤으로는 아이들 육신에 반향이 있을까 싶지 않아 좀 더 돌격적인 것을 선택한 나머지에 깡그리 죽도(竹刀)를 들리기로 하다.

정면(正面) 2백 번
동(胴)치기 좌우 2백 번
팔면(面) 2백 번
반면(半面) 2백 번
……

여덟 살짜리까지 함께 사부자(四父子) 해 오르기 전 아침 허공을 도합 수천 도(數千度) 치다.

나태(惰怠)한 버릇이 동(胴)치기에선들 한눈이 아니 팔리울 리 없어 팔이 절로 풀리니

"아버지 동치기에는 파초(芭蕉)순도 안 부러지겠네."

내가 죽도(竹刀)를 둘러 이제 유단(有段)의 실력을 얻으랴? 너희들은 이것을 10년 20년 둘러, 선뜻 나리는 칼날이 머리카락을 쪼개야 한다드라 머리카락을 쪼개라!

검사(劍士)가 머리카락을 쪼개지 못하고 어찌 성(城)을 둘러빼겠느냐.

내사 망령이 아니 난 바에야 이제 머리카락을 쪼갤 공부를 하랴. 추풍(秋風)이 선선하여지거든 죽도(竹刀)마자 버리란다.

시가 지팡이 감도 못되거니 설워라 나의 시는 죽도를 두르기에도 무력하고나.

박목월 군 북(北)에 김소월(金素月)이 있었거니 남(南)에 박목월이가 날 만하다. 소월의 툭툭 불거지는 삭주(朔州) 구성조(龜城調)는 지금 읽어도 좋더니 목월이 못지않이 아기자기 섬세한 맛이

좋다. 민요풍에서 시에 진전하기까지 목월의 고심이 더 크다. 소월이 천재적이요 독창적이었던 것이 신경 감각 묘사까지 미치기에는 너무도 '민요'에 종시(終始)하고 말았더니 목월이 요적(謠的) 데쌍 연습에서 시까지의 콤포지슌에는 요(謠)가 머뭇거리고 있다. 요적(謠的) 수사(修辭)를 다분히 정리하고 나면 목월의 시가 조선 시다.

—《문장》, 2권 7호(1940. 9), 9~94쪽

# 수수어(愁誰語)

항구에 자옥이 내려앉은 아침 안개나 유목장(遊牧場) 위에 면양떼와 노니는 흰 구름이나 그러한 빛이 곱다. 그보다도 요염하기는 한아(閑雅)하게 고리를 지어 오르는 마도로스 파이프에 타는 지사미 연기 빛이 아니랴 —

일전에 체신국에 다니는 친구 하나이 맨듬새 참한 파이프를 가졌기에 알고 보니 토이기 제품일러라. 입술 닿는 데만 검은 뿔로 되고 나뭇결과 빛깔이 진득히 고운 품이 감람기름에 짤어 나온 듯하더라.

회회 돌려 속을 빼 보니 새처럼 창자가 장치되어 있다. 니코틴을 거르기 위한 기공일러라. 십자군과 항쟁하여 점령하고 희랍 사람과 원수나 짓는 모하메트교 토이기도 이런 아기자기한 공예(工藝)가 있구나 했다. 허나 그것은 뒤에 끼울 정도의 물뿌리에 지나지 않았다. 사나이는 역시 곱으장하고 뚱뚱하고 완만스럽고 익살맞은 골통대가 어울리는 것이라 고불고불한 창자가 장치된 토이기제 마도로스 파이프 불시로 갖고 싶드라. 알콜이 없는 술 혹은 '홉'[1]의 원

1 맥주의 원료가 되는 호프.

료가 조금도 없는 순수한 비―루[2]란 생각할 수 없는 일이나, 니코틴이 아주 없는 순수한 담배 연기 흰 나리꽃 같은 정조를 담은 청춘을 아무리 끄시울래[3]야 끄시울 수 없을 것이요 샤르 보들레르적 생리를 완전히 극복한 신경엔 달밤에 젖은 안개같이 아늑하리라. 붉은 입술에 걸어 둘 만하고 옷가슴에 한 떨기 꽂을 만하고 벽화로 옮겨 가 구름이 될 만하고 푸로테스탄트 목사님들이 성서 문제에까지 확충시킬 리도 없으리라.

토이기제 마도로스 파이프를 어기뚱[4] 물고 포도(鋪道)로 나가리라. 다만 담배를 피운다는 구실만으로 유쾌할 것이요, 일체 무관한 스캔들에 자신을 얻을 것이요 보신각 바로 옆에서 백주에 월남(月南) 이(李) 선생[5]을 만나 끄떡 한번 하고 촉촉 치우며 지나갔다.

파라솔을 가지지 않으려거든 파이프를 물어라 혹은 연(蓮)대 자른 듯한 차입을.

무신한 흡연에 화려한 방종! 청춘과 교양을 맛튼 구역에서 가질 만하려니.

그대들의 그림자가 3년 안에 어늬 골목으로 사라질지 모를 바에야!

핑퐁 알을 얼마나 많이 넘기기보다 파이프 연기 고리를 얼마나 많이 공중에 걸어 둔다는 것은 좋은 시합이기도 할 것이라. 학과가 마친 후 담장이 기여 올라간 벽돌을 의지하여 모다 폿삭폿삭 피운다든지 경기병(輕騎兵)이 지나가는 오토바이가 달리는 플

2 비어(맥주).

3 그슬리다. 불에 거죽만 살짝 타게 하다.

4 어기뚱하다. 남보다 담차고 교만한 데가 있다.

5 월남 이상재(李商在) 선생.

라타나스 푸른 잎새가 무성한 아스팔트 위로 제복을 벗은 오후 고운 크림빛 원피스 산산한 맛에 가장 무심하게 가장 근신(謹愼)스럽게 흰 연기 꼬리를 남기며 지날 만도 하려니 대개 사감(舍監)을 슬프게 하는 것은 이러한 화려한 말괄량이 짓에 있고 사감의 슬픈 임무도 또한 언제든지 적절할 것이다. 그러나 화려한 것이란 흔히 슬픈 것이어니 5월 모란이 화안히 피고 개인 날 창마다 훨적 열어 놓고 앉아도 혹은 사본사본 걸어도 어쩐지 슬픔이 따르지 않던가. 연기는 마침내 공허하기 연기에 지나지 않은지라. 옥(玉)토끼같이 겁 많은 눈에 설지 않은 눈물을 자극하는 외에 무슨 의미가 있으랴. 성지 않은 시초가 눈 비비는 동안에 아이아이 내처 울게도 되는 것이라 한창 피기 전후에는 무슨 구실을 만들어서라도 울고 싶지 않았던가. 그러기에 돌연히 탈선한 난(亂)박자로 피아노를 발작(發作)시키기도 하고 G선을 부욱부욱 할퀴다시피 하여 원작자(原作者)를 도리어 놀라게 하는 때도 있다.

—《조선일보》(1936. 6. 20)

# 수수어

## 비로봉(毘盧峯)

담장이
물 들고,

다람쥐 꼬리
숫이 짓다.

산맥(山脈)우의
가을ㅅ길 —

이마 바르히
해도 향그롭어

집행이
자진 마짐

흰돌이
우놋다.

백화(白樺) 훌훌,
허울 벗고,

꽃닙에 자고
이는 구름,

바람에
아시우다.

## 구성동(九城洞)

골작에는 흔히
유성(流星)이 무친다.

황혼(黃昏)에
누뤼가 소란히 무치기도 하고,

꽃도
귀향 사는곳,

절터ㅅ드랫는데

바람도 모히지 안코

산(山)그림자 설핏하면
사슴이 일어나 들을 넘어간다.

한햇여름 8월 하순(八月下旬) 다가서 금강산(金剛山)에 간 적이 있었으니 남은 고려국(高麗國)에 태어나서 금강산 한번 보고지고가 원(願)이라고 이른 이도 있었거니 나는 무슨 복으로 고려에 나서 금강을 두 차례나 보게 되었든가.

한더위에 집을 떠나온 것이 산 위에는 이미 가을 기운이 몸에 스미는 듯하더라. 순일을 두고 산으로 골로 돌아다닐 제 얻은 것이 심히 많았으니 나는 나의 해골을 조찰히 골라 다시 지니게 되었던 것이다. 설령 흰돌 위 흐르는 물가에서 꽃같이 스러진다 하기로소니 슬프기는 새레 자칫 아프지도 않을 만하게 나는 산과 화합하였던 것이매 무슨 괴조조하게 시니 시조니 신음에 가까운 소리를 했을 리 있었으랴. 급기야 다시 돌아와 이 진애(塵埃)투성이에서 겨우 개무덤 따위 같은 산들을 날마다 바로 보지 아니치 못하게 되고 보니 금강은 마침내 병인 양하게 나의 골수에 비치어 사라질 수 없었다. 금강이 시가 되었다면 이리하여 된 것이었다.

「비로봉」, 「구성동」, 「옥류동」 세 편을 죽도록 앨써 얻어 기록하였더니 그중에도 가장 아까운 「옥류동」 1편을 용철(龍喆)이가 가져다가 분실하여 버렸다. 꽃 도적(盜賊)을 다스릴 법이 있기 어렵거든 시(詩)를 잃은 잘못을 무엇이라 책(責)하랴. 원래 구본웅(具本雄) 군(君)과 계획하여 온《청색지(靑色紙)》첫 호에 실리어 큰 소리하자 한 것이 뜻한 바와는 어그러지고 말았다. 진득한 꽃으로 남의 눈에 띄지 않고 사라진 송이가 좀도 많을까 보냐. 분실되고 말은 나의 시「옥류동」아 한껏 아름다웠으려므나.

수수어 제2회 분을 미리 쓰지 못하고 수인(囚人)과 같이 초조함에 견딜 바 없으매 오후 2시에 돌아가는 초속도(超速度) 윤전기(輪轉機)는 그러면 너의 목이라도 갖다 바치고 대령하라는 셈이다. 겨우 기억되는 대로 금강산 2편(二篇)을 바치노니 사형 기사에나 명문에나 한갈로 냉혹한 윤전기 앞에서 싱상 끗까지 아끼어야 할 것 없어 하노라.

《청색지》 첫 호에 뼈를 갈아서라도 채워 놓아야 할 것을 느끼며 이만.

—《조선일보》(1937. 6. 9)

## 의복일가견(衣服一家見)
### — 호추담(胡楸譚)

양복을 입고 양인(洋人) 앞에 서기가 어색하다. 의복이라고 입은 꼬락서니를 어떻게 보아 주는가 생각하면 불쾌하기까지 하다. 조선옷은 부끄럼없이 입고 버틸 수가 있다. 조선옷은 양인 앞에서 자신이 있는 까닭이다.

그러나 양복을 입은 대로 양인 앞에서 유유히 견딜 수도 있다. 왜 그런고 하니 우리는 양복을 작업복으로 실무용으로밖에는 아니 입을 수도 있는 까닭이다.

그대들이 세계적으로 뽐내는 입성을 우리는 이쯤밖에는 대접할 수 없노라고 하는 태도를 가질 만하지 않은가.

그들은 기계와 공장에서 나오는 입성을 일전(日錢)이나 월부(月賦)로 사 입는 수밖에 없다. 우리는 어머니와 누이와 안해의 손끝이 고비고비 돌아나간 옷을 한 달에도 초생 보름 그믐을 따라 철철이 입을 수가 있다. 세상에도 청결하고 운치 있는 옷을!

고름, 깃, 동정, 섭, 솔기, 호장, 소매, 주름에서 미술을 보지 못하는 사람은 미개인이다.

양복은 실용으로 아무나 입는 것이나 조선옷은 품위(品威)를 갖추지 않고 입으면 업수히 여김을 받게 된다. 주정뱅이나 게으른

안해를 갖은 장부(丈夫)도 입을 수 없다. 오전부터 명치정(明治町) 다방(茶房) 골목으로 어슬렁거리는 청년도 입을 것이 아니다.

만천하 양복(洋服)쟁이들! 그대들이 먼지 때투성이를 뒤집어 쓰고 다니기가 몸이 근실근실하지 않소?

—《동아일보》(1939. 5. 1)

# 화문행각(畵文行脚)

군복이 반드시 편리한 의복은 아니다. 무의(武儀)와 전투를 위하여 더욱이 한산한 성평(盛平)에 처하여 정신의 강의(剛毅)를 소일(消逸)치 않기 위하여서도 다소 '불편한 군복'에 군장(軍裝)된 심신의 내용이 긴요한 것이다.

수녀가 입은 제복은 삼복더위에 검정 서 — 지[1]가 대한(大寒) 추위까지 한 가음이다. 계절을 초월하여 다만 정결에 한할 뿐이다.

진찰실에 나올 때 포개여 입은 백색예방의는 군복 우에 다시 무장이랄 수밖에 없으니 중후하고 삼엄하기까지 한 이 장의(長衣)에는 훨석 신성한 이유가 있다.

난행(難行) 고업(苦業)을 쌓아서 기분간(幾分間) 동양적 '정신의 자유'를 시련(試鍊)하는 것은 선종(禪宗)의 승려나 검도(劍道) 사범들의 일과가 되었다. 이와 달리하여 천주교 수녀는 그들보다는 솔직하고 단순한 교재를 택한 것이다. 무엇인고 하니 주(主) 그리스

1 serge. 능직의 모직물.

도와 그의 성모를 위한 곤곤한 애덕(愛德)과 국가와 사회를 위한 가장 섬세한 봉사 — 이것뿐이다. 이것뿐인 이외에 그들은 공개해야 할 아무 비밀도 없다.

다만 두텁고 무거운 옷을 입고도 가볍고 화(和)하기가 나비와 같음은 무슨 까닭일까?

주의 성총이 이 중후한 군장을 일층 가벼웁고 쾌하게 하심으로 그들은 앉을 새도 없이 자꾸 부지런할 수밖에 없다.

마르세 — 유 항에서 일 년에 몇 백 명씩 출범하여 아프리카 오지까지 혹은 알라스카 변방까지 출정하는 이 평생 동정(童貞) 부대는 기후조(氣候鳥)와는 행방이 같지 않다. 기후조는 일 년 일차 고소(故巢)에 돌아오지마는 수녀들은 임지에서 묻힌다.

정의와 죽음으로 병사가 점령한 촌토(寸土)가 벌써 이적(夷狄)의 흙덩이가 아님과 마찬가지로 애덕과 희생으로 무친 곳이 바로 '신의 나라'로 편입되는 까닭이다.

이제 조선 수녀가 도로혀 마르세 — 유에 줄곳 '적전(敵前) 상륙'하기까지가 종교 문화상 그다지 장구한 역사에 방임되지 않으리라.(성모병원(聖母病院)에서)

—《여성》(1940. 1), 56~57쪽

# 호랑가(胡娘街)
## — 안동현(安東懸)의 이인행각(二人行脚)

### 연연(燕燕)

연연(燕燕)이가 사는 바로 지붕밑 방은 까아맣게 치어다 보였다. 연연이는 낚시질하듯 손님을 달아올린다. 손님이 낚이지 않는 날은 하루종일 난간에 기대어 기다리느라고 고달프다.

붉은 당지(唐紙)에 '보보입운(步步入雲)'이라고 써붙인 층층다리로 한참 올라가면 연연이는 나비처럼 되뚱거리며 제 방으로 모신다.

小蠻細腰羞楊柳
蘭陵美酒醉神僊[1]

진한 자줏빛 대작의(大作衣)(따 — 지아이)에 수화혜(繡花鞋) 신고 사는 연연이는 신선같이 산다. 수박씨만 까먹고 산다. 수박씨 까는 법을 실지로 가르쳐 드리겠노라고 체경(體鏡) 속에다 연연이

1 소만세요수양류: 소만의 가느다란 허리는 버들가지를 부끄럽게 하고, 난릉미주취신선: 난릉의 맛있는 술은 신선을 취하게 하였구나. '소만'은 당나라 시인 백거이(白居易)의 애인으로 허리가 가느다란 미인이었음. '난릉'은 중국 산둥성에 있는 고장으로 술이 유명함.

얼굴과 손님 얼굴 나란히 포갠다.

연연이는 정말 수박 냄새가 나고, 수줍기는 손님이 더 수줍고, 말은 둘이 다 모른다.

왕麗妹(와쾌메)

수양어미를 乾媽〔칸마〕라고 한단다. 칸마가 똥똥하고 붉으스름하기에 귀고리며 이마를 덮은 다방머리를 만져 주며 퍽 젊고 예쁘다고 하니깐, 내사 늙은이가 무에 이쁘냐고, 려매(麗妹)가 이쁘다고 한다. 말끝마다 려매 자랑이다. 실상은 상품(商品) 자랑이리라. 통변(通辯)은 일일이 팔촌 형님이 하시는 것이었다. 난로에는 무순탄(撫順炭)이 이글거리고 바깥 밤은 새까맣다. 바람이 휘이휘이 쉬파람 분다.

〈必子好. ○ ○ ○先生叫.

王麗妹速來侑酒.〉

한쪽 종이에 쓰인 글씨가 감쪽같이 구양순(歐陽詢)이다. 려매는 갑자기 부산하다. 밖에서는 양차(洋車) 방울소리가 재촉한다.

려매 속적삼이 깨끗한 것이라고 보아지지 않으나 겉옷은 밤에 보아도 검정비단이다. 신 뒤축까지 덮이는 외투 깃돌애에는 중역(重役)들이 두르는 수달피가 둘리었다. 려매 목이 푹 파묻힌다.

려매가 飯店〔빤텐〕에서 바로 돌아왔다.

襖褲子〔아오쿠－쓰〕로 바꾸어 입고 나앉는 양이 가련하기 한 떨기 목부용(木芙蓉)이다. 바람결에 이상스러운 곡성이 넘어온다. 아이! 무서워! 하며 려매가 달려들며 얼굴을 묻는다. 맥주를 나수어

들어오는 칸마 말이 이웃집에 초상이 났다 한다.

—《춘추(春秋)》(1941. 4), '화문점철(畵文點綴)' 152~153쪽

# 『무서록(無序錄)』 읽고 나서

운동으로 피로한 육체는 다시 가벼운 운동으로 푸는 법이다. 소설 집필에 삐친 머리를 갓든하게 씻기 위하여 수필이란 붓을 들 만한 것이 아닐까. 무서록이 혹은 이러한 의미에서 작가 이태준(李泰俊)의 경문학적(輕文學的) 소창(消暢)일 것이다.

수필이니 '엣세이'니 하고 보면 문학자들의 사설(辭說)이 많다. 무서록이 구태여 '엣세이'에 가담할 맛이 없을까 한다. '엣세이'는 영인(英人)이어야만 쓸 수 있는 것이라든지 임어당(任語堂)을 처들고 위협한다면 이태준의 무서록은 꼼작할 수 없을는지 모르고 수필이 아니어도 좋다. 무서록은 마침내 그대로 보아도 좋다고 할 수밖에 없다.

작가 이태준이 단적으로 들어나기는 무서록과 같은 글에서다. 교양이나 학식이란 것이 어떻게 논난될 것일지 논난치 않겠으나 '미술(美術)'이 없는 문학자는 결국 시인이나 소설가가 아니 되고 마는 것도 보아온 것이니 태준(泰俊)의 '미술'은 바로 그의 천품(天品)이요 문장이다. 동시에 그의 생활이다. 화초에 관한 것 자기(磁器) 궤연(机硯) 등 고완(古翫)에 관한 것, 서도(書道) 필묵(筆墨) 남화(南畵)에 관한 것, 초가와옥(草家瓦屋)의 양식(樣式) 장정(裝幀)

제책(製冊)에 관한 것, 기생가곡(妓生歌曲)에 관한 것, 대부분(大部分)이 문단에 관한 것, — 이 사람의 '미술'은 상당히 다단(多端)하다. 이러한 점에서 태준(泰俊)은 문단에서 희귀하다.

이조미술(李朝美術)의 새로운 해석 모방(模倣) 실천(實踐)에서 신인(新人)이 둘이 있다.

화단(畵壇)의 김용준(金瑢俊)이요 문단(文壇)의 이태준(李泰俊)이니 그쪽 소식이 감상문(感想文)이 아니라 정선세련(精選洗練)된 바로 수필로 기록된 것이 이 무서록이다.

—《매일신보》(1942. 4. 18)

# 회화 교육(繪畫敎育)의 신의도(新意圖)

이 전람회장을 끝까지 돌아나오기에 피로를 느끼지 않았다. 볼 것이 많고 들을 것이 많은 진열 장소에서 문화인 행세하기도 상당히 고단한 신세가 아닐 수 없는 것은 나만이 아닐까 한다.

이 전람회는 대단한 미술전람회라고 할 수는 없었으나 여학교 미술 교실을 고대로 공개하였다는 이외에 다른 주장이 있을 리 없었다.

이러한 점에서 이 전람회는 놀라운 전람회로 성공한 것이다. 거저 여학교 교원의 '쇼이즘'으로 무슨 학교 행사날 진열하기 위하여 진열한 회장이 아니었다.

이 전람회에서 지도교사의 지도 원리와 미술 교육의 순서와 기초와 학생의 미술 훈련의 엄격을 볼 수 있었다.

우리는 전에 회화(繪畫) 시간에 모모(某某) 화백들이 교실에 감독으로 들어오셨다 나가는 것만을 많이 보아 왔었다. 임본(臨本)을 정식으로 펴놓고 가장 열성한 '커닝'의 가작(佳作)이 도화 점수가 좋았고 말았던 것이다.

그때 그 선생님들은 여태껏 화백으로 계시고 졸업생 중 1, 2명의 천재는 후기인상파 '말기의 왕(王)'으로 광인과 같이 비장하고 고고하다.

화가 이인성(李仁星) 씨가 고등사범 미술과 계통이 아님에도 불구하고 충분히 미술 교원으로서 성적을 올린 것은 그가 작가로서 먼저 기본적이요 순서적이요 탐구적이요 경력적인 것을 의미하는 것이다. 이러한 교사의 영향에서 좋은 미술 학생이 배출할 것은 자연한 일이다.

놀라운 성적을 보았다. 진열한 제목을 따라서 기공(技工) 발전의 과정을 이해할 수 있었다.

석고 데쌍의 실력적인 것은 (연필과 목탄지 아닌 대용지(代用紙)만으로서도) 미술대학생을 위협하는가. 어떤 무명 잡초 사생에서 아이들은 수학자와 같이 치밀(緻密)한 훈련을 받고 자연에 대한 섬세한 애착을 얻을 것이다.

—《경향신문(京鄕新聞)》(1947. 4. 13)

# 고민(苦悶)하는 세계(世界), 양대(兩大) 블럭의 알력(軋轢)

지난 4월 막부(莫府) 4상회의(四相會議)가 예정의 과정에 대한 아무런 합의에도 도달치 못하고 다음 추계의 외상회의에 미루고 휴회되었을 때 우리 국내 정계에서는 각기 보는 바 안점(眼點)이 달랐고 말하는 바 견해가 상위하였었다. 소위 좌익에서는 이 결과를 가리켜 성공이라 말했고 소위 우익에서는 완전한 실패라고 말했었다. 이 국제 문제에 대한 하나의 견해만으로서도 우리 정계의 좌우익의 근본 이념과 그 행동성을 추측할 수 있다.

쏘련을 절대 지지하는 좌익 공산주의 진영에서는 궁극적 견지에 있어서 현재의 세계 정세로 보아 미쏘가 협조하기를 원하고 미국에 의지하려는 우익에서는 현실적 관점에 입각하여 미쏘가 결렬되기를 은근히 희망하고 있다는 증좌인 것이다. 그러한 심경이 유래하는 바 원인되는 것은 물론 현재의 조선이라는 것이 직접 미쏘 양군에게 분할 양단되어 있으므로 시급히 양국이 협조하여 삼팔선이 해소 남북이 통일 독립되기를 민족의 양심으로서 기원하지 않을 수 없으나, 그 근본 원리에 있어서 미쏘가 영원토록 협조할 수는 없다는 것을 각기 자각하고 있기 때문에 현재에 있어서의 이불리(利不利)를 판단하는 데에서일 것이다. 즉 미쏘 한 번은 결승전을 해야 될 것이라는 역사적 관점에서 볼 때 현재의 쏘련은 그 실력상 미국보다 약하기 때문에 그 결정적 투쟁을 장래에 연기하려 하는 것이며 미국에서는 현재의 우월한 실력으로 가급적 속히 그 결과를 명백히 하자는 심리에서이라는 것은 틀림없다. 이러한 일련의 근본적 대립은 미쏘라는 양 국가를 대표로 내세우고 그 근저에 잠재하는 사상의 극반대성으로 말미암아 세계 어느 국가나 어느 지역에서도 진행되고 있는 문제인 것이다. 이에서 막부회의의 「성공」, 「실패」라는 관념도 산출되는 것이다. 더 나아가 이 문제는 하나의 세계냐? 두개의 세계냐 하는 것으로 하나의 세계를 부르짖고 협조를 원하는 계류와 근본적 모순성과 대립의 필연성을 솔직히 지적하고 근본적 해결을 요구하는 조류가 엄연한 역사의 조류로서 진행되어 나아가고 있다는 것을 증명하는 역사면의 순간적 캣취밖엔 아무것도 아닐 것이다.

제2차 대전은 지구상에서 팟쇼 블럭을 타도하였다. 원래 2차 세계대전은 영토 쟁탈을 목적으로 한 국가 대 국가 전의 최대 호화판이었던 1차 구주대전과는 최초부터 그 성격을 달리하는 일(日) 독(獨) 이(伊) 파시스트 동맹 대 미(美) 영(英) 불(佛)의 민주주의 연합전선의 투쟁이었다. 1차 대전의 결실처럼 축록(逐鹿)의 3파전을 연출하던 민주주의 공산주의 팟쇼의 세 블럭은 제2차 대전의 결과로 민주 블럭 대 공산 블럭의 신국면을 초래하였다. 이 세 블럭을 본다면 민주주의 블럭은 그리스도 교회의 영도하에 육성된 자유와 평화와 사랑을 목표로 만민공생의 지상천국을 최고 이상으로 하는 것으로서 구미의 많은 그리스도교 국가에서 발전해 온 사상 있는 역사적 세력이며 공산주의 블럭이란 희세의 선동가 맑스 계열의 무신론과 유물주의 사상 밑에서 인간의 파괴성과 불평성에 호소하여 무지한 대중의 폭력으로서 그 선동은 자기 개인의 독재를 실현시키려는 것으로 현대문명 수준에 도달치 못한 소련이 선두에 나선 도당들이다. 패망한 팟쇼 블럭은 야만적 제국주의욕에 몇몇 군국주의자들이 경찰국가를 세우고 독재정치를 하고 스스로 종교를 제작하려던 사이비 영웅들의 블럭이었다. 이 세 블럭은 축록전에 있어서 민주주의 블럭은 될 수 있는 대로 공산 블럭과 팟쇼 블럭의 거두들을 개종시켜 보려고 외교전을 하여 보았으나 아무 성과도 보지 못하고 팟쇼 지도자들의 무모한 침략과 민주 블럭의 자위에서 발단된 것이었다. 진실한 민주주의를 전취하기 위한 성전에 있어서 공산 블럭은 팟쇼 블럭과의 대립상 민주 블럭에 가담하였던 것이었다. 공산 계열에서는 민주주의 블럭의 승리에 힘입어 전후 전승국의 일원으로 세계 무대에 등장하여 민주 블럭과 치열한 대립을 하고 있다.

이제 이 세 블럭의 유래한 역사성을 간단히 들추어보면 엄연한 역사의 조류에서 그 본성을 파악할 수 있을 것이며 아울러 그 장래성도 가히 판단할 수 있을 것이다.

그 개개의 역사적 사실은 제폐하고 그 개관의 중심을 말하면 민주주의 블럭이란 그 사상적 근원과 현실세계의 실력 범주에 있어서 유사 이래의 연면한 그리스도교의 사상과 그 교화에 기원하는 것으로 가혹한 육신세계의 생활 투쟁면에 현출되는 온갖 물질과 본능의 쟁탈을 통하여 그가 사회 국가 형태에 반영되는 이념 내지 운영 방법이 천주의 의사와 인간 자유의 진실성에 입각해 있는 이념 내지 현실 세력을 말하는 것이다. 인류 수천 년의 역사적 경험으로서 장래의 인간 사회가 진행할 가장 옳은 노선을 그리스도교의 전통에 의지해서 정확히 인식 파악하고 실천하려는 인류 사상의 필연적인 조류 정통 세력이다. 즉 인간의 자유와 평등을 그리스도교의 원리로서 실천하고 있는 또는 실천해 나가려는 국가와 모든 세력의 집합체가 곧 민주주의 불럭이다. 공산주의 불럭이란 역사의 진행 과정에 있어서 경제 발달과 자유경쟁의 결실이었던 자본주의 경제 체제에 대한 반항에서 그 근원을 얻은 것으로서 맑스 엥겔스 등이 역사 진행 과정의 불가피한 현상의 하나인 경제적 약자의 존재를 발견하고 그 원인성을 추궁하여 당시의 제도를 부인하는 나머지 물질만으로 세계를 재건하려고 계획한 데서 유인한 것이다. 몇몇 호기가들이 전인간성 앞에 경제만 내세우고 정신적인 모든 존재와 사실을 부인하고 인간을 동물과 같이 취급하고 동일하게 규정하여 무산자 유산자란 양 계급으로 강제 분리시키고 무산자 독재를 구가함으로써 기실은 장본인 그 개분자(愾憤者)가 무지한 대중을 이용하여 자기의 영화를 달성시키자는 데 불과한 것이다.

시초 불란서 독일에서 발생된 이 위험 사상은 인간 생활에 충실하였던 구주 각국에서 배격받고 당시 극도의 피폐에 빠져 있었던 무지한 제정 노서아에서 실현되었다. 노서아에서 패권을 잡은 소위 공산당은 그후 본국을 근거지로 하여 세계 각지의 무산자를 기만유인하고 독재욕에 불타는 정치투기배 파신자(破神者)를 규합하여 세력 확대에 무아무중(無我無中)하다. 이 반동부대는 무산자에게 경제적 이익으로 유인한 후는 종교 이상 신조를 강요하고 굉장한 비밀적 조직을 함으로써 그들 주모자의 생명과 부대를 유지해 나가고 각층각계의 불평분자 획득에 모략을 다하고 있다. 즉 공산 불럭이란 그 역사성에서 볼 때 무모용감한 그 개분자가 신과 역사에 반역하고 불평분자를 규합하여 조직된 것으로 노서아란 국가 세력을 배경으로 하여 각국 내에서 정권을 잡으려는 도당으로 역사에 대한 반동 불럭이오 신과 인간성에 대한 반역 불럭인 것이다.

팟쇼 불럭이란 인제는 지구상에서 현실 세력상으로나 사상적으로나 말살되고 또한 말살되어 가고 있지만 그 사상적 근원은 18세기 구주의 로버트·오엔의 전체주의 이론에서 출발한 것으로 독재자가 인권을 유린하고 나아가서는 침략적이고 유아독존적이기 때문에 신에 대해서는 이단을 범하는 것이 통례였다. 이 불럭은 사상적 역사적 필연성보다도 사상 통례의 이단처럼 일 그 현상에 지내지 못하는 것이나 패망시의 소란이 컸음은 국가 세력을 획득하고 국가로서 행세하는 동시에 상호 동맹하였기 때문이었다.

2차 대전 중 저돌 과감한 파시트·힛틀러의 정예부대에게 정면 공격을 받아 그 여명(餘命)이 단석(旦夕)에 임한 쏘비엣트동맹에서는 주도자 스탈린이 민주주의의 왕자 미국 루 대통령에게 원조를 애걸했고 그의 무이(無二)의 막하 모로토프는 국민에게 조국의 위기를 호곡하였다.

역시 그들 무지선량한 대중의 양심 속에는 인간성이 살아 있었다. 과연 그들은 싸웠고 자연 민주 진영에 가담함으로써 승리자의 하나로 금일의 세계에 안처할 수 있었다. 자기의 생명을 위하여서는 독일의 노동자도 많이 죽였다. 극동에 있어서도 왕일(往日)의 제휴자 파시스트 일본이 기진맥진하여 평화 알선(斡旋)을 의촉(依囑)하자 돌연 침입을 개시했었다. 그 결과는 무지한 극동 대중에게 대해서는 일주일간도 못되는 전쟁이었지만 해방의 은

인이 될 수 있었다.

철의 장막 속에 있던 소련은 2차 대전으로 말미암아 세계의 광명을 볼 수 있었다. 공산주의도 지하에서 나와 일광욕을 했다. 파시스트 제하의 공산주의자는 지하에서 지상으로 민주주의 국가하에서도 적색분자는 사상과 주의의 조국 쏘련이 명예로운 연합국의 일원, 위대한 승리자의 일익(一翼)이 됨에 따라 용약 행진을 개시했다. 세계 도처에 공산당 간판은 새로 나붙고 조국 쏘비엣트 동맹 만세 위대한 스탈린 원수 만세가 절호(絶呼)되고 붉은 군대는 영예의 진주를 개시하여 세계가 새로운 경이를 맛보았고 그대들 또한 낙원의 자유를 맛보았으리라. 전후 공산당이 세계적으로 진출 확대되고 그 블럭이 강화된 것은 물론 강압자 파시스트가 멸망했기 때문도 있겠지만 그 자신의 전술 변화가 또한 큰 원인의 하나인 것이다.

대전 중 스탈린은 자기와 동류의 생명을 연장하기 위하여 민주 진영의 원조를 받고저 인터내셔널을 해산하고 외면상 교회의 부흥을 허락했다. 강적 파시스트와 싸우기 위하여는 민주주의 진영의 막대한 원조가 필요했었다. 승리를 위한 민주 진영과의 연합전선 결성은 자연 쏘비엣트 동맹의 세계 정책에 변동을 주지 않을 수 없었다. 그때의 형편에서는 그러해야만 미국도 쏘비엣트를 원조할 수 있었고 영국도 공동보조를 취할 수가 있었던 것이다. 쏘련은 나치에서의 위기를 극복하기 위하야 미국의 원조를 청할 때마다 미국은 소련의 민주화를 요구했고 소련은 민주화를 가장하지 않을 수 없었다. 대전 중의 이러한 경위와 전쟁으로 인한 세계조류의 호흡은 쏘련으로하여금 기하분지일(幾何分之一)이라도 세계화시켰고 어느 정도로라도 자신의 철의 장막에서 해방시키는 결과를 가져오는 것도 당연사였다. 세계를 새로 보고 다르게 알게 된 그 자체로서는 약간의 자기수정도 피할 수 없었고 대외 전술에 있어서도 개혁을 요구하지 않을 수 없었다. 그러므로 그들은 약간의 강경 정책을 버리는 동시에 대외적으로는 민주주의자를 자칭하고 나섰다. 선전에 있어서 미영 민주주의 진영을 가리켜 사실 이상 자본주의라고 공박하고 자기는 진보적 민주주의 또는 신민주주의 경제적 민주주의를 독점했다. 계급 해방은 뒤로 들이밀고 약소 민족 해방을 외쳤다.

각국에 있어서 사회주의자 개량주의자를 포섭하기 위하여 합당을 감행하고 공산당이란 명칭을 떼고 흔히 노동당이란 명칭으로 좌익에 속하는 전 진영을 일수(一手)에 파악하려 했었다. 과연 그 결과는 컸다. 붉은 군대가 직접 진주한 지방은 물론이어니와 동구라파 발칸을 위시해서 세계 각지에서 공산당은 대번성을 보게 되고 정권을 획득한 곳도 그 수가 적지는 않다. 그들이 정권을 잡는 나라는 즉시에 쏘련의 위성국이 되었다는 것을 의미함이다. 또한 그들은 자가의 본질을 꺾고 현실에 맞는 정책 구호로 캄프라쥬하여 많은 연립 정권에 참가했었다. 즉 금일의 현세로 보아 인접지인 파란(波蘭), 헝가리, 루마니아, 유고슬라비아, 알바니아, 동부독일 등에서는 직접 공산정권이 수립되어 완전한 위성국의 역할을 다하고 있으며, 불국(佛國) 이태리 벨기에 등에서는 큰 세력을 잡고 연립 정권을 수립하여 다분한 친쏘적 행동을 하고 있다.

그들은 외면상 하나의 세계를 표방하면서 민주 진영과의 협조를 도모하는 일방에서 그들의 직접 실력이 미치는 지역에 있어서는 강압적 간섭과 비밀적 수법에 의하여 완전히 적화시키고 강력한 불럭권을 수립하고 있다.

"만국의 노동자는 단결하라"는 강령을 버리고 각국마다 그 특이성을 인정하고 그에 적응한 전술을 취하게 된 것은 공산당이 대전을 통하여 실천한 가장 볼 만한 진보인 동시에 유익한 자기교정이었다. 물론 그 근본 이념에 있어서는 아무 변동도 없으나 공식적 세계 적화의 만용적 강령을 양기한 것은 비공산주의자의 환영할 것인 이상 공산당 자신에 유익하였다. 그러한 탈피는 확실히 소련에 대한 각국의 의심도 어느 정도 풀리게 되고 금일의 현상과 같이 쏘련을 중심으로 하여 적지 않은 세력권을 구성하게 하였다.

대전 중 미국 루즈벨트 대통령은 스탈린 수상을 민주주의자로 개종시키려고 많은 노력을 하였다. 처칠 수상과 더불어 찬송가를 부르고 프린스·옵·워 — 르스 함상에서 대서양 헌장을 발표한 그때는 경제 정책에서의 자본주의의 양기 사회주의적 개량 용공적 외교 정책으로서 무신론자 스탈린을 유신론자로 개종시켜 보려고 하였다. 그러나 뉴딜 정책은 지상에 있어서 천국과 지옥을 합작시킬 수는 없었다. 그것으로서는 하나의 세계도 실현되지 않고 소련과 미국의 상반되는 이익이 일치할 수도 없었다. 전후의 평화기구 작성에 있어서의 심혹한 미영과 소련의 불럭적 대립은 도저히 하나의 세계로서 순조한 발전만을 가져오지는 못하였다. 미국에 있어서 루 대통령 사후의 트 대통령 취임과 전후 선거 결과가 공화당의 압도적 승리에 돌아간 것은 비단 미국 내에 한한 문제가 아니라 세계 정세에 대변동을 이르킬 문제이었다. 공화당 제어하의 국회에 대하여 민주당 출신인 트 대통령의 외교 정책에는 실질상 변동을 보지 않을 수 없었다. 1946년 추계(秋季)의 선거 결과로 미국의 뉴딜 정책은 완전히 종언되었다. 외교 정책에 있어서도 대쏘(對蘇) 강경 정책론이 대두하였다. 그렇지 않아도 전후 세계 문제의 처리를 위한 누차의 외교 회담에 있어 미영불의 민주 블럭과 쏘련과 그 위성국가로 된 공산 블럭 간에 대립이 심혹하였었다. 안보의 세력 비율도 10대 2의 민주 진영의 우세에 대하여 쏘련은 거부권으로 대항하여 온 외교전의 전적에는 적지 않은 분열감도 주었고 3차전의 전제 같은 느낌도 없지는 않았다.

이 같은 외교 전술의 변전은 금춘(今春) 트 대통령의 대희토원조안선언(對希土援助案宣言)으로 결정적인 미국의 대쏘 강경책의 방향을 결정지은 것이었다. 트 대통령은 그 선언 중에서 세계의 어느 국가 어느 민족이나 전체주의적 질곡에서 신음하는 것을 합중국은 좌시할 수는 없다고 말하였다. 즉 미국으로서는 공산주의의 침략에 대해서는 실력으로서 방어하지 않을 수 없다는 말이었다. 이 선언은 두말할 것도 없이 미국 민주주의의 대공산주의 선전포고였다. 희토(希土)에 대한 군사 원조에 대해 쏘련은 발칸연방 결성을 준비 중에 있다고 외보는 전하니 상호주의간에 간접적 투쟁이 전개된 것은 기정사실이다.

그후 미의 대희토(對希土) 원조안은 국회를 통과하여 정식결정되고 남조선에 대한 원조안의 제출과 단독 조치안은 소(蘇)로 하여금 공위(共委) 재개에 응케 하였다. 미국의 이러한 정책은 고(故) 루 대통령의 용공 정책과 그에 일련되는 협조주의는 일소된 결과의 것이다. 단지 그러한 사조는 웰레스를 대표로하는 극소 부분에 유전되어 있을 뿐이다.

영국의 대공산주의 정식 투쟁선언은 미국과 보조를 같이하는 민주진영 내에도 커다란 변동을 초래하였다. 극동에 있어서 중화민국의 대공산당정책의 적극화가 현저하고 미주권 내에서도 서반구에서 최대의 당원수를 가진 백국에서 법적으로 공산당의 존재를 부인하였고 서구에 있어서 2백만 이상의 당원을 포옹하고 있는 불란서 이태리 내각에서 공산당 각원의 축출 등 공산주의 불럭에 대한 투쟁은 표면화하고 적극화하여져 가고 있다. 이러한 세계적 현상은 무신론자를 유신론자로 개종시킬 수는 없고 전체주의자는 민주주의자가 될 수 없다는 것을 경험으로서 의식하게 되었다는 사실을 증명하는 것이라는 것을 지적하는 동시에 애련한 저 파시스트의 말로(末路)는 대립되는 주의 사상지간에는 피치 못할 역사적 숙명이라는 것을 말하고자 한다.

『하나의 세계(*One world*)』를 고창하고 소위 진보적 민주주의로 유명한 미국의 민주당원 웰레스 씨는 3차 대전을 미연에 방지하기 위한 지난 4, 5월에 걸친 장도의 구주 행각에 있어서 구주 각국의 공산주의자에게 지나치게 열렬한 환영을 받고 나서 파리에서 말하기를 "나는 공산주의자는 아니다. 나도 충실한 미국민의 한 사람이며 다만 하나의 진보주의자 개량주의자에 지나지 않는다." 고 말했다. 이 말과 그 배후의 사실에서 우리가 연상할 수 있는 것은 막부(莫府) 4상회의 후의 조선 정계의 견해다.

공산주의 진영에서는 미쏘의 협조를 부르짖고 공산 불럭과 민주 불럭의 공존을 선전하는 것을 상당히 지지하고 환영하고 있다는 사실을 발견할 수 있다.

웰레스 씨가 최근 미국에서 말하기에는 "쏘련이 근동 발칸의 유전을 침략하려면 미영과의 대전은 필지적이라."고 했다. 이 말에 의해서가 아니라도 현실세계에 있어서의 민주 불럭과 공산 불럭의 지역적 분별은 명료하다. 소비엣트를 중심으로 한 공산 불럭은 구아(歐亞)에 걸친 쏘련 본국을 중심으로하여 그에 인접한 위성국가와 그에 근사한 국가 세력으로서 지금 세계에 2천만 정예 당원을 가지고 약 3억에 가까운 주민과 그 주민이 거주하는 지역을 직접 지배하고 있다. 민주 불럭은 서반구 전부와 구아의 외곽 전부를 포함한 전 지역에 7억 이상의 그리스도교도를 중심 세력으로 구성되어 있다.

이 두 세력권은 지리학적으로 보아 구아에 걸친 거대한 소련 대국과 그를 포위한 대서양에서 인도양을 넘어 태평양에 이른 전 세계적 선에서 접촉 대립하고 있다. 다 — 다넬스 해협과 삼팔선은 세계의 양극단이 직접 부닥치는 곳이다. 이 공방선은 역사의 필연성에 수종하는 사상적 경계선인 동시에 민족국가 발전사상에 있어서의 미영 국가군과 소련 국가군의 대치선이다. 세계사는 이 선을 유지함으로써가 아니라 철폐함으로써 하나의 세계에로 지향할 수 있다.

하나의 세계에 충분한 도달은 그 선을 영원히 유지하는 것이 아니라 어느 일방 세력이 그선을 뚫고 나가느냐에 관건이 있는 것이다. 즉 소련이 그 포위선을 뚫고 진출하느냐 미영 불럭이 완전히 포위하고 포위선을 축소시키느냐에 걸려 있다. 즉 공산주의 무신론의 세계냐? 민주주의 유신론의 세계냐? 이 결과가 역사의 필연성으로 초래될 하나의 세계의 형태일 것이다. 그 결과는 인류가 구속을 원하느냐 자유를 채택하느냐에 있는 것이다.

다 — 다넬스 해협에서 미(美)의 대토이기(對土耳其) 군사원조안이 시행될 것이며 남조선에서의 불공세에 의하여 미소공위가 재개된 것이 현실세계의 동향이매 각 국민 모두가 구속의 전체주의를 취하느냐 자유의 민주주의를 선택하느냐에 있는 문제인 것이다.

이상에서 2차대전 후의 세계의 동향이 엄연히 상반되는 3개의 사상 조류와 대립되는 두 개의 국가군으로 행동되어 오고 있다는 것을 말했다. 그러나 현재의 상황에서 그것은 근본적 근저 문제이며 물론 분파적 진보적인 까닭에 많은 중간적 행동과 협조적 사실이 실재하는 것을 부인하려는 것이다.

특히 민주주의 진영에는 아직도 많은 완고한 자본주의 기구와 완고한 팟쇼적 경향이 잠재하여 있다는 것은 부인할 수 없는 사실이다. 그러나 이러한 일련의 잔재는 사회주의 경제 체제의 발달과 평민 문화의 고속도적 발전으로 말미암아 진전되는 역사의 수레바퀴 아래 먼지가 되고 말며 역사의 지향하는 민주주의의 범주에서 벗어나지는 못한다는 것은 사실의 결과가 증명하여 주는 당연 이상의 필연적 현상인 것이다. 민주주의의 권내에 속하는 잔재 세력이 시일을 경함에 따라 자기탈피와 자각의 자가수정으로 민주주의 대오에 참가하고 있는 사실에 반하여 공산주의 진영이 다못 자기의 대외정책의 편의를 얻기 위하여 그 진보성을 가장할 뿐 그 세계 적화의 망상에서 유인하는 사대성의 고집을 버리지 못하는 비통한 과오를 거듭 지적하지 않을 수 없다. 미국 민주주의가 국민에게 투표권 하나씩을 줌으로써 민주주의를 찬양하고 자칭 진보적 민주주의가들이 인민대중에게 한 조각씩의 빵을 분배할 계획만 가지고 온갖 인권의 자유를 구속하면서도 민주주의를 사칭하는 현실은 역사의 필연성을 무시하는 자기 모독 외에 아무것도 아닌 것이다.

역사가 지향하는 민주주의 하나의 세계는 만민이 모든 인권의 자유와 평등을 가지고 각자의 노력에 의하여 응당한 보수를 받을 수 있는 사회 경제 체제 아래서만 달성될 것이다.

이러한 세계에 살자면 미식(美式) 민주주의 불럭에서는 자본주의 경제 체제의 편협적인 과오를 금일의 실천 중에 있는 개량에서 좀 더 나아가 용감한 자기수정으로써 경제적 민주주의 체제로 완성해야 할 것이며 공산 불럭 소위 쏘식(蘇式) 민주주의권에서는 인간과 세계를 일원적으로 규정한 무신유물론의 과오를 과감히 청산하고 전체주의의 비밀에 쌓인 철의장막에서 나와야 할 것이다. 그것을 실천할 수 없다면 역사상의 한낱 이단으로서 불원한 장래에 존재의 가치와 의의를 잃고 지옥의 나락으로 행진할 따름일 것이다. 대립되는 현실의 두 불럭을 보며 앞으로 당래할 하나의 세계가 착착 실현되는 때 나락으로 행진하는 부대를 생각해 보라. 그 부대야말로 패망 파시스트의 행렬 이상 비애를 남길 것이다.

결론적으로 말하면 두 불럭 중에 어느 것이 정통이며 어느 것이 이단인가를 식별해 냈으면 만인의 취할 길은 자명할 것이다. 인류와 세계는 역사적 존재다. 결코 세기적 창조물은 아니다. 인류와 같이 시작되고 같이 살아온 것이 그 무엇이었든가? 그리스도교가 즉 그것이다. 오천여 년의 인류 우여곡절의 족적에는 방탕자 인간은 수많은 이론(異論) 이단(異端)을 창조하였다. 때로는 그 이단이 피로 그리스도교를 박해했다. 그럴 때마다 더욱더 생기로웠고 그리스도가 인류의 창조자라는 것을 역사의 사실로서 후대의 자손에게 증명하여 주었다. 자기가 창작하고 자기가 발악하고 기자가 매장의 행렬을 끝마친 것이 모든 역사상의 이단의 실상이 아니었던가. 이 엄연한 사실은 너무나 명백하게 그리스도교의 노선이 세계의 노선이며 인류의 노선인 것을 말해 준다.(1947. 7. 1)

―《가톨닉청년》(1947. 7), 方濟巨

# 땅의 '소금(鹽)'이 되자

과학적이란 아름다워 보이는 탈을 쓴 이단(異端)의 세속 혼돈을 거듭하고 있는 오늘날의 조선 사회에서 다행히 나와 신앙을 같이하는 동지 청년 여러분께 사회생활에 있어서의 우리들의 나아갈 길에 대한 몇 가지 나의 생각을 솔직히 적어 보낼까 한다.

첫째로 광범위한 용어 예에 따라 말한다면 종교와 정치의 문제가 가장 클 것이라고 생각된다. 지금까지 왕왕이 종교와 정치를 별개로 취급하는 견해가 유포되어 있었는데 나는 그러한 견해는 무식의 소치가 아니라 인간 사회에 있어서 종교를 구현시키고 있는 현실 교회를 모함하려는 극히 위험한 논법의 파생물이라고 규정한다. 종교라면 인간의 정신생활 영위(營爲)를 영도하고 다스려 주는 인간 생활의 기본 과업이며 모든 개인과 사회의 기저(基底)를 형식(形式)하고 있는 것이요 정치란 인간의 육신 생활을 합리적으로 영위하기 위하여 인간과 인간의 사회생활에 있어서 인간 상호간의 관계를 규율(規律)하는 것이다. 그러므로 인간 생활에 있어서 종교와 정치라는 별개의 두 가지는 있을 수 없는 것이며 그 발생 단계로 보든지 그 사회생활에 있어서의 작용으로 보든지 간에 불가분의 관계에 있는 것이다. 인간 사회에 있어서 종교는 교회로서 구현되어 있고 교회를 통하여 그의 사업과 임무를 실현하고 있는 것이요, 정치는 정부 기관에서 시행하고 또한 그런 기관에 일임(一任)되어 있는 것이다. 중언하는 것 같지만 우리의 가톨릭적 인생관에서 보아 그런 것이 아니라 인생의 발생 근원부터 논의해 볼 때 우리는 그 발생의 기초에 있어서 신으로 돌아가지 않을 수 없다. 다시 말하자면 종교는 이 인생의 근본 문제로부터 출발하는 것으로서 인간 이전의 신과의 관계에서부터 출발한다. 이러한 관점에서 나는 종교는 신과 인간과의 관계 그것을 지상의 육신 인간으로서만 본다면 신에 대할 인간의 의무를 이행하는 길이라고 본다. 반면에 정치라는 그 자체와 그 필요성은 인간의 종교적 근저 우에서 현실 육신 생활의 합리화와 사회생활의 편의화(便宜化)와 원활을 기하고저 순전히 인간에 의하여 기도되는 것이다.

그러므로 정치와 종교의 관계는 이미 성경에서 뚜렷이 명시하고 있지 아니한가. 결국은 정치란 종교에 귀일(歸一)해야 옳다는 것을 알 수 있을 것이다. 그것은 본질적으로 종교는 신과 인간의 관계, 정치는 인간과 인간과의 관계에 있는 것이기 때문이다. 역사적으로 보더라도 15, 6세기까지는 세계의 어떠한 국가를 막론하고 정치와 종교, 정교(政教)는 불가분리의 관계에 있었고 정치는 마땅히 종교의 지도에 따랐던 것이다. 원리적인 이 정상 상태가 파괴된 것은 인간의 자유 신장을 무제한 용인한 구라파 혁명의 소치였던 것이다. 즉 종교와 정치를 분리시키려는 생각은 세상에서 자기의 이권만 주장하고 인간의 근본 의무인 종교(신에 대한 존경과 성실)에 대한 책임을 게을리하자는 데서 생긴 것이다.

종교와 정치의 관계가 그러한 것일진대 현하의 과도기적 조선 사회에 있어서 종교를 가진 우리들로서 정치적 행동을 어떻게 할 것인가가 당연히 문제될 것이다. 종교인(성직자와 열성 교도를 말함)은 정치에 관계치 말라, 문화인은 정치에 관계치 말라, 정치는 오직 정치인에게 맡겨라 는 따위의 말이 혼돈하게 당쟁이 심한 오늘날에는 또한 많이 들려오는 잡음이다. 그러나 이러한 잡음은 불순하고 옳지 못할 견해라 규정하고 배격하지 않을 수 없는 터이다. 이러한 일련의 관념과 언설에 대해서는 우리는 성행하고 있고 또한 실천되어야 할 민주주의의 정신과 원칙을 좀 더 인식하고 체득하라고 권할 따름이다. 민주주의란 그 무엇에 있어서든지 간에 만민을 위한 만민에 의한 만민의 것이래야 하는 것이거든 어찌 만민의 사회생활을 위하는 정치가 일부 정치인에 농단되어야 옳다는 말일손가?

정치와 종교와의 관계가 이러한 것이거든 더구나 그리스도교가 사회 일반에 넉넉히 인식되어 있지 못한 우리 조선 사회에서는 종교를 가진 자 교회에 다니는 자는 누구나 자기가 영위하고 있고 자기가 접촉하고 있는 사회생활에 있어서 종교인으로서의 근본 의무를 더욱더 충분히 이행해야 되는 것이다. 그러함으로서 우리의 새 사회질서 건설을 인간 정의의 원칙에 되도록 가깝게 될수록 종교적인 것으로 만들기 위하여 도처에서 그 정치성을 발휘하고 그 정치 역량을 사회에 구현해야 한다. 궁극에 있어서는 종교에 영도되는 정치가 시행되게 하는 것이 젊은 우리들의 천주교도로서의 사회생활에 있어서의 최대의 의무인 것이다.

보라 우리 동지들이 그러한 능력과 실력을 충분히 발휘하지 못하여 정권이 이단자(異端者)의 손으로 넘어간 나라의 신앙 동지들의 그 곤난과 그 종교 박해를 보라. 최근에 있어서도 '소비엣 로서아'를 위시하여 '파란(波蘭)', '체코', '헝가리' 등지의 공산 정권이 가톨릭에 대한 행동의 실상을 들을 때 우리는 정의의 보구(報仇)의 칼을 들지 않을 수 없다. 그와 반대로 가톨릭이 정권을 잡고 있는 서구 수개국의 그 행복한 신앙생활과 아름다운 사회질서를 보라. 그러므로 나는 먼저 정권은 종교인의 손으로! 정권을 우리의손에로! 라고 강경히 주장하겠다. 목적을 달성시키자면은 결국은 우리가 정권을 잡고 우리가 사회질서의 진행을 영도하지 않으면 우리가 염원하는 정의와 질서는 도달할 길이 없는 것이다. 그러기에 나는 교인된 자는 우선 탁월한 정치인이 되기를 바란다.

이러한 이념과 행동에의 신념으로써 세계 정국을 대관할 때 우리는 엄연한 두 개의 조류를 본다. 유신론(有神論) 민주주의의 그것과 무신론(無神論) 공산주의의 그것이다. 공산주의 계열의 그 이론과 행동이 어떠한 이단이며 세상에 죄악적 존재인가는 현실에 보는 바로 충분할 것이다. 교인이라면 누구나 공산주의를 주지로 하는 또는 그에 수종(隨從)하는 혹은 그를 찬성하거나 그를 조장시키는 정당 사회 단체나 그 산하 단체에는 가담은커녕 원조해도 안되는 것이다. 교인의 정치적 의무로서는 이러한 계통에 장악된 정권 기타 모든 단체와는 적극 투쟁해야 할 것이다. 현실의 조선에서 그러한 계류(溪流)를 지적한다면 그것은 민주주의 민족전선이다. 우리의 양심적 관찰 또는 교회 상부에서의 지시에서 그런 무리와의 구별선은 명백한 것이다. 그러한 이념과 행동의 구별선은 상식적이라 더 말할 필요도 없겠지만 요는 경제적 민주주의를 표방하고 사회주의적 경제강령을 들고나서는 중간적 입장 내지는 우익적 민족주의적 좌익에 대한 문제이다. 그들의 선언하는 바와 행동이 공산주의 그룹의 세력을 방조한다면 물론 절대 배격해야 되지만 그 근본 정신이 무신론적이 아니면 우리는 용인하여야 할 것이다.

본시 가톨릭의 정치노선을 운위하는 것도 아니다. 그러한 자격이나 용기가 있는 나도 아니다. 그러나 가톨릭의 정치노선이란 것이 보수적 극우적 경향만이 아니라는 것은 교황의 노동 문제에 대한 회칙(回勅)과 현재 불란서의 인민공화당, 이태리의 그리스도교 민주당 등의 정강과 행동을 보아서도 충분할 것이다. 교황의 회칙 중에서도 노자(勞資)의 공평을 열렬히 주장하신다.

이러한 이념으로서 국내의 현정계를 볼 적에 하나둘 한심한 사태를 지적하지 않을 수 없다. 지난번 서울시내 Y·M·C·A에서 뿌로떼스탄 교인들이 주류가 되어 기독교도연맹을 결성할 때 김규식(金奎植) 박사가 입장하자 일부 참석자들이 김 박사의 입장 축사를 거부하고 교인의 입장에서 김 박사를 무신론자라 규정하고 배격하자고 결의한 사실이있었다. 나는 김 박사는 기독청년회 회장이라고 듣고 있었다. 해방 후 김 박사는 혼돈한 국내 정계에 처하여 기회주의적 좌익의 제일인자 고(故) 여운형(呂運亨) 씨와 제휴하여 좌우합작을 도모하여 좌우합작위원회를 조직하였고 그 정치 노선에는 만족지 못할 것이 있다는 것은 나로서도 느끼는 바 있었다. 그러나 그때의 사정과 우리 국내 사정을 고찰할 때 그러한 행동은 유해무익한 독단적 경거망동이라고 하지 않을 수 없다. 김 박사도 오늘날까지 기독교인으로 자부해 왔고 또한 교인이라는 심정과 입장에서 그날도 결성식장에 임하였을 것이다. 교인으로서의 김 박사 그 사람의 정치행동 내지 신덕(信德)에 대한 죄과는 오로지 신인 주 예수만 판단할 수 있을 것이다. '함부로 사람을 재판하지 말라'는 것은 주님의 말에도 엄연(嚴然)하다. 유신론자요 그리스도교인이라면 반드시 모모 민족지도자만 지지해야 되고 그렇지 않으면 빨갱이니 무신론자니 하는 것은 자가(自家)의 정치행동에 협동하기를 강요하는 것이며 타인을 재판하는 과오를 범하는 것이다.

북조선인민위원회는 공산주의 팟쇼정권이니 타도를 해야 될 것이요 공산당은 천주를 부인하고 인민의 자유를 구속하려는 전체주의 이념을 가진 정당이니 배제해야 되지만 그 극반대로 완고한 봉건적 수구정신으로 19세기적 자본주의 계류로 일로매진하는 것은 오히려 공산당을 원조하고 공산주의자를 양성하는 소치가 된다는 것을 알아야 한다. 원래 세계에 공산주의가 이렇게 만연하고 공산당 반동분자가 횡행하게 한 것은 수구적이고 소극적이었던 교회의 불찰, 교도들의 부덕의 소치라 천주 앞에 사과해야 될 노릇이다.

이상에서 나의 말하려는 교인의 정치에 대한 행동은 어느 정도 표현되었을 줄 안다. 그러나 제일 중요한 가톨릭의 정치 노선에 대해서는 언급하지 않았다. 언급하지 않을뿐더러 나로서는 말할 수도 없다. 그것은 교회 자체가 결정해야 될 문제이기 때문이다. 이에서 내가 한마디 더 중언하려는 것은 우리들은 궁극에 있어서 우리의 손으로 정권을 잡기 위하여 항상 끊임없는 정치운동을 전개해야 된다는 말이다. 우리는 세계적인 가톨릭이고 지상에서 주님의 낙원을 건설할 의무가 있기 때문에 정당도 가져야 하고 모다 다같이 정치인이 되어야 한다고 외치고 싶다. 뿐만이 아니라 세계는 지금 위기에 임하였다. 우리는 만연하는 공산주의 사상에 대해서 좌시(坐視) 수수방관(袖手傍觀)하고 그들에게 무대를 제공할 수는 없다. 세계가 십자가를 질 때이며 교도는 십자가의 용사가 되어야 할 이 시기이다.

조선의 현상이란 삼팔선을 대치하고 더욱이나 그러한 상태에 있다. 교황 성하께서도 누차 십자군 편성의 필요까지 역설하신 것으로서 보아도 우리는 충분히 깨닫는 바가 있어야 할 것이다. 또한 교황께서 얼마나 정치의 중요성을 강조하고 계신가의 일례로 다음의 사실을 여러분께 전할 따름이다. 지난번의 이태리의 총선거 때에 교황께서는 세속과 단절되어 있는 수도원의 수녀들까지 속세에 나와 투표할 특별허가를 하셨다는 사실이다.

둘째로는 교우들 중 특히 청년들 중에는 이기적 합리적인 이념과 행동의 경향이 많다는 것을 경고하고 싶다. 주님께서는 인간을 창조할 때 아담과 에와를 같이 세상에 내놓았으며 인간은 그 본성이 사회적인 것으로서도 개인적 이기적이라는 것은 타당치 않은 일이다. 자기의 안녕만 위주해서 합리적 방도만 강구하기에 급한 교우 청년들을 많이 봄은 유감된 일이다. 더욱이나 남조선의 현사태가 어느 정도 교회에 유리하다는 데서 편안을 만끽하고 있는 소치라면 이 이상 더 타기해야 될 현상은 없는 것이다. 여러 청년 동지들이여 매일같이 이북에서 넘어오는 동포를 보라. 그중에는 기독교인이 얼마나 많은가는 여러 동지도 잘 알 것이다. 그들은 모두가 친일파 반역자이기 때문에 오는 것도 아니다. 그들 중에는 순전히 신앙 때문에 남하하는 사람도 적지 않다. 그들의 신앙생활은 완전하다 하드래도 잠잘 집 한간 방도 없어 천막에서 야영생활을 하고 있는 현세의 경제생활의 파탄을 어찌 보려는가. 우리는 이때에 행동뿐만이 아니라 근본적으로 사회적으로 되어야 하며 동포동지와 동생동락할 용기를 가져야 한다. 이것이 얼마나 우리의 옳은 지향을 가지는 동지들의 힘이 되는가는 더 말할 필요도 없을 것이다. 주님도 성전에서 매매하는 상인들을 채쭉으로 몰아내지 않았는가. 우리들은 성전에서 쫓겨냄을 받은 상인들처럼 이기주의자 바르새이 교인이 되어서는 안 될 것이다. 또한 채쭉으로 몰아내는 주님의 용단과 적극성도 이에서 아울러 배워야 할 것이다.

우리는 항상 무사(일없는)한 평화만 구하기 위해서 소극적이어서는 안된다. 소극적이어서 행동을 안하는 것만이 평화를 위하는 길은 아니다. 하물며 주님도 평화만을 가져오려고 지상에 오셨다고는 말씀하시지 않었거늘! 적극적이고 진보적인 전진이 없는 곳에는 평화는 있을 수 없는 것이요, 그에게 따르는 것은 오직 패망이 있을 뿐일 것이다. 우리는 반신적 역도(逆徒) 분자들에 대해서는 항상 용감한 천주의 전사가 되어야만 그 신앙이 완전하다는 증거가 될 것이며 각기가 신앙자로서의 칼이 너무나 둔하다는 것을 새삼스러히 자각할 때가 바로 이때라는 것을 알아야 한다.

셋째로는 신앙 첫째도 둘째도 물론 신앙이 문제이지만 여기서는 특히 청년의 신앙이 박약하여서는 안된다고 충고하고자 한다. 관습적 신앙 형식은 크게 꺼려야 한다. 우리의 신앙심이 견고하면 할수록 그에 따라 인생관도 확고하여질 것이며 번뇌도 적어질 것이며 마음의 행복을 얻을 수 있으며 모든 일에 안처(安處)하고 능률을 다할 수 있을 것이다. 또한 속세에 있어서도 종교인으로서 종교적으로 가톨릭적으로 세상사를 질서 잡아 나아가려는 우리들로서는 신앙심이 견고하지 않고서는 그 근본부터 안정할 수 없을 것이다.

신앙심을 견고히 함에 있어서는 무엇보다도 종교 형식 즉 교회 의무에 충실해야 한다. 주의 말씀에도 주의 성당에 들어온 자가 먼저 주를 볼 수 있다는 말씀과 같이 교회의 정한 의무를 충분히 이행해야 된다. 본래 신앙심과 종교 형식은 표리일체(表裏一體)인 것이다. 여하한 고귀한 내용도 용기가 있어야만 소유될 수 있음과 같이 열렬한 신앙심도 그에 따르는 종교 형식을 지켜야만 그의 신앙심도 가질 수 있고 신앙도 견고해질 수 있는 것이다. 청년임으로서 이지적이고 이성적이면 이성적일수록 그의 이지와 이성을 신앙의 무기로 하여야 한다. 이지도 이성도 한도(限度) 있는 우리 인간의 후천적 지식의 소산이요 우리가 절대적으로 믿는 무조건적으로 그렇다고 믿는 신앙이란 생명력에 비하면 아무것도 아니다. 이성적이면 이성적일수록 그의 신앙은 열렬해야 한다. 주의 말씀에도 뜨겁지도 차지도 않기에 뱉는다는 구절이 있다. 우리는 그러한 배알는 청년이 되어서는 안 될 것이다.

우리는 주의 말에 비하면 앞에 들어갔으니만큼 배알기지 말고 땅의 소금이 되어야만 현세에서도 내세에서도 행복스럽고 그 가치가 빛날 것이다. 우리는 '땅의 소곰'으로서 지상에 떨어진 주의 한 알의 종자라는 것을 다시 한 번 더하자!

―《가톨닉청년》(1947. 9), 青年論壇, 方濟巨

# 수상수제(隨想數題)

동양 천대의 이름난 미인 양귀비(楊貴妃)는 그의 남편 현제(玄帝)의 손에 횡사하였다. 대국의 왕제로서 일 여인의 미(美)와 미(媚)에 현혹하여 사직을 기울였는지라 사천(泗川)으로 몽진(蒙塵)하였을 때 사직을 바로잡고 왕도를 회복하려는 충신들 앞에서는 일개 첩비의 남편된 정보다는 국가의 제왕된 책임이 중함을 부(否)할 수 없어 사랑과 사정(私情)에 대하기를 죽엄의 선물로서 하였으리라. 그러기에 당제실(唐帝室)은 유지되었고 현제도 제(帝)로서 살아났다. 이것을 말하여 공과 사요 의리와 정이라 할까? 인생 파멸의 최후 순간에서 공에 살은 현제도 절통한 정을 끊지 못하여 무덤에 양귀비를 찾았었다 한다. 그러나 육체로서의 귀비의 백골에 면접한 현제는 돌아서서 인생의 무상함에 통곡하였다 한다. 그러하였으리라. 미의 절대가치로서의 육체는 죽음으로써 종료하는 것이다.

이 일례는 양귀비와 현제에만 한할 것이 아니라 모든 육신 인간 정의 인간에 공통되는 진리이리라. 개화 문명은 인간의 추와 악을 감추는 기술 도덕은 인간악을 숨기려는 마수제(痲睡劑)라고 말한 초인간적 풍자가도 있거니와 인간 세상의 모든 여성은 양귀비 모든 남성은 현제된 일면의 숙명을 갖고 있지 않을까? 남성된 나 먼저 현제 될까 두려워하기보담 앞서 귀비 되고저 하는 여성을 꺼리겠노라. 여학생과 여급을 고르기 힘들고 가정부인과 기생을 구별하기 힘든 그 화장과 자태의 귀비들에게 더욱이나 쥐잡어 먹은 것 같은 입술과 길가에서 껌 같은 것을 씹는 반추동물(反趨動物)의 자손들과 속치마를 쑥 빼놓고 다니는 그네들에게 경계하며 경고 드리는 바다.

'셈본'을 배우는 아동이 '날틀'이 무엇이냐고 묻기에 모르겠다고 대답하니 의기양양하여 '비행기'라고 알려 주었다. 역습하는 셈치고 '세모꼴'이 무엇이냐고 물으니 '삼각게이'라고 하며 △를 그려 놓는다. 알기나 하고 있나 하고 '떼소리패'라고 써 보라니까 '합창대(合唱隊)'라고 태연히 써 놓는다. 이만하면 알아채릴 만하다. 국문의 순수화를 위하여 제정되었다는 것이 단지 하나의 난삽한 지식으로서 아동들의 머리에 들어가고 있지 않나? 그들이 이 순수한 '우리말'을 배우기에 왜말 한자 그대로를 이용한다는 것은 기형적 사실이며 제정의 본의와 어그러지는 것이다. 언어를 순화시키고 한자를 폐지하는 본의가 오랜 과거의 습속을 버리고 용이하게 달성될 것인가 숙고해 봐야 할 노릇.

언어란 본래 감정의 표현이요 민족 고유의 문화임에도 이렇게까지 변태적 변질적 제정도 해야만 될 것인가. 더욱이나 "예수가 마귀(魔鬼) 쫓는다"와 "예수 가마귀〔烏〕 쫓는다"와 같이 구별의 애매와 의의의 혼돈을 면치 못할 점도 있는 것이어늘 또 생각하지 않을 수 없는 일. 민족이 언어에 따르는 것이 아니요 언어는 민족의 습성에서 생긴다는 것을 인식할 때 언어학자 된 자도 이러한 제정에 있어서는 학(學)을 위한 연구실의 학자 되기 전에 가두의 민족 습성을 먼저 체득하고 고려해야 될 것이다. 한자 폐지의 정신만은 훌륭하다만 뿔〔角〕을 고치려다 소〔牛〕를 잡는 폐 없기를 빌따름.

UN 위원단이 내조(來朝)하자 국내 정계도 활발하여졌다. 이 위원단의 노력이야말로 조선 독립에 향한 국제적 세력의 최후적인 것이므로 국내 정계의 동향도 거의 그 최후적 급템포를 나타내지 않을 수 없다. 종래의 불변 원칙적인 좌우 중간의 세 노선에도 변동이 생겼다. 이물론 우리의 해방이 우리의 힘에 의한 자주적인 것이 아닌 데서 기인하는 불가피의 현상일는지도 모르나 지도자의 이합(離合)이 있으면 있을수록 추종하는 백성들은 의구 방황하지 않을 수 없는 터이다.

우리 오천년 역사의 소산인 하나의 혈연 하나의 지연에는 해방 후 남북 좌우의 두 개의 분할을 강요당하고 있다. 이렇게 불행한 환경이기에 미쏘공위(美蘇共委) 때와 UN위원단 내조 하의 금일의 형세는 아주 다르다. 북의 제압자 소련은 당초부터 뽀이콧트하고 상대하지 않으므로 남에서의 모든 입장이 곤란하고 고민에 싸여 있는 것이다. 남북통일 자주독립을 결의한 UN 다수 국가는 이를 반대 방해하는 쏘련을 굴복시키지 못하고 시킬 수 없는 오늘이기에 우리의 심사도 딱한 바 있다.

오천년 역사를 가진 하나인 지연과 혈연에 맺어 있는 북조선과 통합하지 못함은 우리로서 차마 할 수 없는 노릇이나 남에 있는 우리도 군정 2년여의 생활에 극도의 피로로 이 이상 더 참을 수 없으므로 우리는 생명의 최후 기로에서 우리만이라도 자주적 살림

살이의 길을 강구하지 않을 수 없는 오늘의 우리 입장이다.

—《가톨닉청년》(1948. 2), 방지거

# 남녀동권(男女同權)의 첫 과제

불란서의 인권선언 이래 도도히 흐르는 평민주의(平民主義) 사상은 찬란한 개인주의 사상과 자유주의 사상으로 발전하여 금일의 민주주의 사회 체제를 만들었다. 근대 사회의 독특한 지향은 남녀평등(男女平等)의 주장일 것이다. 그렇다. 금일의 세계는 그 모두가 민주주의를 부르짖고 그와 꼭같이 남녀동등을 절규하고 있다. 여성은 여성대로 남성은 남성대로 동권(同權)을 운위하고 있다. 허나 이처럼 실천되지 않는 구두선(口頭禪)은 없다. 민주주의 사회가 여성의 사회 진출에 막대한 공헌을 하였음은 부인할 수 없으나 주장하는 바 지향하는 바와 그 거리가 너무나 크고 냉정히 판단컨대 오늘날 인류 사회에서는 실천 불가능한 것같이 보인다.

그러면 남녀평등은 인류의 발전에 소용없는 것으로 일부 무지각(無智覺)한 인사에 의한 주장에 그칠 것인가? 인류의 사회발전사를 들추어 볼 때 모권사회(母權社會)에서의 부권사회(父權社會)에로의 이양 과정을 확인할 수 있고 우리가 부권사회의 발전상과 그 과정을 고찰컨대 사회의 불건전상(不健全相)과 모순을 발견한다. 인간의 천부인권(天賦人權)이 동등한 것이요 사회 구성에 있어서 남녀의 절대적 차별이 필수조건이 아닌 만치 남녀동권은 당연하고 마땅히 그러해야만 될 인류의 정상상태라 할 것이다. 오늘날의 심혹한 남녀의 차별을 우리는 혹독한 부권사회의 역사상의 유물로 인식해야 될 것임은 역사가 사실로서 증명하는 바이다.

그러면 우리는 '남녀평등'을 새로운 것으로 이제부터 창조하는 것이 아니라 그릇된 역사적 폐풍(弊風)을 교정하는 것으로 인식해야 한다. 남성 독재 사회의 장구한 계속으로 말미암아 소치(所致)된 여성의 퇴보를 향상시켜 정상상태에 회복시키는 것이 오늘날의 이르는바 남녀평등의 주장에 불과한 것이다.

그렇게 문제를 근본적으로 추궁할 때 우리는 양양한 희망을 가지고 신사회의 설계를 구성할 수 있는 것이다. 현사회의 남녀 분업을 가리켜 천부의 원리로서 인식하여 여성에게 양처(良妻) 현모(賢母)만을 강요할 것이 아니라 동일한 일개일개의 인간으로서만 관찰해 보라 거기서 우리는 여성도 남성과 동일한 체력을 가질 필요를 느끼며 우선 경제적으로 독립해야 될 것임을 절실히 통감한다. 체력의 약화는 수천 년의 질곡생활(桎梏生活)의 소치인 것이므로 여성의 체력 향상을 위한 특별 교육과 환경 개량이 필요할 것이나 단시일에 될 문제는 아니다. 다음으로 경제적 독립을 위하여서는 직업을 가지지 않을 수 없을 것이다. 현하사회에서 이미 부분적으로 실행되고 있는 바라 격별히 논할 여지조차 없는 일이다.

다음으로 말하려는 것은 결혼 문제다. 결혼에서 가정과 가족이 나오고 사회가 구성되는 것이다. 남녀의 차별은 태생(殆生)이기도 하려니와 사회 질서화하여지는 것은 실로 결혼에서부터이다. 그러면 우리는 남녀평등의 제일과제를 여기에서 발견해야 할 것이다. 남녀의 차별을 질서화하고 제도화하는 결혼에서부터 남녀평등의 실(實)을 얻도록 해야 할 것이다. 남녀평등의 실(實)을 거두기 위하여 어떠한 결혼을 주장하려는가 일언에 단언하노니 결혼하려는 남자와 여자는 동등한 인격자로서 독립한 위치에서 자유의사에 의한 자유결혼이면 가할 것이다.

남녀평등을 위하여 여성해방을 주장하는 사회주의 제도하에서는 자유결혼과 자유이혼을 실행하고 있다. 그러나 자유이혼의 성행은 결국 남녀동등의 결과보다도 더많은 불행한 여성을 산출하여 여성 지위를 저하시키고 있다.(소비엣·러시아의 실례가 설명함) 그러면 자유결혼은 좋으나 자유이혼이 좋지 못하다면 무엇을 주장할 것인가? 우리는 여기서 또한번 가톨릭의 지선(至善)한 진리의 또하나를 발견한다. 즉 가톨릭적 결혼관 — 자유결혼 연후에 절대로 이혼을 용인치 않는 일부일부주의(一夫一婦主義)다. 이 원리만이 인간에게 정당하게 부합되는 혼인 원리로 남녀동등 인권에의 유일한 대도(大道)인 것이다.

그러므로 남녀동권이 완전이 실현될 이상적 민주주의 사회의 육성을 위하여 자유결혼과 이혼없는 일부일부제(一夫一婦制)를 주창한다 따라서 일체의 축첩(蓄妾), 사창공창(私娼公娼)은 부인된다. 평등한 정조의 의무를 가진 이혼 없는 자유결혼 — 즉 그리스도교적 결혼관의 실행만이 남녀동권의 첫 과제임을 재인식해야 할 것이다.

—《가톨닉청년》(1948. 4), 방지거

# 왜 정부(倭政府)의 재일동포(在日同胞) 탄압(彈壓)

왜구(倭寇)가 조선에 침범하여 갖은 횡폭을 다하다가 쫓겨간 것이 어제 같다. 본래가 악독한 왜족이라 자기의 악덕 근성은 반성치 못하고 선량한 우리 민족에게 원을 함(含)고 물러간 줄도 우리는 잘 알고 있는 바다. 영독(獰毒)한 종자라 재침범의 기회만 노리고 음모를 교활히 하며 그 독아를 닦고 있을 것도 우리는 충분히 예측하고 있었다. 그러나 해방 후 4년 만에 그들이 독소가 다시 돌아 나오는 데는 놀라지 않을 수 없다.

우리는 들었다. 그들은 금반 재일동포의 학교를 폐쇄시켰다. 그리고 일인의 학교에 조선 아동을 입학시킬 것을 강요했다는 엄청난 사실에 분개를 금할 수 없다. 조선어를 말살시키고 왜어(倭語)를 습득시키려는 일제 시대 황민화 교육 정책의 탈각(脫殼) 변장한 것이 아니고 그 무엇일까? 물론 우리는 그러하기에 이르기까지의 일면의 사실까지 부인하려 하지는 않는다. 즉 재일동포의 대부분이 소위 민전계열「재일조선인연맹」의 솔하에 소속하여 일본 공산당과 악수하고 좌익운동에 열렬하기 때문이라는 하나의 피치 못할 이유도 있는 줄은 믿는다.

그러나 이유의 여하간에 백보 양보해도 왜 정부가 우리 동포를 억압할 수는 없다. 우리는 거족적으로 총궐기하여 세계에 호소한다. 민주주의 연합국의 정의감과 양심에 호소한다. 민주 우방은 일제의 재침략을 묵인하려는 것인가. 여기서 생각난다. 이승만 박사가 미국에게 한 말 중에 "패전한 일본은 상을 받고 해방된 한국은 벌을 받고 있다."는 구절이 있었다.

오늘날의 현상이 바로 그대로가 아니고 무엇인가? 전(前) 조선 총독부 정무총감으로 응당 전범자로 처단되어야 할 전중무웅(田中武雄) 등이 동화회(同化會)를 조직하고 미군에게 아첨하여 조선 중국 등에 이민을 책하고 있다는 놀라운 사실을 우리와 우방 중국과 미 점령군 당국은 묵인하여 둘 것인가. 독초는 초엽 때에 뽑아야 한다는 것을 점령군 당국은 모르지는 않을 것이 아닌가. 악질 전범자의 원흉 왜제(倭帝) 유인(裕仁)을 그대로 놓아두고 점차적 민주화를 기도하는 기묘한(?) 유화 정책의 간격으로는 당시 일제의 교(驕)를 팔고 색(色)을 제공하는 복면의 음모가 스며들 것인데 영리한 파시스트련(連)은 민주화의 가면을 쓰고 재침략의 기회를 노리고 음음히 독아를 닦고 있는 것이다.

그들이 자부하려는 공산주의 방파제는 기실은 전체주의의 폭탄밖에는 아무것도 아닌 것이다. 그러므로 우리는 일본에 대한 50년 신탁안, 중국의 50년 일본 관리안에 재청 삼청하여 마지않는다.

끝으로 인류의 공도(公道)와 민주주의 정의의 앞날을 위하여 이이제이(以夷制夷)하려다 1차 대전 후 독일의 라인란드 진주를 묵인한 영국의 우(愚)를 거듭 안 하기를 바래 마지않는다.

—《가톨릭청년》(1948. 5), 방지거

# 지전(紙錢)

몇 해 전에 들은 얘기.

남쪽 어느 지방 도시에 큰 부자가 있었다.

부자 하니 말이지 조선서 부자라면 결국 땅을 많이 가진 지주(地主)를 말하는 것이었고 돈은 많고 땅은 적은 부자란 별로 적었던 것이나 지주는 대개 기업의 재능이 없어서 상공업에 손을 대기란 조상열대(祖上列代)의 산소(山所)와 면남전북답(面南田北畓)을 떠나기보담 원양 항해 이상의 모험이었던 것임으로 내가 얘기하는 남쪽 부자라는 이도 큰 지주이었을 줄로 알면 좋을 것이다.

논두렁에 많이 황새라는 야학(野鶴)의 일종인 새를 볼 수 있지 않은가?

이 새는 한나절씩 우두커니 한 다리를 고이고서 논바닥을 나려다보는 새다. 거기서 먹을 것을 얻는 까닭일 것이다. 겨우 옮겨 날아야 다른 논두렁에 가서 역시 다리 한쪽을 고이고 서서 또 나머지 한나절을 보내는 것이니 밤에도 논두렁에 서서 자는 것일까 한다.

나는 상공업에 대한 기업열(企業熱)이 없는 지주를 이 황새에 비유한다. 황새의 영토는 마침내 논두렁에서 논두렁까지에 지나지 못하고 보니 남쪽 부자의 영토는 그것이 황새의 영토이었다. 작인(作人)에게서 도조(稻租)를 받아 그것을 팔아 은행에 맡기어 이자를 찾거나 작인에게 고리로 빚을 주어 이중으로 빼앗아 다시 황새의 영토를 확장하는 이외에 다른 기술이 없었으나 이 남쪽 부자에게는 은밀한 취미까지도 있었던 것이다. 은행도 대금업(貸金業)도 전적으로 믿지 못하는 이 지주는 의처증과 함께 아들, 며느리, 손자를 모두 믿지 못하는 나머지에 다액의 은행권(銀行券)을 특이한 장치로 된 광에다가 저장하는 것이었다. 보물도 천당에 쌓지 않고 땅에 묻으면 썩는 것이므로 은행권을 볕을 못 보는 광에 쌓으려면 일 년에 정기로 몇 번씩 거풍을 해야만 하는 것이었다.

바람 잠자고 햇살 바른 날 그 집 마당 멍석 여러 벌 위에 은행권이 쪽 펴지고 보면 마누라, 첩, 아들, 며느리, 손자 할 것 없이 모조리 집에서 쫓기어 나는 날이다. 손자 중에 한 놈이 있어서 집안 어느 구석에 감쪽같이 몸을 숨기고 할아비 거동을 보는 것이었다. 한낮이 되니까 할아비가 옷을 홀홀 벗고 창피한 데까지 감추지 않고 멍석 위 은행권 펴진 위에 이리 구르고 저리 구르고 강아지처럼 홀로 재롱을 피우는 것이었다. 홀딱 벗은 할아비가 다시 광으로 은행권 뭉치를 가지러 간 틈을 타서 손자 놈이 재빨리 멍석 위에 은행권을 걷어 모아 한 뭉텅이를 바로 앞집 담 너머로 내동댕이쳤다. 다시 숨어서 할아비의 거동을 보아 하니 광에서 나온 할아비가 후각(嗅覺)이 날카로운 짐승처럼 씩씩거리고 미치는 것이었다. 한참 홀로 허둥대다가 앞집 담을 넘어가 야단을 치는 것이었다. 앞집 여자와 해괴망칙한 싸움이 벌어졌을 때 손자 놈이 은행권을 구하느냐 할아비를 구하느냐 하는 위기일발에 할아비를 구하기 위하여 용감하게 담을 넘어가 이 기괴한 분쟁을 일거에 해결시키었다 한다. 얘기는 우습고 재미있으나 이런 것을 반드시 그대로 믿어야 하는 것도 모든 선의의 인사의 상식이 아닐 것이다. 나는 그대로 믿지 않았다.

그 후 어느 기회에 다른 실담(實談)을 들은 것이 있다. 나의 친구로 종로에서 장사를 꽤 얌전히 하는 이가 하나 있다. 한번은 내가 그의 상점에 들러 인사도 농담(弄談) 겸사,

"돈을 그렇게 급살이 끼도록 벌어 무엇 하노? 당신 편히 쉬는 날을 볼 수 없으니 귀찮은 줄도 모르오?"

술도 담배도 모르는 이 친구가 내게 다소 반응이 있었을 것이다.

"허허 지용! 모르시는 말이요. 돈이란 쓸 목적을 세워놓고 벌어서는 돈이 생기는 것이 아닙넨다. 거저 돈 자체가 좋아서 버는 맛이 좋읍넨다. 돈이 들어오는 대로 세는 맛과 철궤에 들이는 맛과 장부(帳簿)에 기입하는 맛과 말하자면 돈이 종이든지 은(銀)이든지 피부에 닿는 감각이란 말할 수 없이 황홀한 것입넨다."

하도 진실하게 또 경건하게 말하기를 미술품 애호가가 미술품에 대한 감각을 논의하듯 하므로 나는 도리어 엄혹한 압박감을 느끼어 남쪽 어느 수전노의 일화가 그리 중상적(中傷的) 유언(流言)이 아니라 철저한 현실적 근거에서 온 실화인 것을 알았다. 돈이 손가락 끝에 닿는 맛이 그렇게 좋을진대 알몸동아리 전체로 감촉되는 맛이 성욕(性慾) 이상에 강렬할 것이 무엇이 이해하기 어려우랴!

돈이란 이렇게 좋은 것으로 알고 나서 내가 첫 월급 백십오 원에 살림을 시작하였다. 아들 딸은 자꾸 생기고 월급은 오르지 않고 한번은 월급 이외에 따로 돈 버는 재주를 가진 교장을 보고,

"살기가 이렇게 어려운 줄을 미리 알았더면 구태여 대학이니 문과니 그만두고 소학교 졸업 정도로 사과장사라도 하였더라면

지금 이렇게 곤난을 겪지 않았을까 합니다."

교육보다 금리를 존중하는 교장에게 나의 감상적 후회담이 무슨 동정을 샀으랴? 그때 교장의 웃음이란 지금까지도 냉혹한 비소(鼻笑)로 기억에 사라지지 아니한다.

그 후 또 어느 기회에 대학이니 문과니보다는 사과장사 얘기를 나의 다른 친구의 아버지께 토로하였더니 그 어른도 역시 남쪽에서 웬만한 지주이었거니와 그 어른 말씀이,

"그것은 자네가 모르는 말일세. 애초에 돈을 벌 소질을 타고난 사람은 공부를 할 만한 조건이 구비하여도 공부보담은 돈을 벌 것이오, 애초에 공부를 하고야 말 소질을 타고난 사람이고 보면 공부를 못할 환경에서도 결국 공부를 하고야 마는 것일세."

나는 처음 들었던 지혜스러운 말씀으로 승복하였고 돈은 없어도 내가 시인 소리 듣는 것만으로 좋다고 생각하였다. 쬐그만 공자(孔子)처럼!

이리하여 생활은 점점 가혹하여지고 돈이 없이 주정(酒酊)이 늘고 미곡과 물자가 8·15 전후 점점 가속도로 결핍하여 갈 때 그대로 죽지 않고 있다. 돈에 대한 수전노의 감각이나 교장의 비소나 지주의 교훈이나 그러한 것쯤은 나도 일절 비소할 만한 때가 와 있다. 남조선에 돈이 지주나 교장이나 상공 기업가에 남아 있는 것이 아니라 돈이란 돈은 모조리 따로 몰리는 데가 있는 것을 본다. 나라와 인민은 쑥대밭이 될지언정 토지도 없이 기업도 없이 순연히 외제(外帝)를 낀 모리배의 손으로 돈이 모이는 것을 본다.

—《주간서울》(1948. 11. 15)

# 혈거축방(穴居逐放)

원고를 쓰려다가 책을 펴니 두 가지가 함께 제대로 될 리 없다. 담배에 자주 불을 켜대기에 신경이 초조하여진다. 앉았다 누웠다 종긋거려야 낮잠도 들지 아니한다. 만일 정식으로 실직을 한다면 이러한 태타(怠惰)가 실직의 초보적 질상(疾狀)일 것이다. 마누라와 단둘이 남아 있는 날, 마누라도 부지중 집에서 없어졌다. 간단한 빨래를 가지고 나갔을 것이다.

'이리 오너라' 소리도 없이 발소리도 없이 들어선 여인네 하나가 디딤돌까지에 올라서서 겨우,

"좀 여쭐 말씀이 있어서 왔습니다."

자동적으로 일어나지며 나는,

"네에." 하였다.

그 여인네는 나이는 우리와 근사할 것이나 마누라와 같이 주름살이 없다. 그 대신 딱 버러지고 얼굴은 검붉고 차림은 중류 이하나 더럽지 않고 말씨는 서울 바로 문밖 말이고 유창하다. 이이가 만일 시골 주막집 마누라라면 입이 험한 늙은 술꾼쯤은 '여편네 행락이 아니겠는데' 이런 언사를 들을 수도 있을까 한다.

그 여인네의 '여쭐 말씀'이란 사정은 대충 아래와 같다.

이북에 볶이어 살 수가 없어서 서울로 왔는데 방 한 칸 얻을 도리가 없고 날은 추워오고 영감과 열세 살짜리 딸 하나와 우선 잘 데를 구하다가 댁 문전 방공호(防空壕) 자리에 들어가 우선 자기나 하고 길거리에서 낮에 빈자떡 장수라도 해야 하겠다는 것이다. 집앞에 방공호가 있었던지를 이사 온 지 일 년이 넘어도 모르고 지났다. 방공호가 과연 있었던 것이 완전히 메워놓고 입구를 돌로 이를 맞춰놓았기에 내가 모르고 지난 것이다. 그러나 행길 하나 건너 산끝을 깎은 자리라 바로 우리 대문과 방공호 입구가 서로 맞보고 있다는 이유만으로서 방공호 개폐의 권한이 우리 집 대문 안에 있을 법이 없는 것이다. 허가가 아니라 위로로 좋으실 대로 하시라고 하였고 이왕이면 반장집과 이웃 몇몇 집에 양해나 통해 보고 흙을 파내라고 하였다. 그러나 그럴 까닭이 없다고 주장하는 것이 다만 우리 집 동향 대문이 결재한다는 이론이 서는 모양이다.

"우리 집에 비는 방이 있으면 거저라도 빌려드려야 하겠는데 보시다시피 방 셋에 식구는 많고 하니 매우 곤란하시겠습니다. 걱정 마시고 방공호 자리를 파내시지요."
하고 삽을 빌려 주었다.

"이북에서 사시기가 어떠하십데까?"

"말도 마십시오. 사철 부역에 공전(工錢) 한푼 아니 주고 농사도 장사도 못하게 합니다."

"생업은 무엇을 하셨습니까?"

"농사도 짓고 장사도 하였지요."

"사시던 집은 어떻게 하시고 오셨습니까?"

"내버리고 왔지오."

"인심은 어떻습니까?"

"인심은 그래도 이남이 낫지오. 이남에 오니 인심이 예전 같구 먼저 숨을 돌리겠습니다."

보아하니 이 여인네의 문화 정도가 그래 혈거생활을 해야만 할 것이 아니었다.

오후에 운동 부족적 증상으로 대문 밖을 나가보니 영감 내외와 어린 딸이 어떻게 억세게 파내었던지 방공호 안이 분벽(粉壁)이 되어 있다.

"밤에 주무시다가 위험하지 않으시겠어요?"

"괜찮습니다."

"춥지 않으시겠어요?"

"흙 속이라 괜찮습니다."

"깔기는 무엇을 까시나?"

"혼다다미를 깔지요."

"고생하십니다."

"말씀만이라도 고맙습니다. 덕택으로 삼동이라도 나겠습니다."

저녁때 동네가 시끄럽게 대문 앞에서 야단이 났다. 동네서 일어나 당장에 방공호를 다시 메워 놓으라는 것이요 영감 내외와 어린 딸이 곱절 노동속력으로 메우는 중이다. 이유는 방공호를 파 놓으면 나중에 문둥이들이 들어와 원거민(元居民)을 쫓아내고 저희들이 들어 동네가 문둥이촌이 된다는 것이다. 문둥이가 아니 오더라도 동네가 지저분하여져 못쓴다는 것이다. 동네 사람들의 마땅치 못한 언사가 내게로 들으라고 오는 것이다. 아침에 나갔다가 돌아온 큰아들놈까지 대문 안에 들어오기 전에 동네사람들과 한

통이 되어서 주책없이 떠들어댄다. 먼저 아들놈의 따귀를 주먹으로 갈기고 싶도록 화가 나고 무안하다.

"이놈아! 이리 들어오너라!"

아들놈을 불러들여 세워 놓고,

"이 못된 놈의 자식! 그 방공호가 우리 땅이냐? 왜 너도 한몫 거드는 것이냐?"

아들놈 탄압이야 문제없었다.

밤에 역시 전등이 켜지지 않았다. 원고도 쓸 수 없고 잠도 아니 오고 취할 수도 없고 답답하였다. 다시 영감 내외와 그의 어린 딸과를 생각하여 보면 이북에서 이남 인심을 찾아와서 다시 혈거(穴居)에서 축방(逐放)을 당하고 났으니 그들은 다시 또 어느 인심을 찾아 위도선(緯度線)을 넘어가야 하는 것일까? 원고는 쓸 수 없다 할지라도 원고의 구상만이라도 암흑 속에서라도 결어를 맺어야만 한다.

인심의 후박(厚朴)을 가리여 돌아다니는 것도 늙어서 고향이라고 찾아가는 것과 함께 그것이 봉건시대적 폐풍(弊風)의 하나이다. 토지와 생활과 근로를 완전히 인민으로서 획득한 후에 '인심'이 바로 서는 것이 아닐 수 없다. 동향 대문 때문에 내가 다소 관후(寬厚)하였느냐 반성될 때 나의  책임감 없는 '인심'이 저윽이 편편치 않아진다.

—《주간서울》(1948. 11. 29)

# 소와 코훌쩍이

소의 유용 가치를 새삼스럽게 논의할 맛이 없을까 하나 소라고 하는 가축은 뿔에서부터 발굽치에 이르기까지 살과 가죽은 그만두고라도 내장으로 들어 쓸개나, 배설물로 나와 분뇨까지 사대 삭신 육천 마디가 못쓸 데가 과연 하나 없는 것이다.

모질(毛質)만은 연의 짐승보다 열질(劣質)에 폐(廢)할 것이었는데 전쟁 중에는 일본인들이 이것까지도 이용하여 질기고 튼튼한 '국방복' 가음을 짜내어 그도 저의들 정분 좋은 놈들끼리 논아 입었던 것이다.

소에서 노력을 뺏고 영양을 뺏고 지방 약품을 뺏고 평화 산업과 군수 공업에 희생하고 공예와 비료로 쓰고 의복가음까지 만들어 냈으면 또 무엇이 소에 대한 불평이 있을 것인가?

마침 잊었으나 고래 민간요법에 소의 타액(唾液)을 무슨 약에 쓴다는 말이 있다. 어려서 고모집에 갔을 때 열네 살 짜리 고종사촌 누이가 학질(瘧疾)을 앓았다.

하루는 해 돋기 전에 아저씨가 사촌누이를 별안간 반작 안어다가 오양깐으로 옮겨 가서 사촌누이의 입을 소의 입에다 부비대었다. 사린(四隣)이 들리도록 아저씨는 큰 소리를 질러

"어허! 우리 문숙(文淑)이 소하고 입 맞췄네!"

누이는 한나절 울었다.

그래서 그랬던지 사촌누이의 학질이 떨어졌다.

조선의 '기니네'가 없는 무의촌에서는 소가 학질에도 유용한 것이었다.

이렇게 귀중한 가축이거니 근간에 들리는 바에 의하면 일본산 군마 삼천 두와 조선산 해태(海苔) 오백만 속에 일만 두와 연정 물물교환이 된다고 한다.

조선에 지금 소가 몇 마리 남어 있기에 말이다.

그도 해태만을 가지고 마두를 바꿀 수 있다면 식량 부족으로 곤난하다는 일본인들이 말을 연산 삼천 두씩 팔아 백미 대용으로 해태를 먹고살 수 있을까 하나 조선 남해에 작동(昨冬) 비상한 온기 때문에 해태가 무전(無前) 흉작이라 하니 해태 대신 조선 농우가 일본인의 입에 말려 들어갈 판이다. 조선에 부, 중, 빈농 통틀어 십삼 호에 소 일 두가 겨우 배당될까 말까 하는 현상에 일 두당의 경작 면적이 오정 팔단보가 된다 한다. 그러나 축우(畜牛) 총수 중에 유우(乳牛) 거우(車牛)가 약 반수가 될 것임으로, 현역 경우는 농우(農牛) 중에도 성우(成牛)만이 유자격자이므로, 성우 일 두당 경지면적이 십 정보가 넘게 되는 것이다.

이에서 연당 소 만 두를 일본에 보내고 군마 연당 삼천을 끌어온다면 경우가 경마로 여하한 수자로 개편될 수 있는 것이며 군마(軍馬)를 농마로 조종할 만한 기술 농민 조직의 개편이 다시 문제일까 한다. 농우 절멸 상태에서 농우를 팔아 일본 군마를 사 올 필요가 어데 있는 것이냐? 군마는 비기계화 군대에 필요한 것이요 경우는 비기계화 농촌에 필요한 것이다. 기계화 이전에서 조선은 군마 농우 양대 문제로 질식할 지경인데 농민 중의 농민이 인우(人牛)가 되어 농민 이하에 다시 인우적 신흥 계급이 대두할 징조가 심히 걱정이다.

나의 이야기가 어찌타 농업 경제 우국학자가 할 소리에까지 침범하였으나 다시 사촌 누이와 소의 강제 키스 이야기에 올라가 그때 사촌 누이 노발하여 통곡할 순간에 소도 저윽이 분개하였던지 그 큰머리를 흔들며 '식!' 소리와 함께 콧김과 코침을 뿌렸던 것이다.

소의 이러한 동작을 코 푸는 것으로 간주하여 무방하나 소가 발을 써서 코를 푼달 수야 없는 것이오 소가 코를 풀고 아니 푸는 것이 통히 또 전적으로 유용한 소의 본질 본체적인 것에 이러한 부수적인 동작이 이용후생(利用厚生)에 그래도 유용한 것이면 것이었지 유해할 리가 없다.

소의 코 푸는 것도 대우해야 한다.

사람은 웬만한 아이나 여자라도 손을 사용하여 능히 코를 푼다. 사람은 더욱이 여자가 소에 못지않게 머리끝에서 닭의 알 같은 발굼치에 이르기까지 통히 또 전적으로 필요할 뿐 아니라 버릴 데가 하나 없는 것이다. 더욱이 여자의 기능 정서와 동작의 미묘섬세(微妙纖細)에 들어서는 여간 소에 비교할 배 아니다.

여자가 소보다 확실히 정당하게 손을 사용하여 코를 푸는 동작을 갖는다.

유용 가치가 소 이상일 바에는 여자의 코 푸는 동작은 소의 그것보담은 더 우대할 만하지 아니한가?

그런데 겨울 추위에 들어 어떤 여자들은 흔히 대학생급의 여자들이 코를 푸는 것이 아니라 손을 쓰지 않고 들여마시는 것이

유행한다.

밥상을 들고 코를 마시는 것쯤은 마침 변명이 설 수 있겠으나

"선생님, 새해에 안녕하세요? 흐음! 훌적!"

비액(鼻液) 처치(處置)에 관한 동작이고 보니 코를 마시는 것도 일종의 코를 푸는 동작이랄 수도 있다.

그러나 이것은 소에도 없는 유해한 코 푸는 방법이 아닐까 한다.

비액이라고 하는 것은 뇌수의 피로물질의 배설물이라고 한다. 배설물을 들이마시고서야 위생에 해롭다 아니할 수 없다.

그럴 뿐 외라 이러한 동작을 청춘에 따르는 치태(稚態)라고 장려(獎勵)할 것은 아니라도 단불용서(斷不容恕)까지 갈 과오는 아니라고 할 수는 있으나 이러한 습관이 오뉴월(五六月) 더위 중에도 버리지 못하는 여자를 많이 대하는 것은 좋은 일이라 할 수 없다.

그러나 여자의 병사 원인이 코훌적이에서부터 시작되었다는 검진 작성서가 있었다는 것을 들은 적이 없으니 여자의 코훌적이를 사회문제화할 데까지 가지 않아도 좋을까 한다.

그런데 극단의 유물론자 중에는 사고 작용을 뇌수의 분비물 내지 배설 물질로 규정하는 파가 있다.

그러면 뇌수에서는 이종의 배설물, 즉 물질적인 비액과 정신적인 사고 두 개가 있는 것이 된다. 열악한 사고 체계는 그것이 고도의 영혼론자에서 나왔다 할지라도 이것이 사회적 표명이 될 때에는 열악한 사고가 추악한 배설물 이하에 해당할 것이 아닌가!

배설물을 여학생처럼 들이마시는 데서 더욱이 정신에 역축적(逆蓄積)되는 배설물의 해독이란 여하한 해독일까 걱정해 본 이가 있는가?

코훌적이 습관이 사상의 코 훌적이로 진전되어서야 쓰겠는

가?

여자는 고사하고 일류신사 사상적 코훌적이들이 신문사, 주필, 작가, 평론가, 교수, 종교가로 들어앉어서야 국론의 통일은 고사하고 나라가 코훌적이로 위태한 것이다.

철두철미 유용하고 필수적인 농우가 일본으로 연정(年定) 만두로 팔려 가는데 이 망국적 코훌적이들을 어느 병원에 입원시켜야 하는 것이냐!

회수(回收) 문제로 상정한, 포나파르트 나폴레옹의 쌘르 헤레나 도(島)보담은 낙원이리라, 동삼 석달에도 동백꽃이 붉은 대마도로나 수송할까?

—《새한민보》(1949. 2)

# 새 책 평
## — 안응렬(安應烈) 역 『뀌리 부인(夫人)』

『큐리 부인전』과 『뀌리 부인』이 일주일 선후하여 독서(讀書) 시장에 나왔다. 큐리와 뀌리가 다른 부인이 아니라 한사람인 것을 가뜩이나 38선 때문에 출판 독서 수용(需用)이 빈혈(貧血) 상태에서 신음하는 오늘날 역자나 출판사끼리 서로 어색하게 되고 불리하게 되었는가 한다.

신간 소개를 쓰는 나도 좀 어색하다. 그러나 누구 편을 드는 것은 아니다.

내사 일개 독자 이전에 먼저 청풍명월(淸風明月)이다. 누구의 책을 누가 번역했든지 아랑곳 있으랴. 누구의 번역이든지 실상 돈을 주고 사 보는 독자 대중 다수의 판단으로 옳게 잘 정확하게 재미있게 번역되었느냐 아니 되었느냐가 규정되는 것이다.

내가 무슨 맛으로 양개 역본(譯本)을 다 읽어야 할 부담을 지랴. 나는 『뀌리 부인』의 신간 소개를 쓰게 되고 다른 사람이 『큐리 부인전』에 대하여 쓰게 되었을 뿐이다.

역자(譯者) 안응렬 씨를 내가 잘 알고 20년 친구다. 안응렬 씨 하면 나는 먼저 그의 어학력(語學力)을 신뢰한다. 그는 가톨릭 신학교 출신이요 불어(佛語) 이전에 나전어(羅典語)의 기초가 튼튼하였으니 말하자면 벽초(碧初)의 한글 소설가가 먼저 한문의 토대가 만만치 않은 것과 같이 안응렬 씨의 불어에는 먼저 나전어의 미천이 지극히 유효하였던 것이요, 그의 불어는 역대 불란서 빠리쟝 영사(領事)들과의 가족적 생활 8년간의 이득인 것이다.

8·15 이후에 안 씨가 조선 어문에 급격하게 열렬하게 눈이 뜨이기 시작한 것을 내가 보았다.

노오트와 싸워 가며 조선 어문 공부에 밤낮 일몰하며 나와 만나면 문장 이야기 — 겸손하고 근면하기 짝이 없는 이 독실한 선비가 3, 4년 동안에 대작 「뀌리 부인」의 전역(全譯)을 다루되 일어(日語) 일구(一句) 그야말로 일사불란(一絲不亂)은커니와 천의무봉(天衣無縫)이다.

"신화(神話)와도 비슷한 이 전기(傳記)에 조그만치라도 꾸밈이 있다면 나는 죄스러움을 면하지 못할 것이다. 나는 확실하지 않은 삽화는 하나도 적지 아니하였다. 나는 중요한 말 구절은 하나 바꾸지 않았고 옷 빛깔 하나라도 생각해 내지 아니하였다. 사실 있는 그대로 말한 그대로를 적었을 뿐이다." — 원저자 에브 뀌리의 머리말 중의 안씨 역문의 일절

이 예문을 드는 이유는 위대한 여성 뀌리 부인의 전기를 쓴 정신과 태도와 또 그의 필치가 이럴 바에야 그 역문(譯文)의 태도도 이와 꼭 부합하고 필적(匹敵) 이상이어야만 하는 것이다.

역문이야말로 엄격 섬세 치밀 일자 일획의 자의를 단불용서(斷不容恕)하는 것이요 역자는 역문인 줄도 망각 상태에서 황홀 심취하게 되는 것이다.

안 씨 역본에서 나는 이를 보고 만열(滿悅)한 나머지에 이를 천

하에 소개한다. (을유문화사 간행, 정가 700원)

—《서울신문》(1949. 2. 23)

# 『뿌르조아의 인간상(人間像)』과 김동석(金東錫)

제가 지은 책에 제가 서문을 쓰되 지금 살아 있는 사람의 이름을 들어치는 사람을 나는 처음 보았다. 이 사람이 바로 김동석이다.

이런 까다롭고 괄괄한 문단인을 은퇴한 사람으로 김동인(金東仁)을 보았고, 신진(新進) 기예(氣銳)로 김동리를 보았다. 김성(金姓)에 '동(東)' 자 붙은 사람이 일가지간은 아닌 모양인데 성미가 같다고 본 사람이 본 사람이 또 하나 있다.

누가 옳고 글코를 떠지기 전에 나는 이들 김성에 동(東) 자 붙은 사람들이 문득 생각날 때 절로 웃음이 난다. 우스운 소리는 못하는 사람들이나 인간 자체가 웃음을 제공하는 사람들이다.

그러나 이 사람들은 같은 사람들이고 보고 마는 것은 그것은 인물평도 아니려니와 남을 보고 그 사람 참 호인이지라든지 그 사람 참 재분이 놀랍지라든지 한참 당년의 조선 문단 삼대 천재라든지 하는 따위의 화려한 사교 회화적 환담 이외에 아무것도 아니다. 교양 학식 논리 인품 취향 면에서 세 사람이 같지 않다.

김동석은 두 사람과 같지 않을 뿐만 아니라 이들에서 결별한지 오래였고 8·15 이후 조선의 문학평론으로 이 사람 혼자 독차지하여 오다시피 한 것이다. 주로 남녀학생 청년층에 이 사람의 포퓰리티는 대단한 것이다. 재주 있다는 말이 남을 가볍게 여기는 뜻으로 쓰는 말이 아니라면 김동석은 초학교 초년생으로부터 대학 졸업반까지 다시 30년 후 훨씬 넘어 현문단 현역 생활에 이르기까지 갈 데 없는 우등생이다. 우수한 문학사 중에 김동석이 NO.1이다.

원래 문학사란 존재가 사회와 문단에 나와 성적이 좋지 않은 예가 되었거니와 김동석은 위대한 8·15의 세계와 역사적 전환의 현실과 투쟁의 능동적 대동향으로 인하여 괴죄죄한 문학사의 버릇을 송두리째 탈피하고 생동하여 팔팔한 좌충우돌에 ○○○○○○하고도 여유(餘裕)작작(綽綽)한 문학사가 되어 버린 것이다. 그의 제1평론집 "예술과 생활"은 남녀 청년들이 교과서처럼 공부하는 것을 내가 안다. 이번에 다시 비평문을 거두어 제2평론집 "뿌르조아의 인간상"을 내었다. 돌아다니기도 잘하고 아내와 아들과 남달리 의가 좋고 남의 내외 부부싸움 화해에도 열성스럽고 적산가옥 쟁탈전에 ○○○○하고 미국 씨빌리안을 붙들고 민주주의의 주제를 걸고 이치에 맞지 않을 경우에는 단도직입적으로 정면공격을 하다가도 신경질 흥분 없이 자기가 스스로 엠파이어적 입장에 서고 마는 여력으로 들어앉어 공부하고 나와서는 원고를 판다. 몸도 뚱뚱해진다.

나는 이 사람을 잘  안다. 참 좋은 사람이다. 부질없이 몇몇 사람이 미움을 받는 모양이나 이 사람 하는 말이 "무척 많은 사람들이 나와 나의 책을 좋아하는데 그까짓 몇 놈이 미워하는 것쯤은 문제가 아니다." 하며 역시 자신이 있다.

"뿌르조아의 인간상"을 이제 유유히 내가 읽으려니와 기필코 좋은 책이려니 만천하 여러분 먼저 사서 읽으시압.

—《자유신문(自由新聞)》(1949. 2. 20)

# 약(弱)한 사람들의 강(强)한 노래

8·15 직후 태극기와 연합국기와 미(美) 진주군 병사가 방방곡곡에 범람할 무렵 나는 봉래교(蓬萊橋) 건너 어느 초소에서 흑인 병사와 잠깐 지나다가 입담(立談)한 기회를 가졌다. 지극히 달리는 영어 회화로—

"코리안 레디는 왜 긴 스카—트를 입소?"

"아메리카 레디의 짧은 스카—트는 보기에 숙녀답고 점잖은 미(美)를 보지 못하시오?"

실상은 속심에

"엣따나 꼬락서니하고 미는 무슨 미냐!" 하는 반발이었던 것이리라.

흑인 병사는

"노오! 노오! 긴 스카—트는 숙녀(淑女)의 미에 아조 나쁘오!"

구태여 이론 투쟁을 전개할 거리가 아니니 그대로 "꾿 빠이!" 하고 헤졌다.

그후 어느 때 모시인(某詩人)의 말이 어느 진보적 백인 씨빌리안과 이야기 중에 "흑인은 어덴지 모르게 가차워지기 어려운 느낌을 주는 이질적인 것을 가지고 있더라." 하였다가 그 백인 씨빌리안한테 책망을 톡톡이 당한 모양이었다.

"그게 무슨 소리오! 민주주의 세계인으로서 색의 황백흑을 가리어 무엇하오? 친구, 그릇된 생각 버리시오!" 하더라는 것이었다.

나는 역시 그렇던가 했을 뿐이오 별로 감동이 없었다.

그후 내가 인천(仁川)에 볼일이 있어 갔을 때 길에서 술이 취한 흑인 해병을 만나

"여보시오 조선 신사, 도화동(遊廓)을 어데로 갑니까?" 하며 연상 허리를 굽혀 가며 황인이 백인에 대하듯 쩔쩔 매기에

"당신은 미국 신사가 아니시오?"

"노오! 노오! 나는 옐로(黑人의 別名)요! 옐로요!"

"당신은 어데서 나셨오?"

"아메리카에서 낳지요."

"그러면 당신은 옐로가 아니라 훌륭한 미국 시민이요 진정한 아메리칸이시외다"

"데이 세이 쏘. (남들이 그렇다고 하지요.)"

그러더니 별안간 길에서 탭 딴쓰를 하며 보기에 난처한 자포자기적 꽤사짓을 하는 것이었다.

나는 생각하기를 백인은 상륙 후에 우리를 '토인'으로 여기지 않나 하였는데 흑인은 진주 지역의 원거민(原居人)에게도 하등의 자존심이 없는 것이로구나 하였다.

말하자면 나는 이때껏 흑인과 단문답은 일,이차 있었으나 그들의 정신에 접촉한 적이 절무(絶無)하였던 것이요 또는 접촉하고져 하는 노력도 사양하였던 것이다. 심히 고루하게도!

이렇던 차에 나의 사랑하는 시인 김종욱(金宗郁)이 번역한 흑인 시집 『강(强)한 사람들』을 읽게 되었다.

흑인의 역사가 어떠니 현상이 어떠니 백인과의 두뇌와 지능의 차이가 어떠니를 내 주제에 논의하여 무엇하랴! 나는 시집 『강한 사람들』을 통하여 흑인과 흑인의 정신과 흑인의 문명 비판과 흑인의 의식과 투쟁과 비애와 울분을 단적으로 체감하였다.

흑인 계열에 우수한 시인들이 있구나! 흑인에서 째쓰만이 나올 까닭이 있느냐!

"어찌하여 흑인의 시가 좋으냐?"를 회의하는 자는 차라리 "어찌하여서 우리가 인민(人民)이냐!" 질문하라.

당래(當來)할 세대에 흑인이 아메리카를 지배한다고 혹시 망상(妄想)하는 자가 있다면 그도 낡은 세기의 중독(中毒)인 일종의 파시즘적 광인의 예언이다.

당래할 아메리카는 아메리카 인민의 것이고 보면 아메리카에 막대한 인민 흑인도 있는 것을 황홀히 감동해야만 한다.

당래할 세대에 향하여 황홀한 감동이 없이 어찌 흑인의 인민시를 이해할 수 있으며 더욱이 조선의 인민시를 알아 낼 수 있을까 보냐?

먼저 인민으로서 진솔하여야만 시를 안다.

—《새한민보》(1949. 3)

# 사교춤과 훈장

남자 중에도 우리 같은 남자는 술이나 취하기 전에는 춤을 출 수가 없다. 무용 예술이라는 춤이 아니라 보통 장판방 춤 말이다. 원시 무용 이전 무용 정도의 춤은 술이 머리끝에서 발꿈치까지 완전히 유통만 되면 장판방 대청마루 위에서는 종일 할 자신이 있다.

그런데 여자들 중에도 젊은 여자들은 술은 고사하고 커피에도 취하지 않고 춤을 추기를 좋아한다. 여자가 훈장을 찬 것을 외국 왕실의 여자가 정장한 사진으로 보았고 조선서는 구황궁 황후 왕비가 몽고 유풍의 정장에다 서양적 휘황한 훈장을 찬 것을 어려서 역시 사진으로 보았을 뿐이다. 기타의 조선 여자가 훈장을 찬 것을 그 많던 친일파 여자들에서도 보지 못하였다. 그러나 한 개씩 채우는 문호를 열기만 하였더라면 금시계 보석반지를 모조리 바치고라도 훈장 한 개로 바꾸었을 것은 틀림없었을 것이다. 사치가 허영이라면 훈장 이상으로 허영을 채울 거리가 없었을까 하며 여자가 사치를 싫어하는 예는 없어서 그러한 이유 외에는 없는 것일까 한다. 그러나 실제로 훈장 차기를 좋아하는 여자를 본 적이 없었으니 그것은 훈장적 본능이 없어서 그런 것이 아니라 애초에 체관적 단념으로 그러했던 것일까 한다. 그러니 춤추기 좋아하는 여자는 훈장을 욕망하는 여자보다는 비교할 수 없이 천문학적 숫자 이상으로 많은 것이다.

여학교에서 무슨 발표회니 친목회니 하며 후딱하면 무대에 올라가 춤을 춘다. 같은 스무 살이면 남자 스무 살이 여자 스무 살보다 훨씬 부끄럼성이 많은 것을 간파할 수 있는 것이다. 그뿐 아니라 여자는 분장하기를 더욱이 남자로 변장하기를 좋아한다. 여학교에서 너도나도 연극하기를 좋아하는 것이 특별이 감각과 예술의 소질이 남자보담 우수하여서 그러한 것이 아니었다. 무슨 이유가 반드시 있는 것이다. 여자 대학에서 연구 발표라면 반드시 연예발표로 혼란되고 마는 것을 보아왔다. 처음에 한번은 연예발표로 혼동되는 연구 발표 때문에 문과가 시끄러워 귀찮기에 이를 비난하고 또 탄압할 의사를 가졌더니,

"선생님 남녀 동등권 시대에 여자대학에서 하는 연구 발표회에 대하여 왜 봉건적 탄압을 하시는 것입니까?"

"얘야, 남자로서 죽지 못해 너희들 여자 틈에 끼어 살자는데 남녀동등권이고 부부동등권이고 있을게 무어냐. 그러니까 이제부터 탄압이다."

그 후로 두고두고 보아하니 내가 이해성이 늦었던 것이 알아졌다.

워낙 남자 본위로 구성된 사회에서 본능과 충동과 욕구의 차이가 남녀가 그렇게 있을 게 아니고 보니 여자도 남자와 같이 자유분방하기가 원인이다.

그런데 일례를 훈장으로 들어 말할지라도 여자도 훈장을 찰 수 있는 국가 사회적 인민 영웅의 권리가 아주 거세되고 단념한

나머지에 웅혼한 정치 본능이 현란한 감각 본능으로 변질하여 그리하여 부지중 춤추기를 좋아하는 일례를 볼 수 있는 것이다. 신이 나도록 자유로울 수 있는 순간이 이 순간 이상 없는 것이다. 담배를 먹여 꼴불견일 것이요, 술을 먹여 남자 이상 해괴망측하게 미칠 것이라 춤에 한하여 제멋대로 해방할 만한 것이다.

가엾어라 우리 마누라는 춤을 출 기회가 한번도 없이 늙어 버렸다. 춤이 먼저 여자 해방의 길로 중요성이 있는 것이다. 그런데 열 살 전후의 장난꾸러기 남자 아이들은 하는 것이 무비(無非) 죽을 짓인 것이다. 낭떠러지 가장자리 되뚝 서기, 나무에 올라가 달음질치기, 가로에서 팽이치기, 지붕에서 뛰뛰기, 해동 무렵에 얼음지치기, 울타리 거적 밑에서 불장난, 픗살구 따먹기 등등 이런 아이들은 종일 하는 짓이 죽을 짓이건만 용하게도 죽지 않고 살아서 늙었다. 예를 들면 나와 같은 아이가 용하게도 아직까지는 죽지 않고 늙어 간다.

열 살 전후의 여자 아이는 별로 죽을 짓을 하지 않는다. 스무 살 전후에 맹렬하게 죽을 짓을 한다. 죽을 짓이 가지가 남자보다 지극히 단순하고 적기는 하지만 한번이면 죽을 짓을 한다. 역시 춤추기 좋아하는 충동적 본능이 그의 하나이다. 내가 허여하고 다소 장려하기는 학교 무대이었건만 무대를 전연 다른 데로 돌리는 것이다. 외인이나 모리배나 도색 유희자의 파티에 나가서 폭약 위에서 춤을 추는 것이다.

사춘기간 중의 처녀의 육체라는 것은 사지백체가 간지럼 타지 않는 부분이 없는 것이다. 고통 중에 무엇이 참기 어렵지 않은 게 있을까마는 제일가는 고통은 여자의 산아 고통, 형벌 중의 화형 고통, 병중의 치통이 3대 고통이라는 말이 있다. 간지럼도 심하고 보면 사지백체가 진감되는 일종의 고문에 가까운 것이나 그러나 이것은 최대 희극 이상의 웃음으로 당할 수 있는 고문이라 당하기 그다지 원통할 게 아니요, 청소녀기의 어떤 여자들은 저열하게도 자진하여서 억센 손의 우스워 죽을 간지럼의 고문 받기를 원하는 경향도 있는 것이다. 강아지처럼 희살대며 남자들 틈에 섞이기를 좋아하는 여자가 대개 그러하다. 사지백체가 무비 간지럼 타는 기관인 것을 구태여 동물적 저열한 생리 감각적 경향으로 돌릴 것이 아니라 이런 점에서 조물주의 현묘한 섭리를 발견할 수 있는 것이다. 청소녀기의 처녀성을 완미하게 보호방비할 수 있도록 된 것이다. 경건하고 근신하는 처녀의 저고리 두루막 위로라도 손가락으로 직신하여 보라. 전지에 접촉이나 한 듯이 질겁을 하지 않던가? 이것이 바로 처녀인 것이다.

인류 중에 여자 보고 더욱이 처녀를 아름답다 여겨주며 아낀 사람이 인류 중에 남자 이외에 없기 때문에 남자 중에는 못된 네브카드네살[1]의 병대(兵隊)로부터 처녀를 보호 방비하기 위하여 더욱이 처녀 자신이 처녀 보호의 유일한 책임자이기에 이러한 민감한 생리적 무장이 부여된 것이다. 이러한 미묘한 무장을 처녀가 완전히 성장하고 급기야 일조 정정당한 유사 지시에 일거에 해제되도록 조물주와 인류의 경륜이 도덕화된 것이다. 자진하여 간지럼타는 기회를 갈망하는 여자가 처녀 파괴의 네브카드네살의 병대와 우군을 조직한다는 것은 다른 게 아니라 모리배와 외인과 도

1 네부카드네자르(Nebuchadnezzar, B. C. 605~562 재위). 옛 바빌로니아의 왕으로, 재위 기간 중 대규모 건축 사업을 일으켰고 예루살렘을 침공했다. 세계 7대 불가사의의 하나로 꼽히는 바빌론의 공중정원은 그의 사업이었다. 다른 민족을 정복하고 억압했으며, 성전을 약탈하고 불태웠기 때문에 이교도 폭군의 완벽한 전형으로 기억되었다.

색유희자의 댄싱파티에 나간다는 것이다. 요새 나가서 밤을 샌다는 것은 밤 열 시를 지나기만 하면 무난히 밤을 새는 것이다. 거기다 원숭이 새끼처럼 참참이 양주를 홀짝홀짝 마셔가며 간지럼 잘 타는 미묘한 생리를 흠하고 간교한 나마자 몸의 손아귀와 기타 체구에 맡기는 결과가 대체 어떠한 결과이겠는가 상상하기가 어려운 것일까?

사교춤이라는 것이 본래 서양에서 생긴 것이요 이를 조선에 옮기기는 침략자 일본놈이 한 것이다. 8·15가 오자 사교춤이 이중(二重) 수입이 아니라 본격적 직수입이 되었다. 미 진주군이 들어오자 제일차 첫 사업이 친일파 모리배의 손으로 된 것이 댄스홀이었다. 직업적 비생산 무산계급의 젊은 공작이새끼들은 그도 입장자가 엄중히 제한된 댄스홀에 모였거니와 일부 불량 여하가생 유한마담들이 모이는 곳은 따로 비밀이 소위 적산가옥이다. 소위 양갓집인 모양이다. 진정한 애국 여성들이라고 간지럼을 아니 탈 리가 있으랴마는 모이는 곳이 도색유희장 댄싱 파티나 퇴폐한 연기와 음탕한 공기층이 아닌 것만은 절대로 보증할 수 있다. 간지럼 전략을 미묘하게 기술화한 것이 대체로 사교춤이라고 보아서 잘못이 아닐 것이다.

사교춤도 이따위 계급에서 탈환해야 한다. 누가 추어야만 옳은 춤이 되는고 하니 진정한 생산자 노동자와 농민과 인민에 봉사하는 군인과 학생이 추어야 하는 것이다. 근로 자체가 최대의 문화와 예술의 원동력이 되고 법열 상태가 되도록 합치, 경제기구가 완전히 민족화될 이상국이 아니라 진정한 민주주의 조국의 무수한 청춘과 영웅과 선수들을 위해서만 사교춤이 근로와 건국의 진정한 기술의 일부가 되는 것이다.

그러고 보면 훈장도 자본주의 제국주의 국가에서처럼 무실한 침략전쟁을 일으키는 군인이나 그들을 주구로 사용하는 최대급의 착취계급이나 그들의 문화역군인 박사가 받는 것이 아니라 또는 화장과 낭비 이외에 봉사하는 일이 없는 최대급의 유한마담이 차는 것이 아니라 여자도 누구든지 받게 된다. 어떠한 여자가 받는고 하니 가령 예를 들면 근로와 기술에 있어서 또는 진지한 모성적 사랑으로서 민주주의 국가에 이바지하는 여자라면 누구든지 찬란한 훈장이 조국과 민족의 이름으로 채워지고야 만다. 한일 없이 늙은이가 훈장이 될 말이냐. 언제 배웠다고 사교춤을 추느냐. 장판방 술 취한 춤이 훈련원 마당춤으로 술이 아니 취하고 얼씨구 덩실 못 춰 볼 게 무엇이냐!

—《신여원(新女苑)》(1949. 3), 25~28쪽

# 어린이와 돈

프랑스에 유명한 '작은 테레샤'라는 분이 계시었다. 제1차 대전 전에 파리 카르멜 수녀원에서 스물네 살로 이 세상 나이를 마친 수녀이시었다. 열 다섯 살에 수녀원에 들어가셨지만 본래 파리에서 상당한 보석상을 하시던 아버님의 딸이시었다.

성녀 작은 테레샤는 어려서부터 어떻게 착하고 총명하고 경건하였던지 아버님 어머님의 대단한 사랑을 받으시었다. 어려서부터 보통 아이에 지나치게 총명하여서 여간해야 남에게 속지 않으셨다 한다. 네 살 적에 한번은 그의 아버님이 하도 총명한 어린 딸을 시험해 보기 위하여,

"너 땅에다 머리를 굽히고 입술에 흙을 붙이고 일어서면 아버지가 돈을 많이 주마."

하시었다. 작은 테레샤는 성이 나서 단연코 아버지의 시험하시는 말씀을 거부하셨다. 물론 아버님도 딸이 구태여 흙에다 입술을 붙여 가며 돈을 얻기를 바란 것이 아니고 어린 딸의 기상이 어떠한가를 보려고 한 것이었으나 어린 딸의 늠늠한 기상을 보고 매우 만족하시고 기뻐하신 것이다. 어려서부터 이러한 높고 깨끗한 기상을 갖춘 작은 테레샤는 스물네 살에 과연 거룩한 성녀로 이 세

상을 떠나신 것이었다.

그러나 나는 그때 그 아버지의 하신 일을 따님과 같이 쓸데없이 한 짓으로 볼 수 없어 한다. 만일 그때 네 살 된 어린 따님이 아버지의 명령대로 하셨다면 어떠하였을까 생각해 볼 만한 일일까 한다. 아버님은 크게 실망하시고 분해하시고 어린 딸을 다소 노여워하셨을 것이다. 돈이 좋은 것이라고 만들어 놓은 것은 모두 어른들이 하여 놓은 것이다. 세상에 모든 어린이가 돈을 좋아하게 된 것은 어른들이 하여 놓은 잘못 지도한 것이 아닐 수 없다.

그리하여 놓고 왜 어린 테레샤를 시험하여 본 것일까? 이 세상에는 성녀 작은 테레샤 같으신 분은 매우 수가 적고 혹시 몰라 돈을 바라고 입술을 대일 네 살짜리 어린이들이 훨씬 많을 것이다. 그렇다면 몰라서 성인 성녀가 못될 이런 어린이들은 모두 몹쓸 것인가를 생각해 보아야 한다. 성인 성녀는 몇 분에 그치는 것이요 보통 어린이들도 자라서 모두 훌륭한 사람이 되는 것이다. 그러니까 애초에 어른들이 돈을 표준하여 만들은 사회에서 어린이들도 보기에 가엽은 짓을 하게 되는 것이요, 심하면 남의 돈을 훔치기까지 하게 되는 것이다. 그렇다면 동 그 물건이 나쁘고 더러운 것은 아니다. 전기와 수도와 일용잡화 등속이 반드시 사람의 생활에 필요하듯이 돈도 필요한 것에 틀림없는 것이다. 돈이 그렇게 좋은 것도 아니요 그렇게 더러운 것도 아니요 적당히 필요한 것이므로 어린이가 철이 나려고 할 때부터 돈에 대한 지혜와 옳은 도리를 배우게 할 것이다.

돈을 무조건하고 더러운 것이라고 가르치거나 제일 좋은 것으로 알게 하는 교육에서 비참한 어른들의 사회가 되는 것이다.

서양 문화국의 좋은 가정에서는 아버지 어머니가 아무리 어린 딸이 귀엽다고 해서 돈을 거저 주는 법이 없다고 한다. 마당을 쓸리우든지 방을 치우고 반드시 그 보수로 돈을 준다고 한다. 일을 하여 돈을 받고 돈으로 먹고 입고 사는 것을 알게 하는 것이라고 생각한다.

그러면 서양 문화국의 좋다는 가정에서 귀여운 아들딸에게 집안일을 시키고 돈을 준다는 것이 거저 돈을 주어 까먹게 하는 것보다 좋을까도 싶으니 그렇게 한다면 돈을 반드시 보아야만 일을 하게 되고 돈 없이는 집안일도 못시킬 염려가 있지 않을까?

그렇게 자란 문화국의 아이들이란 극단가는 개인주의자로 늙을 염려가 있지 않을까? 이러나저러나 돈이라면 어려서부터 약아빠져 깍쟁이가 될 염려가 있다. 그러니까 가장 이상적인 돈과 어린이의 관계를 적어도 소학생 시절까지는 아주 가깝게 만들지 않도록 하는 것이 상책일까 한다.

교과서 학용품 값 월사금 입학금 후원회비 따위 문제로 일체 어린이의 머리와 가슴을 조리게 하고 괴롭게 굴지 않을 만한 어른의 사회가 먼저 서야 하겠다.

아이들이 돈을 자랑하고 돈 때문에 눈이 퉁퉁 부어야 하는 꼴을 지금 우리나라에서 본다. 소학생이 해가 지기 전부터 밤이 늦도록 "내일 아침 신문 삽시요, 삽시요." 하고 비참한 소리를 지르며 달음질을 쳐야 하는 것이 어찌 이마에 땀을 흘려 일하고 먹어라 하는 성경 말씀에 맞는 것이 되느냐?

성경에 이르기를 "이마에 땀을 흘려 일하고 먹어라." 하셨다. 우리나라에서는 아직도 어떻게 나쁜 풍속이 남아 있는지 정월 초하룻날 세뱃돈이라는 것이 있다. 어린이들 세배를 받고 즉시 돈을 준다. 으레히 받을 작정으로 세배를 한다. 아아, 이것이 흙에 입술을 붙이고 돈을 받는 것과 조금도 다를 것인가?

이렇게 자란 어린이들이 자라서 돈이라면 무슨 짓이라든지 하지 않을지 어떻게 보증하겠는가? 돈을 한 푼이라도 절을 하고 비굴한 짓을 하여 얻을 것이 절대 아니니다. 제 손발로 일을 아니하고 남의 덕분에 살기 좋아하는 어른이나 어린이일수록 돈을 제일 좋아하는 것이다. 생각만 해도 실큼한 일이다.

—《소학생(小學生)》(1949. 5), 6~7쪽

# 반성할 중대한 자료
## — 특히 선생님들에게 드리는 말씀

아협(兒協)에서 하는 사업 중에 제일 유익하고 재미있는 일이 해마다 현상으로 어린이들의 작문과 동요와 동시를 모집하는 것이다. 나도 첫해부터 여러 선생님들과 함께 선자(選者) 축에 끼여 온 것을 명예롭게 생각한다. 해마다 죽순이 돋아 오르듯 하는 어린 소년 소녀들의 싹이 좋고 기상이 놀라운 성실과 재주를 볼 때 당선된 어린이들보다 이러한 어린이들과 그들의 글을 발견한 우리가 도리어 더 기쁘기가 첫아들을 낳은 아버지와 같고 또는 거꾸로 사오십이 되어도 소학교 때 반장노릇 하듯이 신이 나기도 한다. 8·15 이후에 기역 니은을 새로 배워 이만한 성적을 보는 것이 기쁘지 않다면 대체 무슨 좋은 꼴을 볼 수 있느냐 말이다.

국민 교육에 과학적 교육이 토대가 되는 것이 물론 중요한 일이다. 과학적 교육의 토대에 더 기초적 교육이 우리의 말글이 되는 것이니 말글의 교육 그 자체가 과학 교육 이상의 과학적 교육이 아니되면 안되는 것이나 과학 교육과 고학식 교육을 달리 생각하여 볼 때 소학교 교육에 있어서 말글의 교육은 과학적 교육이 되어야 하고 또 모든 과학적 교육 중에 가장 기초가 되고 중요한 것이 말글의 과학적 교육이 아닐 수 없는 것이다. 말글의 과학적 방법적 교육에 신념을 갖고 열의와 부지런을 계속할 때 우리는 그 효과의 일부 중에도 꽃과 같이 아름다운 열매를 어린이들의 예술적 표현인 작문과 동요와 동시에서 얻어서 이것을 과학 교육의 승리로 돌리고 안심할 만한 것이다.

우리는 어린이들을 가르치어 위대한 어른들을 만들 수 있는 것을 믿어야 한다. 다만 어린들의 소질과 천재에 방임하는 태도를 버리고 과학적 교육의 방법으로써 어린이의 소질과 천재를 남김없이 발양시킬 수 있다는 신념을 가질 수밖에 없는 것이다. 여태까지 우리는 소학생의 작문과 더욱이 중요한 동시를 신문 잡지 단행본의 사회적 영향에서 다분히 얻어 온 것이었다. 바로 말하면 어린이들의 조숙한 과외서적 탐독벽에서 문학소년이 되고 문학청년으로 자라서 동요시인이 되고 기껏 소년소녀문학자가 되어버리는 것을 보아 왔다. 이러한 길을 밟아 온 어른들의 영향을 다시 받는 어린이들이 대체 어떠한 어른 문학자가 될 것인가를 항시 교육적 위치에서 반성해야만 한다.

이번 4회 현상작품을 고르고 고르고 한 나머지에 우리는 이러한 공통한 결론을 얻은 것이었다.

'동요의 수준은 높아가는데 작문의 성적은 해마다 내려간다.'

선자 선생들의 채점이 거진 일치하였고 선후 감상이 일치하였다. 동요만 성적이 좋다고 기뻐할 수 없는 노릇이요, 동요가 성적이 좋다고 당선된 어린이들이 자라서 모두 시인이 된다고 할 수도 없는 일이고 보니 작문 성적이 해마다 내려가는 것이 걱정거린 것을 알아야 한다. 이러한 현상에도 반드시 원인이 있는 것이다.

동요의 성적이 좋다는 것은 재래로 어린이의 자연발생적 충동적 표현에서 우연한 성적이겠고 작문 성적이 내려가는 것은 국민학교의 말글 교육과 표현 훈련과 기타 종합적 교육 일반의 반성 거리가 아닐 수 없는 것이다. 불과 몇몇 어린이의 작품에서 뽑은 것이 아니라 수천 어린이들의 작품에서 엄선한 것이 이러하니 이것을 일개 아협(兒協)에서 발견한 것이라고 볼 것이 아니라 아동 교육의 사회적 위치에서 논란할 반성의 중대한 재료가 되어야 할 것이다.

제1회 때 특등 당선인 이문용 군의 「그리웠던 고국」과 재작년도 특등 당선인 김종걸 군의 「나의 발견장」과 같은 것이 다시는 볼 수 없었다. 그 아이들을 천재라고 추킬 것이 아니라 그다음 아이들은 모두 머리가 과연 나빠진 것인가를 생각하여야 할 것이다. 이러한 사정은 국민학교 선생님들이 우리보다 중대한 관심을 가지시고 그 원인을 철저히 밝혀 주셔야 하겠다. 그리고 이런 작문들에는 전에 볼 수 없었던 어린이들에게서 보아서는 안 될 암담하고 슬픈 기록을 많이 보았다. 「후원회비」, 「아버지를 찾아서」, 「새책」, 「세금과 어머니」 등은 거저 잘된 작문이니 점수를 많이 주어야 한다는 것은 거저 사무적 태도밖에 아니다. 과연 어린이들이 이러한 부자연하고 음울한 환경의 기록을 제공하게 된 사정을 민족과 사회적 위치에서 지적하고 비판하고 반성하여야 한다.

예전에는 항간에 도는 동요와 민요로 민심과 세태를 살폈다고 한다. 우리는 이렇게 절실하고 긴급한 아동들의 현실과 사태의 호소를 거저 채집으로 통과시키기에는 너무도 비통한 사정이다. 당선 동요 동시 작품에서는 볼 수 없는 현상을 작문에서 보았다.

국민학교 선생님들의 작문 과정 지도로서 이러한 기현상의 생활기록을 보게 된 것이 아니다. 맞춤법과 말글 읽기가 잘못되었다면 가장 초보적 책임을 선생님들께 돌릴 수는 없지 않겠으나 작문에 나타난 어린이들의 겪어야 하는 생활기록 자체는 결코 선생님들이 지도하신 것이 아닌 것이고 보면 작문 교육 자체도 선생님들이 책임지신 것이 아닌 한개의 자연 발생적 현상이 되고 만다. 그러니까 동요 동시뿐만 아니라 작문 교육도 학교에서 하등의 책임도 지지 않았다는 것이 되고 만다. 우리는 전력을 다하여 명년도에는 이러한 현상을 극복한 성적을 현상 아동 작품 성적에서 단적으로 구체적으로 보도록 위정자와 교육가와 사회인과 민족으로서 초인적 노력을 하여야 하겠다.

—《소학생》(1949. 7), 18~19쪽

# 이태준에게
## — 자유의 사람 되라

일제 질곡 벗어난 8·15 이후 자네가 꼭 좌익 소설가가 되고 싶었다면 좌익은 어디서 못하겠기에 좌익 지대에 가서 좌익 노릇을 하는 게 맛있단 말인가. 이왕이면 멀리 모스크바에 남아서 좌익은 아니되겠던가. 자네 좌익은 내 믿기 어렵거니와 자네 친소(親蘇) 기행문 때문에 민족 문학의 좌우 과정이 참담해진 책임은 져야 하네. 38선이 장벽이 아니라 자네의 월북이 바로 분열이 되고 말았네.

—《자유신문》(949. 12. 6)

# 작가(作家)를 지망(志望)하는 학생(學生)에게

애초에 작가 지원자라는 것은 없는 것이다. 가령 소학(小學)을 마치고 중학(中學)에 입학해서 비교적 조숙한 학생 같으면 2, 3학년부터 일반 독서력이 왕성해 간다. 특히 문예, 문학이 이 세상에 있다는 것을 발견할 것이다.

그때는 벌써 그들은 그 방향에 따라 독서를 촉진시키는 경향이 생긴다. 만일 그때 그 독서적 경향만으로 작가가 되겠다고 하면 그건 너무 조숙하고 터무니없는 계획일 것이며 자연스럽지 않다.

그러나 보통학과(普通學課)와 학식이 자꾸 축적되어 나가는 중에 문학 예술적 충동이 왕성하면 왕성해질수록 억제할 수 없이 부지중 시나 산문에 붓을 들 수 있겠지. 동시에 이때는 벌써 그대들은 아름다운 청춘의 포도주를 마시고 있는 것이니 이때 유의하여야 할 것은 그대들은 이미 인생의 위험기에 제일보를 들어서고 있다는 것이다.

세상에 문학작품의 애독자로서 청춘의 황홀한 환상에 빠지지 않은 사람이 어데 있겠는가? 그러나 그때부터 작가와 독자의 구별은 차차 운명적으로 결정되어 가는 분기점이 된다.

소질이란 천재다.

그 아이가 작가적 소질이 나타난다고 하면 벌써 운명적으로 나타난 작가적 천재적 소질인 것이다. 그때부터 엄격하고 세밀하고 친절한 지도자가 필요하게 된다, 그 지도자는 그대들을 특별히 가르치는 교사가 되는 것이 아니라, 그대들의 천재와 소질을 신중하게 또 서서히 유도하게 되는 이른바 기르는 사람이 될 것이다.

거듭 말하거니와 작가는 벌써 천재인 것이다. 그대의 천재에 대하여 겸손하고 경건한 걸음을 걷기 시작해라, 유유히 흘러가는 그대의 청춘은 다분히 그대에게 시간을 주느니라. 그 시간 동안에 부지런하라 탐구하라 생활하라. 다음은 그대가 알아서 할 것이지 내가 무슨 말을 또 하겠느냐.

그대가 시인일 수 있겠거든 20 전후에 서정시에 발화하라.

만일 그대가 소설가 혹은 극작가일 수 있겠거든 25세 전에는 제작에 손도 대지 마라, 그때부터 연습하여라, 무엇이 늦어 초조하겠느냐 30에 시험 삼아 발표하여 보아라 그대가 과연 천재고 옳은 길을 걸어왔다면 엠파이어는 스사로 독자 대중이니라.

독서의 범위를 문예작품만에 탐닉하지 마라, 이런 책 이런 책을 보라고 지적하지는 않는다. 보통 상식인이 읽어야 할 모든 부분의 서적을 충실히 읽기에 게을리마라.

시인과 작가는 기악가(器樂家)가 가져야 하는 악기가 필요한 것이 아니다. 다만 절대의 무기가 있느니라. 모어(母語)와 외어(外語)의 공부에 대하여 수험생처럼 유유하게 인색하라.

—《학생월보》2권 2호(1950. 2)

# 월파(月坡)와 시집 『망향(望鄕)』

"여보게 월파(月坡) 호(號) 가지고 행세가 되겠는가, 고치세."

"아니다. 은사(恩師)가 불러 주신 호(號)로세."

월파, 월파, 불러 익고 보니 이제 기명(妓名) 같지는 않게 되었다.

이 사람 자기 신변(身邊)에 대하여 표범같이 소심(小心)하지마는 이구훼예(異口毁譽)에는 초연(超然)한 indifferentist다!

이리하여 문단과 인연을 끊고 사는 시인 김상용(金尙鎔)이 하나 있다. 애초 시작을 잘한 — 이런 점에서 나보다 총명(聰明)한 셈이 되었다.

……

……

강냉이가 익걸랑

함께 와 자셔도 좋오

왜 사냐건

웃지요

'록 들라임잉'에 개동미명(開東未明)에 장작패기, 밤새워 마시고 내처 냉수마찰(冷水磨擦)에 가방을 들고 기를 쓰고 애기릉 고개 넘어 다니기 이십 년만에 월파가 해방을 만나 조금 살게 되었다.

도지사(道知事) 시인에 영국인(英國人) 모리배(謀利輩)에 별별 별명을 다 듣고도 똥똥하게 돌아다녔다.

적치(敵治) 극악기(極惡期)에 들어 한번 고(故) 여몽양(呂夢陽)이 월파 꽃가게에 들렀다가

"꽃 뒤에 숨는 법도 있구료!"

……

넓적 무투룩한 쇠쪼각 너 팽이야
괴로움을 네 희열(喜悅)로
꽃밭을 갈고
물러와 너는 담뒤에 숨었다.
……

어떤 날 아침 월파는 냉수마찰을 마치고 덤비기에

"월파 육덕(肉德)이 장창(長槍)이 아니라 비수(匕首)로구나. 넘어지면 흙 한 줌 될 몸둥아리 그렇게 식전마다 문질러 무얼 하나."

"이래야만 기분이 좋아이."

"그것도 정신불통일(精神不統一)의 하나이다."

……

오고가고 나그네 일이오
그대완 잠시
동행이 되고

……

낭만파(浪漫派) 주지파(主知派)라는 게 있으니 이왕이면 비수파(匕首派)라는 것도 있을 만하지 않은가?

……

깜박이는 두셋 등장 아래엔
무슨 단란(團欒)의 실마리가 풀리는지……
별이 없어 더 설어운
포구(浦口)의 밤이 샌다.

"망향(望鄕)" 3판을 월파 제1시집(第一詩集)이라고 아주 이쁘게 출판하였다. 나이 50에 인제 제1시집이냐? 제2시집이 있는 터에 먼저 내놓는 것이 이대출판부(梨大出版部) 첫 시집이 되는 것이 아니냐?

"게을러 그러이."

"내일부터 출근만은 기를 써라!"

"인제 제2 제5 제6시집이 나오겠구나!"

며칠 후 용구(溶九)를 만나서!

"월파 선생 열심이십니다!"

—《국도신문(國都新聞)》(1950. 4. 15)

## 소설가 이태준(李泰俊) 군 조국의 '서울'로 돌아오라
### —「이북 문화인들에게 보내는 멧세이지」 중

10여 세 적부터 네니 내니 가까웠던 벗 상허(尙虛) 이태준께 이제 새삼스럽게 말을 고칠 맛이 없어 편지로도 농하듯 하니 그대로 들어주기 바라네.

자네가 간 줄조차 모르고 한번 술을 차고 자네댁을 찾었더니 자네가 애써 가꾸던 상심루(賞心樓) 뜰앞에 꽃나무 그대로 반가웠으나 상심루 주인 자네만이 온다 간다 말없이 행적이 이미 5년간 묘연하이그려. 전에 없었던 월북이란 말이 생긴 이후 구태여 자네의 월북 사정이 아직도 이해하기 어려우이.

일제 질곡에서 사슬이 풀리자 8·15 이후에 자네가 반드시 좌익 소설가가 되어야 할 운명이라면 좌익은 어디서 못하겠기에 좌익 지대에 가서 좌익 노릇하는 것이 맛이란 말인가. 이왕이면 멀리 모스코바에 남어서 좌익은 아니되던가? 자네 좌익을 내 믿기 어렵거니와 아무도 죽어도 살어도 민족의 '서울'에서 견딜 근기(根氣)가 없는 사람이 비행기 타고 모스코바 가는 바람에 으쓱했던가 시퍼이. 여기서 아메리카 기행을 쓴 사람이 아직 없는 바에 자네 소련 기행[1]이 분수없이 일러버렸네. 38선 책임을 자네한테 돌릴 수는 없으나, 자네 소련기행 때문에 자네가 친소파(親蘇派) 소리 듣는 것이 마땅하고 민족문학의 좌우파쟁(左右派爭)의 참담한 책임은 자네가 질 만하지 않는가?

나는 아직 친미파(親美派) 시인 소리 들은 적 없으나 아무리 생각해야 내가 친소파가 되어질 이유가 없네. 어려서부터 자네를 내가 아는 바에야 어찌 자네를 소련을 조국으로 삼는 소설가라고 욕하겠는가? 다만 그대의 행동이 경솔한 처신이 되었는가 하네.

왜 자네의 월북이 잘못인고 하니 양군정(兩軍政) 철퇴(撤退)를 최촉(催促)하여 조국의 통일 독립이 빠르기까지 다시 완전자주 이후 무궁한 연월까지 자네가 민족의 소설가로 버티지 않고 볼 수 없이 빨리 38선을 넘은 것일세. 자네가 넘어간 후 자네 소설이 팔리지 않고 자네 독자가 없이 되었네. 옛 친구를 자네가 끊고 간 것이지 내가 어찌 자네를 외적(外敵)으로 도전하겠는가? 자네들은 우리를 라디오로 욕을 가끔 한다고 하더니만 나도 자네를 향하여 응수하기에는 좀 점잖아졌는가 하네.

38선이 장벽이 아니라, 자네의 월북이 바로 분열이오, 이탈이 되고 말았네. 38선의 태세가 오늘날 이렇게까지 된 것도 자네의 일조(一助)라 할 수 있지 않는가? 38선에서 우리는 낙망하고 말 태세에까지 간다면 소설은 어디서 못 써서 자네가 '에무왕' 총을 들고 겨누어야 할 허무맹랑한 최후까지 유도하여야 할 형편이 아닌가?

애초에 잘못할 계획이 아니었을지라도 결과가 몹시 글러지고

1 소설가 이태준이 1946년 8월 제1차 방소(訪蘇) 문화사절단의 일원으로 모스크바를 여행한 것을 발표한 소련 기행문을 말함. 「붉은 광장에서 — 소련 기행」(《문학》, 1947. 3)이 발표 된 뒤 단행본으로 출간됨.

말았으니 지금도 늦지 않았다. 조국의 서울로 돌아오라! 신생 대한민국 법치하에 소설가 이태준의 좌익쯤이야 건실 명랑한 지상으로 포옹할 만하게 되었다.

빨리 빠져올 도리 없거든 조국의 화평무혈통일을 위하여 끝까지 붓을 칼 삼아 싸우고 오라.

—《이북통신》 5권 1호(1950. 1)

# 기차(汽車)
## — 남해오월점철(南海五月點綴) 1

우리가 타고 달리는 기차 뒤를 따르는 딴 열차를 나는 의논할 수가 없다. 내 뒤통수를 내 눈으로 볼 수 없듯이 나는 하루 종일 한 열차밖에 모른다. 편히 앉아 다리 뻗고 천 리를 가는 동안에 더욱이 나는 고도의 근시안을 가졌기 때문인지, 내 생각이 좁았던 것을 인제 발견했다. 생각이 좁아서 시야가 열리지 않았던 것이다. 시야가 될 자연한 환경 그 자체가 좁았던 것은 아니었다.

또 나는 기차 전면 화통 앞을 볼 수가 없다. 그것은 괴롬이 되지 않는다. 순시로 바루바루 전개되겠기에! 나는 나의 좌우로 열려 나가는 풍경을 모조리 관상하고 음미할 수 있는 기쁨을 기차 타고 얻는다. 바로 나의 옆을 지나가는 기차들을 여러 차례 졸며 보았다. 열차가 면목 일신해진 것을 보았다.

유리 한 장 깨진 차창 하나 보지 못했다. 차체가 모두 맑게 닦이어 제비 깃처럼 윤이 나고 쾌속하게 역시 제비와 나란히 날아간다. 나는 홍이 난다. 내가 설령 삼등 말석에 발을 뻗고 앉았을망정 나는 검찰관과 같이 정확하고 엄밀한 차체의 구조와 모든 장식과 도포와 배치와 질서와 봉사를 조사하기 위해 일어선다.

나는 슬리퍼 대신 짚새기를 끌고 전망차로부터 일일이 삼등실과 식당차 변솟간까지 모조리 답파한다. 완전히 파스로구나. 일제 말기 내지 미군정 시절의 비절애절한 열차가 아니다. 완전하게 깨끗하고 구비하고 아름다워졌다. 나는 현직 교통부장관의 방명이 누구신지 마침 잊었다. 나는 남쪽의 대소교통 동맥에 주야근로하는 수만 종업원 조원께 감사해야 한다. 나는 일본 사람 하나 없는 기차를 탔다. 양인을 겨우 한두 사람 볼 수 있을 뿐, 우리끼리 움직이고 달리는 기차를 탔다. 나는 쇄국주의자가 아니다. 다만 우리 겨레끼리 한번 실컷 살아 보아야 나는 쾌활하다. 야밋보따리 끼지 않은 세상에도 깨끗하고 아름답게 늙으신 경상도 할머니 앞에서 나는 감개무량하다. 나는 이 할머니를 배워 어여쁘게 앞으로 이십 년 늙으면 좋을 뿐이다.

—《국도신문》(1950. 5. 7)

# 보리
## —남해오월점철 2

지난번 비는 사흘 연해 바람이 분 끝에 전곡(田穀) 채소에 흡족하게 왔던 것이다. 나는 평생에 흙을 갈고 밑거름 웃거름 주고 씨를 뿌리고 매고 유유하게 대자연의 섭리에 일임하는 마음의 여유를 배웠다. 비가 흐뭇이 젖은 위에 땅을 쪼기고 솟아오르는 싹을 볼 때 평생 몰랐던 놀라움과 기쁨을 발견했다. 제일 먼저 나오는 것이 무 배추, 다음다음 나오는 것이 상추 쑥갓 깻잎 완두 올콩 옥수수 호박 오이 등…… 나오기 몹시 기달리우는 것이 고추 감자싹들이다.

그러나 내가 집을 떠나오던 날 아침 이것들 모조리 머리를 드는 것을 보았다. 화학 비료라는 것이 좋은 줄을 안다. 그러나 퇴비 인분 오줌 재를 잘 활용함에서 소출을 풍부히 할 수 있는 것과 더욱이 계분을 말리어 가루를 만들어 곡식 채소에 소량으로 공급할 제 놀라운 효과를 얻을 수 있는 것을 배웠다. 우분을 충분히 썩히어 밑거름을 주면 몹시 가물 때에도 수분을 유지할 수 있는 것을 배웠다. 아침저녁으로 쌀뜨물을 토마토 모에 부어 주면 열매가 익어 맛이 단 것을 배워 알았다. 우리나라 재래식 비료로도 소출을 배나 내일 수 있을 뿐 아니라, 토질 그 자체를 개량할 수 있는 것을 배웠다.

남들 트럭터로 갈고 화학 비료로 재배하는 것을 게을러 가지고 부러워해서 무엇하랴? 먼저 부지런하고 적극적 합리한 경작 실천에서 한국의 농업을 추진시켜야 한다. 대전서 올라온 충청도 고향 일가 구익 군을 수 년 만에 만나 "고향에서는 모두 어떻게들 사는가?", "농지개혁 착수 이후 농민 생활은 좋아졌지요.", "굶는 사람은 없는가?", "굶어죽는 수야 있나요, 일하는 사람은 생활이 전보다 훨썩 낫구, 일 못하는 사람은 형편 없습니다. 제 땅 가지고도 일을 배우지 못한 사람이 곤란합니다. 머슴을 둔다면 한 달 지불액이 이래저래 이만 원이 듭니다."

헌 나라가 물러가고 새 나라가 일어설 때 많은 사람이 당분간 다소 불리함을 각오하고 더 많은 사람이 유리해지는 것을 축복해야 한다. 차창 밖에 일망무제한 보리가 푸르구나.

—《국도신문》(1950. 5. 11)

# 부산(釜山) 1
## — 남해오월점철 3

서울서 떠나기 전날부터 구름 없이 바람 없이 하늘빛 일광이 트이기가 희한한데도 불구하고 샤쓰 바람에도 더웠다. 거저 더운 것이 아니라 무덥고 계절이 아직 이른데 찌더운 편이었다. 이래도 며칠 더 계속되면 저거번 비에 터져 나온 밭곡식 채소들이 걱정스럽다. 못자리 물이 염려다. 그러나 나는 믿는 것이 있다. "여보게! 수가 났네!" "무슨 수요!" "비가 오겠네!" "이렇게 멀정하게 거운데 무슨 비가 온겠능기요!" "저거번에는 사흘 두고 동풍이 불어 비가 오고 이번에는 연사흘 무더워서 비가 오는 것일세." "어디 두고 보입시다." "두고 보게! 예언한다!" "비고 머시고 덥어 죽겠오!" 오후 여섯 시에 부산에 내렸다. 우연히 만난 우리가 오는 줄을 모르고 서울 애인 미쓰 J를 마중 나온 김 군을 가로챈 것이다. 미쓰 J는 이 차에 안 탔다. 부산 천지에 갈 데가 없겠느냐! 이중 다다미 육조방 삼면을 열어 제치고 속샤쓰 바람에 앉았다. 나머지는 알아 무엇하느냐? 무지무지한 부산 사투리에 보끼는 판이다. 우리는 육자배기 선소리 사랑가, 이별가 이외는 용서치 않는다. 남도 노래는 경상도 색씨 목청을 걸러 나와야만 본격인 것이다.

경상도 색씨는 호담하고 소박하고 툭 털어놓는데 천하제일이다. 최극한으로 인정적이다. 맘껏 손님 대접한다. 싱싱한 전복 병어 도미 민어회는 먹은 다음 날 제 시각에 돌아오니 과연 입맛이 다셔지는 것이었다. 취하고 보니 다리가 휘청거리는 것이 무슨 큰 죄랴. 쓰윽 닿고 보니 영도 향파(向坡)[1] 댁이 아니고 어딜까 보냐! 담지국이 왜 맑은 것이냐? 담지(홍합)가 심기어 맑은 것이다. 술은 내일부터 안 먹는다. 오늘은 마시자! 어찌 드러누웠는지 불분명하다. 술 깨자 잠도 마자 깨니 빗소리가 토드락 동당거린다. 가야금 소리 같은 빗소리…… "청계야! 청계야! 비 온다! 비 온다!"

—《국도신문》(1950. 5. 12)

1 소설가 이주홍(李周洪)의 호.

# 부산 2
## — 남해오월점철 4

들리기만 하는 빗소리에도 나는 풀밭 만난 양처럼 행복스러워진다. 그러나 해항 도시 부산은 애초 비가 잦은 곳이나 이 빗소리가 삼천리 강산 고루고루 들리는 것일지. 서울이라 문밖 우리 집 조그만 밭뙈기에까지 쪼르륵쪼르륵 빨려드는 빌지 나는 궁금하다. 어린 손자 놈이 새벽부터 보고 싶다. 이것도 기도하는 상태일지 나는 눈뜨고 죽은 듯이 누워 있다.

친구들은 성히 코를 곤다. 적당히 느지막하게 일어나 세수하고 아침 먹고 다시 누워 잠들을 청한다. 몇 시쯤 되었는지 친구들을 훌닥 일어 세워 끓이락 이으락 하는 우중에 우산도 없이 영도 나룻배 터로 나간다. 똑딱선이 내 유학생 때 퐁퐁퐁 소리 그대로다. 본 시가지로 올랐다. 오십만 인구의 가가호호가 깡그리 음식집으로 보이는 것은 내 불찰일 것이다. 무지무지하게도 많다. 하꼬방이 해안 지대 좌우로 즐비한 거리가 없나, 스싯가게로만 된 거리가 없나, 무수한 일본식 요릿집들, 맨 먹을 것 천지다. 길초마다 생선을 무더기로 놓고 팔고 생선을 저미어 길에서 회로 팔고, 길에서 생선 배를 쪼기어 창자를 꺼내어 말릴 감으로 일들 하고 있다.

생선 파는 장사가 이름도 모르고 파는 생선이 있다. '멍기'[1]라는 것이 있다. '우멍거지'라고도 하고 '우름송이'라고도 한다. 꼭 파인애플같이 생긴 바다의 갑충류다. 칼로 쪼기어 속살을 빼내면 역시 파인애플 과육으로 비유할 수 있다. 물기 많고 싱싱하고 이것을 길에 서서 먹고 걸어가면서 먹고 참외 깨물어 먹듯 하고들 있다. 우리는 이것을 사 가지고 하꼬방으로 들어가 초간장에 찍어 막걸리와 함께 먹는다. 나는 한 점 이외에 도리가 없다. 청계는 열다섯 개를 먹는다. "답니더, 이거 참 답니더." 비리고 떫은 것이 달다면 정말 단것을 비리다고 할 사람 아닌가! 향기는커녕 나는 종일 속이 아니꼽다. 비는 울 듯 나려 뿌리고 길은 질고 구질구질 축축하나 온 부산이 먹을 것 천지다. 밥에는 팥이 섞였으나 하여간 팥밥에 우동에 각종 생선에 고기에 맨 먹을 것뿐이다.

—《국도신문》(1950. 5. 13)

1 멍게. 우렁쉥이.

# 부산 3
## —남해오월점철 5

“먹을 거 만타고 너무 선전 마이소…… 모두 부산으로만 뫄들만 어떠칼랑기오?”

먹는 부산만이 부산일까 보냐? 무역 도시 어업 상공업 도시의 진면목을 찾아 뵈일래야 이 우중에 안내인도 없어 도리가 없다. 우리는 항박 포구로서 천연한 조건이 동양에 제일인 부산항 부두로 간다. 부두 바닥에 깔린 침목이 마룻장 빠지듯 모두 빠지고 시멘트가 바닥이 나고 이건 황량한 폐허가 되었다.

그 소란스럽던 쪽발 딸까닥 소리, 장화 빼기던 소리, 군도 절거덕거리던 소리가 물에 씻어 낸 듯 없다. 밤이 어두워 일본 사람 바께모노[1]와 만나 볼 형편이 되었구나! 인제부터 훨석 판단이 올발라야 한다. 제국주의 일본의 부산 부두는 이 꼬락서니가 된 것이 타당하다. 대한민국의 신흥 부산 부두는 일로부터 장식되는 것이다. 세계 민주국가의 상선들이 수줍은 듯 겸손히 닻을 내리고 우리나라 무수한 선박들의 호화로운 출범을 이 부두에서 날로 밤으로 볼 때가 빨리 와야 한다. 붓이 뛰어 우스운 조그만 이야기를 쓰

1 ‘귀신, 도깨비’를 뜻하는 일본어.

자. 미 주둔군 시절에 이곳 부산서 미인 선원의 빨래를 빨아나 주는 한국 소년들이 약간의 빵과 병물을 숨겨 들고 빨래와 함께 미국 기선에 들어 창고 속에 숨어 샌프란시스코에 상륙 검거되었다.

유치장이라기보다 미인 경관들의 귀염과 친절을 받아 푼푼이 얻은 돈이 한 아이 앞에 삼백 달러씩 생겼다. 이 진기한 아이 콜럼버스들은 팔 척 호위 경관을 대동하고 샌프란시스코 일대에 '신세계'를 찾아 방황했다. 급기야 그 배로 다시 부산으로 정식 무임 회항이 되었다. 이 유색인종 소년 콜럼버스의 신세계는 부산서 발견되고 말았다. 한 아이 앞에 돌아간 오백 달러씩이 지금 부산서 유수한 상업가가 된 밑천이 되었다. 조금도 교육 재료로 선전할 배 못되나 한국 소년들의 모험성 대담성이 정상하게 발육되어 이 정력이 지능으로 천연의 미항 대 부산이 나폴리 이상으로 훌륭하고 아름답게 될 때가 언제 오기는 오는 것이다.

—《국도신문》(1950. 5. 16)

# 부산 4
## —남해오월점철 6

향파(向坡) 원작 겸 연출인 입학 학생극이 동래여자중학교 연극부원들의 실연으로 부산여자중학교 대강당에서 열린다. 교장실에서 마이크로 "이십 분 동안에 점심을 먹고 대강당으로 모이시오……." 간단한 방송이 각 교실로 퍼진다. 일천육백 명의 유순한 양 떼들이 여학생 중 방대하기 남한 제일인 부산여중 교사 방방곡곡에서 쏟아져 나와 대강당 우리 안으로 정제하게 들어간다. 훈육교사가 호통 아니 해도 무산한 학교가 있다. 윤이 자르르 나는 마루 위에 총총 앉히고 보니 솜털 안 벗은 복숭아들 같은 오리알 제 똥 묻은 듯한 청소년들이 정히 천육백 명이다. 검은 커튼이 모조리 나리우자 막이 열리자 무대가 밝아졌다. 동래여중 연극부 일행 환영사가 부산여중 연극부장인 상급생 입으로 정중하게 열린다. "우리는 양교의 친선을 예술을 통해서만 도모할 수 있음을 믿습니다. 우중에도 불구하시고 본교에 왕림하사 존귀하온 예술을 보여 주실 귀교 연극부 여러분께 진실로 감사하는 바입니다." 우레 같은 박수.

환영 꽃다발이 일년생 죄그만 발벗은 학생의 공손 지극한 두 손으로 전해진다. 다발을 안고 서니 말만 한 동래 처녀의 가슴이

가리운다. "한국에서도 유명한 귀교 연극부 여러분! 우리들을 이처럼 환영해 주시니 우리가 이제 실연할 연극이 퍽 부끄럽습니다. 그러나 우리는 귀교 연극부와 일치단결하여 한국의 예술을 향상케 하는 영광을 갖고자 하는 바입니다." 박수갈채.

막이 내리자, 전등이 꺼지자, 징이 울자, 막이 열리자, 조명이 장치 무대를 노출했다. 창밖에서 본격적으로 내리는 비가 자진하여 무대 효과의 일역을 담당한다. 쏴아쏴아…… 연극의 줄거리는 이렇다. 못살게 된 예전 아전의 집 딸이 못살게 된 예전 양반의 집으로 시집가서 아들 낳고 산다. 시어머니는 사납고 욕심 많고 남편은 선량한 시인이나 주책없고 살 줄을 모른다. 아내가 아기를 업고 담배 장사를 하여 산다. 남편은 시 쓴다고 흥얼거리고 있다. 이 비극은 이래서 전개된다.

—《국도신문》(1950. 5. 24)

## 부산 5
### — 남해오월점철 7

학교 교육 어문학 훈련에 있어서 시와 산문의 낭독이라는 것이 매우 중요한 것이요, 그 효과는 그 나라 국민으로 하여금 우수한 국어의 구사자가 되게 하는 것이요, 그 나라 국어를 국제적으로 품위를 높이는 것일까 한다.

한국 극의 효과는 좋은 대사를 암송하고 무대 뒤에서 동작과 함께 구연 실연함으로써 어문학 낭독 훈련의 절대한 효과일 것인가 한다. 「나비의 풍속」이 종래 여중 여학생들의 열심히 공부한 표준어로 유창하게 진행된다. 죽어서 마침내 그칠 평생 고질과 같은 경상도 사투리가 이만치 아름다운 표준어로 탈태되어 씩씩하고 귀여운 경상도 여학생들의 입으로 발표되는데 나는 국어 말살 교육 이래 흐뭇한 기쁨을 얻는다. 그러나 어린이 영문과 여학생들이 열심히 연습한 영어극처럼 다소 어색하기도 한다. 나는 듣는 동안에 자조 웃는다.

그러한 점이 더 재미있다. 한번은 이발소에서 이발을 하다가 젊은 이발사에게 말을 건의하기를, "여보, 이발사, 당신은 조선말 중에도 제일 어려운 경상도 어학을 어떻게 그렇게 잘 하시오?" 젊은 이발사가 말하되 "어 — 태요! 우리는 이데 쉴 합늬 — 더." 농담 잘 받고 잘 하는 통영 친구 두준을 이십 년 만에 만나, "여보게 평생 낫지 못하는 것을 무엇이라 하지?" "만성병이캉 고질이캉 그렁거 아닌가?" "자네 경상도 사투리는 그것이 한 개의 질병일세." "시끄럽다! 내사 늬 경사 밸이사 없다." 여학생들은 검도 시합하듯 긴장하여 표준어 연극을 진행하고 있다. 창밖에는 빗소리 더욱 세다. 검은 커튼 앞의 일천육백 명 청춘의 호흡은 삼림과 같이 파도와 같이 왕성하다. 무대 위에는 처녀들이 기를 쓰고 아내와 남편과 시어머니와 아들을 연습하고 있다. 숭없어라 동넷집 과부까지 모방한다. 나는 평생 남의 남편 노릇 연습한 적이 없이 이제 남의 늙어 가는 남편이 되어 이곳 남쪽 여학교 강당에 당도하여 남편 노릇 아내 노릇을 박수치며 견학하고 있다. 처녀들은 시어머니께와 남편과 다투는 우는 연습을 진행한다. 처녀 남편은 술 마시고 우는 연습으로 막이 천천히 내리며 레코드 음악 소리 빗소리.

—《국도신문》(1950. 5. 25)

# 통영(統營) 1
## — 남해오월점철 8

영도(影島) 향파(向坡)[1] 댁 남창 유리가 검은 새벽부터 흔들린다. 새벽이 희여지자 유리창 밖 가죽나무 가지가 쏠리며 신록 잎알들이 고기새끼들처럼 떤다. 나는 저윽이 걱정이다. 바람이 이만해도 통영까지의 나의 배멀미가 겁이 난다. 청계 말이 괜찮다는 것이다. 일백팔십 톤짜리 발동선이 뽀오 — 를 발하자 쾌청! 하기 구름 한 점 없이 우주적이다. 배 타 보기 십여 년 만에 나는 바다라기보다 바다의 계곡 지대인 다도해 남단 코오스를 화통 옆에서 밟아 들어간다. 바다는 잔잔하기 이른 아침 조심스럽던 가죽나무 잎알만치 떨며 열려 나갈 뿐이다. 영도 송도를 뒤로 물리쳐 보내고 인제부터 섬들이 연해 쏟아져 나온다. 어느 산이 뭍산이오 어느 산이 섬산인지 모르겠다. 일일이 물어서 알고 나가다가 바로 지친다. 금강산 만이천 봉치고 이름 없는 봉이 없었다. 어떻게 이 섬들과 지면 인사를 마칠 세월이 있는 것이냐? 큰 섬 작은 섬에는 초가 하나 있는 섬이 있다. 집 없는 섬에도 꼭두에 보리가 팬 데가 있다. 보리이삭 없는 바위 섬도 흙이 덮였기에 풀이 자라나는 게지,

1 소설가 이주홍의 호.

나무랄 것이 못 되어도 성금성금 다옥다옥하다. 태고로 어느 열심한 식목가가 있었기에 심었겠는가? 먼지가 이 맑기 옥과 같은 하늘까지 이는 사막으로부터 날라왔기에 이 돌섬 이마에 머물러 흙으로 싸인 것이냐? 모를 일이다. 저 우에 꽃이 핀다. 꽃가루는 섬에서 섬까지 나를 수 있다. 가을에 솔씨도 나를 수 있다. 섬에서 딴 섬으로 시집가는 신부 일행의 꽃밭보다 오색영롱한 꽃배를 보았다. 우리는 손을 흔들고 모자를 저었다. 햇살이 가을 국화처럼 노랗다. 갑판 위로 북쪽은 바람이 차다. 바다라기보다 바다의 계곡을 나려가는 것이니 섬 그늘이 찰 수밖에 — 열 살이랬는데 일곱 살만치 체중이 가벼운 옴짓 못하고 멀미 앓는 소녀를 나는 무릎에 앉히고 바람을 막는다. "너 어디 살지?" "저어 하 — 동읍에 살고 있지요." 낭독하듯 한다. "너 이름이 무엇이지?" "성은 정가고 이름은 명순입니다." 나는 소년 시절에 부르던 유행가적 정서를 회복한다.

—《국도신문》(1950. 5. 26)

## 통영 2
—남해오월점철 9

오호추쿠 해로부터 내려오는 한류 수맥이 동해를 연해 통영 앞바다에서 종적을 잃는다. 대만 유구열도 수역에서 올라오는 남류가 한 갈래는 일본으로 향하고 한 갈래는 통영 앞을 싸고 진해만 부산 앞을 지나 동해로 치올라 일본 북해도 해역에서 종적을 잃는다. 한파 난파의 상극으로 동해안 일대에 눈이 많고 진해만 일대에 더욱이 통영 연안에 한난(寒暖) 양류의 무수한 어류가 동시에 총집중한다. 산란기의 어류가 아늑하고 바람 자는 내해로 모아든다. 통영 연안을 지나면 한층 고기는 없다. 자고로 어로 생산으로 통영이 유명한 것은 벌써 이러한 천혜적 조건에 인한 것이다. 멸치는 봄서 가을까지 막대량으로 잡히고 겨울에 대구, 가을 도미, 여름 갈치 기타 무수한 홍합이 통영 개조개 전북 삼치 방어가 잡힌다. 멸치와 해초 중에 우무가시는 일본으로, 진해삼은 중국으로 간다. 이 조개 달린 눈은(이바시라) 주로 마카오로 수출되어 마카오 양복지를 바꾸어 온다.

여기저기 닻을 내린 큰 배, 적은 목선들이 무수히 널려 있다. 모다 고기잡이 배들이다. 충무공께서 왜군 병선을 처음으로 유도해 들이신 견내량(見乃梁)에 드니 무수한 목선, 적은 배들 위에서 어부들이 긴 장대 끝에 창을 꽂고 물밑을 찌른다. 꽂혀 나오는 것이 조개 중에 품미 일등인 통영 개조개다. 이것이 하루에도 몇 섬씩 담기어 남한 각지로 운반된다. 하여간 해녀의 손으로 따 올린 생북류해들만이 경남 일대에 분산 수확한 것이 작년 일 년도만 치더라도 매출고 팔억 원에 달하였다. 고기가 많이 모이는 탓인지 물오리가 많이 떠 있고 한곳을 지내랴니 수천의 오리 떼가 뜨고 잠기고 한다. 물굽이를 타오르고 미끄러지고 가꾸로 잠기고 목 부러져 섰는 꼴이 실로 장관이다. 하도 많이 보고 나니 나종에는 잔물결 햇볕에 번드시 기는 것이 모다 오리대강이로 보인다. 일본 풍신수길의 수병대군을 이목에서 대기하신 충무공의 눈부신 무훈이 내 눈에도 열리는 듯하다. 한난 양류를 따라 고기가 모이고 오리가 모이고 일본으로 들어간 난류를 따러 올라온 풍신수길의 대군이 충무공의 신출 기계에 걸리기 시작한 아마 여기가 "게내량!"

—《국도신문》(1950. 5. 27)

## 통영 3
## —남해오월점철 10

통영 읍안 뒷산 밑 명정리(明井里)라는 한적한 동리에서도 뒤로 물러나 예로부터 유명한 일정(日井), 월정(月井) 두 개의 우물물이 한곳에서 솟는다. 이를 합하여 명정(明井)이라 이른다. 명정 우물물이 맑고 달기 비와 가물음에 다르지 않고 수량이 풍족하기 읍면을 마시우고도 고금이 일여(一如)하다. 우리는 먼저 손을 씻고 이를 가시고 시인 청마(青馬) 두준 두 벗의 안내로 명정에서 다시 올라 동백꽃 고목이 좌우로 어우러진 길과 석계단을 밟는다. 역대 통제사들의 기념비석이 임립한 충렬사(忠烈祠) 정문에 든다. 한 개의 목공예품과 같이 소박하고 가난하고 아름다운 중문에 든다. 감개무량이라고 할까. 우리는 미물과 같이 어리석고 피폐한 불초 후배이기에 섧다고도 할 수 없는 눈물이 질금 솟는다. 살으셔서 가난하시었고 유명천추 오늘날에도 초라한 사당에 모시었구나! 웬만한 시골 향교보다도 규모가 적고 터전이 좁은데 건물이 모두 적고 얕아 창연하다. 인류 역사상 넬슨 이상의 명제독인 우리 민족 최대의 은인 지충 지용의 충무공 이순신의 충혼 영령을 모시기에는 너무나도 가난한 사당이다. 유명한 「맹산(盟山)」「서해(誓海)」의 목각 대액(大額)이 좌우로 사념 망상 일체를 습복시키는 사당

정전문이 신엄하게 열린다. 우리는 분향하고 재배하되 과연 이마가 절로 마룻바닥에 닿았다. 이대로 수시간 배복하기로 우리는 마음 속속드리 에누리의 여지가 없다. 우리는 종교적 신앙 혹은 사생관 영혼유무관에서 전해 온 여러 종류의 의식 배례를 떠나 단한 가닥 민족적 통절한 실감에서 대 충무공께 배복하기에 조금도 에누리가 없어진다. 우리는 일어나 영위 좌우 전후로 키를 펴고 돈다. 절을 마치고 난 어린 손자가 자애로운 할아버지 무릎과 수염에 가까이 굴 듯이, 명나라 천자가 사당에 바치었다는 몇 개의 도검과 기치를 본다. 사당문을 고요히 닫고 나와 석계에 앉아 멀리 한산도를 조망한다. 충무공은 순국하시고도 이렇게 겸손한 사당에 계신다!

—《국도신문》(1950. 6. 9)

## 통영 4
### — 남해오월점철 11

충무공의 진영(眞影)이 남아 계시지 않다. 모필과 먹으로 이루어지신 충무공의 전집과 필적까지 충분히 뵈일 수 있으나 충무공 살아 계실 적 체격이 어떠하신지 얼굴이 어떠하신지 알 길이 없다. 다사다난한 국난에 일생을 치구하시노라고 화공을 불러 진영을 남기실 한가가 없으셨으려니와 겸양 지극하신 충무공의 성자적 기질이 진영을 남기시지 않았으리라고도 생각된다. 청마 댁 이층에 밤에 앉아 우리는 이곳 친구들과 한산도 제승당에 모신 충무공의 신구(新舊) 영정에 대한 인상을 의논한다. 누구는 충무공 새 영정이 너무 무장의 기개가 없이 문신의 기풍이 과하다고 이르고, 누구는 충무공께서는 반드시 대장부가 아니었을 것이요, 소위 선풍도골도 아니시었을 것이요, 반드시 무강하신 무서운 얼굴도 아니시리라고 나는 차라리 이 의논에 귀를 기울이며 충무공께서는 외화가 평범하시기 소위 문무를 초월하신 일개 성자와 같으시리라는 의견을 세우고 편히 잤다.

다음 날 배를 저어 물길 삼십 리를 지나 한산도 제승당에 올라 새로 모신 영정을 뵈었다. 내 의견에 풍족한 영정이시다. 세상에 그렇게 무섭고 잘난 사람이 어디 있으랴! 투구에 갑옷에 장검을 잡으신 조선 민족 중에 제일 얌전하시고 맑고 옥에 티 없으시듯이 그리워지셨다. 초상화 그린 화백을 칭찬할 수 있는 것이 아니라, 우리 민족의 후예는 모두 충무공처럼 생겼으면 좋겠다고 생각한다. 영정 모신 정당이 협착하기가 충렬사 사당 이상이다. "한산섬 달밝은 밤에…… 수루에 앉었으니……." 하신 수루 둘레에 고목이 울창하다. 나무 꼭두마다 무수한 해오리의 황새들이 깃들이고 끼루룩거린다. 앞개에는 저녁 조수가 다가온다. 이 골짜기까지 왜선 칠십여 척을 끌어들여 빠져날 길목을 모조리 막고 두들겨 분쇄섬결하신 충무공과 충용한 장병들의 위대한 전적은 거저 사담 전설이 아니다. 당시에 울던 조수가 오늘도 천병만마처럼 울부르짖는다.

—《국도신문》(1950. 6. 10)

# 통영 5
## — 남해오월점철 12

통영과 한산도 일대의 풍경 자연미를 나는 문필로 묘사할 능력이 없다. 더욱이 한산섬을 중심으로 하여 한려수도(閑麗水道) 일대의 충무공 대소 전첩기를 이제 새삼스럽게 내가 기록해야 할 만치 문헌이 부족한 것도 아니다. 우리가 미륵도 미륵산 상봉에 올라 한려수도 일대를 부감할 때 특별히 통영 포구와 한산도 일폭의 천연미는 다시 있을 수 없는 것이라 단언할 뿐이다. 이것은 만중운산 속의 천고 절미한 호수라고 보여진다. 차라리 여기에서 흐르는 동서 지류가 한려수도는커니와 남해 전체의 수역을 이룬 것 같다. 통영에 대한 요구와 기대는 이 이상 찾고자 아니 한다. 위대한 상공 도시가 되어지이다 빌지 않는다. 민생의 복리를 위하여 통영은 위대한 어촌 어항으로 더 발전하면 족하다. 민족의 성지 순례지로서 영원한 품위와 방향을 유지하면 빛날 뿐이다.

지세 현실상 용남면 장문리 원문 고개 위 고성으로 통하는 넓이 삼백 미터쯤 되는 길을 막고 보면 통영읍은 한 개의 적은 섬이 될 것이오 미곡시란 가을 김장 무배추가 들어올 육로길이 막히는 것이다. 농업지도 될 수 없어 봉오리란 봉이 모두 남풍에 보리가 쓸린다. 위로 보릿빛 아래로 물빛 아울리기 이야말로 금수강

산 중에도 모란꽃 한 송이다. 햇빛 바르기 눈이 부시고 공기가 향기롭기 모세관마다에 스미어든다. 사람도 온량하고 근검하고 사치 없이 한갈로 희고 깨끗하다. 날품팔이 지겟군도 기운 무명옷이 희다. 유자와 아열대 식물들이 길옆과 골목 안에서 자란다. 큰 부자 큰 가난이 없이 부지런히 산다. 부산 마산 사이에 특이한 전통과 현상을 잃지 않는 어항 도시다. 통영서 경북 본선까지의 철도가 부설된다면 부산을 경유하지 않고 산간벽지까지에도 생선의 분배가 고를 것 같다. 다시 왜적 침입도 가망이 없다. 다만 '맥아더 라인'이 철폐되는 경우에는 일본 밀어선의 침입이 염려될 뿐이다. 신흥 민국의 해군 근거지 진해 군항이 옆에 엄연히 움직인다. 비행기로 원근항 역류의 대진군을 발견하자. 최근 어로 기술로 어업 생산을 확대하자.

—《국도신문》(1950. 6. 11)

# 통영 6
## — 남해오월점철 13

전파탐지기와 같은 전기 활용 장치로 적군의 진행을 손쉽게 알 수 있다 한다.

어군을 한곳으로 유도할 수도 있다. 현대 어로 작업 기술은 여기까지 이르렀다. 일본인 어업자들은 이것을 사용한다. 우리나라 영해에 자주 침입하는 놈들이 이 일본인 밀어 해적이다. 그놈들은 우리 영해의 어장 요소요소를 소상히 알고 있다. 쾌속력 어정으로 다람쥐같이 들어와 우리 천연자원을 한 그물에 훔쳐 간다.

상주 우리 해군 해안 경비대의 기관총 앞에 손을 든다. 한번은 일본인 밀어선을 납포하여 경비대 당국의 준렬한 취조하에도 일인 밀어선장놈이 함구불언이었다. 상당한 형벌이 내리어도 선장놈이 "으으읏!"으로 굴복치 않았다. 마침내 중형하에 본색을 고백하기를 "소인은 대전 중의 일본 해군 중좌로 함장이었습니다." 일본인은 무기를 버리어도 어업 침략의 여죄를 버리지 못한다. '맥아더 라인'으로 절대 알여(斡與)할 수 없는 점이 이것이다. 그자들은 원양 모험에 군세고 어로 기술이 우수하다. 통영에 웬만한 연해 소금도 어로에 사용할 수 있는 그물을 기계로 엮어 내는 공장이 있다.

한 가지 예를 들어 멸치 잡는 그물을 얽을 기계와 기계의 기술이 없어서 그물을 일본에서 사 온다. 조금 창피한 일이 아닐 수 없다. 잡은 고기를 회로 먹고 구워 먹고 나머지를 캔에 넣어 해외에 전할 공장이 없다. 재래식 어로 작업으로 치어(稚魚)까지 연안에서 휩쓸어 올린다. 통영 연해에서 고기를 잡는 것이 난사임이 아니라 어류의 양호 번식이 더 중대 문제가 되었다. 전쟁 중에 정어리가 전멸되듯이 이러다가는 통영 연안에서 멸치가 멸종되지 말라는 법도 없을까 한다. 통영읍 총선거 입후보자 중의 애국자는 인문 계통의 애국자보다는 이 어업 생산의 경륜기술자로서의 애국자가 더 필요하다. 통영의 어업 생활을 위하여 국가의 관심을 유도할 만한 국회투사가 필요하다. 누구실지는 내 몰라도 통영읍 네 개 남녀 중학생 중에도 제일 기대되는 것이 이곳 수산중학교가 아닐 수 없다.

—《국도신문》(1950. 6. 14)

# 진주(晋州) 1
## —남해오월점철 14

진주를 일러 예로부터 색향이라 함은 무슨 뜻이냐고 물으니, 진주 인근 읍은 예전에 많은 지주가 살았다 한다. 지주 중 호화롭게 지내는 사람들이 진주 부내에 기생 소실을 두기 좋아하였다. 감영 관찰부가 있어 왔고 촉석루 남강의 절승한 경치가 있고 보니 지주 계급 한량들이 아리따운 기녀를 거느리고 노름직도 하였다. 이리하여 곡식과 돈이 진주로 모이게 되는 것이었다. 농·공·상에 부칠 수 없고 더욱이 양반일 수 없는 빈한한 사람들의 어여쁜 딸들이 기적에 실리고 몸을 지주와 관원에 맡기게 된 것이었다. 임진왜란 적에 그 많은 진주 기생 중에서 만고(萬古) 의기(義妓) 논개(論介)가 있었다. 한려수도 내해 일대 수전에서는 충무공의 서슬 때문에 왜적이 형편없이 되었고 육전에 있어서는 부산서부터 서울까지 형편이 없었다. 성읍을 버리고 달아나는 수령 방백이 없었나, 항전 전쟁에서 침략 적군과 내통한 놈이 없었나, 나라와 민족 최악의 수난기에 일개 섬약한 여성 논개가 진주에 있었다.

승승장구 진주성을 둘러싸고 호기헌앙한 왜장 게야무라〔毛谷村〕는 절세미인 논개를 거느리고 촉석루에서 취했다. 촉석루 아래 푸른 수심(水深)에 솟은 반석 위에서 논개에게 안기어 춤을 추었다. 논개의 아름다운 열 손가락에 열 개 옥가락지가 끼어 있었다. 음아 질타에 천인이 쏟아질 만한 무장이 일개 미기 논개의 팔 안에 들었다. 열 개 손가락에 열개 옥가락지가 적장의 목을 고랑 잠그듯 잠겄지. 반석 위에서 남강 수심으로 떨어졌다. 다음 이야기가 짧은 지면에 그다지 필요하지 않다. 한 개의 적장을 사로잡는다는 것은 한 개의 적군단을 섬멸시키는 것이다. 더욱이 한 개 기녀의 충의 애족, 애국의 일념으로 이러한 만고미담이 영원히 빛날 것이다. 논개의 순국일념이 역대 수백 명 진주 기생의 기개를 세웠다. 진주 기생이 모두 논개가 되었을 리가 있으랴? 다만 화랑에 화랑도가 따른다면 기생에도 기생의 기풍이 있을 만한 것이다. 반석을 의암(義巖)이라 이름하고 한 옆에 논개 충의비를 세우고 촉석 위에 사당을 모시었다.

—《국도신문》(1950. 6. 20)

# 진주 2
## — 남해오월점철 15

산천이기로 아니 변할 수 있느냐! 산이 허울을 벗고 해마다 홍수에 남강 일대에 모래가 몇 백 년 쌓였다. 요즘 한 보름 가뭄에도 촉석루 아래 쇠잔한 물이 흐른다. 그러나 촉석루 누각은 당시의 모습을 진주 역대 인사들의 성력으로 황혼에도 다치지 않은 채로 보여진다. 나는 한 시인처럼 즉흥 운문을 쓸 수 없다. 그러나 나는 감개무량하다. 논개 충의비는 일제 망국놈들이 빼어 버렸다. 사당에 제사는 막을 도리가 없었다. 해마다 오월 삼십일이 돌아오면 진주부 유수한 노기들이 제관이 되어 의기 논개 할머니께 제사를 드린다. 제삿밥에 음복과 함께 종일 촉석루 위에 시조와 검무가 점잖게 경건히 열린다. 의기 논개 할머니께 드리는 호화삼엄한 예술제이다. 이리하여 젊고 어린 기녀들이 노명기들의 범백을 따라 기생의 기풍을 논개제에서부터 배우고 체득하여 면면히 전해 온 것이다.

설고도 아름다운 전통이다. 해방 후에는 해마다 진주시 당국에서 이 제사를 주최하여 온다. 기생이 접대부로 전변하게 되었고, 기생이 기생집에서 접대부로 요릿집 술집으로 야근한다. 북장고 가야금 거문고가 금지되었다. 젓가락으로 술상을 치며 잡가를 부른다. 지주와 관원의 세월이 가자 접대부들이 부산으로 몰려간다. 진주는 이제 색향이 아니다. 최근에 생긴 이러한 실화가 있다! 진주시내 모 요릿집 전속인 젊은 접대부가 있다. 어떤 젊은 돈 없는 청년과 정이 깊었다. 기생어미의 성화에 견딜 수 없는 접대부는 어떤 날 밤 정남에게 정사를 제의했다. 취기도도한 정남은 무난히 합의하고 남강으로 나갔다. 여자가 먼저 뛰어들었다. 잇달아 든 남자는 창졸간에 여자를 구해 낼 노력으로 헤엄을 쳤다. 술이 순시에 깼다. 여자는 바위 위에 고무신을 남기고 수심(水深)에서 죽었다. 술 깨자 춥자 남자는 애초에 죽을 의사가 없었던 것이다. 남자는 살았다. 죽은 접대부의 장의행렬 앞뒤에 옛날 논개 할머니의 불초 후예들 오십여 명이 울며 따랐다.

—《국도신문》(1950. 6. 22)

# 진주 3
## —남해오월점철 16

양화가 C 씨가 경영하는 다방 '세르팡'은 과연 화가답게 고안되고 장식되고 배치되었다. 다방 세르팡 한구석에서 한뭎 닷새치 원고를 나는 쓴다. 코피 진짜를 대접받는다. 왈쓰「쾌활한 미망인」이 돌아간다. 나는 부산 이후 일주일 만에 레코드 음악을 듣는다. 나는 쾌활해지는 것이냐? 피로가 코피에 흥분되어 침착하기 어렵다. 거리거리로 나간다. 화가 C 씨의 상냥한 설명으로 나는 진주에 관한 예비지식이 섰다. 어느 거리 고샅길을 지나도 쾌활치 않다. 중소 상가에 활기를 찾을 수 없다. 명향 진주의 전통적 가옥 건물이 없다. 고요한 '미망인'이라기에는 너무나 답답하다. 요컨대 옛날부터 순전히 소비 도시에 지나지 못하므로 생산이 없이 '쾌활한 신부'가 될 수 없음은 도청이 부산에 옮긴 이유에만 그칠 것이 아닌가 한다.

바다가 멀고 보니 수산물 집산지가 될 수 없고 국제 무역 도시가 될 수 없다. 주로 삼천포 통영서 오는 싱싱치 못한 해물이 소비된다. 주변 전지에서 고구마 무배추와, 과일로 배 복숭아 특별이 여름 수박이 대량 산출된다. 수공업으로 예전부터 대세공(竹細工)이 성하다.

은방 앞 유리창 안에 옛날 금비녀가 때묻은 채 누워 있다. 지금 진주답기도 하다. 예전 옥가락지 옥비녀가 누워 있다. 그러나 남강 다리 건너에 남북한에서 유수한 제기 공장이 돈다. 견직 공장이 돈다. 남강물 푸르고 맑은 이유가 없지 않을까 한다. 해방 후 농과대학이 섰다. 이제부터 진주는 농공상업으로 발전되어야 한다. 부산처럼 먹을 것만이 자랑이 아니다. 이제는 색향이라는 별명이 부끄러워야 하고 사실상 색향 진주는 '고요한 미망인' 이상으로 쇠약하다. 서민층 생활이 매우 곤란하다. 방출미를 사기에 일 할 오 부의 빚을 낸다. 빚을 얻어 방출미를 사서 야미로 팔아 빚을 갚고 나머지는 끓여 먹는다. 이 우울한 사실을 가리울 필요가 없다. 이렇다고 비판할 것이 아니다. 강 건너에 심대한 공장이 늘어야 한다. 때로 사이렌 소리가 그림처럼 임립한 굴뚝과 함께 왕성해야 한다.

—《국도신문》(1950. 6. 24)

# 진주 4
## —남해오월점철 17

매년 오월 삼십일에 논개 사당에 제를 드릴 제 기적(妓籍)에서 벗어났거나 살림 들어갔거나 고령에 노쇠했거나 전 기생 현 기생 할 것 없이 모조리 촉석루에 운집한다. 그중에도 장로급의 노기가 주제관이 되고 부제관 기타 합하여 팔구 인이 입은 옷은 긴 소매 느린 황색 깁옷으로 갈아입는다. 위의와 위용을 정제한 제관 일행이 엄숙한 행렬을 지어 논개 사당으로 걷는다. 기타 수백의 후배 기생들은 촉석루 누각 위에 질서정연히 임립한다. 정성을 다한 제물 제상 드높이 만고 의인 논개의 영위가 열린다. 축문 없이 제사가 일사불란한 예절을 따라 진행된다. 이러한 아름답고 경건한 예절이 수백 년 진양계원(晋陽僕員) 노소 기생 아가씨들의 경제력과 정성으로 이어 온다. 한 번도 궐제한 적이 없다. 일제 최악기에 논개 비를 부수고 논개제를 엄금했다. 밤으로 몰래몰래 제사향화를 이어 왔다. 태평한 때 제사 후에는 촉석루각 위에 삼현육각이 잡히고 기무가 종일 계속된다. 춤은 고아하고도 상무적(尙武的)인 검무에 한하고 노래는 속기 없는 국시(國詩) 시조에 한한다. 말이 없이 민속 가무가 진행된다.

한산섬 달밝은 밤에 수루에 홀로 앉아
큰 칼 옆에 놓고 깊은 시름하는 적에
어디서 일성호가는 남의 애를 끊나니

— 이충무공

근래에 와서는 삼현육각을 맡은 악공들이 기악 반주를 하되 장막으로 가리고 안에 숨어서 악음을 내보내는 예가 생겼다. '광대가 아니다. 음악가로서 기생들과 자리를 함께 하지 않겠다.'는 뜻일까? 혹은 수백 년대 부당한 모멸시에서 이제 해방되어 악공들이 기생 앞에서 내외를 하자는 것일지? 이유는 모른다. 그러나 우리나라 국악 국무는 실상 광대와 기생이 비절한 역사적 환경에서 이어 온 것이다. 이제 무삼 장막 뒤에 숨으리오!

—《국도신문》(1950. 6. 25)

## 진주 5
### — 남해오월점철 18

진주성이 왜군에게 포위 함락되기 전에 당시 방백 서원례(徐元禮)는 변복에 삿갓을 쓰고 말티 고개를 넘어 제 목숨 위하여 도망했고 삼장사(三壯士) 최경회(崔慶會), 황진(黃進), 김천일(金千鎰) 등 이하 모든 충용한 장병들은 끝까지 싸우다가 옥쇄 자결하되…… 혹은 목을 찌르고 혹은 촉석에서 남강에 던졌다. 평화가 회복되자 논개 사당 옆에 논개 사당보다 조금 큰 충렬사가 섰다. 심장사 이하 모든 충혼을 모신 사당이다. ○○○○○○, 이십구일이 삼장사 제삿날이 된다. 제수와 일체 경비의 제수 음식 솜씨가 전부 진양계원 노소기생의 손에서 나온다. 논개 제사를 권한 적 없듯이 삼장사의 ○○○○○○ 없다. 최근에는 진주 사회 일부 남성들이 충렬사 제향에 대한 것을 일체 양도하라는 제의가 있다 한다. 진양계 측에서는 이 전등식 의무를 양도할 의사가 없다. 나는 어떻게 되었는지 모른다. ○○○○○○○○○○○○ 집을 볼 수 있지 않은가? 인정과 의리와 보수적인 기풍이 경상도 진주에 와서 여태껏 눈물겨운 것이 ○○○○○하기가 좋다. 유행가적 접대부가 아니라 기생의 자존심을 지니는 고전적인 기생을 앉히고 앞에 마조 대하니 어글어글한 눈매에 트인 이마에 골격의 강경함이 육박하여 온다. 초

로 미인…… 하선 여사의 말이,

“이뿐 것과 점잖은 것이 뭣뭣이 다릅니꺼?” 선소리 목청이 바로 창해 장풍이다. 평양 기생들은 빈손으로 타향에 나가서 집을 작만하고 살림을 작만하건만, 진주 기생은 트렁크에 돈을 가득히 담고 나간다 할지라도 나종엔 빈손으로 고향 찾아온다고 하는 말이 있다. 진주에는 자고로 불교가 성행한다. 사찰에 늙어서 죽어서 모이기는 절대 많은 기생 정신녀들이라고 한다. 그들은 논개 사당에 복을 비는 것이 아니고 향화를 받들 뿐이요, 칠겁의 복락을 사찰불전에 의탁한다. 사찰 수입에도 지대한 관련이 진주 기생에 있는 것이다. ○○○○ 너는 아름답다.[1]

—《국도신문》(1950. 6. 28)

1 ○○○○ 부분은 발표지의 원전이 마모되어 확인할 수 없음.

# 조지훈(趙芝薰)에게 보내는 편지

모습도 글과 같이 옥이실가 하와 내처 그립든 차에 이제 글월 받자와 뵈오니 바로 앞에 앉으신 듯, 길게 닛지 않으신 사연에 정이 도로혀 면면히 그치지 아니하시오며 나를 보고 스승이란 말씀이 만부당하오나 굳이 스승이라 부르실 바에야 스승 못지않은 형 노릇마자 구타여 사양할 것이 아니오매 이제로 내가 형이로라 거들거리며 그대를 공경하오리다. 지리한 장마에 아직 근친 가시지 않으신 듯 향댁안후 종종 들으시며 공부 날로 힘쓰시는지, 시(詩)가 공부 중에도 나은 공부에 부칠 것이오나 시도 청춘(靑春)에 병되기 쉬운 것이 아닐 수도 없을까 하오니 귀하신 몸도 마저 쇠를 고느실 만치 튼튼하시기 바라오며 비 개고 날 들거든 엽서(葉書) 한 장 띄워 날자 알리시고 놀러 나오시기 바라며 두어 자로 총총 이만

7월 25일

지용

지훈현제(芝薰賢弟) 전(前)

# 모윤숙(毛允淑) 여사(女史)에게 보내는 편지

산에서 배어 온 시가 달을 아니 넘길까 하오나 난산(難産)이 더욱 두릴 배 아니겠나이까. 이제 한끗 열(熱)하고 초조하였사외다. 시를 어이 조르리요 술을 아슬지언정. 이제 곳 바치리오니 상기 늦지 않으외다. 바칠 때까지 아희 보내지 말어지이다. 24일. 손에 흰먹 묻힌 채. 지용 제(弟).

영운(嶺雲)[1] 매전(姊前)

1 시인 모윤숙의 호(號).

# 2장

## 일본어 산문

# 시(詩)·견(犬)·동인(同人)

한여름 별이 빛나는 하늘은 수박을 잘라 놓은 것 같다고 말하면, 고다마는 선녀가 벗어 놓은 옷 같다고 한다. 미이의 발그레한 뺨이 작은 난로 같다고 말하면 고다마는 미이의 요람 위에 무지개가 걸려 있단다. 북성관(北星館) 2층에서 이런 식의 사치스러운 잡답이 가끔 오간다. 그가 도자기 같은 시를 썼을 때 나는 적벽돌 같은 시를 썼다. 그가 눈물로 찾아오면 밤새 이야기할 각오를 한다.

'시란 연보랏빛 공기를 들이켜는 것이니'라고 그 나름의 정의를 내리면,

'시는 강아지를 애무하는 것이니'라고 내 멋대로 그걸 받아쳤다.

강아지를 사랑하는 데에 그리스도는 필요하지 않다. 우울한 산보자 정도면 된다.

마쓰야마〔松山〕의 민요가 좋다고 한다. 모두가 그렇게 말한다. 나도 좋다는 느낌이다. 그 스스로도 하쿠슈〔白秋〕와 우죠〔雨情〕의 중간 정도는 된다고 말한다. 그리고 겨울방학에는 자작 민요의 작곡을 의뢰하여 바이올린 켜는 사람과 깃발을 들고 길에서 노래부

르며 돌아다닐 거라는 거창한 계획을 말했었다. 나 같은 사람에게는 조금도 가능성이 없는 이야기지만 그는 어딘지 불량소년 같은 느낌이 들기도 하는 인물이다. 그 눈이 마음에 든다. 전체적으로 금붕어같이 바르르 떨며 조금도 안정감이 없어 보이는 모습이 귀엽다.

다양한 사내들이 모여 있다. 덩치에 어울리지 않게 외로워하는 야마모토(山本)가 있는가 하면 '아 카페 한구석에 잊어버린 혼이 지금 연인을 자꾸 찾고 있다!'라고 신미래파처럼 구는 마쓰모토(松本)가 있다. 그는 말을 하면서도 너저분한 긴 머리칼을 멧돼지처럼 들쑤시는 버릇이 있다.

이러쿵저러쿵해도 우리는 힘을 내면서 가는 것이 좋다. 요즘은 시를 써도 바보 취급당할 수 있다. 하지만 우리가 먼저 바보 취급을 해서 써 버리면 되지.

—《자유시인》 1호(1925. 12), 24쪽, *일본어 원문. 편자 초역

# 정거장(停車場)

정거장에 가면 마음이 가벼워진다. 낯선 사람들 틈에 어깨를 맞댄 채 자리에 앉으면 지친 마음이 한결 누그러진다. 이국 하늘 아래 정거장 대합실은 이상스럽게 집처럼 견딜 수 없이 그립다.

누구든지 모두가 슬프고 외로운 듯한 착한 얼굴일 뿐, 나쁜 사람이라고는 한 사람도 없는 것 같다. 모두가 각기 무언가 좋은 일을 기다리는 듯하고, 그 좋은 일이 생기면 곧 참새 새끼처럼 기뻐 날뛸 듯한 단순한 표정을 짓고 있다.

소곤대며 하는 여러 가지 이야기나 사투리를 놓치지 않으려고 귀를 기울여 듣는다. 특별히 의미가 있는 것은 아니지만 사람은 그저 우연히 만나고 헤어진다는 사실을 아무 관계도 없고 아무 의미도 없는 말에서 드러낸다. 그 말의 한마디 한마디가 그대로 시로 옮겨질 수 있을 것 같다.

나는 늘 입는 망토의 깃을 여미면서 계속 타오르는 스토브를 응시한다. 타오른 불길의 한가운데를 보고 있으면 사랑과 고독과 인간의 처참한 모습이 황금빛으로 그려진다. 더욱 감정이 격해진다. 더욱 뺨이 달아오른다. 일어서서 누군가를 찾는 것같이 구석구석을 두리번거린다.

각각의 얼굴에 비춰지는 것이 이리도 그립다. 이토록 쓸쓸하다. 그들의 기모노 자락에 하나하나 매달려 보고 싶어진다. 저 하얀 살결을 만지고 싶다. 살결, 살결, 사람의 피부가 맨살이 아니라면 어찌 이 미칠 것 같은 사랑을 말할 수 있는가! 만일 옷감을 파는 러시아인, 민국인, 인도인이든지 이제는 꽤 가까워진 일본인이든지 진실로 견딜 수 없이 그립다. 머리를 맞대기라도 한다면 어린애처럼 곱게 잠들 수 있을 것 같다.

어느새 시간이 되자 모두가 개찰구 쪽으로 서둘러 나선다. 나는 갑작스럽게 분주해진 사람들 틈으로 비집고 들어서면서 움직이기 시작했다. 지금 검정 망토 안쪽에서는 슬픈 조선의 심장이 하나 은시계처럼 자꾸 떨고 있다.

—《자유시인》 4호(1926. 4), 20~21쪽, *일본어 원문. 편자 초역

# 따분함과 검은색 안경

사람들은 언제나 똑같은 일을 말하거나 똑같이 죄 없음을 숨김없이 드러내거나 작은 일에도 감격하거나 하면서 서로를 지치게 만든다. 소중하게 쌓아올린 우정의 탑이 순간적으로 무너져 버리기도 한다. 사람들의 숨결과 숨결이 서로를 따분하게 만드는 동물적인 독소를 품고 있는 것이라는 생각도 든다. 아름다운 시를 말한다든지 멋진 이상에 공명한다든지 기염을 토하든지 해도 필경은 아무것도 손에 쥐는 것도 없이 녹을 갉아먹는 것처럼 불쾌해질 뿐이다. 언젠가 나는 어떤 사람으로부터 '동지여'라고 하면서 손이 으스러질 정도로 악수를 받은 적이 있었는데 그때 무엇보다 힘이 빠진 것은 나의 센티멘탈한 손이었다. 손은 어떤 경우에도 거추장스럽다. 이렇게 되면 씁쓸한 차라도 홀짝거리면서 가만있지 않으면 정력이 급격하게 빠져 버리는 것 같은 고통이 몰려온다. 여하튼 아무 말 없이 광언(狂言)의 위세를 떨치는 기분 나쁜 고양이처럼 잠자코 있는 남자와 여자처럼 무서운 것은 없다. 이런 인간과 흰 머리칼을 날리면서 검은색 안경을 쓰고 배회하는 노인이 되면 재빠르게 도망쳐 숨고 싶어진다.

—《자유시인》 4호(1926. 4), 21~22쪽, *일본어 원문. 편자 초역

# 일본 이불은 무겁다

잘 맞지 않는 기모노를 몸에 걸치고 서툰 일본어를 말하는 내가 견딜 수 없이 쓸쓸하다. 스스로 느낄 정도로 격하게 침이 튀기고 날카롭고 거친 금속성의 이상한 발음이 나온다. 특이하게 범절에서 벗어나거나 손를 떨거나 얼굴이 일그러지거나 하는 등의 버릇이 나오면 친절한 친구의 악의적인 웃음과 당혹스런 혐오가 엿보여서 온몸의 구석구석이 모두 부스러질 것 같은 쓸쓸함에 하숙으로 돌아왔다. 이 별것 아닌 격한 심정 때문에 얼마나 많은 기분 나쁜 눈길과 마주쳐야 하는가. 잠자리에 들어 생각해 본다. 오늘은 진종일 흐린 날이다.

조선의 하늘은 언제나 맑고 아름답다. 조선 아이의 마음도 밝고 아름다울 것이다. 걸핏하면 흐려지는 이 마음이 원망스럽다. 추방민(追放民)의 종(種)이기 때문에 잡초처럼 끈질긴 기질을 지니지 않으면 안된다. 어디에 심어 놓아도 아름다운 조선풍(朝鮮風)의 꽃을 피우지 않으면 안된다.

내 마음속에는 필시 여러 가지 생각이 어우러져 있을 것이지만 그러한 사실을 그 누구도 알아차리지 못한다. 가장 가까운 어머니와 아버지조차도 알아주지 않는 것이 싫다. 닭의 마음, 토끼의 마음, 남자의 마음, 여자의 마음, 붉은 벽돌 도기(陶器)의 마음, 악당의 마음, 이리의 마음 — 그중 이리의 마음이 어찌된 일인지 내 마음의 한 부분을 차지하고 있는 듯한 느낌이다. 독일의 전설에 나올 듯한 숲속의 애처롭게 굶주린 쓸쓸한 이리 — 이것이 나다. 행복하고 예스러운 감촉 — 하얀 자리 위에서 네 다리를 위로 뻗고 뒹굴고 있는 이리, 더구나 이게 감기에 걸리고 말을 하고 사랑도 하는 짐승이라면 어떨까? 이리의 뺨도 붉어진다.

찢어진 창호지가 바늘 같은 차가운 바람에 휭휭 — 소패(小唄) 같은 문풍지 소리를 내기 시작한다. 이불 깊숙이 파고들어 몸을 움츠린다. 일본의 이불은 무겁다.

—《자유시인》4호(1926. 4), 22쪽, *일본어 원문. 편자 초역

# 편지 한 통

편집부 ○씨에게

모험으로 내 보았습니다만, 그것이 하쿠슈(白秋) 씨의 눈에 띄었던 것 같네요.

제가 쓴 것이 가지런히 조판된 활자 냄새는 사랑과 살결 같은 것이었습니다. 실로 기쁨을 느꼈습니다.

하쿠슈 씨에게 편지를 올리지 않으면 안되지만 이런 종류의 편지는 등롱(燈籠)으로 날아드는 7월의 나방이 떼처럼 엄청나게 많으리라 생각됩니다. 그리고 쓸쓸하게 입을 다물어 버리는 일도 있겠지요.

편지는 삼가기로 하는데 이런 마음도 살펴주시기 바랍니다. 다만, 말없음과 먼 그리움이라는 동양풍으로 사숙(私淑)하겠습니다.

쓸쓸한 조개껍질이 반짝이는 수평선을 꿈꾼다.

시와 스승은 나의 먼 수평선이었습니다.

제가 일종의 시의 시평(時評) 같은 것을 쓰려는 것 같다는 말을 들었지만 저는 아직 논하는 것은 불가능합니다. 뜻밖에 시인이 되고, 갑자기 논평을 하는 것은 갑자기 얼굴이 부풀어 오르는 것이겠지요. 지금은 모두 지났다고 하는 식으로 멋진 말을 하고 싶지만, 그런 것이 피가 끓어오르는 20대의 격정 때문에 푸른 기염으로밖에 되지 않습니다.

푸른 기염을 견디고 있습니다.

일본의 피리라도 빌려 배우려고 합니다.

저는 아무래도 피리 부는 사람이 될 것 같습니다.

사랑도 철학도 민중도 국제 문제도 피리로 불면 되겠지 하고 생각합니다.

당파와 군집, 선언과 결사의 시단은 무섭습니다.

피리, 피리. 피리 부는 일은 언제 어디서나 있는 일이겠지요. 안녕.

—《근대풍경》 2권 3호(1927. 3), 90쪽.

*이 글은 정지용이 키타하라 하쿠슈(北原白秋)가 주재하던 시 전문지 《근대풍경》에 시를 투고하여 작품이 수록된 뒤 그 소감을 적은 것임. *일본어 원문. 편자 초역

# 춘삼월의 작문

산의 미(美)를 옹호하는 자에게는 고전적인 깊이가 없기 때문에 나는 케블 카가 생겨서 좋은지 나쁜지를 결정할 수 없다.

여성적인 산 — 이라고 한다. 그래서 나도 나긋나긋하고 아름다운 산을 좋아한다. 일본의 전설을 상징하는 산 — 이라고 한다. 모든 동방의 옛것을 동경하는 마음으로 이 산을 사랑한다.

상처 받은 산을 위해 개탄을 금치 못하는 사람들의 마음이 어느 틈에 내게로 옮겨진 듯이 느껴져서 나도 마침내 산을 위해 슬퍼하는 한 사람이 되어 버렸다.

산의 내력을 설명해 준다. 산의 가인(歌人)이나 법사(法師)를 가르쳐 준다. 목탁이나 종소리의 오의(奧義)를 들었다.

내가 폴 클로델(Paul Claudel)의 시가 좋아진다든지 라프카디오 헤른(Lafcadio Hearn)의 태도를 흉내내는 때는 이런 때이다.

빨리 산이 치유되면 좋을 텐데. 산은 아파하겠지.

저 길게 벋은 흉물스런 허연 곳을 드러내는 것은 잔인한 일이다.

나무를 많이 심어서 저곳을 숨겼으면 좋겠다. 산의 상처는 녹색으로 치유한다.

소세키〔夏目漱石〕 씨가 살았더라도 정말 저런 유장한 산의 기행을 쓰지 못할지도 모른다.

보라 도마뱀 같은 괴물이 산 정상까지 단숨에 오르내리고 있지 않는가.

산의 해돋이를 대면하기 위해 산의 석양을 보기 위해 이 괴물의 창자에서 몇 번이나 옮겨졌다.

이것은 신비스런 동요다.

밤이 깊어졌을 때 아득한 정상에서 나의 시계는 슬프게도 정확하게 돌아가고 있다. 은으로 된 귀뚜라미처럼 재깍재깍 산정의 밤에 맞물려 돌고 있었다. 바람이 화살같이 흘러갔다.

그렇다. 해발 3천 피트의 산정에서 나는 차금증서(借金證書)를 부인한다. 하지만 시계가 돌아가지 않는 산정은 없을 것이다. 여기에도 별은 멀리서 노래부르지 않으면 안 되는가.

이것은 신비로운 동요다.

나는 산을 위해 더 이상 분개하지 않아도 된다.

나이 먹은 암탉의 모습을 가소롭다고 생각하지 않는가. 어찌 보더라도 섬세한 상상이나 정서를 가지고 움직이는 것처럼 보이지 않는다. 꼬리의 멋없음이야 마치 뚱뚱한 늙은 부인의 스커트를 펼친 것 같다. 대가리를 흔드는 모습도 꾸꾸 하는 울음소리도 요염한 구석은 한 군데도 없다. 저 걸어가는 꼴을 볼 것 같으면 흡사 슬픈 여인의 운명같이 보인다. 나는 나이 먹은 암탉의 뒤를 따라 배웅하는 동안 까닭 모를 센티멘털에 빠진 적이 있다.

그러나 춘삼월이 되어 귀여운 병아리 떼를 거느리고 있는 모습을 보라. 젊은 엄마가 되어 있지 않는가. 그 꼬리도 모성의 조화가 이루어져 약간은 가볍게 느껴지는데, 모두 보호와 사랑으로 치

켜져 있네.

누나, 우리도 곧 모양이 흉해지겠지요.

귀여운 아기를 빨리 가지세요. 토마토 같은, 토끼 같은 아기를.

누님은 내 믿음이 깊지 않음을 비난한다.

공작이 꼬리를 펼치는 듯한 나의 시정(詩情)을, 함부로 구는 행동을 비난한다. 생각이 깊고 행동이 고상하기를 요구하는 정도가 가벼운 피가 위로 솟아오르는 것을 느낀다.

누님, 저는 철학이나 종교나 품행의 이전 — 적어도 야만적인 상태, 자색(紫色)의 시대에 칠을 합니다. 우리는 신중하기 전에 우선 어떻게 해서 공기 중에 자유로울 수 있을까, 어쩌다 대접 받는 비프스테이크 조각이 얼마나 부족한 것인가가 문제입니다.

자칫 연설에서 탈선하게 되면 누님은 기도를 강요한다. 저 대리석처럼 하얀 이마의 긴장과 신비로운 신성하고도 낭랑한 기도 소리에 나는 점점 작은 악마가 된다.

신이여, 누님이여, 저는 결코 악한 사람이 아닙니다.

—《근대풍경》 2권 4호(1927. 4), 69~70쪽, *일본어 원문. 편자 초역

# 3장

# 번역 산문

# 퍼-스포니와 수선화(水仙花)

퍼-스포니는해가이世上에비추기비롯한때부터우에는더업는 어엽분본處女이엿습니다. 눈은여름바다와가치푸르고머리는金빗 치요, 목소리는銀鐘을울니는듯하엿습니다.

그는올림푸스山이마에잇는黃金과, 銀과象牙로지은華麗한宮殿 에 여러 쯔리-ㄱ스, 男神과女神들과가치살어야할몸이엿스나, 그 러나그는이世上해, 비추고, 쏫피고, 푸른풀, 나는고들더조화하엿 습니다. 그리하여, 그어머니쎔터-가여러姉妹되는女神들과宮殿에 잇는것이올흔일이라고달내여보앗스나그는방긋방긋우스며머리 를흔들어습니다.

너는, 이고데, 잇는것이, 더平安하고幸福스러우리라, 하고, 쎔 터-는걱정스럽게말하엿습니다.

쎔터-는自己가宮殿을써나볼볼이가업슬째에귀여운쌀에게무 슨언짠흔일이나생기지아니할가하고늘念慮하엿습니다. 勿論그는 올림푸스山에잇지마는, 가씀가다가, 世上에도다니러나려옵니다.

어느째에는森林속을헤치며, 다니고 어느, 째는, 바다ㅅ가에안 저, 물결이모래우로출렁거리며지근대는것을바라보며퍼-스포니 와幸福스런날을보내엿습니다.

그러나, 아모도, 그들을, 본이가, 업스니, 그짜닭은그들은, 不死의神이기째문에몸을감추는術法을알음이외다. 그러나쎄터-가퍼-스포니에게微笑를보낼째에는果實이成熟하고穀食이, 연의, 째보다, 倍나速하게잘압니다.

그리하면 ᄭᅳ리-ㄱ스農夫들은自己네씨리올해도豊年이라고깃버하나, 그들은, 어엽분두女神이自己네의밧츨지나가는것을보지못하고도, 女神中에하나는秋收의神쎄터-인줄도몰랏습니다.

하루아츰에는퍼-스포니가水仙花를썩그러들에나갓습니다. 海神들과도가치짝지여水仙으로花冠을만들어金髮에이기도하고억개에두를쏫두레도만들엇습니다.

그리다가얼마못되야퍼-스포니는前에보지못한쏫츨어덧스니이것은白水仙인데연의것은한줄기에별가튼쏫치하나惑은두개가열리건만, 이쏫츤한줄기에百餘개가피엿습니다.

아사랑스런쏫!아고흔쏫!그는입술을썰어말하며좀더자세히들여다보랴고무릅을굽히고안젓습니다.

모든空氣는香氣로차고그는偶然히發見한珍奇한물건을동무들에게도보이랴고그고드로불렷습니다.

그러나갑작이무서운事件이일어낫스니쌍이갈러지며깁허서시컴은크다란구멍이그의발밋헤썩벌어졋습니다. 그속으로부터검정말네匹이ᄭᅳ는馬車와한匹人이튀여나와그사람의얼굴을채볼수도업시퍼-스포니를팔쑥에훔키여안고쌍속나라로다리고갓습니다.

「이것은쉐이데스王에이데스이다!그곳神이죽은뒤에퍼-스포니를데리고갓다!」, 海神들은손을쥐여짜며부르지젓습니다.

구녕은닷치어지며水仙花는前과가치그우에푸른풀과가치피여잇스나그한줄기에百餘개피인白水仙은그만몰을틈에업서져버렷습니다. 이것은에이데스가를퍼－스포니잡어가려고꾀를내인것이니 퍼－스포니의精神을그꾀체끌어다려가랴고심어노흔魔花이외다.

쎄터－가딸을차저왓슬때에는그海神들도모다가버리고딸의行方이엇더캐되엿는지물어볼만한사람도업섯습니다, 아홉낫과아홉밤을짓고달피퍼－스포니를차저다녓스나, 그의맘은날로슯허질섇이엿습니다.

열흘재되든날에도첫날과갓치딸의踪跡을차저보왓스나그날은에트나의火焰에서아조特別한홰ㅅ불두자루를딸찾는데쓸가하고가지고갓습니다.

「나는人間의탈을쓰고人間에들어가딸의소문이나좀들어보아야겟다」고그는나종에는말하엿습니다.

그는줄음살이주력주력잡힌늙은할멈이되여쓰리－쓰에아치카라하는곳올리－부나무밋우물가에안젓섯습니다. 해질무릅에졂은處女들이眞鍮물동이를이고물길러왓습니다.

公主阿只氏여! 나를불상히녁이십닛가, 父王殿下宮闕에는할멈을위하야빌리여주실만한구석방하나업슬가요? 쎄터－는말하엿습니다.

「엇더케할멈은우리가公主인것을아는가?」

물동이를나려노코제일큰處女가물엇습니다.

「늙은할멈은여간한일이야다알지요母后殿下께엿주어, 무슨賤役이라도식히시면忠實하게하야들이겟습니다.」 쎄터－가對答하엿습니다.

公主는쌀니돌아갓다얼마못되야오더니메타네이리아 王后가어린아기의乳母를求한다고말하엿습니다.

졂은公主들은가난한사람들에게親切히굴게敎訓을바덧슴으로

自己네의宮殿으로다리고가저녁을가치먹자고할멈에게勸하엿습니다.

「아니올시다. 公主阿只氏네여나의먹는것은좀달습니다.」

下人에게식히여보리밥과薄荷와물을조곰만가저오게하여주십시요, 네, 제가願하는대로요」

그리하여그것은그러케되고쎔터－는어린아이를안고 밤에잠을재우고잇다가, 온宮안이모다잠들어고요할때에그는어린아이를불꼿치이글이글이는넓은마당으로다리고나와어린아이를그불속에느엇습니다. 어린아이는울지도안코보채지도안코마치薔微花寢床에나누은듯이방글방글웃고잇습니다. 그불은어린아이를조금도상하지안케함입니다.

「올치! 올치! 낫지면암보로시아(神의飮食)를먹고밤이면火焰寢床. 이두가지로. 너를다른神들과가치不死의神이되게하는 것이다.

아츰에는어린아이에게아무것도먹이지안코다만神의飮食암보로시아로손발을문지를뿐이요밤에는火焰속에누일뿐이다날이가고올수록적은王子는잘잘아고薔微가치고화짐으로王은아티카에는이런아이가둘도업스리라고아조자랑하엿습니다.

「할멈은어린아이에게아무것도먹이지아니한다니그것이참말인가?」 하루는王이쎔터－에게물엇습니다.

「그것은뭇지말어주십시요」 嚴格한말로對答하엿습니다.

「그리고밤마다어린아이를다리고너른마당으로나가무슨異常스런일을한다지」?

「殿下시여, 두가지다모르시는것이조흘듯합니다」.

「그러면할멈이기르든아이중에이아이가第一어엽부지아니한가? 그것도아니가르칠가」? 王은醉한것처럼물엇습니다.

「할멈의딸은더어엽벗지요만은그아이를일어버렷습니다」. 셈터－는슯히對答하엿습니다.

「오늘밤에는내가그마당에가서그할멈이무엇을하나좀보겟다」고메타네이라王后는말하엿습니다.

「아니가는것이조흘듯하오그는탈쓰고온女神인듯하오」.

「그를怒하게하여서는아니됩니다」王은忠告하얏습니다. 그러나王后는好奇心을참지못하야한밤중쯤되야마당으로나갓습니다.

할멈이어린아이를안고피이랴고하는장작을발노저어불씃츨일게하고어린王子를그우에누이는것을본王后는아조무서워서소리질럿습니다. 갑자기, 그허리굽고늙은乳母는허리가곳게펴지며젊고키크고威嚴잇게보이며두억개에는金실머리가설이엿습니다. 王后가채말도다하기前에그는어린王子를불에서집어내여땅우에가만이누이면서.

「나는셈터－女神이다, 나는너의아들을不死의神으로만들랴하얏드니너의好奇心이이것을글르게하엿다.

王后는아조恭順하게容恕를빌엇스나셈터－는듯지안코곳그宮殿을써나버렷습니다.

그해秋收는凶年이엿스니셈터－는아즉도퍼－스포니쌔문에슯흠중에잇고그까닭에셈터－가微笑하는일이업슴으로穀食은열매를열지못하고果實은익지를못하엿습니다. 農夫들은씨를쑤리엿스나하나달도엇지못하고여러神들은饑饉을念慮하야올림푸스로부터使者를셈터－의게보내엿습니다.

「퍼－스포니가돌아오기前에는秋收는잇슬수업다」고함으로나종에아이데스에셈터－의딸과서로써나달나고請하지아니할수업게되얏습니다.

퍼－스포니는아이데스의后가되야쉐이데스나라榮華로운玉座에서王과가치안젓습니다.

퍼－스포니는前보다더어엽버젓지마는그곳데서決코幸福을누리지못하엿스며神의使者허－ㅁ스가와서퍼－스포니를노아달나고아이데스에게請할새퍼－스포니도또한남편에게돌아가겟다고願하엿습니다.

허－ㅁ스는얼굴이잘나고발과帽子에는銀날개가달렷스니그가번개ㅅ불처럼쉐이데스나라에날어와서퍼－스포니에게해ㅅ빗과, 水仙花와그다음여러가지싸우에잇는빗나고아름다운물건들을그립게하엿습니다.

「나를보내주시오」그는손을밀어빌엇슴으로아이데스는허－ㅁ스와가치가도관게치안타고許諾을하엿슴으로얼마아니잇서서퍼－스포니는어머니팔에안기여보게되얏습니다.

「너는쉐이데스나라에서아모것도먹은일업느냐. 퍼－스포니야?」

「웨요어머니?」

「누구든지그고데서飮食을맛보면언제던지그고데잇게된단다.」

「저의남편이石榴열매를주어서世上에오는길에서먹엇습니다.」퍼－스포니는몸을썰어가며事實을말하엿습니다.

쎄터－가이말을듯고올림푸스로날러가서神에게딸을불상히녁녀달나고빌며.

「퍼－스포니를다시내게서써나지말게합소셔」라고빌엇습니다.

首領되는神들은함께모혀會議를열고한神이말하기를.

「만일아이데스가그아이를바라면불가불 돌녀보낼수박게는업소무엇보다도그아이가石榴열매를먹엇스닛가.」

다른神이말하기는.

「그러나제가한일이조코그른것을몰으고한것이요또는秋收가 글너念慮지요.」

그리하야나종에는決定하기를퍼－스포니가一年열두달에여섯 달은쉐이데스나라에잇게하고남어지여섯달은쎄터－와잇게하엿 습니다.

글로부터퍼－스포니는어두운겨울은쉐이데스사람들과지내고 봄날이와서쨩우혜해가비치고水仙花가필쌔는世上에와서여름에온 갓穀食과果實이어머니微笑하는알에에서익고열매맷는것을본다합 니다.

—《휘문 창간호》(1923. 1), 16~21쪽, * 번역 원문 그대로 옮김

# 여명(黎明)의 여신(女神) 오-로아

이 니야기는 엇던 女神이 人間에 와서 結婚하엿다는 일이니 예전 'ᄭ리-ᄀ' 사람들이 밋어오던 바이외다.

神들이 이 世上에 오면 고흔 處女와 어엽부고 졂은 사나이들에게 마음이 ᄭᅳᆯ니여 그들을 '올림푸스' 山에 잇는 宮殿으로 다리고 간다 합니다.

그러나 或間 가다가 다른 神에게 그들이 永遠히 죽지 안케 하는 付托을 이저버림으로 몃 해 동안 지나서는 시들시들 말녀서 죽거나 或은 永遠히 죽지 안는 付托은 할지라도 永遠히 졂게 하는 付托을 이져바리는 ᄯᅢ는 可憐하게도 그 데불니여간 사나이나 女子들이 얼마 아니가서 衰弱하고 늙어 ᄭᅩ부라저 아조 슯흔 情景에 ᄲᅡ지나 그와는달너서 '올림푸스' 山에 사는 여러 神들은 모다 永遠히 새파라케 졂은 대로 어엽분대로 살어간다 합니다.

그 ᄶᅡ닭에 그 神들이 그들과 內外가 되어 지내기가 실증이 나거나 더욱이 남편이나 안해라고 부르기에 넘우 틀니게 되면 그들을 世上에 다리고 나려와서 김승이나 草木으로 태여나게 합니다. 그러나 그들은 차라리 몸은 '귀ᄯᅮ람이'이나 나무가 될지라도 이 世上에 잇는 것이 '올림푸스' 黃金宮殿에 잇는 이보담 더 身勢가 便하엿슬 줄 압니다.

그러나 만일 그 神들이 그들로 하여금 이 人間에서 가튼 겨레쎄리 저대로 살엇다가 저대로 가게 하고 아모 干涉도 말엇스면 더 幸福스러워겟지요 여러분도 그러케 생-각하십닛가?

'오-로라'라고 일으는 黎明의 女神은 'ㅅ그-리-ㄱ' 나라 神中에서도 第一 어엽분이외다

예전 'ㅅ그-리-ㄱ' 사람들은 새벽 동틀 째에 東便 하늘이 붉고 자지빗나고 보라빗으로 피여나는 것을 볼 째에 그 하눌빗과 갓치 선연히 나타나는 月桂花 갓흔 處女가 四輪馬車를 몰아 黎明의 傳令을 띄우면서 眞珠門을 돌아나가는 것을 멀리 그리여 생각한다 합니다.

그는 몸에 眞紅빗 치마를 입고 '바이올렛트' 빗 만틀을 두르고 이마에는 별을 이고 손에는 해ㅅ불을 잡엇습니다. 사람들은 黎明의 女神 '오-로라'라고 만부르지마는 그는 黃昏의 女神도 되기 째문에 그의 宮殿은 멀리멀리 西쪽으로 가서 푸른 바다 한복판에 寶石처럼 써 잇는 한 섬 우에 잇섯습니다. 그고데는 사철 쏫피여 잇는 庭園도 잇고 고흔 잔듸밧도 잇서 '오-로라'는 한나제는 이고데셔 쉬고 해가 넘어가면 이마에 인별에 빗츨 달고 손에 든 홰에 불을 켜 들고 왓던 길을 다시 돌아 다음 날 黎明을 曉門近處에서 기다립니다.

그가 草木이며 쏫체 이슬을 흘리여 다시 살게 하고 온 人類에게 반가운 아츰인사를 보내며 지나는 곳마다 적은 새들까지 잠을 깨입니다. 그러나 누구던지 그를 만히 사랑하엿지마는 그가 '트로이' 王子 '치도누스'를 사랑하게 된 以前에는 아모도 그의 마음을 건드려보지도 못하엿습니다.

'치도누스'는 姿勢가 바른 美少年이요 더욱이 그는 遊戲이며 춤

이며 노래를 질기여 父王의 宮殿에서는 더 말할 수 업는 貴童子이엿습니다.

'오-로라'와 '치도누스' 두 사람이 어느 날 아츰 眞珠門 박게서 맛낫스니 '치도누스'가 燦爛한 女神의 얼골을 우러々 볼 째에는 이제까지 몰으든 마음이 더워짐을 깨달엇습니다. 그리고 '오-로라'도 그를 볼 째 참 엇더케 어엽분 사람이냐고 微笑로 그를 對하엿습니다. 그리고 그를 愛慕하게 된 것이 그로부터입니다.

그 뒤로는 '치도누스'가 自己의 遊戲는 모다 버리고 날마다 아츰이면 曉門近處에 가서 '오-로라'를기다리엿습니다. 그들을 함께 긴 歲月을 幸福스럽게 지내다가 '치도누스'가

"당신은 내 안해가 되시지 안으시렵니가?"고 물엇습니다.

"네 당신은 西便 바다에 잇는 우리 섬에 가서 나와 함께 살읍시다."

"아 그러나 내가 이젓습니다."

"나는 將次 늙은 몸이 되고 그리고 죽을 몸이외다. 우리가 갓치 잇게 되기도 겨우 한 몃 해에 지나지 못하겟습니다." 하고 女神의 愛人은 슯히 말하엿습니다.

"그러면 父神 '세우스'께 말슴하야 당신으로 永遠히 살게 請하야 두겟습니다." 하고 '오-로라'는 얼마 생각하다가 對答하엿습니다.

그리하야 '세우스'는 '치도누스'에 限업는壽를 許하여 주고 '오-로라'는 그를 自己의 華麗한 宮殿으로 다리고 갓습니다. 生活에 黃金 물결이 흐르는 것갓치 그들은 서로 깁히 사랑하엿습니다.

그러나 가이업게도! '오-로라'는 '세우스'에게 自己 남편이 永遠히 죽지 안케는 請하엿지마는 永遠히 졂게 하는 것은 그만 이저버리고 請하지 안엇습니다.

歲月은 흘러 '치도누스'는 나이 먹어 늙고 强將한 體格은 줄음이 잡히고 머리는 白髮을 날리게 되엿습니다.

妻는 前과 갓치 變함업시 어엽부고 젊은 대로 잇슴으로 自己는 비록 늙엇슬지라도 妻의 어엽분 것을 자랑으로 생각하엿습니다.

그러나 나종에는 그는 漸々 더 늙어 아무것도 樂을 엇지 못하게 되도록 늙엇습니다. 종아리는 밧작 말너붓고 눈은 흐리고 다만 예전에 가젓든 것이라고는 목소리만 남엇습니다.

'오－로라'는 오래동안 그를 다리고 잇섯스나 나종에는 便々 치안어 알는소리하는 것이 듯기 실케 되엿습니다.

'치도누스'는 밤이나 나지나 神에게 어서 죽게 하여 달나고 빌으나 '오－로라'는 自己가 그를 爲하야 永遠히 죽지 안케 請하엿슴으로 神은 그것을 들어줄 리가 업슬 줄 알엇습니다.

그는 목소리만 變함업시 남어 씻는 듯이 외골수로 남이 듯거나 말거나 잔소리를 짓거려 대엿습니다.

'오－로라'는 그를 불상히 녁엿스나 벌서 사랑은 써러젓습니다. 늙은 '치도누스'는 '오－로라'도 거진 몰나보게 되고 다리 굽은 늙은 하라범에게는 예전 그림자라고는 아무것도 볼수업섯습니다. 그리하여 女神은 그를 世上에 다리고와 '귀쑤람이'를 만들어 버렷습니다.

여러분이 보라빗 아츰구름을 볼 째에 붉은 만트로 둘으고 眞珠門에 건이는 '오－로라'를 보며 나무덩쿨 틈에서 날카로운 '귀쑤람이' 울음을 들으실 째 '오－로라' 女神의 남편이엿섯던 예전 '치도누스'를 追憶하십니까?

—《휘문 창간호》(1923. 1), 30~33쪽, * 번역 원문 그대로 옮김

# 그리스도를 본바듬

### 제일권

렁적 생활에 대한 유익한 일깨움.

### 제일ㅅ장

**그리스도를 본바듬과 쏘한 세속의 모든 헛됨을 업수히 녁임에 대하야.**

쥬 —「나를 ᄯᅡ르으는 자는 어둡속에 것지 아니한다」,[1] 이르시도다.

이는 그리스도의 말슴이시니 만일 진실로 광명에 비최임과 쏘한 모든 마음의 소경됨에서 구원밧기를 원할지면 이 말슴으로 인하야 그의 생활과 행실을 어ᄯᅥ케 본바들ㅅ가 일깨워짐이라.

이럼으로 예수 그리스도의 생활을 묵상함으로 최상의 공부를 삼을 것이로다.

2. 그리스도의 도리는 모든 성인의 도리에 ᄲᅱ여나도다. 그럼으로 그의 정신을 가지는 자는 거기 감초인 만나(신령한 음식)를 어들

1 요왕 8·12.

지로다.

그러나 만흔 사람들이 복음을 자조 들음에도 아모 원욕도 늑기지 아니함이 흔이 잇스니, 연고는 그리스도의 정신을 가지지 아님이로다.

누구나 그리스도의 말슴을 충분히 또한 맛시게 알아듯기를 원하는자는 자기의 온 생활을 그 의게 합치하기를 힘써야 맛당하도다.

3. 삼위일체에 대한 놉흔 리치를 시비함이 너의게 무슨 나슨일이 잇스랴. 만일 겸손이 업시, 글로 말미암아 성삼위일체 의향에 합하지 안이한다면?

실로 고상한 말이 거룩한 이와 의로운 사람을 만들지 못하고, 덕잇는 생활이 천주께 사랑스런 자가 되는도다.

통회의 정의를 알기보담 차라리 통회를 늑기기가 원이로다.

서령 성경전부를 거트로, 또한 모든 철학자의 말한 바를 네가 안다 하자, 천주의 사랑과 성총이 업시 대체 무슨 유익함이 잇스랴?

"헛됨 중에도 헛됨이여" 천주를 사랑하며 다만 그를 섬기는 외는 "모든 것이 헛되도다."[2]

세속을 업수히 녁임으로 하날나라에 향함이 이 최상의 지헤로다.

이럼으로 헛되도다, 멸해 업서질 재물을 구하며 바람이여.

또한 헛되도다, 명예를 욕망하며 놉흔 지위에 자기를 놉힘이여.

헛되도다, 육신원욕을 쌀음이여 그때문에. 후에 중히 맛당히 벌바들 그것을 부러워함이여.

헛되도다, 오래 살기를 바라고 잘살기는 적게 돌봄이여.

헛되도다, 현세 생명에만 착심하고 내세 사정은 미리 안배치

2 전교서 1·2.

아니함이여.

헛되도다, 홀홀 신속히 지나가는 것을 사랑하고 영원한 즐거움이 머믄 그곳으로 밧비구지 아니함이여.

자조 이 비유를 긔억하라. "눈은 봄에 배불으지 아니하며 귀는 드름에 차지 아니하나니라."[3]

그럼으로 너의 마음을 보이는 바로 사랑함으로부터 떼우며, 보이지 아니하는 사정에 너스사로를 옴기기로 힘쓸지라.

연고는 오관을 따름으로 양심을 때뭇치며 또한 천주의 성총을 일흠이로다.

**제이장**

**자기를 나춤에 대하여.**

1. 모든 사람은 본대 앎을 원한다.[4] 그러나 천주를 두렵업는 지식이 무엇이 유익하리오?[5]

실노 천주를 밧드는 촌백성이, 자긔를 소홀히하고 일원성신의 도는 길을 닉히 연구하는 교오한 철학자보담 나흐리라.

자기를 잘 아는 자는 저를 스사로 천히하며 사람의 기림에 즐기지 안는도다.

서령 세상에 잇는바 모든 것을 안다 하자 그러나 애덕에 잇지 아니하면 천주압헤 무슨 도움이 되랴, 그는 나를 행위대로 심판하실 것임에?

3 전교서 1·8.
4 아리스토텔레스.
5 집회서 1·17.

2. 너무 알고 십허하지 말지니, 연고는 거긔 큰 분심과 속임을 맛나리라.

사람들은 유식하게 보이기와 지혜롭다 일러지기를 감심으로 원하는도다.

앎이 도로혀 령혼에 아조 적게 혹은 하나도 리로움 업는 것이 만흐니라.

실노 미련하도다, 자기 령혼 구제에 밧들기보담 다른 사물에 착심하는 자여.

만흔 말이 령혼을 채오지 못하나니, 조흔 행실이 명오를 시원케하며 조찰한 량심이 천주쎄게 향한 큰 밋붐을 주는도다.

3. 더 알며 낫게 알수록 그만치 더 거륵하게 살지 아니하면 그로 인하야 더욱 중히 심판바들지로다.

그럼으로 엇더한 기술이나 학식 자랑하기를 슬혀할지며 찰하리 어든 지식에 대하야 두려워하라.

혹 만히 알고 충분히 리해한다고 스사로 생각될지라도 그래도 모르는 바가 이에서 만히 잇슴을 알으라.

"분수에 넘는 것을 맛드리지 말나"[6] 너의 무식함을 더욱 실정 알어라. 엇지하야 너를 다른 사람에 나수녀기고자 하느뇨, 너보다 박학한 자와 법에 더 용한 이를 맛날 것임에?

혹 긴히 엇던 것을 알며 배호고자 하거든 "누구에게 알니여지지아니하고 아모것도아닌 것으로 녀김밧기를 사랑하라."[7]

4. 가장 깁고 유익한 공부는 실로 자기를 알며 쏘한 나춤이니라.

자기는 아모것도 아닌 걸로 녀기고 남을 항상 조케 놉히 생각

6 로마서 11·20.

7 성보나벤두-라.

함이 큰 지혜이며 완덕이니라.

혹 남이 드러나게 범죄함이나 무슨 중대한 잘못함을 보앗슬지라도 그래도 너를 의당 더나수 금치지 못할지니, 연고는 얼마나 오래 착한 분수에 머므를지 너도 모를 바이니라.

사람은 모다 연약하다 그러나 아모도 너보다 더 연약한 자 업슬 줄 알어라.

### 제삼장

### 진리의 도리에 대하야.

1. 사라저 업서질 모상이나 소리를 인함이 아니오 진리가 스사로 가르치고 또한 잇는 그대로 가르치는 자는 유복하도다.[8]

우리 소견이나 우리 생각이 자조 우리를 속이며 또한 보는 바도 적도다.

가리우고 희미한 사정에 대하야 수다하게 론쟁함이 무슨 리익이 잇스랴, 우리가 그것을 모르고 지난 연고로 심판 때 문책당할 것이 아님에?

미련함도 크도다, 유익하고 요긴한 것은 소홀히하고 다사스럽고 해로운 일에 착심함이여, 눈을 가지고도 보지 못하는도다.

2. 또는 종(種)을 캐며 류(類)를 가리고 하는 것이 우리에게 무슨 관게가 되랴?

영원하신 '말슴'의 가르치심을 듯는 자는 여러 가지 소견에 잡히지 안는도다.

8 시편 93·12.

한 '말슴'으로조차 만물이 오고, 하나를 만물이 니르는도다, 이는 '시초부터' 우리에게 '말하는 그로다.'[9]

이를 말미암지 안코는 아모도 알아들으며 바로 판단하지 못하리로다.

만물이 하나이오, 만물을 하나로 잇글고 또한 만물을 하나에서 보는 자는 심지가 견고하며 천주 안에 평화롭게 능히 멈으를 수 잇나니라.

오홉다 진리신 천주여, 영원한 애덕에서 나를 너와 함께 하나로 만드소서.

만흔 것을 닑음과 드름이 항상 나를 괴롭게 하나니, 네 안에 내가 원하며 하고 십허하는 것이 모다 잇슴이니다.

모든 학자를 잠잠케 하며 온갓 피조물을 네 압헤 믁믁케 하소서.

3. 누구던지 더욱 정신이 한갈스럽고 내심에 순박할사록 더 만히 더 깁히 힘 안 드리고 깨다를지니, 연고는 우에서 오는 총명을 빗츨 바듬이니라.

조찰하며 순박하고 항구한 정신은 만흔 일에 산란치 아니하나니, 연고는 모든 일이 천주의 영광을 위하야 함이오 사리를 도모함에는 한가롭고쟈 함이니라.

무엇이 너를, 너의 극긔업는 마음의 애욕보다, 더 조당하며 고롭게 하랴?

어질고 지성한 사람은 밧긔 행할바 자긔 일을 미리 안에 안배하는도다.

또한 일이 그를 사악에 기우러지는 원욕으로 잇글지 아니하며

9 요왕 8·25.

도로혀 그가 일을 바른 리치의 주장대로 굽히게 하는도다.

누가 자긔를 이긔기에 힘씀보다 더 용맹한 싸홈을 하리오?

그럼으로 맛당히 우리의 사업으로 하야 할 것은, 곳 자긔를 이김과, 날노 더 용맹하여짐과, 또한 더 낫게 나아감이니라.

4. 이 인생에서 모든 완전함이란 다소간 매인 불완전함을 가지고 잇스니 그럼으로 우리의 모든 살핌도 다소간 희미함을 면치 못하느니리라.

너를 겸손할 줄 앎이, 지식의 깁흔 연구보다, 천주께 향하야 더욱 일정한 길이니라.

지식이나 보통 일머리 앎이 글타 할 수 업스니, 이는 그 자체로 보아도 조흔 일이오 또한 천주께서 안배하신 것이라, 그러나 항상 조흔 량심과 유덕한 행실을 더 낫게 녁일 것이니라.

대개는 착한 행실보다 지식 엇기를 더 힘씀으로 항상 그릇치며, 열매를 매즘이 하나로 업거나 맷는대야 아조 적으니라.

5. 오홉다, 만일 여러 가지 문제를 론난하드시 악습의 뿌리를 뽑아버리고 선덕의 싹을 접부치긔에 매우 브즈런할 것이면 세상은 이러케도 만흔 죄악과 악한 표양을 짓지 안흘 것이며 수원(修院)안에도 이러한 한만이 생긱지 안흘 것이로다.

일정코, 심판날을 당하야 천주께서 우리가 무엇을 닑엇는지를 뭇지 안으시고 무엇을 행하엿는지 차즈실 것이오 엇더케 훌륭한 말을 하엿는지가 아니고 엇더케 규게를 잘 직히며 살엇는가를 무르시리로다.

내게 닐을지어다, 너희들도 잘 알던터이오 살어 잇던 동안에는 박학으로 령명이 쏫피듯하던 그 모든 대가와 선생들이 이제 어디 잇는지를?

임의 그들의 놉흔 지위를 다른 자들이 차지하엿스며 그들에 대하야 생각이나 하는지도 모를 바이로다.

그들이 살어 잇던 동안에는 엇던 양으로 우러러보이든 것이 이제는 그들에 대하야 말하는 이도 업도다.

6. 오홉다, 세상의 영화는 어이그리 빨니 지나가는고! 그들의 일생도 그들의 학식과 일치 하엿더면! 배우고 닑고 한 것이 다 조촐스리로다.

천주를 밧들기는 조곰도 돌보지 안코 세속의 헛된 지식을 싸르다가 멸망하는 자들이 얼마나 만흔고! 사람들은 겸손함보다 큰체하고자 함으로 제 생각에 제가 사라지고 마는도다.

실노 큰자는, 큰 애덕을 가진 이로다.

실노 큰자는, 자긔를 적게 보고 모든 절정에 오른 명예를 아모것도, 아닌 줄 녁이는 이르다.

실노 지혜로운 자는, "그리스도를 엇기 위하야" 싸에 모든 것을 "분토갓치"[10] 녁이는 이로다.

실노 유식한 자는, 천주의 성지대로 행하며 자긔의 원의는 바리는 이로다.

### 제사장

### 행동에 잇서 슬기에 대하야.

1. 모든 말이나 지각을 다 미들 것이 아니오 삼가고 여유롭게 천주의 뜻대로 사물을 헤아릴 것이로다.

10 비리버 3·8.

오호라! 남의 조흔 점보다 악처를 쉬히 미드며 말하는도다, 이러타시 사람은 연약하도다.

그러나 완덕의 사람은 남의 말을 쉬히 밋지 아니하나니, 연고는 사람은 연약하야 악에 기우러지기와 또한 구설에 가볍기가 쉬움을 아는 까닭이로다.

2. 행동에 잇서서 황급하지 아니하며 자기 의견에 고집하지도 아니함은 큰 지혜로다.

이러한 지혜는 남의 아모런 말에도 쉬히 밋지 아니하며 드른 바나 미든 바를 즉시 남의 귀에 옴기지도 안는도다.

지혜롭고 량심이 밝은 사람의 지휘를 바드라, 그리고 너의 생각을 쌀음보다 찰하리 나흔 사람의게 물어 가르침을 바들지니라.

착한 생애는 사람을 천주의 성지대로 지혜롭게 하며 여러 가지 사정에 경력을 엇게 하는도다.

사람은 스사로 더 겸손하며, 천주께 더 순종할사록, 모든 사정에 더 지혜롭고 더 안정하리로다.

### 제오장
### 성경을 읽음에 대하야.

1. 성경에서 차즐 것은 진리오 문사가 아니로다.

모든 성경은 그를 쓴바, 그 정신으로 맛당히 읽을 것이로다.

성경에서 문사의 미묘함보다 찰하리 신익을 차즘이 맛당하도다.

이러므로써 경근하고 순박한 책을 마치 고상하고, 심원한 책과 가치감심으로 읽어야 맛당하도다.

저술자의 권위를 헤아리지 말나, 그의 학문이 적든지 만튼지 무를 바이 아니오 다만 순전한 진리의 사랑으로 읽을 것이로다.

누가 이를 말하엿느냐 무를 것이 아니오 무엇이 쓰여 잇는가를 류심하라

2. 사람은 죽어 사러지거니와 "주의 진리는 영원히 머물도다."[11]

천주는 사람의 분위를 가리지 아니하시고 우리에게 "여러 모양으로"[12] 말슴하시는도다.

우리의 호기심이 성경을 읽을 때 항상 우리를 조당하는도다, 단순히 지나가고 마를 곳을 캐여 알고 자하며 변론하랴 하는도다.

만일 성경에서 유익을 엇고쟈 할지면 겸손되히, 순전히, 또한 성실히 읽을지오 아모 때나 박학의 헛된 이름을 가지고자 바라지 말지니라.

뭇기를 감심으로 하라, 잠잠히 모든 성인의 말슴을 드르라, 부로들의 미유가 네게 합의치 안타하지 말지니 연고 업시 발한 것이 아님이로다.

訂正 제삼호증 본란 제삼장 2절 말행「모든 학자를 잠잠케 하며 온갖 피조물을 네 압헤 묵믁믁케 하소서」밋헤「너 홀노 내게 니르소서」가 락행되엿슴으로 이에 추가함.

11 성영 116·2.
12 헤부레서 1·1.

제륙장

차례 업는 애정에 대하야.

1. 어느 때든지 사람은 무엇이든지 차례 업시 탐하면 즉시 내심이 불안하도다.

교오 하며 간린한 자는 결코 안정하지 못하는도다. 가난하고 마음으로 겸손한 자는 만흔 평화중에 지나는도다.

아직 온전히 자긔에 죽지 아니한 사람은 유감을 당하기 쉬우며 사소하고 천한 일에 지는도다.

령신으로 연약하며 어느 정도로 아즉까지 육신에 쓸니우며 그리고 오관에 기우러지는 자는 세속 원욕에서 능히 온전히 버서나기 어렵도다.

연고로 그러한 사람은 제가 덜니게 되는 때는 항상 근심을 가지며 혹 누가 그에게 거사리이면 쏘한 경첩이 분로하는도다.

2. 만일 탐욕하는 바를 그대로 어덧슬지라도 즉시로 량심의 가책이 묵어워질 것이니 자긔가 구하던 평화를 조곰도 돕지 못하는바 자긔의 편정을 쌀은 연고로다.

이러므로 편정을 대적함으로 마음의 진실한 평화를 어들 것이오 그들 섬김으로는 엇지못하는도다.

연고로 평화는 육신엣 사람의 마음에나 밧긔 사물을밧드는자에 잇지안코 도로혀 열렬하며 령ㅅ적인 사람에게 잇도다.

제칠장

헛된 희맛과 제몸놉힘을 피함에 대하야.

1. 헛되도다, 자긔의 바람을 사람에 두거나 피조물에 두는 자여, 예수 그리스도의 사랑으로 남의게 봉사하기와 그리고 이세상에서 가난한 자로 보이기를 붓그리지 말지로다.

너 자신을 신뢰하지 말나, 도로혀 천주 안에 너의 바람을 세울지로다.

너의 할 수 잇는 것을 하라, 그러면 천주께서 너의 조흔 원의를 도으시리로다.

너의 지식이나 혹은 엇더한 사람의 재조에 힘밋지 말지며 천주의 성총에 더욱 의지하라 그는 겸손한 자를 도으시고 오만한 자를 낫초시는도다.

2. 재물이 서령 잇슬지라도 또한 엇더한 친우든지 권세 잇다는 연고로 자랑하지 말나, 다만 천주 안에서 자랑하라, 그는 모든 것을 주시며 모든 것을 초월하야 당신을 친히 주시기를 원하시는도다.

너의 육신의 장대하고 미려함을 자만하지 말나, 그는 적은 병을 인하야 상하고 추해지는도다.

너의 기량이나 총명에 대하여 너스사로 자부심을 가저 천추의 향을 거사리지 말나, 본대 네가 가진 조흔 것은 무엇이든지 온전히 그의 것임이로다.

3. 너를 다른 사람에서 더 나흔 즐노 헤아리지 말나 혹 천주 대전에서 더 낫추 써러지지 안을가 함이니 그는 사람 안에 잇는 바를 아르심이로다.

너의 선행에 대하야 자랑하지 말나, 연고는 천주의 심판은 사람의 판단과 달니하나니, 사람의 의향에 합하는 것이 천주께는 흔히 의합치 아니함이로다.

혹 무슨 선한 것을 가젓슬지라도 남이 가진 더 조흔 것을 알으라, 너의 겸손을 보존하기 위함이로다.

서령 너를 모든 사람 아래에 둘지라도 해가 업도다, 그러나 만일 어느 한 사람일지라도 너를 그 우에 올니면 해가 매우 만토다.

항구한 평화는 겸손한 자와 함께 잇스니 오만한 자의 마음에는 질투와 분노가 잣도다.

### 제팔장

### 과히 친합하기를 피함에 대하야.

1. "모든 사람의게 마음을 드러내지 말라."[13]

다만 지혜롭고 천주를 두리는 자로 더부러 너의 사정을 상의하라.

나히 젊은 자들이며 낫닉지 못한 사람들과는 사이를 드물니하라.

부자의게 아당하지 말지며 권세 잇는 자 압헤 나가기를 즐기지말라.

겸손하고 순박한 자와 경건하고 단정한 자들과 사괴라 그리고 덕행을 세울 일을 서로 담화하라.

엇더한 여인과도 친압하지 말라 다만 대체로 모든 선량한 여인을 천주께 천거하라.

13 전교서 8 · 22.

다만 천주와 그의 천신들과 친밀하기를 바랄지오 사람들과 친근하기는 ᄭᅳ릴 것이로다.

2. 모든 사람의게 애덕을 가져야 할지로다 그러나 친압함은 유익하지 안토다.

흔히 잇는 일이니 아직 모르는 사람으로 조흔 명성에 빗나든 자도 그를 만나보는 눈에 무실한 것이 드러나는도다.

혹엇던 ᄢᅢ 남과 접근함으로 그를 깃브게 할 줄로 생각하나 우리가 가진 거동의 질점이 들어남으로 도로혀 불쾌한 심사를 알게 하는도다.

**제구장**

**순명과 겸비함에 대하야.**

실로 위대하도다 순명하는 덕이여 장상의 아레 생활하며 자기 스사로 주장이 되지 아니함이여.

겸비한 데 서서 ᄡᅡᆯ으는 것이 우에 잇서 다사림보다 매우 안전하도다.

세상에는 만흔 사람들이 애덕으로조차 남보다 엇지 할 수 업는탓으로 순명하는도다 그리하야 그들은 괴롬을 늑기며 경첩히 원망을 품는도다. 만일 오롯이 마음으로부터 천주를 위하야 자기를 굽히지 아니할지면 령론의 자유를 어들 바이 업스리로다.

예나 제나 두루다녀 보라 겸손히 장상의 지도에 순종하지 안는 한에는 평안을 어들 곳이 업스리로다.

환경과 변화에 대한 부즈럽슨 생각이 만흔 사람을 그릇치는도다.

2. 진실로 사람은 각각 자기 지각대로 하기를 조하하며 자기와 생각이 서로 가튼 자의게 더 기우러지는도다.

그러나 만일 천주 ― 우리 안에 게실진대 평화의 복됨을 위하야 엇던 째에는 우리의 생각을 버리는 것이 요긴하도다.

누가 모든 것을 능히 축족히 잘알기까지 이러타시 지혜 잇는 자이 잇스리오.

그럼으로 너의 생각에 너무 힘밋지 말라 감심으로 다른 이의 의견도 듯고자 힘쓸지로다.

서령 너의 생각이 조흘지라도 이것을 천주를 위하야 사양하고 다른 이의 의견을 쌀을지면 일로 인하야 더욱 유익을 어드리로다.

3. 나 ― 자조 들엇노니 남의 지휘를 듯고 바더드리는 것이 스사로 남을지휘함보다 훨신 안전하다 일넛도다.

그야 의견이 다 유리할 수 잇스리로다. 그러나 사리와 연유가 다른 이의 의견을 짜르도록 됨에도 불구하고 순종하지 아니함은 이는 일정코 교오와 고집의 빙거로다.

**제십장**

**말 만흠을 삼가 피함에 대하야.**

1. 될 수 잇는 대로 뭇사람의 헌화를 삼가 피하라. 세속 사정을 의론하는 것이, 비록 순전한 의향에서 나왓슬지라도, 만흔 조당이 되는 연고로다.

즉시 망녕된 생각에 더럽히며 사로잡히는 연고로다.

나 ― 침묵히 지내엿더라면, 쏘는 뭇사람 속에 가지 아니하엿더라면 조핫스려니 하는 생각이 만히 이는도다.

그러나 엇지하야 이러타시 잡담하기와 서로 이야기하기를 조하하느뇨, 량심에 상해를 입지 안코서 침묵에 도라오기가 드믈음에도?

이러타시 달게 담화하고자 하는 까닭은 서로 이야기함으로 서로 위로를 구함이오 또는 여러 가지 다른 생각에 수고로운 마음을 가볍게 하고자 바람이로다.

더욱이 우리가 만히 사랑하며 원하는 바에 대하야 혹은 우리에게 상반되어 늑기는 바를 말하기와 생각하기를 감심으로 즐기는도다.

2. 그러나 오홉다! 항상 부즈럽고 무익하도다. 밧게서 오는 이 위로가 안에서 오는 또한 거륵한 위안에 적지안은 손해가 되는도다.

이르므로 때가 한가하게 지나가지 안토록 수직하며 긔도하야 할 것이로다.

만일 말하야 합당하며 또한 유익할진대 덕행을 세울 일에 관한 것을 담화하라.

악한 습관과 덕행에 나아감을 소홀히함은 우리 입을 경계하지 안흠으로 만히 나는도다.

그러나 령혼 사정에 대한 경건한 회담은 령ㅅ적 진보에 적지안케 도음이 되나니 마음과 정신으로 천주 안에서 서로 가튼 자끼리의 사귐은 더욱 그러하도다.

**제십일장**

**평화를 어들 것과 덕행에 나아갈 열심에 대하야.**

1. 만일 우리가 남의 말과 일이며 또는 우리에게 관계되지 안

는 일에 상관하랴고 아니할지면 만흔 평화를 누릴 수 잇스리로다.

남의 일에 간섭하며 긔회를 밧그로만 구하고 자기를 안으로 거두어드리기를 아조 적게 드물게 하는 자가 엇지 오래 평화에 머믈 수가 잇스리오?

순전한 사람은 복이 잇도다, 만흔 평화를 누릴 것임이로다.

2. 엇지하야 엇던 성인들은 그러타시 완전하엿고 묵상에 한갈스러웟던고?

모든 세속 원욕에서 오롯이 자기를 억제하기를 힘쓴 연고니 그럼으로 마음속으로부터 천주께 결합하며 임의로 자기 수덕에 힘쓸 수 잇섯슴이로다.

우리는 너무도 자기 편정에 차지되엿스며 잠간 지나가고 마는 세물에 너무도 로심하는도다.

한 가지 모병을 완전히 이긔지 못하며 날로 덕행에 나아감에 열심하지 못하는도다, 이러므로 차고 미지근한 대로 머믈 샏이로다.

3. 만일 우리 자신에 완전히 죽을 수 잇스며, 내심에 걸니는 것이 적을지면, 신성한 것을 맛보기와 또한 천국에 대한 묵상을 경험할 수 잇스리로다.

오즉 하나이오 또한 제일 큰 조당은 우리가 편정과 욕심에서 버서나지 못하며 완전한 성인들의 길에 들어가기를 애쓰지도 안이함이로다.

적은 환란을 만날 때 너무도 속히 업드러지며 그리고 사람의 위로에 의지하랴 하는도다.

4. 만일 용맹한 사람들이 전장에 스다시 우리도 분투할지면 일전코 주의 도으심이 우리 우에 하날로서 나리심을 보리로다.

천주 — 친히, 싸호는 사람과 또한 그의 성총을 바라는 자들의

게 조력을 가초시고 잇스시니, 천주는 우리가 이긔기 위하야 싸홀 기회를 주선하시는도다.

만일 수덕의 진보를 외면 형식에만 둔다 할지면 즉시로 우리의 열심은 슷나고 말리로다.

그러나 쌔리에다 부월을 나리우자, 모든 편정에서 조찰히되며 평화로운 정신을 누리기 위함이로다.

5. 만일 매년에 한 가지ㅅ식 모병의 쌔리를 쌔여버릴지면, 속히 완전한 사람을 일우리로다.

그러나 이제는 도로혀 우리가 처음으로 회두한 째에 더욱 나엇섯고 더 순진하엿던 줄로 자조 생각되는도다, 서원(誓願)한 이후로 여러 해 지난 이제보다도.

우리의 열심과 덕행의 나아감이 날로 불어야 할 것이로다, 그러나 만일 누가 처음 째 열심의 한 부분을 능히 보존하엿다 하면 크고 장한 일로 보이는도다.

만일 처음 비롯할 째 조금 맹렬히 할지면 나종에는 모든 것을 용이하게 즐겁게 할 수 잇스리로다.

6. 습관을 버리기는 어려웁도다, 그러나 자긔의 의사를 거사려 진행하기는 더욱 곤난한 일이로다.

그러나 만일 적고 쉬운 것을 이긔지 못할지면 어쩌케 더 어려운것을 굴복식히랴?

너의 성벽(性癖)에 처음 비롯할 째부터 거사리라, 악한 습관을 버리라, 차차 더 곤란한데로 너늘 인도할ㅅ가 함이로다.

오홉다 너 자신을 잘 가짐으로 네게 얼마나한 평화와, 쏘한 다른 이에게 깃븜이 될ㅅ가 쌔다를지면, 령신상 진보에 대하야 더 로심할 줄로 밋노라.

제십이장

환난의 유익함에 대하야.

1. 어쩐 째 혹 곤난과 역경을 만나는 것은 우리에게 조흔 일이니, 연고는 자조 사람을 회심하도록 부름이오 그로 인하야 자긔가 귀향에 잇슴을 깨닷고 자긔의 희망을 세상 어쩐 일에도 두지 아니함이로다.

또 어쩐 째에 거사리는 자들을 참어바듬이 우리에게 조흔 일이오 비록 우리가 착하게 행하고 선의로 할지라도 도로혀 남이 우리를 언잔케 또는 그릇 생각하는 것이 또한 조흔 일이로다. 이리함이 자조 우리를 겸손에 나가게 돕고 또한 우리를 허화에서 두호하는도다.

밧긔로 사람들의게 경천히 녁임을 바드며 아모도 잘 미더주지 아니할 째 그럴 째에 더욱 열심히 우리 내심의 증좌되시는 천주를 찾는도다.

2. 그럼으로 사람은 의당 자긔를 오롯이 천주께 견고히 매질 것이니 만흔 사람의 위로를 그함이 요킨치 아니함이로다.

선의의 사람이 고로움을 당하거나 유감을 당하거나 혹은 악한 생각에 씨돱힐 째 그럴 째에 더욱 천주 — 내게 요긴하신 줄 알며 천주 업시 아모 선한 일도 할 수 업슴을 승복하리로다.

그럴 째에 곳 그가 밧는 환난을 위하야 근심하며 탄식하며 긔도하는도다.

그럴 째에 세상에 오래 살기를 실허하며 "육신을 써나 그리스도와 함씌 잇기"[14] 위하야 죽음이 오기를 바라는도다.

14 비리버 1·23.

그럴 때에 곳 온전한 평탄과 만족한 평화가 이세상에 잇슬 수 업슴을 잘 깨다르리로다.

**제십삼장**

**유감을 억제함에 대하야.**

1. 세상에 살어 잇는 동안에는 환난과 유감 업시 지날 수는 업도다.

연고로 욥에 긔록되기를 "따우에 사람은 일생은 유감이라"[15] 하엿도다.

그러므로 각각 자긔 유감에 두루 념려하야 할 것이오 결코 잠자지 안코 "누구던지 삼키랴고 차저 돌아다니는",[16] 마귀의게 속임바들 기회를 주지 안토록 긔도함으로 수직하야 하리로다.

혹시라도 유감을 당하지 아니하는 그러한 완덕의 사람이나 성인은 하나도 업스며 우리는 이에서 완전히 버서날 수 업도다.

2. 비록 고롭고 신산하기는 할지라도 유감은 도로혀 왕왕히 사람의게 실로 유익하도다, 연고는 그로 인하야 사람이 겸손하여지며 조찰히 되고 교훈을 바듬이로다.

모든 성인들은 만흔 환난과 유감을 지나고 덕에 나갓도다.

그리하야 유감에 견대지 못한 사람은 천주께 바림을 밧고 쓰러지고 말엇도다.

유감과 환난이 도모지 업는 그러타시 거륵한 수도원도 업고 그러타시 은밀한 곳도 업도다.

15 욥 7·1.
16 베두루전서 5·8.

3. 살어 잇슬 동안에는 유감에서 온전히 안심할 만한 사람은 하나도 업스니, 연고는 우리는 사욕에 나헛슴으로 유감바들 원인을 우리 안에 가지고 잇슴이로다.

한 가지 유감이나 환난이 물러가면 다른 것이 홀연히 오는도다, 항상 참어바들 거리를 우리는 가지고 잇스니 우리 원시썩 행복의 미호를 이믜 일허버린 까닭이로다.

만흔 사람이 유감을 피하랴고 하다가 도로혀 더 중하게 거긔에 빠지는도다.

한갓 피함으로 우리가 이길 수는 업스니 인내와 진실한 겸손을 말미암아 모든 원수보다 더 굿세게 되는도다.

4. 다만 밧그로만 피하고 뿌리를 뽑지 안는 자는 별로 유익이 업슬지니, 오히려 유감은 더 쌀리 도라올 것이오 더 악하게 늑기리로다.

스사로 엄혹함을 취함과 억지로 함보다 점차로, 항구한 인내로 인하야, 천주의 도으심으로써, 더 낫게 이길 것이로다.

유감을 당할 쌔에는 더욱 자조 남의 지휘를 바드라, 유감 당한 사람에게 엄혹히 구지 말라, 네가 밧기를 원하드시 위로를 베풀지니라.

5. 모든 악한 유감의 시초는 마음이 일정치 못함과 천주께 향한 밋븜이 적음이로다.

키를 일흔 배가 물껼을 쌀어 이리로 저리로 밀리어 다니드시, 이와 가치 마음이 풀어진 사람은 자긔의 일정한 목표를 싄허바리고 여러 가지로 유감을 당하는도다.

"불은 쇠를 시험하고"[17] 유감은 의인을 시험하는도다.

17 적교서 31·31.

우리는 왕왕히 자긔의 능력이 어썬한지 알지 못하나, 그러나 유감이 비로소 우리가 어쩌한 것이라는것을 들어내이는도다.

그러나 경계하야 할 것이니, 첫재로 유감의 시초에서 그리하야 할 것이로다, 연고로 만일 원수로 하여금 마음의 문에 들어스기를 허락지 말고 문을 두다릴 쌔 즉시로 문턱 밧긔서 대적할지면 원수를 용이하게 이긔리로다.

연고로 어썬 이가 말하기를[18]

처음 비롯할 쌔 대적하라, 약도 이믜 느젓도다,
오래 지체함을 쌀어병세 더욱 침중한 쌔는.

하엿스니 연고는 처음에는 단순한 의원(意願)이 마음에 생길 섄이오 다음에 강렬한 상상(想像)이 일어나고, 그후에 즐거움(快樂)으로 변하야, 악정(惡情)이 일고, 필경승락(承諾)으로 맛춤이로다.

이와 가치 간특한 원수가, 시초에 대적을 밧지 아니할 쌔에는, 점차로 들어와 온전히 차지하는도다.

그럼으로 누구던지 이에 대적하기를 오래 게을리하면 할사록 날로 자긔의 힘이 약하여지고, 원수는 도로혀 더욱 강하리로다.

6. 어썬 이는 회두할 당초에 중한 유감을 격그며, 어썬이는 종말에 당하는도다.

어썬 이는 거의 평생을 두고 씨닯히는도다.

어썬 이들은 천주 안배의 지혜로우심과 공번되심을 쌀어 극히 유하게 유감을 당하나니, 그는 사람의 분수와 공로를 자세히 보시

18 오씨디우스.

며 당신의 모든 간선자의 구령을 미리 안배하심이로다.

7. 이럼으로 유감 당한 째 결코 락담할 것이 아니오 이를 위하야 모든 환난 중에서 우리를 굽어 도으시기까지 더욱 열렬히 천주께 간구하야 할 것이니, 그는 일정고 성·바오로 말슴대로 "유감과 함씌 우리가 참어견듸기 위하야 공세울 만한 긔회를 주시리로다".[19]

그러므로 우리의 마음을 "천주 수하에 겸손히 나춤지로다."[20] 연고는 "마음이 겸손한 자를 구하실 것이오."[21] 또한 놉히실 것임이로다.

8. 사람은 유감과 환난 중에서 얼마나 덕에 나갓는지 증거되고, 거기 더 큰 공로가 잇고, 더아름다운 덕행이 나타나는도다.

혹 사람이 아모 간난을 맛보지 못할 적에 경건하고 열심할지라도 장할 것이 업스나, 만일 환난 째에 자긔를 참어 견딜 것이면 크게 전진할 바람이 일슬이로다.

어썬 이는 큰 유감에는 능히 보전되나 일상 적은 일에는 자조 패하나니, 이는 이러타시 적은일에 유약한 자가 큰일을 당하야 자긔를 결코 신뢰치 안코 겸손해지기 위함이로다.

### 제십사장

### 경솔한 판단을 삼가 피함에 대하야.

1. 네 자신에 향하야 눈을 돌리라, 남의 행위 판단하기를 삼갈지로다.

19 고린도전서 10 · 13.
20 베드로전서 5 · 6.
21 성영 33 · 19.

남을 판단함에, 사람은 무익히 한갓 수고할 쁜이오, 자조 그르치고 경첩히 죄를 지으나 그러나 자기 자신을 진실히 삷히며 분석함으로 항상 결실 잇는 로력이 되리로다.

우리 마음의 편정을 딸어, 그대로 사물을 자조 판단하는도다, 연고로 공평한 판단을 사사로운 편애(偏愛)로 인하야 쉬히 일허버리는도다.

만일 천주 홀로 항상 우리 원욕의 순수한 지향이(志向) 되실지면, 우리 감정의 거사림을 위하야 이러타시 쉽사리 혼란하지 아니하리로다.

2. 그러나 왕왕히 우리 내심에 숨어 잇는 것이나, 혹은 박그로 생기는 어쩌한 사정이 잇서, 그것이 우리를 갓치 잇쓰는도다.

만흔 사람들은 그 행하는 일에 은연히 자기 자신을 위하면서도 이를 깨닷지 못하는도다.

사물이 자기들의 원의와 지각대로 될 째에는 심신이 화평한듯이 보이나 만일 일이 뜻한 바와 달리 되는 경우에는 즉시로 동요하며 근심하는도다.

감정과 의견이 서로 다름으로 인하여 너무도 자조 붕우와 한나라 사람끼리에 알륵이 생기며, 수도자나 열심자 사이에도 그러하도다.

3. 쌔리 박힌 습관을 버리기가 어려우며 아모도 자긔 의견 밧그로 쓸리어 가기를 즐기는 이가 업도다.

만일 예수 그리스도의 겸비하신 덕행보다 너의 지각이나 농간에 보다 더 의지할지면 신명(神明)한 사람이 되기가 어렵게 되리도다, 대개 천주는 우리가 온전히 그에게 복종하기를 바라시며, 모든 리성(理性)을 불붓는 사랑으로 인하야 초월하기를 쏘한 바라심이로다.

### 제십오장

### 애덕으로조차 하는 모든 일에 대하야.

1. 세상 어써한 일을 위하여서나, 쏘는 어써한 사람의 사랑을 위하여서라도, 어써한 악이든지 결코 행할 수 업도다. 그러나 다만 궁핍한 사람의 리익을 위하야 조흔 일을 임의로 어썬 째 중지할 수 잇스며, 혹은 차라리 더 조흔 일을 위하야 밧굴지로다.

연고는 이리 함으로 조흔 일을 문희치는 것이 아니라, 더 조흔 일과 밧굼이로다. 애덕이 업시는 외면에 나타나는 일이 아모 유익이 없고, 그러나 애덕으로조차 나는 일은 무엇이든지 비록 적고 천한 일일지라도 온전한 열매를 맺는도다.

대개 천주는, 얼마나 만히 하엿나보다는 얼마나 간절한 원의와 사랑으로 하엿는지를, 더욱 삷혀보심이로다.

2. 만히 사랑하는 자가, 만히 일하는 자로다.

조흔 일을 하는 자가, 만히 일하는 자로다.

자긔의 뜻대로 함보다 공익에 밧드는 자가, 잘 일함이로다.

왕々히, 애덕으로 함가티 보이나, 실상은 사욕으로 함이 잇스니, 연고는 타고난 성향(性向)과, 사々 원의(願意)와, 보수(報酬)바들 희망과, 자긔 편익(便益)에 대한 애정을 써나기가 어려움이로다.

3. 참되고 완전한 애덕을 가진 자는 어써한 일에든지 자긔를 위하지 안코, 다만 모든 일에 천주의 영광이 나타나기만 원하는도다.

그는 쏘한 아모에게도 질투하지 아니하나니 대개 자긔의 사사 즐거움에는 아모 사랑이 업고, 자긔 일에 아모 즐거움도 바라지 아니하며 다만 천주 안에서 온갓 미호를 초월하야 복락을 구함이로다.

어쩌한 조흔 일이던지 이를 사람에게 돌리지 안코, 온전히 천주께로 돌리나니, 그로부터 근원을 삼어 만물이 나왓고, 그의 안에 마침내 모든 성인들이 즐겁게 안식하는도다.

오홉다 참된 애덕의 불티 하나라도 가즌 자는, 일정코 모든 세상이 허화로 충만한 줄을 께다르리로다.

## 제십육장

## 남의 결점을 견듸어 바듬에 대하야.

1. 무릇 사람이 자긔나 혹은 남에 잇서서 곳치기 어려운 결점은 천주께서 달리 안배하실 때까지, 의당 참어 견될 것이로다.

그것이 아마 너의 시련과 인내를 위하야 더 조흔 일인 줄을 생각하라. 그것이 업시는 우리의 공로가 그다지 귀할 것 업도다.

그러나 천주께서 도아주심으로, 네가 능히 이러한 조당을 너그럽게 견듸도록, 간구하여야 맛당하도다.

2. 만일 누구든지 한두 차레 권고하여도 순종 아니할지면, 그와 다토지 말 것이오, 다만 모든 것을 천주께 맛기라.

그의 거룩하신 뜻이 일우어지며 그의 모든 종에서 그의 영광을 나타내게 하기 위함이니, 천주는 악을 선으로 변화케 하실 줄을 잘 아르시나니라.

남의 흠질이나 또한 엇써한 종류의 약점이든지 참어 너그러히 용납하기를 힘쓰라, 대개 너도 또한 남의 관용(寬容)을 반다시 바더야 할 거리를 만히 가젓슴이로다.

너 자신으로도 오히려 네가 하고자 하는 바 그대로 할 수 업는 바에는, 하믈며 어써케 남으로하여곰 네 뜻에 씌 맛도록 하겟나냐?

감심으로 우리는 남이 흠결 업기를 바라면서, 그러나 자긔의 결점은 고치지 아니하는도다.

3. 남이 엄하게 책벌밧기를 우리는 바란다, 그러나 자긔가 경책당하기는 실혀하는도다.

남의 방자함을 보고 합의치 안타 녀기면서, 자긔의 욕망하는 바가 거절됨은 실혀하는도다.

남이 규구대로 속박되기는 바라면서, 자긔는 아모게로도 더다시 구속밧기를 원하지 안는도다.

이로 볼지라도 이웃을 우리 자신가티 한 저울로 달지 안는 것이 밝히 들어나는도다.

만일 모든 사람이 보다 완전무결할지면, 천주를 위하야 무엇을 남의게 참어 바들 거리가 잇스리오?

4. 이에 그러므로 우리가 "다른 이가 쏘한 다른 이의 짐을 지기"[22]를 배호도록, 천주께서 안배하시엇스니, 연고는 아모도 결점 업는 사람이 업스며, 스사로 넉넉히 지혜로운 이도 업도다. 그러므로 우리는 서로 용납하고 서로 위로하고, 쏘한 도으며, 교훈하며, 충고하야만 하리로다.

그러므로 각 사람의 덕이 깁고 야튼 것은 환란을 당한 긔회에 더 요연히 들어나는도다.

긔회가 사람으로 하여곰 유약하게 만드는 것이 아니라, 다만 그 인품이 어써한 것을 드러내는 것이로다.

22 갈라데아, 6·2.

제십칠장

수도 생활에 대하야.

1. 만일 네가 남과 더부러 평화와 화목을 누리고자 할지면 맛당히 모든 일에 너 자신을 압복 식이기를 배홀지로다.

수도원 이나 혹 어써한 회에 속하야 사는 것이 적은 일이 아니며 쏘는 거긔에서 원망이 업시 죽을 쌔까지 충실히 지속함이 여간한 일이 아니로다.

복되도다 그곳에서 잘 살엇스며 복되히 세상을 마친 자여!

만일 네가 견고히 뜻을 세워 덕에 나아가고자 할지면 너 자신을 마치 세상에서 귀향 사는 자나 나그내로 녁일 것이로다.

만일 네가 수도 생애를 보내고자 할진대

"그리스도를 위하야 어리석은 자"[23]가 되어야 맛당하도다.

2. 수도복이나 삭발이 별로 유조로운 것이 아니오 다만 행실을 밧구며 온전히 편정을 압복함이 진실한 수도자를 만드는도다.

순전히 천주를 섬기며 쏘는 자긔 령혼을 구하는 이외에 싼것을 찻는 자가 환난과 고로움 밧긔 무엇을 어드리오.

가장 나진 자 되기와 모든 이에게 순종하기를 힘쓰지 아니할지면 일정코 평화에 오래 머므를 수 업도다.

3. 네가 오기는 남을 밧들기 위함이오 다른 이를 다사리기 위함이 아니며 네가 불리우기는 해태와 한담하기 위함이 아니라 인내와 수고를 위함인 줄 알지니라.

그러므로 이곳에서 사람은

23 고린도 4·10.

"도가니 안에 황금"[24]인드시 단련되는도다.

만일 전심으로 천주를 위하야 겸비하기를 바라지 아니하면 아모도 이곳에 항구하지 못하리로다.

### 제십팔장

### 성부들의 표양에 대하야.

1. 성부들의 산 표양을 보라 그들에게 진실한 완덕과 열심히 빗낫도다. 이에 우리가 하는 바는 얼마나 적으며 거의 아모것도 아닌 것을 보리로다.

슬픈저! 실로 그들과 비기여 보면 우리들의 생활은 대체 무엇이라 하랴 성인들과 그리스도의 모든 친우들은 주리고 목마름에서 치위와 헐버슴에서 신고와 피곤함에서 밤새여 신공함과 엄재(嚴齋)직힘에서 긔도와 혹은 거륵한 묵상에서 박해와 무수한 능욕바듬에서 주를 밧들엇도다.

오홉다. 종도들과 치명자들과 증성자(證聖者)들과 동정자들과 또한 그 다른 그리스도의 발자최를 짜르기를 바라든 모든 이들이 얼마나 만코 중한 고로움을 바덧더뇨?

실로 그들은 자긔들의 생명을 이세상에서 뮈워하엿스니 그를 영원한 세계에서 엇기 위함이엇도다.

2. 오홉다 얼마나 엄하고 자긔를 버리는 생애를 성부들이 광야에서 보내엇던고! 얼마나 오래고 중한 유감을 견듸엇던고! 얼마나 자조 언수에게 씨닯히엿던고! 얼마나 간단업는 열절한 긔도를

24 제헤서 3·6.

천주께 바치엇던고! 얼마나 엄한 재(齋)를 날로 직히엇던고! 얼마나 큰 열애와 열정을 령신상 수덕을 위하야 가젓던고! 얼마나 용맹히 모병(缺點)을 압복식히기 위하야 싸웟던고! 얼마나 순수하고 바른 지향을 천주께 향하야 보조하엿던고!

날이 맛도록 일하고 밤에는 긴 신공을 바치고 비록 일하는 동안일지라도 묵상을 조금도 그치지 아니하엿도다.

3. 모든 시각을 유익하게 썻스며 천주로 더부러 보낸 모든 시간이 실로 짜르게 생각되엿스며 묵상 중에 맛보는 위대한 신미(神味) 압헤는 육신에 요긴한 음식까지라도 이젓도다.

온갓 부귀와 영예와 붕우 친척까지라도 버리엇도다. 세속에서는 아모것도 가지기를 바라지 아니하엿스니 생명에 요긴한 것만 겨우 취하엿도다. 육신에 밧듦을 비록 필요한 경우일지라도 슯허하엿도다.

그러므로 세속 사물에는 빈한 하엿스나 성총과 덕행은 실로 풍부하엿도다. 박그로는 궁핍하엿스나 안으로는 성총과 거륵한 신락(神樂)으로 충만하엿도다.

4. 세속에 향하야는 소원한 외방 사람이엇스나 천주께는 가장 갓갑고 친밀한 벗들이엇도다.

자긔들 자신으로는 아조 아모것도 안인 것으로 생각되엇스며 세속에서는 업수히 녁임을 바덧스나 천주대전에는 귀중하고 사랑스런 자가 되엇도다.

진실한 겸손에 처하엿스며 순박한 복종에 살엇스며 애덕과 인내에서 행동하엿도다. 이러므로 날로 덕행에 나아가고 천주로부터 막대한 성총을 바덧도다.

그들은 모든 수도자들에게 한본보기로 안배되엿스니 우리는 무수한 한만한 무리들을 싸러 해태에 써러짐보다 더욱 선덕에 나아가기 위하야 우리들 자신이 더욱 격동바더야 맛당하도다.

5. 오홉다 거룩한 수도원 건립 당초에 모든 수도자들의 열심은 얼마다 위대하엿던고!

오홉다 그들의 긔구는 얼마나 정성스러웟던고! 덕행을 닥기에 얼마나 서로 싀새웟던고! 규구직하기에 얼마나 준엄하엿던고! 장상이 제증한 규률밋헤서 공경과 순명이 갓가지 사정에 얼마나 려행(勵行)되엿던고!

그들이 남기고 간 자최가 아즉까지 증거하나니 실로 그들은 거룩하고 완덕의 사람들이엇도다. 그들은 그러타시 용맹히 싸워 세속을 짓밟엇도다.

그러하엿건만 이제는 만일 그가 다만 규구를 범치 아니하엿스면 또한 그가 마튼바 일에 겨우 참어 견듸기만 하엿스면 그 사람은 무슨 큰일이나 한 것갓치 생각되는도다.

6. 오홉다 우리들의 냉담하고 등한한 태도여 처음 열심이 이러타시도 빨니 줄어지고 이제는 곤비(困憊)와 해태를 인하야 살어가기도 견듸기 어려워하는도다!

원컨대 너의 마음 안에 덕에 나아갈 열정이 투철히 잠들지 말지어다. 너는 지성한 사람들의 만흔 표양을 항상 보앗슴이로다.

—《가톨닉청년》, 1933. 6~1934. 6 연재*

* 이 번역문의 원전은 『준주성범』(遵主聖範, 라틴어: De Imitatione Christi), 또는 『그리스도를 본받아』라는 제목으로 알려진 기독교, 특히 로마 가톨릭 교회의 대표적인 신앙 서적이다. 전4권으로 이루어진 이 책의 저자는 독일 태생의 토마스 아 켐피스(Thomas a Kempis, 1380~1471)로 알려져 있다. 원전은 1418~1427년경에 라틴어로 간행되었다. 이 글은 제1권 총 25장 가운데 제1장부터 제18장까지를 번역한 것이며, 번역문의 표기대로 옮겼다.

# 부록

# 정지용 시 연보

| 연도 | | 작품명 | 발표지 |
|---|---|---|---|
| 1926년 | 6월 | 카예－뜨란스 | 《學潮》 창간호 |
| | | 슬픈 印像畵 | 《學潮》 창간호 |
| | | 爬虫類動物 | 《學潮》 창간호 |
| | | 「마음의 日記」에서 — 시조 아홉 수 | 《學潮》 창간호 |
| | | 서쪽 한울 | 《學潮》 창간호 |
| | | 띄 | 《學潮》 창간호 |
| | | 감나무 | 《學潮》 창간호 |
| | | 한울 혼자 보고 | 《學潮》 창간호 |
| | | 딸레〔人形〕와 아주머니 | 《學潮》 창간호 |
| | 11월 | Dahlia | 《新民》 19호 |
| | | 紅椿 | 《新民》 19호 |
| | | 산에ㅅ색시, 들녁 사내 | 《文藝時代》 창간호 |
| | | 산에서 온 새 | 《어린이》 4권 10호 |
| | | 넘어가는 해 | 《新少年》 4권 12호 |
| | | 겨울ㅅ밤 | 《新少年》 4권 12호 |
| | | 내안해 내누이 내나라 | 《衛生과 化粧》 4권 12호 |
| | 12월 | 굴뚝새 | 《新少年》 4권 12호 |

| 연도 | | 작품명 | 발표지 |
|---|---|---|---|
| 1927년 | 1월 | 넷 니약이 구절 | 《新民》 2호 |
| | | 甲板 우 | 《文藝時代》 2호 |
| | 2월 | 바다 | 《朝鮮之光》 64호 |
| | | 湖面 | 《朝鮮之光》 64호 |
| | | 샛밝안 機關車 | 《朝鮮之光》 64호 |
| | | 내 맘에 맛는 이 | 《朝鮮之光》 64호 |
| | | 무어래요? | 《朝鮮之光》 64호 |
| | | 숨ㅅ기내기 | 《朝鮮之光》 64호 |
| | | 비들기 | 《朝鮮之光》 64호 |
| | | 이른 봄 아츰 | 《新民》 22호 |
| | 3월 | 鄕愁 | 《朝鮮之光》 65호 |
| | | 바다 | 《朝鮮之光》 65호 |
| | | 柘榴 | 《朝鮮之光》 65호 |
| | | 종달새 | 《新少年》 5권 3호 |
| | | 산소 | 《新少年》 5권 3호 |
| | 5월 | 벗나무 열매 — To Sister P | 《朝鮮之光》 67호 |
| | | 엽서에 쓴 글 | 《朝鮮之光》 67호 |
| | | 슬픈 汽車 | 《朝鮮之光》 67호 |
| | | 할아버지 | 《新少年》 5권 5호 |
| | | 산너머 저쪽 | 《新少年》 5권 5호 |
| | 6월 | 산에서 온 새 | 《新少年》 5권 6호 |
| | | 해바라기 씨 | 《新少年》 5권 6호 |
| | | 五月消息 | 《朝鮮之光》 68호 |
| | | 幌馬車 | 《朝鮮之光》 68호 |
| | | 船醉 | 《學潮》 2호 |
| | | 鴨川 | 《學潮》 2호 |
| | 7월 | 말-마리 로란산에게 | 《朝鮮之光》 69호 |

| 연도 | | 작품명 | 발표지 |
|---|---|---|---|
| | | 發熱 | 《朝鮮之光》69호 |
| | | 風浪夢 | 《朝鮮之光》69호 |
| | 8월 | 太極扇에 날리는 꿈 | 《朝鮮之光》70호 |
| | 9월 | 말 | 《朝鮮之光》71호 |
| 1928년 | 5월 | 우리 나라 여인들은 | 《朝鮮之光》78호 |
| | 9월 | 갈매기 | 《朝鮮之光》80호 |
| 1930년 | 1월 | 겨울 | 《朝鮮之光》89호 |
| | | 琉璃窓 | 《朝鮮之光》89호 |
| | 3월 | 일은 봄 아츰 | 《詩文學》창간호 |
| | | Dahlia | 《詩文學》창간호 |
| | | 京都鴨川 | 《詩文學》창간호 |
| | | 船醉 | 《詩文學》창간호 |
| | 5월 | 바다 | 《詩文學》2호 |
| | | 피리 | 《詩文學》2호 |
| | | 저녁 햇살 | 《詩文學》2호 |
| | | 甲板 우 | 《詩文學》2호 |
| | | 紅椿 | 《詩文學》2호 |
| | | 湖水 1 | 《詩文學》2호 |
| | | 湖水 2 | 《詩文學》2호 |
| | | 청개구리 먼 내일 | 《新小說》3호 |
| | | 배추 벌레 | 《新小說》3호 |
| | 8월 | 아츰 | 《朝鮮之光》92호 |
| | 9월 | 바다 1 | 《新小說》5호 |
| | | 바다 2 | 《新小說》5호 |
| | 10월 | 絶頂 | 《學生》2권 9호 |
| | | 별똥 | 《學生》2권 9호 |
| 1931년 | 1월 | 琉璃窓 2 | 《新生》27호 |

| 연도 | | 작품명 | 발표지 |
|---|---|---|---|
| | 4월 | 셩부활주일 | 《별》46호(4. 10) |
| | 10월 | 無題 | 《詩文學》3호 |
| | | 柘榴 | 《詩文學》3호 |
| | | 뻿나무 열매 | 《詩文學》3호 |
| | | — 엇던 脣腫 알른 이에게 餞別하기 위한 | |
| | | 바람은 부옵는데 | 《詩文學》3호 |
| | 11월 | 촉불과 손 | 《新女性》10권 11호 |
| | 12월 | 아츰 | 《文藝月刊》2호 |
| 1932년 | 1월 | 산너머 저쪽 | 《文藝月刊》3호 |
| | | 옵바 가시고 | 《文藝月刊》3호 |
| | | 蘭草 | 《新生》37호 |
| | | 밤 | 《新生》37호 |
| | 4월 | 바람 | 《東方評論》창간호 |
| | | 봄 | 《新生》37호 |
| | | 바다 | 《부인공론》1권 4호 |
| | | 石臭 | 《부인공론》1권 4호 |
| | 6월 | 달 | 《新生》42호 |
| | 7월 | 조약돌 | 《東方評論》2호 |
| | | 汽車 | 《東方評論》2호 |
| | | 故鄕 | 《東方評論》2호 |
| | 8월 | 뉘우침 | 《별》62호(8. 10) |
| 1933년 | 6월 | 海峽의 午前 二時 | 《가톨닉靑年》창간호 |
| | | 毘盧峰 | 《가톨닉靑年》창간호 |
| | 9월 | 臨終 | 《가톨닉靑年》4호 |
| | | 별 | 《가톨닉靑年》4호 |
| | | 恩惠 | 《가톨닉靑年》4호 |
| | | 갈닐네아 바다 | 《가톨닉靑年》4호 |

| 연도 | 작품명 | 발표지 |
|---|---|---|
| 10월 | 時計를 죽임 | 《가톨닉青年》5호 |
| | 歸路 | 《가톨닉青年》5호 |
| 1934년 2월 | 다른 한울 | 《가톨닉青年》9호 |
| | 쏘 하나 다른 太陽 | 《가톨닉青年》9호 |
| 3월 | 不死鳥 | 《가톨닉青年》10호 |
| | 나무 | 《가톨닉青年》10호 |
| 7월 | 卷層雲 우에서 | 《朝鮮中央日報》(7. 2) |
| 9월 | 勝利者 金안드레아 | 《가톨닉青年》16호 |
| 1935년 1월 | 갈메기 | 《三千里》58호 |
| 3월 | 紅疫 | 《가톨닉青年》22호 |
| | 悲劇 | 《가톨닉青年》22호 |
| 4월 | 다른 한울 | 《詩苑》2호 |
| | 또 하나 다른 太陽 | 《詩苑》2호 |
| 8월 | 다시 海峽 | 《朝鮮文壇》24호 |
| | 地圖 | 《朝鮮文壇》24호 |
| 10월 | 시집 『鄭芝溶詩集』 발간 | 詩文學社 刊(신작시 89편 수록) |
| 12월 | 바다 | 《詩苑》5호 |
| 1936년 3월 | 流線哀傷 | 《詩와 小說》 창간호 |
| 6월 | 明眸 | 《中央》32호 |
| 7월 | 瀑布 | 《朝光》9호 |
| 1937년 6월 | 毘盧峯 | 《朝鮮日報》(6. 9) |
| | 九城洞 | 《朝鮮日報》(6. 9) |
| 11월 | 玉流洞 | 《朝光》25호 |
| 1938년 3월 | 슬픈 偶像 | 《朝光》29호 |
| 4월 | 삽사리 | 《三千里文學》2호 |
| | 溫情 | 《三千里文學》2호 |
| 6월 | 明水臺 진달래 | 《女性》27호 |

| 연도 | | 작품명 | 발표지 |
|---|---|---|---|
| | 8월 | 毘盧峰 | 《青色紙》2호 |
| | | 九城洞 | 《青色紙》2호 |
| 1939년 | 3월 | 長壽山·1 | 《文章》2호 |
| | | 長壽山·2 | 《文章》2호 |
| | 4월 | 春雪 | 《文章》3호 |
| | | 白鹿潭 | 《文章》3호 |
| | 7월 | 地圖 | 《學友會俱樂部》창간호 |
| | | 달 | 《學友會俱樂部》창간호 |
| 1940년 | 1월 | 天主堂 | 《太陽》창간호 |
| | 8월 | 지는 해 | 《朝鮮日報》10일 |
| 1941년 | 1월 | 朝餐 | 《文章》22호 新作 鄭芝溶 詩集 |
| | | 비 | 《文章》22호 新作 鄭芝溶 詩集 |
| | | 忍冬茶 | 《文章》22호 新作 鄭芝溶 詩集 |
| | | 붉은 손 | 《文章》22호 新作 鄭芝溶 詩集 |
| | | 꽃과 벗 | 《文章》22호 新作 鄭芝溶 詩集 |
| | | 盜掘 | 《文章》22호 新作 鄭芝溶 詩集 |
| | | 禮裝 | 《文章》22호 新作 鄭芝溶 詩集 |
| | | 나븨 | 《文章》22호 新作 鄭芝溶 詩集 |
| | | 호랑나븨 | 《文章》22호 新作 鄭芝溶 詩集 |
| | | 진달래 | 《文章》22호 新作 鄭芝溶 詩集 |
| | 9월 | 시집 『白鹿潭』 발간 | 文章社(신작시 33편 수록) |
| 1942년 | 1월 | 窓 | 《春秋》12호 |
| | 2월 | 異土 | 《國民文學》 |
| 1946년 | 1월 | 愛國의 노래 | 《大潮》창간호 |
| | | 그대들은 돌아오시다 | 《革命》창간호 |
| | 3월 | 追悼歌 | 《大東新聞》3월 2일 |
| | 6월 | 시집 『지용 詩選』 발간 | 乙酉文化社(대표시 25편 수록) |

| 연도 | 작품명 | 발표지 |
|---|---|---|
| 1949년 5월 | 꽃 없는 봄 | 《婦人》 |
| 1950년 1월 | 倚子 | 《彗星》 |
| 2월 | 曲馬團 | 《文藝》7호 |
| | 妻 | 《새한일보》4권 1호 |
| | 女弟子 | 《새한일보》4권 1호 |
| | 碌礌里 | 《새한일보》4권 1호 |
| 6월 | 늙은 범(四四調五首) | 《文藝》8호 |
| | 네 몸매 | 《文藝》8호 |
| | 꽃분 | 《文藝》8호 |
| | 山 달 | 《文藝》8호 |
| | 나비 | 《文藝》8호 |

## 일본어 시

| 연도 | 작품명 | 발표지 |
|---|---|---|
| 1925년 3월 | 新羅の柘榴 | 《街》22권 3호 |
| 7월 | 草の上 | 《街》2권 7호 |
| | まひる | 《街》2권 7호 |
| 11월 | カフツエー·フラン | 《同志社大学予科学生会誌》4호 |
| | 車窓より | 《同志社大学予科学生会誌》4호 |
| | いしころ | 《同志社大学予科学生会誌》4호 |
| | 仁川港の或る追憶 | 《同志社大学予科学生会誌》4호 |
| 12월 | シグナルの燈り | 《自由詩人》1호 |
| | はちゆう類動物 | 《自由詩人》1호 |
| | なつぱむし | 《自由詩人》1호 |

| 연도 | | 작품명 | 발표지 |
|---|---|---|---|
| | | 扉の前 | 《自由詩人》1호 |
| | | 雨に濡れて | 《自由詩人》1호 |
| | | 恐ろしき落日 | 《自由詩人》1호 |
| | | 暗い戸口の前 | 《自由詩人》1호 |
| | | 詩·犬·同人(산문) | 《自由詩人》1호 |
| 1926년 | 2월 | 遠いレ-ル | 《自由詩人》2호 |
| | | 帰り路 | 《自由詩人》2호 |
| | | 眼 | 《自由詩人》2호 |
| | | まつかな汽関車 | 《自由詩人》2호 |
| | | 橋の上 | 《自由詩人》2호 |
| | | 幌馬車 | 《自由詩人》2호 |
| | | 山娘野男 | 《同志社大学予科学生会誌》5호 |
| | | 公孫樹 | 《同志社大学予科学生会誌》5호 |
| | | 夜半 | 《同志社大学予科学生会誌》5호 |
| | | 雪 | 《同志社大学予科学生会誌》5호 |
| | | 耳 | 《同志社大学予科学生会誌》5호 |
| | | チャップリンのまね | 《同志社大学予科学生会誌》5호 |
| | | ステッキ | 《同志社大学予科学生会誌》5호 |
| | 3월 | 螺旋形の街路 | 《自由詩人》3호 |
| | | 笛 | 《自由詩人》3호 |
| | | 酒場の夕日 | 《自由詩人》3호 |
| | 4월 | 窓に曇る息 | 《自由詩人》4호 |
| | | 散弾のやうな卓上演説<br>— 亡国·退廃·激情のスケツチ | 《自由詩人》4호 |
| | | 停車場(산문) | 《自由詩人》4호 |
| | | 退屈さと黒眼鏡(산문) | 《自由詩人》4호 |
| | | 日本の布団は重い(산문) | 《自由詩人》4호 |

| 연도 | | 작품명 | 발표지 |
|---|---|---|---|
| | 5월 | 初春の朝 | 《自由詩人》5호 |
| | | 原稿紙上の夜行列車 | 《自由詩人》5호 |
| | | (京釜線の汽車にて)(산문) | |
| | 6월 | 雨蛙 | 《同志社大学予科学生会誌》6호 |
| | | 海辺 | 《同志社大学予科学生会誌》6호 |
| | 11월 | 窓に曇る息 | 《同志社大学予科学生会誌》7호 |
| | | 橋の上 | 《同志社大学予科学生会誌》7호 |
| | | 眞紅な汽関車 | 《同志社大学予科学生会誌》7호 |
| | | 幌馬車 | 《同志社大学予科学生会誌》7호 |
| | 12월 | かつふえ·ふらんす | 《近代風景》1권 2호 |
| 1927년 | 1월 | 海 1 | 《近代風景》2권 1호 |
| | 2월 | 海 2 | 《近代風景》2권 2호 |
| | | 海 3 | 《近代風景》2권 2호 |
| | | みなし子の夢 | 《近代風景》2권 2호 |
| | 3월 | 悲しき印象畵 | 《近代風景》2권 3호 |
| | | 金ほたんの愛唱 | 《近代風景》2권 3호 |
| | | 湖面 | 《近代風景》2권 3호 |
| | | 手紙一つ (산문) | 《近代風景》2권 3호 |
| | 4월 | 幌馬車 | 《近代風景》2권 4호 |
| | | 初春の朝 | 《近代風景》2권 4호 |
| | | 春三月の作文 (산문) | 《近代風景》2권 4호 |
| | 6월 | 甲板の上 | 《近代風景》2권 5호 |
| | 7월 | まひる | 《近代風景》2권 6호 |
| | | 遠いレール | 《近代風景》2권 6호 |
| | | 夜半 | 《近代風景》2권 6호 |
| | | 耳 | 《近代風景》2권 6호 |
| | | 帰り路 | 《近代風景》2권 6호 |

| 연도 | 작품명 | 발표지 |
| --- | --- | --- |
| 10월 | 郷愁の青馬車 | 《近代風景》2권 9호 |
| | 笛 | 《近代風景》2권 9호 |
| | 酒場の夕日 | 《近代風景》2권 9호 |
| 12월 | 眞紅な汽関車 | 《近代風景》2권 11호 |
| | 橋の上 | 《近代風景》2권 11호 |
| 1928년 2월 | 旅の朝 | 《近代風景》3권 2호 |
| 10월 | 馬 1.2 | 《同志社文學》 |
| 1929년 9월 | かつふえふらんす | 《空腹祭》 |
| 1939년 12월 | ふるさと | 《徽文》7호 |

# 정지용 산문 연보

| 연도 | | 작품명 | 발표지 |
|---|---|---|---|
| 1919년 | 12월 | 三人 | 《曙光》 창간호 |
| 1923년 | 1월 | 퍼-스포니와 수선화 | 《徽文》 창간호 |
| | | 黎明의 女神 오로라 | 《徽文》 창간호 |
| 1925년 | 12월 | 詩·犬·同人 | 《自由詩人》 1호(일본어) |
| 1926년 | 4월 | 停車場 | 《自由詩人》 4호(일본어) |
| | | 退屈さと黑眼鏡 | 《自由詩人》 4호(일본어) |
| | | 日本の蒲團は重い | 《自由詩人》 4호(일본어) |
| 1927년 | 3월 | 時調寸感 | 《신민新民》 23호 |
| | 4월 | 春三月の作文 | 《近代風景》 2권 4호 (일본어) |
| 1933년 | 6월 | 직히는 밤 이애기 | 《每日申報》(6. 8) |
| | | 素描 1 | 《가톨닉青年》 1호 |
| | 7월 | 素描 2 | 《가톨닉青年》 2호 |
| | 8월 | 素描 3 | 《가톨닉青年》 3호 |
| | | 한 개의 反駁 | 《朝鮮日報》(8. 26) |
| | 9월 | 素描 4 | 《가톨닉青年》 4호 |
| | | 素描 5 | 《가톨닉青年》 4호 |

| 연도 | | 작품명 | 발표지 |
|---|---|---|---|
| 1936년 | 4월 | 女像四題 | 《女性》 창간호 |
| | | 詩畫巡禮 | 《中央》 32호 |
| | 6월 | 設問答 | 《作品》 1호 |
| | | 愁誰語 1 | 《朝鮮日報》(6. 18) |
| | | 愁誰語 2 아스팔트 | 《朝鮮日報》(6. 19) |
| | | 愁誰語 3 | 《朝鮮日報》(6. 20) |
| | | 愁誰語 4 老人과 꽃 | 《朝鮮日報》(6. 21) |
| 1937년 | 2월 | 愁誰語 1 | 《朝鮮日報》(2. 10) |
| | | 愁誰語 2 | 《朝鮮日報》(2. 11) |
| | | 愁誰語 3(내금강 소묘 1) | 《朝鮮日報》(2. 14) |
| | | 愁誰語 4(내금강 소묘 2) | 《朝鮮日報》(2. 16) |
| | 6월 | 愁誰語 1 耳目口鼻 | 《朝鮮日報》(6. 8) |
| | | 愁誰語 2 | 《朝鮮日報》(6. 9) |
| | | 愁誰語 3 肉體 | 《朝鮮日報》(6. 10) |
| | | 愁誰語 4 | 《朝鮮日報》(6. 11) |
| | | 愁誰語 5 | 《朝鮮日報》(6. 12) |
| | | 옛글 새로운 정 上 | 《朝鮮日報》(6. 10) |
| | | 옛글 새로운 정 下 | 《朝鮮日報》(6. 11) |
| | 11월 | 愁誰語 1 비 | 《朝鮮日報》(11. 6) |
| | | 愁誰語 2 비 | 《朝鮮日報》(11. 7) |
| | | 愁誰語 3 비 | 《朝鮮日報》(11. 9) |
| | | 愁誰語 4 비둘기 | 《朝鮮日報》(11. 11) |
| | | 愁誰語 5 鴨川上流 上 | 《朝鮮日報》(11. 13) |
| | | 愁誰語 6 鴨川上流 下 | 《朝鮮日報》(11. 14) |
| | 12월 | 별똥이 떨어진 곳 | 《少年》(1-6) |
| 1938년 | 1월 | 校正室 | 《朝光》 27호 |
| | | 春正月의 美文體 | 《女性》 22호 |

| 연도 | 작품명 | 발표지 |
|---|---|---|
| | 꾀꼬리와 菊花 | 《三千里文學》 창간호 |
| | 더 좋은 데 가서 | 《少年》 2권 1호 |
| | 詩文學에 대對하야 | 《朝鮮日報》(1. 1) |
| 2월 | 날은 풀리며 벗은 앓으며 | 《朝鮮日報》(2. 17) |
| 3월 | 南病舍 七號室의 봄 | 《東亞日報》(3. 3) |
| 5월 | 茶房 ROBIN 안에 연지 찍은 색씨들 | 《三千里》 96호 |
| | 人定閣 | 《朝鮮日報》(5. 13) |
| | 綠陰 愛誦詩 | 《朝鮮日報》(5. 21) |
| | 구름 | 《東亞日報》(6. 5) |
| 6월 | 逝往錄 上 | 《朝鮮日報》(6. 5) |
| | 逝往錄 下 | 《朝鮮日報》(6. 7) |
| 7월 | 紛紛說話 | 《朝鮮日報》(7. 3) |
| 8월 | 多島海記 歸去來 | 《朝鮮日報》(8. 29) |
| | 多島海記 失籍島 | 《朝鮮日報》(8. 27) |
| | 多島海記 離家樂 | 《朝鮮日報》(8. 23) |
| | 多島海記 一片樂土 | 《朝鮮日報》(8. 28) |
| | 多島海記 海峽病 1 | 《朝鮮日報》(8. 24) |
| | 多島海記 海峽病 2 | 《朝鮮日報》(8. 25) |
| | 旅窓短信 1 꾀꼬리 | 《東亞日報》(8. 6) |
| | 旅窓短信 2 石榴, 甘柿, 柚子 | 《朝鮮日報》(8. 7) |
| | 旅窓短信 3 烏竹. 孟宗竹 | 《東亞日報》(8. 9) |
| | 旅窓短信 4 棣花 | 《東亞日報》(8. 17) |
| | 旅窓短信 5 때까치 | 《東亞日報》(8. 19) |
| | 旅窓短信 6 동백나무 | 《東亞日報》(8. 23) |
| | 詩와 鑑賞 上 — 永郎과 그의 詩 | 《女性》 29호 |
| 9월 | 詩와 鑑賞 下 — 永郎과 그의 詩 | 《女性》 30호 |
| | 우통을 벗었구나 | 《女性》 30호 |

| 연도 | | 작품명 | 발표지 |
|---|---|---|---|
| | | — 스승에게서 받은 말 | |
| | 10월 | 뿍레뷰: 임학수 저 『八道風物詩集』 | 《東亞日報》(10. 28) |
| | 12월 | 月灘 朴鍾和 역사소설 『錦衫의 피』 | 《朝鮮日報》(12. 18) |
| | | 무용인 趙澤元論 上 — 生命의 噴水 | 《東亞日報》(12. 1) |
| | | 무용인 趙澤元論 下 — 斬新한 東洋人 | 《東亞日報》(12. 3) |
| 1939년 | 1월 | 新建할 조선 문학의 성격 | 《東亞日報》(1. 1~1. 4) |
| | 4월 | 詩選後 | 《文章》(1939. 4~1940. 9) |
| | | 夜間 버스 안의 奇談 | 《東亞日報》(4. 14) |
| | | 雨傘 | 《東亞日報》(4. 16) |
| | | 合宿 | 《東亞日報》(4. 20) |
| | 5월 | 衣服 一家見 | 《東亞日報》(5. 1) |
| | | 詩의 擁護 | 《文章》5호 |
| | 6월 | 文人과 愚問賢答(設問答) | 《作品》 창간호 |
| | 10월 | 詩와 發表 | 《文章》9호 |
| | 11월 | 詩의 威儀 | 《文章》10호 |
| | 12월 | 詩와 言語 | 《文章》11호 |
| 1940년 | 1월 | 天主堂 | 《太陽》1호 |
| | | 畵文行脚 | 《女性》5권 1호 |
| | | 元旦 畵文點綴 | 《東亞日報》(1. 10) |
| | | 畵文行脚 宣川 1 | 《東亞日報》(1. 28) |
| | | 畵文行脚 宣川 2 | 《東亞日報》(1. 30) |
| | 2월 | 畵文行脚 宣川 3 | 《東亞日報》(2. 1) |
| | | 畵文行脚 義州 1 | 《東亞日報》(2. 2) |

| 연도 | | 작품명 | 발표지 |
|---|---|---|---|
| | | 畵文行脚 義州 2 | 《東亞日報》(2. 3) |
| | | 畵文行脚 義州 3 | 《東亞日報》(2. 4) |
| | | 畵文行脚 平壤 1 | 《東亞日報》(2. 6) |
| | | 畵文行脚 平壤 2 | 《東亞日報》(2. 8) |
| | | 畵文行脚 平壤 3 | 《東亞日報》(2. 9) |
| | | 畵文行脚 五龍背 1 | 《東亞日報》(2. 11) |
| | | 畵文行脚 五龍背 2 | 《東亞日報》(2. 14) |
| | | 畵文行脚 五龍背 3 | 《東亞日報》(2. 15) |
| | | 愁誰語 平壤 | 《文章》13호 |
| | | 觀劇小記 — 고협(高協) 제1회 '정어리'에 대한 것 | 《文章》13호 |
| | 4월 | 愁誰語 봄 | 《文章》15호 |
| | 7월 | 嘉藍時調集에 | 《三千里》134호 |
| 1941년 | 1월 | 문학의 諸問題 | 《文章》22호 |
| | 4월 | 胡娘街 — 安東縣의 二人行脚 | 《春秋》 |
| 1942년 | 4월 | 「無序錄」 읽고 나서 | 《매일신보》(4. 18) |
| 1946년 | 8월 | 尹石重 童謠集『초생달』 | 《現代日報》(8. 26) |
| | 10월 | 學生과 함께 | 《京鄕新聞》(10. 27) |
| | | 餘滴 | 《京鄕新聞》(10. 6부터 연재) |
| 1947년 | 2월 | 共同製作 | 《京鄕新聞》(2. 16) |
| | 3월 | C娘과 나의 紹介狀 | 《京鄕新聞》(3. 6) |
| | | 斜視眼의 不幸 | 《京鄕新聞》(3. 9) |
| | 4월 | 繪畵教育의 新意圖 | 《京鄕新聞》(4. 13) |
| | 5월 | 鄭勳謨 女史에의 再期待 | 《京鄕新聞》(5. 1) |
| | | 氣象通報와 美蘇共委 | 《京鄕新聞》(5. 15) |
| | | 플라나간 神父를 맞이하며 | 《京鄕新聞》(5. 31) |
| | 6월 | 詩集 〈鐘〉에 對한 것 | 《京鄕新聞》(6. 22) |

| 연도 | | 작품명 | 발표지 |
| --- | --- | --- | --- |
| | | 趙澤元 舞踊에 關한 것 | 《京鄉新聞》(6. 26) |
| 1948년 | 1월 | 『尹東柱 詩集』 序 | 시집 『하늘과 바람과 별과 詩』 (정음사) |
| | 4월 | 散文 1 | 《文學》 7호 |
| | | 散文 2 | 《文學》 8호 |
| | 10월 | 알파 오메가 | 《文章》 27호 |
| | | 朝鮮詩의 反省 | 《文章》 27호 |
| | | 새옷 | 《주간서울》(10. 18) 愁誰語 |
| | 11월 | 대단치 않은 이야기 | 《兒童文化》 창간호 |
| | | 紙錢 | 《주간서울》(11. 15) 愁誰語 |
| | | 穴居逐放 | 《주간서울》(11. 29) 愁誰語 |
| | 12월 | 應援團風의 愛校心 | 《휘문》 20호 |
| | | 좀 더 두고 보자 | 《조광》 125호 |
| 1949년 | 2월 | 소와 코 훌적이 | 《새한민보》 |
| | | 부르조아의 人間像과 金東錫 | 《자유신문》(2. 20) |
| | | 새책평 — 安應烈 역 『뀌리 夫人』 | 《서울신문》(2. 23) |
| | 3월 | 弱한 사람들의 强한 노래 | 《새한민보》 |
| | | 사교춤과 훈장 | 《新女苑》 창간호 |
| | 5월 | 어린이와 돈 | 《소학생》 |
| 1950년 | 1월 | 小說家 李泰俊 군 조국의 '서울'로 돌아오라 | 《以北通信》 5권 1호 |
| | 2월 | 作家를 志望하는 學生에게 | 《學生月報》 2권 2호 |
| | 4월 | 月坡와 詩集 『望鄉』 | 《國都新聞》(4. 15) |
| | 5월 | 南海五月點綴 1 汽車 | 《國都新聞》(5. 7) |
| | | 南海五月點綴 2 보리 | 《國都新聞》(5. 11) |
| | | 南海五月點綴 3 釜山 1 | 《國都新聞》(5. 12) |
| | | 南海五月點綴 4 釜山 2 | 《國都新聞》(5. 13) |

| 연도 | 작품명 | 발표지 |
|---|---|---|
| | 南海五月點綴 5 釜山 3 | 《國都新聞》(5. 16) |
| | 南海五月點綴 6 釜山 4 | 《國都新聞》(5. 24) |
| | 南海五月點綴 7 釜山 5 | 《國都新聞》(5. 25) |
| | 南海五月點綴 8 統營 1 | 《國都新聞》(5. 26) |
| | 南海五月點綴 9 統營 2 | 《國都新聞》(5. 27) |
| 6월 | 南海五月點綴 10 統營 3 | 《國都新聞》(6. 9) |
| | 南海五月點綴 11 統營 4 | 《國都新聞》(6. 10) |
| | 南海五月點綴 12 統營 5 | 《國都新聞》(6. 11) |
| | 南海五月點綴 13 統營 6 | 《國都新聞》(6. 14) |
| | 南海五月點綴 14 晋州 1 | 《國都新聞》(6. 20) |
| | 南海五月點綴 15 晋州 2 | 《國都新聞》(6. 22) |
| | 南海五月點綴 16 晋州 3 | 《國都新聞》(6. 24) |
| | 南海五月點綴 17 晋州 4 | 《國都新聞》(6. 25) |
| | 南海五月點綴 18 晋州 5 | 《國都新聞》(6. 28) |

## 게재지 미확인 산문

가장 시원한 이야기
눈물
달과 自由
도야지가 獅子 되기까지
東京大震災餘話
毛允淑 女史에게 보내는 편지
舞臺 위의 첫 試驗
舞姬 張秋華에 關한 것
民族 反逆者 肅淸에 대하여

民族解放과 公式主義

民主主義와 民主主義 싸움

序 대신 詩人 琇馨에게

스승과 동무

詩가 滅亡을 하다니 그게 누구의 말이요

信仰과 結婚

쌀

五畝 百畝

장난감 없이 자란 어른

趙芝薰에게 보내는 편지

平和日報 記者와 一問一答

한 사람 분과 열 사람 분

'南北會談에' 그치랴

'어머니' 小印象 附記

'女人小劇場'에 대하여

'創世記'와 '周南' '召南'

'葡萄'에 對하여

'헨리 월레스'와 鷄卵과 '토마토'와

# 정지용 연보

1902년

6월 20일(음력 5월 15일), 충청북도(忠淸北道) 옥천군(沃川郡) 옥천면(沃川面) 하계리(下桂里) 40번지에서 아버지 연일(延日) 정(鄭)씨 태국(泰國)과 어머니 하동(河東) 정(鄭)씨 미하(美河) 사이의 장남으로 태어났다. 부친은 옥천에서 한약종상(韓藥種商)을 운영했고 비교적 여유 있는 생활을 했다. 정지용의 아명(兒名)은 지용(池龍)이었고, 지용(芝溶)이 본명이다. 문필 활동을 하면서 국문으로 '지용'이라는 필명을 자주 썼다. 일제 강점기 말 창씨개명을 강요당하자 대궁수(大弓修)라고 고쳤다. 천주교의 세례명은 방지거〔方濟各, 方濟角〕('프란시스코'의 중국어식 표기)이다.

1910년(9세)

4월, 충북 옥천공립보통학교(현재 죽향초등학교)에 입학하여 1914년에 졸업했다.

1913년(12세)

고향에서 충북 영동군(永同郡) 심천면(心川面) 초강리(草江里) 은진(恩津) 송(宋)씨 명헌(明憲)의 딸 송재숙(宋在淑) 씨와 결혼했다.

1918년(17세)

옥천공립보통학교를 졸업(1914. 3)한 후 향리에서 한문을 수학하다가 상경하여 1918년 4월, 휘문고등보통학교에 입학했다. 재학 당시 교우로는 같은 학교 3년 선배인 노작(露雀) 홍사용(洪思容), 2년 선배인 월탄(月灘) 박종화(朴鍾和), 1년 선배인 영랑(永郞) 김윤식(金允植), 동급생인 이선근(李瑄根), 박제찬(朴濟瓚), 1년 후배인 이태준(李泰俊) 등이 있다.

휘문학교 재학 중 박팔양(朴八陽) 등과 동인을 구성하여 동인지《요람(搖

鑑)》을 프린트판으로 발간했다고 하지만 전하지 않는다.

1919년(18세)

12월,《서광(曙光)》지 창간호에 단편 소설「삼인(三人)」을 발표했다.

1922년(21세)

3월, 휘문고보 4학년을 수료했지만 이해부터 학제가 개편되어 5년제 고등보통학교가 되면서 다시 5학년으로 진입했다.

1923년(22세)

대정(大正) 12년 3월, 휘문고등보통학교 5년을 졸업했다. 학적부에 따르면 각 학년별 석차는 1학년 1/88, 2학년 3/62, 3학년 6/61, 4학년 4/61, 졸업 성적은 8/51이다.

휘문고보의 재학생과 졸업생이 함께하는 문우회의 학예부장을 맡아《휘문(徽文)》창간호의 편집위원이 되었다. 당시 학예부는 일본인 교사 新垣永男과 김도태(金道泰) 선생의 지도 아래 정지용과 함께 박제찬, 이길풍(李吉風), 김양현(金亮鉉), 전형필(全鎣弼), 지창하(池昌夏), 이경호(李璟鎬), 민경식(閔慶植), 이규정(李圭貞), 한상호(韓相浩), 남천국(南天國) 등이 부원으로 참여했다.《휘문》창간호를 보면 정지용이 번역 소개한 타고르의 시「기탄잘리」의 일부와 희랍 신화「黎明의 女神 오로라」,「퍼스포니와 水仙花」등이 수록되어 있다.

4월, 휘문고보 동창인 박제찬과 함께 일본 교토의 도시샤 대학교에 입학했다.

1925년(24세)

3월, 도시샤 대학교 재학생들이 주도했던 시 전문 동인지《가(街)》에 참여하여 일본어 시「新羅の柘榴」(《街》, 1925. 3)를 발표했다. 7월에도 일본어 시 「草の上」와「まひる」를《街》(1925. 7)에 발표했다.《동지사대학예과학생회지(同志社大學豫科學生會誌)》제4호(1925. 11)에「カフツエ-·フランス」를 비롯하여「仁川港の或る追憶」등을 발표했으며,《街》의 동인들이 주축이 되어 새로 구성한 동인지《자유시인(自由詩人)》창간호(1925. 12)에

「シグナルの燈り」,「はちゆう類動物」 등을 발표했다.

1926년(25세)

6월, 일본 교토의 조선인 유학생 잡지 《학조(學潮)》 창간호에 「카예 - 프란스」 등 9편의 시를 발표한 것을 위시하여 《신민(新民)》, 《문예시대(文藝時代)》에 「Dahlia」, 「紅椿」 등 3편의 시를 발표하면서 본격적인 창작 활동을 시작했다. 《동지사대학예과학생회지(同志社大學豫科學生會誌)》와 《자유시인》에 일본어 시를 꾸준히 발표하면서 이해 12월 일본의 시인 키타하라 하쿠슈우(北原白秋)가 주재하던 시 전문지 《근대풍경(近代風景)》(1권 2호)에 일본어로 쓴 시 「かつふえふらんす」를 투고 발표했다.

1927년(26세)

이해 1월부터 「甲板 우」, 「鄕愁」 등 30여 편의 시를 《신민》, 《문예시대》, 《조선지광(朝鮮之光)》, 《신소년(新少年)》, 《학조》 등에 잇달아 발표했다. 일본어 시 「金ぼたんの愛唱」, 「甲板の上」 등을 비롯한 20여 편을 《근대풍경》에 발표했다. 정지용의 생애에서 이해에 가장 많은 시를 발표했다.

1928년(27세)

음력 2월, 옥천면 하계리 자택에서 장남 구관(求寬)이 출생했다. 일본어 시 「馬 1·2」를 《동지사문학(同志社文學)》 3월호에 발표했다.

1929년(28세)

3월, 도시샤 대학교 영문학과를 졸업한 후 귀국해 9월, 모교인 사립 휘문고등보통학교 영어과 교사로 취임했다. 서울 종로구 효자동으로 부인과 장남을 솔거하여 이사했다. 당시 휘문고보 교사로는 이일(李一), 이헌구(李軒求), 이병기(李秉岐) 등이 있었다.
12월, 시 「琉璃窓」을 발표했다.

1930년(29세)

3월, 용아(龍兒) 박용철(朴龍喆), 영랑 김윤식, 연포(蓮圃) 이하윤(異河潤)

등과 함께 《시문학》 동인에 가담했다.
《조선지광》, 《시문학》, 《대조(大潮)》, 《신소설》, 《학생》 등에 「겨울」, 「琉璃窓」 등 20여 편의 시와 역시(譯詩) 「小曲」 등 3편(블레이크 시)을 발표했다.

1931년(30세)
12월, 서울 종로구 낙원동 22번지에서 차남 구익(求翼)이 출생했다.
《신생(新生)》, 《시문학》, 《신여성》, 《문예월간》 등에 「琉璃窓 2」 등 7편의 시를 발표했다.

1932년(32세)
「故鄕」, 「汽車」 등 10편의 시를 《문예월간》, 《신생》, 《동방평론》 등에 발표했다.

1933년(32세)
7월, 서울 종로구 낙원동 22번지에서 삼남 구인(求寅)이 출생했다. 삼남 구인은 한국전쟁 당시 인민군으로 끌려갔다가 북한에서 살았다.
8월, 반카프적 입장에서 순수 문학의 옹호를 취지로 이종명(李鍾鳴), 김유영(金幽影)이 발기하여 결성한 구인회(九人會)에 이태준(李泰俊), 이무영(李無影), 유치진(柳致眞), 김기림(金起林), 조용만(趙容萬) 등과 함께 가담하여 활동했다.
6월에 창간된 《가톨닉청년(靑年)》 지의 편집을 돕는 한편 그 잡지에 「海峽의 午前 二時」 등 8편의 시와 산문 「素描 1·2·3」을 발표했다.

1934년(33세)
서울 종로구 재동 45번지의 4호로 이사했다.
12월, 재동에서 장녀 구원(求薗) 출생했다.
《가톨릭청년》 지에 「다른 한울」, 「또하나 다른 太陽」 등 4편의 시를 발표했다.

1935년(34세)
10월, 시문학사에서 첫 시집 『정지용 시집』이 간행되었다. 총 수록 시편은 89

편이다.
「紅疫」, 「悲劇」 등 8편의 시를 《가톨닉청년》, 《시원(詩苑)》, 《조선문단》 등에 발표했다.

1936년(35세)
3월, 구인회 동인지 《시와 소설》 창간호에 시 「流線哀傷」을 발표했다.
「明眸」, 「瀑布」 등의 시를 《중앙》, 《조광(朝光)》 지에 발표했다.

1937년(36세)
서울 서대문구 북아현동 1번지 64호로 이사했다.
음력 3월, 북아현동 자택에서 부친이 사망했다. 묘지는 옥천면 수북리 선영.
「玉流洞」, 「별똥이 떨어진 곳」을 《조광》, 《소년》 지에 발표했다.

1938년(37세)
「꾀꼬리와 菊花」, 「슬픈 偶像」, 「毘盧峰」 등과 「詩와 鑑賞」, 「逝往線」 등의 산문을 《동아일보》, 《조선일보》, 《삼천리문학》, 《여성》, 《조광》, 《소년》, 《삼천리》, 《청색지》 등에 두루 발했다.
블레이크와 휘트먼의 시를 번역하여 최재서(崔載瑞) 편의 『해외서정시집』에 수록했다.
천주교에서 주간하는 《경향잡지》의 편집을 도왔다.

1939년(38세)
2월에 창간된 《문장》 지에 이태준과 함께 참여하여 이태준은 소설 부문, 정지용은 시 부문의 고선위원(考選委員)이 되었다. 박두진(朴斗鎭), 박목월(朴木月), 조지훈(趙芝薰) 등 청록파 시인과 이한직(李漢稷), 박남수(朴南秀), 김종한(金鍾漢) 등 많은 신인을 추천했다.
「長壽山 1·2」, 「白鹿潭」 등 7편의 시와 「시의 옹호」, 「시와 언어」 등 5편의 평론과 시선후평 및 수필 등 20여 편을 《동아일보》, 《박문(博文)》, 《문장》, 《학우구락부》, 《휘문》 지에 발표했다.

1940년(39세)

「畵文行脚」 등 기행문과 서평 및 시선후평과 수필, 시 「天主堂」 등을 《여성》, 《태양》, 《문장》, 《동아일보》, 《삼천리》에 발표했다.

1941년(40세)

1월, 「朝餐」, 「진달레」 등 10편의 시를 《문장》 22호 특집 「신작 정지용 시집」으로 발표했다.
9월 문장사에서 제2시집 『백록담』을 간행했다. 총 수록 시편은 「長壽山 1」과 「白鹿潭」 등 33편이다.

1942년(41세)

1월, 시 「窓」과 「異土」를 《춘추(春秋)》 12호와 《국민문학》 2월호에 발표했다.

1944년(43세)

제2차 세계 대전 말기에 이르러 일본이 열세해지면서 폭격에 대비하여 내린 서울 소개령으로 부천군 소사읍 소사리로 이사했다.

1945년(44세)

8·15 광복과 함께 휘문중학교 교사직을 사임하고 10월에 이화여자전문학교(현재 이화여자대학교) 교수로 옮겨 문과 과장이 되었다.

1946년(45세)

서울 성북구 돈암동 산11번지로 이사했다.
2월, 좌익계 문인 단체 조선문학가동맹 아동분과위원장을 맡았다.
6월, 을유문화사에서 손수 가려 뽑아 엮은 『지용 시선』이 나왔다. 총 수록 시편은 「琉璃窓」 등 25편인데, 모두 『정지용 시집』과 『백록담』에서 뽑은 것들이다.
신작시 「愛國의 노래」와 「그대들은 돌아오시다」를 《대조》와 《혁명》 지에 발표했다.
10월, 경향신문사 주간을 겸했다.

1947년(46세)

경향신문사의 주간직을 사임했다.

서울대학교 문리과대학 강사로 출강하여 「詩經」을 강의했다.

《경향신문》에 「靑春과 老年」 등 7편의 역시(휘트먼 시)와 「斜視眼의 不幸」 등 시문과 수필을 발표했다.

1948년(47세)

2월, 이화여자대학교를 사임하고 녹번리 초당(현재 은평구 녹번동 소재)에서 서예 등으로 소일했다.

2월, 박문출판사에서 『문학독본』을 간행했다. 「斜視眼의 不幸」 등 37편의 시문과 수필 및 기행문이 수록되어 있다.

「散文 1·2」, 「朝鮮詩의 反省」 등의 평론과 수필을 《문학》, 《문장》, 《아동문화》, 《조광》, 《휘문》 지에 발표했다.

1949년(48세)

3월, 동지사에서 산문집 『산문』이 나왔다. 총 55편이 실려 있는바, 시문, 수필, 역시(휘트먼 시) 등으로 엮여 있다.

1950년(49세)

2월, 《문예》 지에 「曲馬團」, 「四四調五首」를 발표했다.

한국전쟁 당시 녹번리 초당에서 좌익계 인사들에 의해 연행되었다.

서울 수복 직전 인민군에 의해 북으로 끌려가다가 경기도 포천 근처에서 포격으로 사망한 것으로 알려졌다.

1971년

3월 20일, 부인 송재숙(세례명, 프란시스카)이 서울 은평구 역촌동 자택에서 별세했다.

1982년

6월, 장남 구관이 주선하고 문단 원로 조경희, 송지영, 이병도, 모윤숙, 김동리, 김춘수, 정비석, 김정옥, 방용구, 한갑수, 박화성, 최정희, 박두진, 조풍연, 윤석중, 백철, 구상, 이희승, 양명문, 서정주, 피천득, 이붕구, 이헌구, 김팔봉 등 많은 문인이 적극 참여하여 그동안 묶여 있었던 정지용 저작들에 대한 복간 운동을 했지만 불허되었다.

1988년
월북 문인 해금 조치와 함께 모든 작품이 공개되었다.

엮은이
**권영민**

충남 보령에서 태어났다. 서울대학교 국문과를 졸업하고 동 대학원에서 박사 학위를 받았다. 서울대학교 국문학과 교수로 재직했고, 하버드 대학교 객원교수, 버클리 대학교 한국 문학 초빙교수, 도쿄 대학교 한국 문학 객원교수 등을 역임했으며, 현재 서울대학교 명예 교수, 단국대학교 석좌 교수로 활동 중이다. 주요 저서로 『한국 현대문학사』, 『우리 문장 강의』, 『서사 양식과 담론의 근대성』, 『한국 계급문학 운동 연구』, 『한국 민족문학론 연구』, 『한국 현대문학의 이해』, 『이상 문학의 비밀 13』, 『오감도의 탄생』, 『정지용 시 126편 다시 읽기』, 『문학사와 문학비평』 등이 있다. 현대문학상, 김환태평론문학상, 만해대상 학술상, 서울문화예술상 등을 수상했다.

정지용 전집
3 미수록 작품

1판 1쇄 찍음 2016년 10월 28일
1판 1쇄 펴냄 2016년 11월 4일

엮은이 권영민
발행인 박근섭, 박상준
펴낸곳 (주) 민음사

출판등록 1966. 5. 19. 제16-490호
주소 서울시 강남구 도산대로1길 62(신사동)
강남출판문화센터 5층 (우편번호 06027)
대표전화 515-2000 | 팩시밀리 515-2007
홈페이지 www.minumsa.com



ISBN 978-89-374-3356-6 (04810)
ISBN 978-89-374-3353-5 (세트)